# APRÈS LA MOUSSON

Selina Sen vit à New Delhi. Après avoir beaucoup voyagé en tant que journaliste, elle partage aujourd'hui son temps entre l'écriture et l'art des jardins. Son livre a également été publié en Italie et en Allemagne.

SELINA SEN

# *Après la mousson*

ROMAN TRADUIT DE L'ANGLAIS (INDE)
PAR DOMINIQUE GOY-BLANQUET

SABINE WESPIESER

*Titre original :*

A MIRROR GREENS IN SPRING
Publié par Roli Books, New Delhi, Inde, 2007

Le lecteur peut se reporter au glossaire et à l'index des titres et des noms propres en fin d'ouvrage.

Les extraits du *Gita Govinda* de Jayadeva sont cités dans la traduction de Jean Varenne, *Célébration de la Grande Déesse* (Éditions du Rocher/UNESCO, 1991), le « Cantique des Cantiques » dans la traduction de l'École biblique de Jérusalem (Éditions du Cerf, Paris, 1961), la *Brahma Samhita* dans la traduction de Louis Renou, *Hymnes spéculatifs du Véda* (Gallimard/UNESCO, 1985).


ISBN : 978-2-253-12968-4 – 1re publication LGF

Ce livre est dédié à la mémoire de deux femmes remarquables, Ma et Dida, dont le courage et l'amour restent pour moi une source de force et d'inspiration.

À Esha Sen et Hena Chhobi Halder.

# LIVRE UN

*Tu voudrais sonder le miracle du vent ?*
*Vois comme le miroir verdit au printemps.*

Mirza GHALIB.

*Prologue*

Comme toujours le vieil homme rêvait. La coupure de courant le réveilla, il vit confusément les pales du ventilateur ralentir et s'arrêter. Sa femme sommeillait, le pallu de son sari rejeté loin du corps, les plis du cou luisant de sueur, bras grands ouverts comme un enfant. Il sortit sur la véranda où la brise moite le soulagea un instant. De rares gouttes de pluie s'écrasaient contre le sol poussiéreux ou les feuilles du kadamba. Il s'assit pesamment dans son fauteuil de rotin, la tête posée avec raideur sur l'appuie-nuque, genoux écartés pour saisir un peu de fraîcheur. Il s'appliqua à retourner dans son rêve. C'était un rêve récurrent. Des fragments surprenants de mémoire enfouie, plus réels que sa vie présente.

Le bateau glissait dans un paysage qui s'animait tout autour de lui. Fleuve gonflé par les pluies de juillet, au loin cerfs-volants de papier multicolores à l'assaut du ciel. Des roseaux à demi submergés, scintillant au bord de l'eau, s'étalaient sur des champs de jute noyés ou des vaguelettes de riz émeraude. Un martin-pêcheur perché sur le poteau de bambou qui servait à étendre les filets piqua brusquement une tête dans l'eau.

Et voilà que le bateau franchissait un beel, ni lac ni marécage, typique du plat pays bengali. Le fleuve débordant sur une parcelle de basse terre formait un miroir d'eau lisse, un morceau de mousson sans berges. L'eau était limpide comme du verre, le bateau en écumait la surface, y laissant à peine une ride. Des villages, grappes de huttes bâties sur un monticule, surgissaient comme des îles. Des nénuphars jaunes et blancs, roses, rarement bleus dressaient leur tête pointue ornée de pétales, et le gibier d'eau habitué des beels fouillait les mottes de feuilles en quête d'insectes.

Encastré dans son fauteuil, bouche ouverte pour ne pas suffoquer, le vieillard somnolait. Dhoti relevé au-dessus des genoux et coincé autour de la taille, bras fendant l'eau en souples fauchées. Ondulant et riant, nageant avec les poissons qui frôlaient ses épaules, ses flancs. Il lui était arrivé d'apercevoir un dauphin du Gange, alors qu'il se baignait dans un simple affluent du Brahmapoutre. Comme lui le dauphin au bec long sortait de l'eau pour prendre une bouffée d'air. Sa nageoire caudale ondulait bord à bord tandis qu'il filait en eau maigre pour chasser le menu fretin, naviguant à l'aide de son biosonar. Récepteur frisant le lit de la rivière pour s'orienter, il saisissait le poisson d'un coup de mâchoire allongée.

Les eaux embourbées de sable se refermèrent sur les yeux du vieil homme. Le dauphin de son rêve disparut dans un flot de bulles. Chaque bille de verre enfermant le vide douloureux au fond de son rêve. Voilà quarante ans qu'il n'avait pas revu le Brahmapoutre. Quarante ans qu'il n'avait pas vu son vert, si vert paysage, perdu à jamais au Bangladesh.

Dans la chambre exiguë à l'avant de la maison, sa petite-fille Chhobi s'éveilla au bruit du tonnerre. Avec l'engourdissement de l'air, le matelas bourrelé de chaleur contenue était si insupportable qu'elle glissa sur le sol. C'était la période de l'année qui repoussait les limites de l'endurance, quand la quête de fraîcheur effaçait toute autre préoccupation. Cette période de tension et d'attente avant la mousson que leur grand-père appelait Rohini.

Une tempête de sable récente avait laissé son empreinte abrasive partout et maintenant elle sentait les grains de sable lui griffer la peau. Après s'être aspergée ainsi que le sol d'un gobelet d'eau tiède, elle retroussa son caftan à mi-cuisse. Le sommeil se refusait et en un éclair elle se revit presque exactement un an plus tôt au cours d'une autre nuit d'insomnie.

Une nuit où l'agacement avait fait place à l'angoisse tandis que les minutes s'additionnaient au-delà de onze heures, l'heure limite fixée à sa sœur Sonali. Chhobi se souvenait avec une clarté éprouvante d'avoir trempé son oreiller de sueur en observant la lumière jaune du réverbère que le voltage réduit et instable faisait clignoter, la petite aiguille lumineuse de la pendulette sur sa table de nuit en train de grignoter les heures interdites. Il était plus de trois heures du matin quand elle commença une série d'allers et retours jusqu'à la fenêtre. Lorsque enfin elle entendit gratter le loquet du portail, elle s'était précipitée pour voir la Datsun rouge au klaxon musical faire marche arrière sur la pelouse. C'était la seule voiture qui jouait *Vive le vent d'hiver* au mois de juin.

Sonali, visage à moitié caché par une cascade de cheveux, s'était faufilée dans la chambre sans mot dire, puis déshabillée en vitesse. Chhobi brûlait d'indignation, avec une pointe de jalousie. Elle avait réprimé l'envie d'empoigner Sonali par les cheveux pour lui ôter cette expression du visage. Secrète, rebelle, ourlée de culpabilité mais aussi de morgue par la découverte récente de plaisirs qu'elle refusait de partager.

Comme n'importe quel autre soir, Sonali s'était brossé les cheveux, assise sur son lit. La rage fulgurante de Chhobi ne passait pas mais semblait prête à irradier cette rivière noire dévalant le dos de Sonali, l'argent glacé du bracelet allant en rythme de haut en bas. Sa chevelure dans l'ombre, illuminée d'étincelles statiques, comme embrasée par la colère de sa sœur et une nuit de juin plus sèche que poussière à Delhi en 1983.

L'aube approchait quand Chhobi entendit les premières gouttes de pluie cogner la vitre. Elle flottait entre sommeil agité et veille fiévreuse. Cette mousson ne serait pas vraiment une période de renouveau, plutôt une nouvelle naissance. Les événements mis en route par Sonali l'an dernier atteindraient leur fin prédéterminée et les membres de la famille se verraient obligés de mobiliser des ressources secrètes dont ils ignoraient même l'existence. Affrontés à des situations radicales, ils ressurgiraient en avatars plus puissants, trempés par le feu qui allait bientôt rugir.

# 1

C'était une maison à un seul étage, au coin d'une allée étroite bordée de maisons identiques. Badigeonnées de jaune ou de rose vif, sauf celle de Mrs Chatterjee, d'un vert pistache douteux. Dans la brume de midi elles semblaient brasiller et fondre en mélangeant leurs teintes. La leur était blanche et striée de gris, à moitié étouffée par l'étreinte d'un jasmin indiscipliné. Une fois par an l'arbre se parait d'une constellation de fleurs odorantes, mais la plupart du temps il s'affalait hirsute et poussiéreux sur la véranda.

Comme sa voisine, la maison était construite dans le style prosaïque des colonies bâties à la hâte pour accueillir des réfugiés lorsque brusquement la population de Delhi avait doublé à la suite de la Partition. Le séjour en L, du type courant, menait vers les petites chambres à coucher, interrompu par une cuisine. Laquelle donnait à l'arrière sur une cour où les marinades de Dida dans leurs jarres de grès blanches et ocre suivaient la marche postprandiale du soleil d'hiver. Des piments verts poussaient dans une cuvette mise au rancart. L'angle du fond abritait un hibiscus rouge velouté, pistils et pétales déployés en étalage de froufrous.

Tant qu'il faisait encore sombre, les bulbuls chantaient perchés sur le kadamba, puis au lever du jour les sons quotidiens du réveil prirent le relais. Bruit sourd du journal roulé frappant à la porte d'entrée. Dida et les tasses à thé qui tintent dans la cuisine, soupir lointain des camions obligés de rétrograder pour gravir le nouveau pont routier. Et en bruit de fond, bien sûr, le roulement de tambour des robinets ouverts pour remplir les seaux qui serviraient de réserve jusqu'à ce que l'eau fraîche coule à nouveau en fin de journée.

Dadu faisait grand cas de sa première tasse de thé. Selon un rituel presque aussi rigide qu'une cérémonie du thé japonaise, le thé Darjeeling à larges feuilles, du Lipton Carte verte, était mesuré avec soin dans la théière de porcelaine préalablement ébouillantée. Survivance du trousseau de mariage de Dida, cette pièce faisait partie d'un service Crown Derby fabriqué en Angleterre, tachetée maintenant par un fin réseau de craquelures sous le vernis. Le sucrier et le pot à lait avaient fini lâchés par des doigts négligents depuis belle lurette, il ne restait plus qu'une seule tasse fleurie de roses réservée à Dadu. Très originale, translucide et fragile avec un bouton de rose minuscule peint à mi-hauteur sur la face interne. Jamais les Porcelaines Hitkari ni même les Faïences du Bengale, des firmes aujourd'hui disparues, n'auraient pu imaginer des détails aussi subtils. Chhobi savait toujours à quel moment Dadu atteignait la marque du milieu : il avalait une grosse gorgée pour faire apparaître toute la fleur d'un seul coup, un peu comme le retrait de la marée dévoile soudain un coquillage irisé sur une plage déserte.

Dida préférait le breuvage noir d'encre qu'elle laissait infuser après son bain et son offrande matinale – il masquait l'arrière-goût amer de la saccharine dont elle usait. Elle ne se mettait jamais à table avec les autres. Aujourd'hui, comme toujours, Dadu présidait à moitié caché derrière *The Statesman*. Déjà baignée, répandant un léger arôme de savon au santal, Ma dans son sari raide d'amidon se versait lentement une tasse de thé. Chhobi essayait de déchiffrer les titres depuis l'autre bout de la table, mais à cet instant le journal retomba à plat.

« Meera, écoute un peu ça, il y a eu un nouveau meurtre. À Delhi-Sud, cette fois, un directeur de banque en retraite et sa femme : elle est dans le coma et lui, il est mort. » Il y avait une photo, un agent de police ventru au milieu d'une pièce saccagée comme par le passage d'un typhon. On voyait de sombres taches de sang sur les draps froissés.

Ma était résignée. « Il n'y a jamais de bonnes nouvelles. J'ai horreur de lire les journaux ces temps-ci. Que dit la police ? »

« Les principaux suspects, c'est encore cette bande de bohémiens. Il y en a des milliers qui envahissent Delhi chaque année, Népalais, Bangladais, tous ces ouvriers du bâtiment arrivés du Bihar ou de l'Orissa, et la police soupçonne toujours je ne sais quelle tribu obscure. »

« Mais ils suivent toujours le même mode opératoire, non ? » intervint Chhobi. « Tu sais, entrée par effraction avant l'aube, le corps nu bien huilé pour mieux glisser entre les pattes. Et ils laissent toujours un tas de… »

Ma la fit taire d'un coup d'œil impérieux.

C'était exact. La bande de voleurs laissait toujours sa marque de fabrique en déféquant devant la porte avant de partir. Encore une de ces bribes d'information inutile dont Chhobi faisait collection. Elle en avait une pleine boîte en tête, bourrée de faits épars souvent plus étranges que la fiction. Un collage dépourvu de sens, un bric-à-brac mal assorti auquel souvent des coupures de journaux errantes impulsaient leur propre rythme loufoque.

« Il faut faire quelque chose, pas moyen de compter sur la police. Il faut qu'on pose ces grilles métalliques aux fenêtres avant la fin du mois. Toutes les autres dépenses, ça sera pour plus tard », poursuivit Dadu cramponné à son idée. « Il y a plus de crimes à Delhi que dans Bombay, Calcutta et Madras réunis. » Depuis quelque temps il s'était mis à renforcer ses opinions par des statistiques nébuleuses.

Dida l'avait entendu. « Nous ne possédons rien qui vaille la peine d'être volé, déjà la maison ressemble au Fort Rouge depuis que tu as surélevé les murs d'enceinte l'année dernière. Je ne m'habituerai jamais à ces affreux tessons de bouteille que tu as fait incruster sur le haut », dit-elle. Après un coup d'œil au journal, elle ajouta : « Et qu'est-ce que tu dis de cette attaque contre un autobus dans le Pendjab ? Et l'explosion au Sri Lanka ? Ils en ont parlé hier soir à la télévision, mais ce genre de nouvelles est devenu tellement banal que maintenant les journaux les relèguent en dernières pages. » Dida dispersa les sentiments d'insécurité que Dadu éprouvait chez lui, les étalant en couche mince pour leur faire couvrir la totalité d'un sous-continent parcouru de tensions ethniques.

« Nous n'avons rien qui vaille la peine d'être volé, mais ça, les voleurs l'ignorent. D'ailleurs c'est à ma fille que je parle. Quant au Pendjab, tu crois que les Sikhs vont rester assis sagement pendant qu'on démolit leur sanctuaire le plus sacré ? Pour le Sri Lanka c'est la même politique – à double tranchant et double jeu. »

« Sonali et son mari rentrent bientôt. Il faut qu'on leur achète des cadeaux à tous les deux, c'est leur première visite depuis le mariage. »

« Elle n'a respecté aucune tradition, et toi tu veux maintenir des coutumes à sens unique ? Ça ne lui a pas suffi d'épouser un non-Bengali, elle n'a même pas pris la peine de nous prévenir », et pliant son journal en un épais carré furieux, Dadu se rendit au jardin sans terminer son petit déjeuner. Il traversait un de ces moments fréquents où les causes d'amertume se bousculaient dans son esprit – il était réfugié, avec une clientèle inexistante, sa fille unique était veuve, sa femme entêtée, ses plantes parcheminées, ses petites-filles trop aguicheuses ou pas assez.

Ma émit un soupir. « Non-Bengali, c'est encore ça le moins grave. » Après un coup d'œil à sa montre elle prit son sac, Dida accourant derrière avec son ombrelle à pois et une bouteille d'eau. Le bus affrété par la colonie s'arrêtait à l'angle en face de chez Mrs Chatterjee.

C'était le « non » devant Bengali qui désorientait encore Dadu et parfois l'effrayait. Il avait beau avoir passé plus de la moitié de sa vie à Delhi, son monde restait soigneusement divisé entre les Bengalis et la totalité des autres, classifiés par « non ». C'étaient des Bengalis probashi – cette diaspora bengalie qui ne résidait pas au Bengale.

Dadu allait rester maintenant des heures assis dans le vieux fauteuil de rotin sur la véranda. Mains sillonnées de veines tripotant le grain de beauté qu'il avait au menton. Ses pupilles cernées de brouillard bleu perdraient peu à peu leur mire, observant le passé à travers le filtre des ans. Ce brouillard bleu, c'étaient les rivières enfuies de sa jeunesse et son enfance. Même ses veines, alors, semblaient battre au rythme non du sang mais des ondes brun-verdâtre qui l'emportaient dans leur reflux et se brisaient sur l'intervalle de vie écoulée.

… Padma, Meghna, Ganga, Madhumati, Dhaleswari, Mundeshwari… Vert, le paysage inoublié luxuriant, quadrillé par les fils d'argent étincelant des deltas. La nostalgie chaussait ses lunettes roses pour ne lui donner à revoir que les bienfaits de ces fleuves au lieu des ravages impitoyables de leurs crues annuelles.

Au début des années 50, il trouvait un réconfort timide et dérisoire dans la Yamuna de Delhi. Les gradins pour la baignade étaient encore peuplés de croyants, les rives boisées et fraîches. En hiver les oiseaux migrateurs brodaient les eaux de leur somptueux plumage et les pêcheurs en barque ramenaient dans leurs filets des récoltes abondantes de mahseers et de bhetkis. Aujourd'hui pèlerins, oiseaux, poissons, tous avaient pratiquement disparu, vaincus par la pollution. Seule une variété tenace de carpe japonaise survivait sous la brume violette des jacinthes d'eau. Le club nautique d'Okhla, jadis un lieu de pique-nique très couru, était à peu près hors d'usage. Autant oublier que Delhi avait eu autrefois une rivière, que Dadu effaçait avec mépris. Les mortes eaux noires n'offraient plus les remèdes du Léthé.

## 2

Pendant la guerre de 1971 contre le Pakistan, il y a treize ans, Bapi était basé à Simla, ancienne capitale d'été et haut commandement de la région militaire Ouest. Après l'ouverture des hostilités au Pakistan oriental, des convois de troupes avaient dégringolé les collines de Simla pour occuper des postes frontaliers à l'extrême ouest de l'Inde, face au Pakistan, laissant derrière eux femmes et enfants avec un état-major dégarni.

La Maison du commandant à Simla, un bungalow tentaculaire de construction britannique, était située sur une corniche en hauteur qu'on voyait émerger à travers les pins. Par temps clair on apercevait les plaines du Pendjab, étendues à l'infini dans la brume poussiéreuse. Tous les soirs ou presque, les femmes et les enfants y venaient en quête de nouvelles, serrés les uns contre les autres pour résister au froid, flammes de bougies luisant sur leurs visages tendus pendant que retentissait la sonnerie du couvre-feu. Une fois ils assistèrent à l'explosion rutilante de bombes lorsqu'elles atteignirent leur cible là-bas en bas, et aux giclées plus faibles de la riposte antiaérienne, comme une célébration macabre de Divali. Des années plus tard, Chhobi vit le site du bombardement. Seul un mur de l'église la plus ancienne de l'Inde du Nord était resté debout, comme la façade d'un décor de cinéma.

Les nouvelles étaient bonnes. L'Inde était en train de gagner la guerre, avec des pertes beaucoup moins lourdes que du côté pakistanais. Enfin après deux jours de pluie intermittente, par une matinée argentée, vint l'annonce du cessez-le-feu. Les hommes seraient bientôt de retour et tout redeviendrait normal.

Une semaine plus tard, Chhobi rentrait de l'école en tirant par la main une Sonali âgée de cinq ans qui flânait en route. Comme toujours son uniforme gris avait des taches d'herbe et elle décapitait les pissenlits à l'aide d'un bâton. Intriguée par le groupe de gens massés devant leur portail, Chhobi la traîna sur les derniers cent mètres. Le groupe s'ouvrit devant elles et fit silence. C'est le silence, plus que la mélopée plaintive qu'elles entendaient en arrière-fond, qui les terrifia. Le bâton de Sonali tomba avec fracas. À l'étage elles trouvèrent Ma assise sur son lit. Tout paraissait normal, sauf l'expression figée de son visage.

Bapi, le major Bhaskar Dutt, avait été tué sur le coup quand sa jeep Willys avait heurté de front un poids lourd sur Grand Trunk Road. Le chauffeur qui avait été proprement éjecté s'en tirait avec une fracture de la clavicule. À cause de la pluie la visibilité était mauvaise, dit-il, et le camion était en train de dépasser un bus sur le mauvais côté de la route.

Pourtant la guerre est finie, telle fut la première pensée de Chhobi incrédule, elle s'en souvenait. Mourir dans un accident de la route en rentrant chez soi, après avoir traversé indemne des semaines d'action au feu, lui parut alors, comme aujourd'hui, une dérision incompréhensible.

Après cela les événements se précipitèrent, comme les roues d'un train dans un film, ou un panoramique d'arbres dénudés qui bourgeonnent et se couvrent d'un épais feuillage en quelques secondes pour suggérer le passage du temps. Le frère et unique parent de Bapi, chercheur scientifique aux États-Unis, offrit de payer les études des filles. Bapi laissait très peu d'économies, et Ma, qui s'était mariée à dix-huit ans, était mal préparée pour tenir un emploi quelconque. Mais comme elle avait joué du pinceau toute sa vie, la femme du commandant lui conseilla de s'inscrire à un cours de peinture sur textile à la polytechnique de Delhi-Sud, après quoi elle lui trouva une place dans l'usine de vêtements de son frère, où les heures de travail étaient longues et le salaire médiocre. Ma prépara un diplôme de commerce par correspondance et maintenant elle dirigeait l'unité de confection. Parfois elle se rendait à Delhi pour se procurer des étoffes, des galons brodés et autres articles de passementerie.

Chhobi resta pensionnaire à l'école de Simla, tenue par des religieuses catholiques irlandaises, tandis que Sonali qui accompagnait Ma chez Dadu et Dida à New Delhi entra dans une école mixte. Chhobi à l'époque avait bientôt treize ans, et Ma dix-neuf de plus qu'elle.

Ces premières vacances d'été où elle était revenue de Simla pour suffoquer dans cette petite maison flanquée d'un jardin en voie de dessiccation, Chhobi avait fait des efforts pour s'habituer à toutes sortes de choses. L'absence de son père, la fatigue qui gravait des lignes sur le front serein de sa mère, Sonali grognon endormie sur le lit de Dida, et pire que tout l'allure tassée de Dadu. Ses yeux au regard fixe même quand le soleil le faisait loucher. La longue journée qui se traînait jusqu'au soir où enfin elle se couchait sur sa nostalgie d'une demeure toujours orientée à l'est.

Chhobi, qui avait vieilli en une nuit, observait comment sa grand-mère insufflait une note festive au déjeuner ou au dîner. Dida cuisinait avec un talent inspiré, sans se laisser abattre par l'atmosphère étouffante, mal aérée de la cuisine. Ses repas vous mettaient l'eau à la bouche, mélange habile de son savoir-faire et d'une invention née du manque de ressources. Peut-être après tout que le poisson de son curry kofta ne serait que du plantain vert déguisé, son mouton mariné simplement du ti-jacques maquillé en agneau de lait.

De même que sa journée se déroulait d'un repas à l'autre, de même elle ordonnait et planifiait les saisons dans sa cuisine. L'hiver apportait l'arôme de la gelée de goyave avec celui du thé au gingembre. Les fruits au teint pâle bouillaient et moussaient dans d'immenses bassines puis s'égouttaient toute la nuit dans des tamis improvisés, saris de coton au rebut noués aux pieds de chaises renversées. Le jus recueilli devait ensuite bouillir avec un volume égal de sucre jusqu'à ce qu'il prenne en gelée d'un beau rouge profond, presque la couleur du vin.

Fin juillet, et voilà Chhobi et Sonali commises au râpage des mangues vertes pour le fameux chutney de Dida, épicé au gingembre et saupoudré de fines lamelles de piment rouge. Une escouade de flacons s'alignait alors sur le buffet, au contenu brûlant comme un été embaumé. Dida avait adopté certains styles culinaires du nord de l'Inde et aimait bien lier ses curries de mouton ou de volaille avec un hachis violacé d'oignons piquants. Chhobi se souvint de s'être dit un jour qu'elle ressemblait à ces oignons. Toute rose avec un épiderme fragile recouvrant des couches de secrets et d'obsessions bien serrées les unes sur les autres jusqu'au plus profond du cœur mystérieux. Souvent aussi elle pouvait avoir des paroles assez piquantes pour vous mettre la larme à l'œil.

Elle bénéficiait d'une aide efficace en la personne d'une petite vieille fanée, Savitri, qui balayait et lavait le sol, frottait, amidonnait les saris et les draps, et travaillait en cuisine avec Dida selon une répartition des tâches bien orchestrée.

Mains de Savitri et ses bracelets qui tintent, un rouge, un blanc, un de fer, lorsqu'elle réduit un mélange d'épices en pâte lisse sur le carreau de pierre criblé de trous. Mains de Dida et ses bracelets qui tintent lorsqu'elle fait revenir la pâte dans l'huile chaude, corail, nacre et fer reliés par une spirale d'or. « Pourquoi tu portes un bracelet de fer, Dida ? » lui demanda un jour Sonali.

« C'est une entrave », avait-elle répondu vertement. « La famille de ton mari te la passe au bras le jour de tes noces – l'anneau de mariage bengali. »

Les frustrations de Dida, folle de chaleur dans cette cuisine barbecue, éclatèrent ce jour-là. Malgré ses résolutions de ne pas accabler les filles elle vida son sac. « Après tout quelle autre raison nous obligeait à pousser au nord jusqu'à Delhi ? Nous étions à peine partis que les choses s'arrangeaient plutôt, à Mymensingh. » Son indignation poignardait l'air à coups de louche, éclaboussant le mur de gouttes safranées.

Pendant une courte durée de six ans au début des années 50, les perspectives d'avenir de Dadu étaient apparues plus prometteuses. Il avait rencontré le Dr Mitra qui l'avait précédé d'un an au collège de médecine de Calcutta, et s'était facilement laissé convaincre de s'associer avec lui pour monter un cabinet médical à Delhi.

Le cabinet prospéra – le nombre de patients augmentait régulièrement. Le diagnostic talentueux de Dadu et les manières de chevet policées du Dr Mitra se révélèrent une combinaison gagnante. En cinq ans, le cabinet médical devint une clinique de deux étages avec des croix rouges au néon sur le toit. Dans les chambres garnies de rideaux vert hôpital, les patients recevaient les soins d'une troupe rassurante d'infirmières malayalies. Dadu était très occupé, et s'il restait taciturne et abrupt avec ses patients, c'est uniquement parce qu'il était incapable d'apprendre le hindi, hormis les quelques consignes à donner au personnel.

Certes, il se plaignait des étés chauffés à blanc, du paysage poussiéreux, mais les longues heures qu'il consacrait au cabinet lui laissaient trop peu de temps pour permettre à la solitude de faire vraiment intrusion. Cependant il était incapable même à titre fonctionnel d'abandonner ses préjugés ou d'apprendre à partager son espace avec d'autres venus d'ancrages culturels divers. Delhi à l'époque était inondée de réfugiés venus non du Pakistan oriental mais du Pakistan occidental. Dadu n'apprit pas de ces déracinés l'art de prospérer où que ce soit, comme eux, loin de leur milieu naturel. Les Pendjabis, avec leur énorme appétit de nouveauté, s'empressèrent d'occuper l'espace qui avait appartenu aux premiers habitants de Delhi, encore dominés par les lenteurs raffinées de leur héritage moghol. À peine occupé, l'espace changeait si vite qu'il se rattachait à un temps tout différent.

Côté travail au moins tout allait bien, mais tout changea quand Dadu commit une erreur. Simple, stupide même, mais dont il fut sévèrement puni. À mesure que le cabinet médical prenait de l'importance, plusieurs petites entreprises faisaient appel à ses services pour les visites médicales annuelles de leurs employés ou pour des examens préalables à l'embauche.

Un soir après le travail, le magasinier d'une de ces entreprises vint le trouver. L'air très agité, il supplia Dadu de lui établir un certificat confirmant qu'il avait été hospitalisé pendant une journée à la clinique. Il dit qu'il avait été empêché par des problèmes domestiques de se rendre à son travail, et comme cela s'était produit trop souvent, il craignait de perdre son emploi. Pressé de rentrer chez lui, et sans trop réfléchir, Dadu signa un certificat déclarant que le commerçant avait été admis à la clinique pour déshydratation, et qu'on lui avait administré deux flacons de solution saline.

Le lendemain matin c'était le cataclysme. L'individu avait assassiné le directeur de l'entreprise et filé avec la paie, qui devait être distribuée le jour suivant. On arrêta Dadu pour complicité après les faits.

Les efforts combinés de Dadu et du Dr Mitra parvinrent à le faire libérer, non sans que Dida sacrifie son collier de rubis et d'or pour payer les avocats.

Les stigmates du scandale persistèrent, et le Dr Mitra dut à regret prier Dadu de partir. Il aurait du mal à remplacer ce vieux cheval de trait. Depuis, Dadu avait travaillé dans une série de cabinets de plus en plus petits n'offrant guère qu'une sécurité chancelante, de sorte qu'il dépendait de plus en plus de la bonté ou plutôt de l'hypocrisie des riches parents de sa femme. Pour finir, il décida de prendre ses quartiers, suivi par Meera et ses petites-filles qui s'installèrent avec lui, et transforma le garage en cabinet médical.

# 3

Mue par un vague sentiment de responsabilité, et le désir de ne pas inquiéter Ma, Chhobi avait résolu de parler à Dida à l'époque où Sonali entra à la faculté. C'est Dida qui exerçait le plus d'influence sur Sonali.

Elle prit soin de choisir un moment où Dida se montrerait particulièrement réceptive. Avec un peu de réticence car elle n'avait pas envie de jouer les commères, Chhobi gravit les marches de l'escalier. Un escalier qui ne conduisait nulle part. Enfin, pas exactement nulle part, mais à une terrasse cuite de soleil avec son revêtement de briques grisâtres et ses piles de sèches feuilles brunes entassées. Les soirs d'été, au temps plus sûr où la maison venait d'être construite, on arrosait la terrasse à grande eau avant de disposer des lits de sangles et des draps blancs frais qui luisaient dans la douce clarté des étoiles. Aujourd'hui les moustiques et les tribus de voleurs les obligeaient tous à suffoquer dans la maison.

Le petit palier en haut des marches avait été converti par Dida en chambre puja. Comme de coutume, et aujourd'hui plus que jamais, l'espace où Dida se retirait pour prier lui parut oppressant. Chhobi, qui depuis des années se réfugiait dans le calme ordonné de la chapelle scolaire pour s'accorder quelques instants paisibles, ne trouvait jamais ici la même tranquillité. La multitude des dieux faisait un contraste étrange avec l'autel sobre de la chapelle, son unique crucifix, la lueur des cierges aux pointes effilées, les gerbes immaculées de fleurs de pêcher et d'arums cireux.

La chambre puja de Dida paraissait trop exiguë, hétéroclite et encombrée, ses prières incompréhensibles au premier abord et ses dieux trop nombreux pour susciter individuellement la moindre vénération. La savante Sarasvati sur son cygne côtoyait Lakshmi la déesse de la prospérité, resplendissante de rouge et or, Durga, et un Ganesh bedonnant. Auxquels s'ajoutaient dans un coin de petites reproductions en noir et blanc encadrées du guru Ramkrishna Paramhamsa et de son disciple, un beau Swami Vivekananda enturbanné.

Cette riche panoplie était surplombée par Krishna. La préférence que lui vouait Dida s'exprimait de diverses manières. La place d'honneur au centre était dévolue à une statue d'albâtre magnifiquement sculptée de Krishna avec son aigrette de paon et sa flûte magique. Un berceau miniature abritait une petite figurine d'argent représentant Baal Krishna bébé moulé dans une posture accroupie traditionnelle. Une gravure de calendrier encadrée montrait un Krishna bleu vif écrasant Kaliya l'hydre aux cent têtes qui vivait dans la Yamuna. Chhobi affectionnait particulièrement les eaux bouillonnantes où les sirènes épouses du serpent s'agitaient comme une cascade de virgules effarées.

Les tâches incombant à Dida commençaient avant l'aube, mais elle entamait sa journée en psalmodiant l'hymne à Krishna, *Om Namo Bhagavate Vasudevaya* : mes respects à Vasudeva, le Seigneur suprême, puis la liste des noms de Krishna – Madavan, Kesavan, Hari, Gopal…

D'une grande beauté, c'est là, au sortir du bain, qu'elle était à son mieux. Cheveux longs à peine touchés de gris éparpillés en vrilles humides comme une actrice sortie d'un vieux film de Guru Dutt, peau discrètement luminescente, expression rêveuse des yeux qui semblaient se liquéfier et s'unir dans le puissant solvant de sa foi. Dida avait toujours eu une peau parfaite, si lisse dans sa jeunesse qu'on disait à son propos qu'une mouche atterrissant sur son corps y perdrait pied. Aujourd'hui le fin réseau de rides n'était visible qu'en plan rapproché, et accentuait plutôt sa beauté, un peu comme la patine sur le vernis d'une porcelaine ancienne. Elle affichait toujours l'air absorbé des sourds profonds, et à cette heure-là elle était capable de chasser totalement de son esprit les contraintes triviales de la journée à venir.

Peu à peu Chhobi commençait à déceler un schéma précis dans le rituel quotidien de Dida. Tintement de la clochette de bronze pour élever ses sens au diapason de Krishna. Spirales d'encens du bois de santal enveloppant les images de dévotion. Offrandes florales sur le plat de bronze bien astiqué, hibiscus rouge, jasmin blanc, biscuits batasa, feuille de basilic sacré. Chaque geste était lent et gracieux. Chhobi lui demanda une fois à quelle intention elle priait. Sa réponse fut vague, c'est l'acte en soi qui semblait de la plus haute importance. Dida lisait presque chaque jour un passage de la *Bhagavad Gita* et parfois du *Gita Govinda*, le Chant du Bouvier, de Jayadeva.

Ce jour-là Dida avait refermé le livre de Jayadeva et l'avait posé sur un exemplaire très usagé de la *Gita*. Souriante, elle mit une feuille de basilic dans la bouche de Chhobi qui avala avant de se lancer : « Je me disais,

Sonali vient de commencer ses études. Licence de psychologie. Elle m'a l'air de s'intéresser beaucoup plus aux vêtements. Et puis elle rentre assez tard. On ne sait absolument pas où elle va, qui sont ses amis. Elle passe son temps à parler tout bas au téléphone avec des garçons. » Ces derniers mots sentaient tellement la prude rapporteuse que Chhobi aurait voulu se rétracter sur-le-champ. Platement, elle ajouta : « À ce train-là, elle ne risque pas de réussir ses études – et alors qu'est-ce qu'elle fera ? » Dida réagit calmement. « Après la fac ? Pas un travail de bureau. Ce n'est pas pour elle. Non, non. Toi oui, nous savons que tu seras percepteur de district une fois que tu auras passé ton examen cette année. »

Chhobi, qui après sa maîtrise s'était engagée sans trop d'enthousiasme dans une formation à la fonction publique, accueillit avec un petit pincement ce signe de discrimination et la certitude confiante exprimée par Dida. Elle espérait, mais lucidement n'y comptait pas trop, réussir les examens.

« C'est naturel pour une aussi jolie fille d'avoir des prétendants », poursuivit Dida. En bengali, l'expression qu'elle employait pour la décrire, *Ato sundori*, résonnait comme un titre. « Elle fera un beau mariage. Tu vas voir. » Dida avait affirmé cela sans emphase mais avec une totale conviction, les yeux fixés sur le mur bleu et or chatoyant de ses dieux.

Des prétendants pour un beau mariage. Une ambition des plus médiévales, s'était dit Chhobi, réduite de fait au silence. Et l'amour, alors, et les émotions qui aiguillonnaient le cœur ?

Un beau mariage. Rétrospectivement, l'union envisagée n'avait brûlé que d'un bref éclat sulfureux malgré l'énergie primitive investie dans sa conclusion.

Le Krishna de Dida n'était guère généreux de ses faveurs, se dirait Chhobi quelques mois plus tard en échouant aux examens de la fonction publique. Dadu le réticent, pour qui la déception était devenue un tour d'esprit permanent, n'avait pas dit un mot, mais le chagrin dans le regard de Ma la couvrit de culpabilité.

« Tu y arriveras la prochaine fois », avait déclaré Dida d'un ton ferme.

La Puissance et la Gloire, se dit Chhobi, dont les lectures traduisaient souvent ses pensées en titres de livres. Qu'avaient-ils donc, ces legs britanniques, qui les rendent si désirables ? Si appréciés. Des emplois aux Chemins de fer indiens et dans les services administratifs. Tant pis si la corruption et la négligence les avaient entachés et rétrécis comme des objets de seconde main fatigués. Sur la défensive, elle s'était malgré tout résignée à refaire un essai.

En attendant, l'argent manquait. La pension de réversion de leur père diminuait et ne suffisait plus à compenser les gains très irréguliers de Dadu. C'est le salaire de Ma qui en fait leur permettait de franchir les fins de mois. Chhobi se mit vainement à étudier les journaux du mercredi en quête d'un emploi à temps partiel. Ne trouvant rien à sa convenance, elle dériva vers la préparation d'un diplôme supérieur d'histoire à l'université Jawaharlal Nehru, et s'aperçut qu'elle y prenait plaisir. Quelques mois s'écoulèrent avant qu'une rencontre de hasard avec Rosemary à Janpath lui permette de trouver l'emploi qu'elle cherchait.

À la recherche d'un cadeau de mariage, Chhobi s'était arrêtée au Cottage Emporium, cette immense baraque un peu délabrée pleine de trésors d'artisanat. En examinant un objet en cuivre émaillé elle avait bousculé une femme élégante. Toutes deux échangèrent un regard, détournèrent les yeux, puis la mémoire revenue s'écrièrent ensemble : « Vous ne seriez pas de Simla ? »

C'était Rosemary D'Mello, son aînée de quatre ans à l'école. Une fillette lui tirait la main.

« Rosemary D'Mello ? »

« Coutinho maintenant, et vous – attendez, ne me dites pas… Ça me revient – Chandrayee ! »

Chhobi acquiesça d'un sourire.

« Qu'est-ce que tu fais de beau en ce moment ? »

Chhobi avait toujours le sentiment de chercher des excuses quand on lui posait cette question et elle répondit lentement.

« À vrai dire j'attends que les choses se mettent en place. J'ai candidaté à la fonction publique l'année dernière mais je n'ai pas réussi. Je vais refaire un essai. Entre-temps je prépare un diplôme d'histoire à JNU. »

« Une gauchiste jholawali de JNU », fit en riant Rosemary.

« Nnnoui… » Chhobi opina sur le mode de l'autodénigrement, accru par le sentiment d'être mal fagotée. Rosemary, pleine d'aisance déjà à l'école, était maintenant un modèle d'élégance soignée, les contours du visage rehaussés par un maquillage subtil, les rubis en grappes à ses oreilles mis en valeur par la coupe de cheveux courte et coûteuse qu'elle arborait.

« Non, sérieusement, la fonction publique ? Tellement nébuleux ! Tu cherches un job ? »

« Un job… à temps partiel, peut-être. J'ai fini les cours l'an dernier, cette année il faut que je rédige mon mémoire. Après, eh bien… peut-être que j'enseignerai. »

« Sur quel sujet, ton mémoire ? »

« Sur… euh, la confluence des styles hindou et musulman dans l'architecture de Delhi. »

« Vraiment ! »

Chhobi fut un peu surprise de l'enthousiasme qu'elle provoquait, jusqu'à ce que Rosemary explique qu'elle était rédactrice d'une revue consacrée à New Delhi. Intitulée de manière assez prévisible *The Rajdhani*. Chhobi avait vu l'objet une ou deux fois, un magazine de luxe. La diffusion ne devait pas être énorme. « C'est toi qui avais le prix d'anglais tous les ans, non ? » Puis comme Chhobi faisait oui de la tête : « Voici ma carte, viens nous voir, tu nous écriras des articles sur les monuments de Delhi. Nous avons beaucoup de collaborateurs en free-lance. »

Une semaine plus tard, carte en main, Chhobi était entrée sceptique dans le petit bureau à l'angle de Bahadur Shah Zafar Mag. Au moins le quartier, le Fleet Street de Delhi, était rassurant.

Elle soumit un premier papier sur le Hayat Baksh ou Jardin vivifiant du Fort Rouge. Écrire lui venait sans effort, découvrit-elle. Lyrique, elle décrivit les canaux de pierre, les pavillons nommés Sawan et Bhadon adéquatement conçus pour représenter le flot variable de la pluie pendant les deux phases de la mousson. Ici un torrent déferlant en lames sur des dalles de marbre, là un filet d'eau gazouillant. Jadis les cavités creusées dans la pierre derrière les cascades contenaient des bougies au camphre qui éclairaient magnifiquement les chutes d'eau, au temps de l'empereur Shah Jehan.

Rosemary apprécia tant son travail, auquel un croquis à l'encre exécuté par le maquettiste de la revue donnait encore plus de relief, qu'elle offrit à Chhobi une chronique régulière. Du papier mensuel initial, Chhobi passa rapidement à des interviews et comptes rendus de livres. Six mois plus tard elle était engagée sur un poste fixe, étant entendu de manière informelle qu'on lui laisserait du temps libre pour finir son mémoire. L'argent qu'elle gagnait contribuait très utilement aux frais croissants de la maisonnée.

Août et la mousson semblaient avoir épargné Delhi, hormis un bref éclat fulgurant comme un coup de tonnerre isolé. Même le désert du Rajasthan voisin avait été plus arrosé. Six heures trente du soir, et tous ceux qui patientaient à l'arrêt commençaient visiblement à s'étioler en attendant le bus affrété. Ça sonnait luxueux, comme d'affréter un avion, se dit Chhobi en se faufilant à sa place habituelle. Le revêtement en rexine était chaud et collant. L'aide-mécanicien sourit en s'asseyant près d'elle, et lui enfonça le coin de sa mallette noire en vinyle rigide dans le genou. Elle se rencogna un peu plus pour éviter la forte odeur de sueur mêlée à l'huile parfumée dont il aimait s'inonder les cheveux. Si seulement il voulait bien s'en tenir au pur coton en été et non aux chemises synthétiques.

À India Gate les voilà immobilisés dans un embouteillage. Alors qu'ils contournaient lentement la coupole de pierre où s'était tenu autrefois George V, monarque drapé de marbre, Chhobi se plut à imaginer le bus partant à la dérive par une perte soudaine de sa force centrifuge. Selon la trajectoire tangentielle qu'il choisirait, peut-être dévaleraient-ils devant les magnifiques ruines de citadelles des gouverneurs successifs de Delhi.

Brève vision de la grandeur moghole incarnée par Shah Jehan assis sur le trône du paon. Le dôme à stries de la Jama Masjid lui faisait pendant. Shah Jehan, la reine Razia, et Sher Shah. D'autres gouvernants, indistincts mais splendides, tous des têtes d'épingles comme autant de satellites éloignés dans le temps, tournant sur des axes de dimensions différentes autour d'un point central mobile, Delhi. Chhobi, les yeux fermés pour faire écran à la chaleur, se sentait emportée par le tourbillon d'un manège aux côtés de la reine Razia, l'unique femme dirigeante de Delhi jusqu'à Indira Gandhi. Ce serait une bonne idée de lui consacrer un petit encadré dans le prochain numéro, se dit-elle, s'épongeant le cou trempé de sueur avec son écharpe. Elle ouvrit son sac mais ne put trouver son agenda dans le fouillis de vieux tracts et de lettres. Elle sortit un lot de cartes rigides pliées. En les lissant pour s'en faire un carnet de notes, elle vit que c'étaient d'anciens laissez-passer pour un festival de danse classique indienne. Les mois s'effeuillèrent avec les cartes sous ses doigts.

Le bus redémarra tandis qu'elle se rappelait leur dernière sortie à trois, avec Ma et Dida.

Rosemary lui ayant donné ces invitations pour un récital de danse odissi, une chorégraphie sur les poèmes de Jayadeva, elles firent le long trajet jusqu'au Kamani Auditorium, entrèrent à la hâte au moment où les lumières baissaient.

La maîtresse de cérémonie de la soirée parlait du haut d'une tribune éclairée par les projecteurs, le micro amplifiant un accent soigneusement cultivé au profit des nombreux touristes européens qui remplissaient la salle. À peine avait-elle commencé à citer le poète du douzième siècle dans une traduction anglaise que Dida entonna la version sanskrite du poème. D'habitude elle parlait en réduisant le volume de sa voix à un niveau presque inaudible, comme s'il lui fallait compenser l'amplification tonale requise pour atteindre son propre tympan, mais aujourd'hui l'excitation la faisait parler fort. Des têtes se tournèrent pour la dévisager tandis que Ma, le sourire gêné, lui chuchotait de se taire.

Peu après Chhobi emprunta à la bibliothèque une traduction du *Gita Govinda* qu'elle se mit à lire au bureau.

*… Délaie dans l'eau le musc de daim*
*et marques-en mes deux sourcils*
*en forme de croissants de lune :*
*l'amour ne mouille plus mon front.*
*Ainsi dit-elle à Yâdava*
*pour réjouir son cœur d'Amant !*
*Mets quelques fleurs dans mes cheveux*
*défaits par les jeux de l'amour :*
*pour qu'ils soient le nouveau drapeau*
*et l'émouchoir du dieu Amour.*
*Krishna ! mes hanches et mes cuisses*
*sont faites pour les jeux d'amour :*
*ceins-les d'étoffes, de ceintures,*
*couvre-les de bijoux sonnants !*
*Ainsi dit-elle à Yâdava*
*pour réjouir son cœur d'Amant !*

(Vingt-quatrième Chanson, *Râga : Ramakari*)

Chhobi, qui marmonnait le Notre Père quand elle était en difficulté, ou récitait secrètement une série de Je vous salue Marie, lut avec une grande confusion les prières de sa grand-mère. Élevée comme elle l'était dans la perfection absolue de l'Immaculée Conception, ce chant la choquait – qu'est-ce qui était physique ou métaphysique, l'amour divin ou le mysticisme érotique ?

Rosemary regardant par-dessus son épaule commenta : « Tu donnes dans l'érotisme ? »

« Non, non… En fait il s'agit d'amour divin », répondit Chhobi avec un léger bégaiement. « Le *Gita Govinda.* »

« Voyons cela… humm… », suivi d'un temps de silence pendant qu'elle lisait, « très beau, en fait, ça me rappelle le Chant de Salomon. »

« Le chant de qui ? »

« Salomon – dans l'Ancien Testament. »

« Ah, le Cantique des Cantiques. »

« Ouais, c'est pareil. » Rosemary commença à déclamer d'un ton dramatique :

« *Que tes pieds sont beaux dans tes sandales, fille de prince !*
*La courbe de tes flancs est comme un collier, œuvre des mains d'un artiste.*
*Ton nombril forme une coupe, où le vin ne manque pas.*
*Ton ventre, un monceau de froment, de lys environné.*
*Tes deux seins ressemblent à deux faons, jumeaux d'une gazelle.*
*Ton cou, une tour d'ivoire.*
*Tes yeux, les piscines de Heshbôn.*

*Ton nez*… quelque chose, Liban, je ne sais plus. On l'étudiait en cours de littérature à la fac. C'est pareil, tu sais… passion terrestre utilisée comme exemple pour exprimer les complexités de l'amour divin. »

« Mais comment *toi* tu sais tout ça ? »

« J'ai quand même une maîtrise, figure-toi », répondit Rosemary, un peu vexée du soulignement emphatique. « Tu sais quel est ton problème ? »

« Non – quoi ? »

« Oublie toute cette histoire d'amour divin… et débarrasse-t'en une bonne fois. »

« Je lis, sans plus, ma grand-mère est très attachée à Jayadeva. »

« Je ne pensais pas au livre, c'est *toi* qui as besoin de passion terrestre. Je parlais de ce petit bout de chair intact – n'en fais pas une telle affaire. » Le rire aux lèvres, elle repartit vers sa cellule, laissant une Chhobi rouge brique et sans voix s'affairer à déplacer les papiers entassés devant elle.

Aujourd'hui Dida l'attendait souriante devant le portail, en train de s'éventer avec une grande enveloppe en papier kraft gaiement décorée de timbres inconnus. « Lettre de Sonali, signala-t-elle, et aussi des photos. » Si sa passion pour Krishna, le sombre Seigneur, l'emportait sur d'autres amours, elle avait par ailleurs deux obsessions, collectionner les albums de photos de famille, et le clan Nehru.

Moins enthousiastes vis-à-vis des Nehru, Sonali et Chhobi quand elles étaient enfants adoraient regarder les collections de photos de Dida. Les jours de pluie elle leur permettait de sortir les albums et scruter ces visages depuis longtemps disparus. Elles gloussaient en regardant les frisettes au front et les froufrous au cou de leurs grand-tantes. Les albums les plus anciens étaient recouverts de toile cirée noire, chaque photo minutieusement fixée par des petits coins triangulaires collés sur la page. Elles avaient presque toutes la pose raide des portraits de studio et personne ne souriait. À l'époque se faire tirer le portrait était un événement solennel. Une feuille arachnéenne de papier laiteux voilait chaque page comme si les sujets photographiés étaient claustrés en purdah.

Aujourd'hui l'album de Sonali était ouvert sur la table des repas. Il commençait par son Annaprasanna quand elle avait six mois – bien reconnaissable, un beau bébé, les yeux lourdement soulignés de khôl et une marque noire sur la joue pour écarter le mauvais œil – et rapportait presque tous les faits de sa brève existence jusqu'en 1971, l'année où Bapi mourut. C'était lui le photographe de la famille, gardien de leur mémoire collective, si bien que Sonali et Chhobi ne se rappelaient pas vraiment les faits mais plutôt les clichés noir et blanc qu'il en avait pris. Comme c'était lui en général qui tenait l'appareil il existait très peu de photos de lui. La plupart étaient d'ailleurs voilées ou floues, et progressivement c'est cette image de lui qu'elles conservèrent.

Ces photos tardives avaient les couleurs éclatantes du Kodachrome. Comme si en tournant les pages de son album, Sonali avait réussi à fuir cette petite maison étouffante, si décolorée faute d'entretien, pour s'évader dans un univers de somptueux technicolor. Ma arriva du bureau au moment où Chhobi commençait à lire la lettre de Sonali. Jetant son sac sur la table, elle tira une chaise juste sous le ventilateur et s'y laissa tomber, lissant la ride entre ses yeux d'un geste fréquent chez elle. « Pas de pluie », dit-elle d'un ton plaintif à la pensée des routes frémissantes de chaleur.

Dida lui tendit une tasse de thé fumant, à ses yeux la meilleure des panacées : « Le temps en Grèce est parfait. Sonali a terminé sa croisière, Hong Kong, Istanbul, Le Pirée. Des villes que nous ne verrions même pas en rêve. »

Observant l'enthousiasme de Dida pour les photos, Chhobi se demanda pourquoi Ma ne regardait jamais les anciens clichés. Il n'y avait aucune photo de leur père dans la maison, sauf un portrait encadré près du lit de Ma. Comme si elle préférait ne pas se retourner sur le passé, période où à l'évidence elle avait connu des jours meilleurs.

Chhobi se rendit dans la chambre et fouilla dans la vieille bibliothèque, d'où elle sortit un atlas scolaire fatigué. Elle l'apporta sur la table et avec Dida retraça la route qu'avait suivie le bateau. La géographie dans la vie réelle était tellement plus stimulante que les sèches leçons de l'école.

« Ce n'est pas une croisière, Dida, ils sont sur un cargo qui transporte de la farine de tapioca pour les porcs », rectifia Chhobi. Elle tendit la main vers les fines pages de papier avion, négligemment griffonnées par Sonali dans une écriture penchée en arrière que les religieuses n'auraient jamais tolérée. Les photos avaient été prises à Istanbul et en Grèce. Sonali souriant sur fond de minarets ensoleillés et de forts en ruine, encadrée par l'arche élancée du pont sous lequel passait le bateau. Au dos du cliché elle avait écrit : « Istanbul à bâbord. »

« Très nautique », commenta Chhobi. « Bâbord c'est le côté gauche du bateau, c'est bien ça ? »

« Elle a eu le mal de mer pendant la traversée de la mer d'Oman. Ils ont eu des rafales de vent de force huit », expliqua savamment Dida. Chhobi s'esclaffa. « Tu l'as lue combien de fois, cette lettre ? » demanda-t-elle taquine.

Sonali et Dadu auraient pu occuper des camps ennemis dans la guerre des générations mais elle était la préférée de Dida et Chhobi savait bien que c'est d'abord pour Dida que Sonali envoyait ces photos et ces longues lettres descriptives. Dida souffrait affreusement de son absence. Elles se ressemblaient à tant d'égards, la beauté et le caractère affirmé, et cette ardeur intense à vivre dans le présent. Elles adoraient rire. Parfois elles regardaient ensemble le film télévisé du dimanche soir, Dida massant le crâne de Sonali avec de l'huile, et tous les autres entendaient leurs rires virevolter, piquer et fondre contre les murs. « Qu'est-ce qu'il y a de si drôle ? » demandait Chhobi, mais elles n'expliquaient jamais.

Dida et ses espoirs pour l'avenir illuminés par la beauté radieuse de Sonali. Espoirs qu'elle avait nourris avec soin entre ses paumes arrondies en coupe.

Dida pouvait peut-être maintenant colorier le mariage imprévu de Sonali de teintes optimistes mais elle avait été horriblement déçue. Elle avait tellement aspiré à utiliser sa beauté pour nouer une alliance éblouissante.

Sonali et Chandrayee. Chhobi était née par une nuit de pleine lune qui lui avait valu ce nom extravagant. Que les religieuses prononçaient Shandrayee, et qu'ici à Delhi tout le monde abrégeait en Chand. À la maison on l'appelait Chhobi. Peu de rayons de lune et encore moins de vif-argent chez elle, sinon son impression fréquente d'être le reflet liquide de Sonali la mordorée – l'ambre de sa peau rehaussé par ses grands yeux sombres aux longs cils semés de paillettes d'or. Maintenant c'est sur Chhobi que Dida concentrait son ambition. Difficile de jouer les doublures d'argent pour un nuage entièrement cousu par Sonali. Dida la regardait souvent avec une telle impatience ! Elle tendait sans cesse à Chhobi des petits bols de métal contenant des décoctions d'herbe pour lui éclaircir la peau ou rendre ses cheveux plus brillants. Des masques composés de jus de citron, peau du lait et farine de pois chiches, feuilles d'hibiscus pilées, lait de coco. Si seulement elle pouvait par quelque magie alchimique métamorphoser le plomb de Chhobi en or.

On ne peut pourtant pas dire que Chhobi était laide, ni même « popote », cette exigence fréquemment exprimée dans les petites annonces matrimoniales du *Times of India* par des épouseurs en quête de fées du foyer diligentes. Non, elle avait une jolie silhouette et de grands yeux intelligents, mais elle avait tendance à cacher ses formes sous des kurtas de tissage et de coupe artisanaux, et à force de lectures tardives sous un éclairage médiocre, ses yeux avaient pris un regard myope un peu fatigué. Comme s'en plaignait Dida, elle faisait de son mieux pour ne *pas* paraître à son mieux. Le premier problème c'est qu'en voyant Sonali, sa beauté vraiment exceptionnelle, les gens plaçaient trop haut leur attente.

## 4

Une ombre d'irritation passa sur le visage de Dida, et Ma en se retournant vit Mrs Chatterjee qui se dirigeait pesamment vers leur porte-moustiquaire. Elle échangea avec Chhobi un regard excédé tout en se levant pour faire entrer leur visiteuse. Chhobi fonça à l'autre bout de la pièce mettre en route le ventilateur de la partie salle à manger. La fois précédente, Mrs Chatterjee avait fait une remarque sur la saleté des pales. Dida n'aurait pas à blêmir maintenant que Chhobi poussait le modulateur à pleine vitesse et que la saleté disparaissait dans le sifflement des lames.

« Vous pouvez me donner un verre d'eau, s'il y a du citron vert, et je prendrai un peu de sorbet », déclara Mrs Chatterjee en déposant son corps massif sur le divan fané qui grinça en signe de protestation. Ses gros doigts couverts de bagues s'étalaient sur ses cuisses corpulentes, et ses nombreux mentons lui donnaient une ressemblance prononcée avec la reine Victoria – à vrai dire, avec ses cheveux blancs de neige et sa peau sombre elle avait plutôt l'air d'un négatif de la vieille reine. Son sari blanc affichait sa qualité de veuve. Son époux avait été longtemps goûteur de thé à Londres et il était mort là-bas. Ses deux fils, médecins de la Sécurité sociale au Royaume-Uni, venaient rarement en Inde. L'aîné lui avait justement rendu une de ses rares visites, et ses hôtesses savaient qu'elles auraient droit au récit de l'événement point par point. Ni l'une ni l'autre de ses belles-filles ne pouvait s'entendre avec elle, de sorte qu'elle vivait seule. Comme pour compenser, ses fils la couvraient de cadeaux, qui restaient pour la plupart intacts dans leur emballage d'origine. Ses placards étaient remplis de robots ménagers, fers électriques à vapeur, grille-pain automatiques. Seuls deux présents lui avaient vraiment plu, la grande télévision en couleur expédiée à l'occasion des Jeux asiatiques, et la servante d'origine tribale fournie par le couvent d'une banlieue de Delhi-Sud.

« Ces visites de Montu m'épuisent, il arrive et repart toujours en pleine nuit », dit-elle en guise d'ouverture.

« Oh, vous voulez dire qu'il est reparti ? Nous n'avons pas eu l'occasion de le voir cette fois-ci. Comment va votre belle-fille ? » demanda poliment Ma.

« Mishti va bien, elle n'a pas pu venir parce qu'elle devait aller voir ses parents à Calcutta, mais elle m'a envoyé quelque chose de très très coûteux », mugit Mrs Chatterjee, qui prenait toujours un ton de corne de brume quand elle parlait à Dida. Maintenant elle va nous vrombir toute la notice d'un ustensile quelconque, pensa Chhobi en pressant férocement un citron sec et dur dans son verre d'eau. Toujours à se vanter ou se plaindre.

« C'est un magnétoscope, le tout dernier modèle », annonça-t-elle fièrement. Elles étaient impressionnées – personne dans la colonie n'en possédait, à leur connaissance. Elle jeta un coup d'œil dédaigneux à leur poste noir et blanc où souvent la réception était si mauvaise que le présentateur apparaissait à l'écran pris dans un blizzard.

« C'est très généreux de sa part, il faudra que nous venions regarder un film. Montu vous a sûrement apporté des cassettes avec l'appareil », dit Ma qui dans son for intérieur plaignait un peu la vieille dame.

« Nous avons reçu une lettre de Sonali, fit Dida, elle est ravie de sa croisière en Méditerranée. » Elle mobilisait Sonali, Chhobi le savait, dans une contre-offensive de diversion visant à détourner Mrs Chatterjee de ses richesses importées. Dida s'imaginait encore sauver les apparences et se maintenir sur un pied d'égalité avec la bonne bourgeoisie locale, en l'occurrence les Chatterjee, les Das, les Ghosh ou en fait la quasi-totalité de ses voisins, car ils étaient presque tous plus fortunés qu'elle.

« Comment va ce Pendjabi qu'elle a épousé ? Un mariage bien soudain. Pas très beau ni très diplômé. Chez nous, les Brahmines, on n'accorde pas tant de libertés à nos filles. Sans compter qu'il a au moins dix ans de plus qu'elle, sous ce rapport il aurait mieux fait l'affaire de notre Chhobi. Ça lui fait quel âge maintenant ? Vingt-trois ? »

« Elle n'a que vingt-deux ans », protesta Dida sur la défensive. Ma et Chhobi échangèrent un regard. Elle en avait vingt-quatre.

« Pourquoi refuser de vivre avec son temps ? » Mrs Chatterjee s'acharnait : « C'est tellement simple maintenant, vous n'avez qu'à faire passer une petite annonce dans *The Times of India*. Est-ce qu'on lui a établi son horoscope ? Ma nièce a trouvé son mari dans la rubrique matrimoniale. Il a fallu qu'elle fournisse à la famille du garçon un horoscope informatisé. Ils ne veulent plus entendre parler de nos vieux janam patris démodés. »

« Chhobi fait un métier intéressant, bientôt nous lui présenterons quelques bons partis », intervint Ma, lui coupant la parole. « Je regrette bien que Sonali n'ait pas obtenu sa licence. »

« Je vais aller voir si Dadu a fini pour aujourd'hui », dit Chhobi, pressée de s'évader. Ma faisait toujours pire que mieux en voulant prendre sa défense. Inutile que Ma s'inquiète, elle avait le cuir de plus en plus solide. Tout en renattant prestement ses cheveux dans la chambre elle entendait Mrs Chatterjee crier à Dida : « Est-ce que Sonali rentre bientôt ? J'ai besoin d'un produit qu'on trouve en Europe. Vous pouvez lui écrire et lui demander de me le rapporter ? »

« Elle revient en novembre. J'espère que ce n'est pas trop lourd », répondit à contrecœur Dida.

« Non, non, Montu a oublié de l'apporter, j'en ai besoin pour mon magnétoscope, c'est tellement poussiéreux, Delhi, il a dit que je devais m'en servir régulièrement. »

« Quoi ? vous devez faire quoi lentement ? » Dida avait une surdité sélective dont elle usait pour mettre fin aux conversations qui ne l'intéressaient pas vraiment. Chhobi se demandait parfois jusqu'où allait cette surdité après l'avoir vue poser sa louche dans la cuisine quand la vieille radio en bakélite jouait *Bageshri*, son raga préféré.

« Un vaporisateur pour nettoyer les têtes », poursuivit Mrs Chatterjee.

« Nettoyer les têtes ? Vous voulez dire du shampoing. Je ne m'en sers jamais, très nocif, plein de produits chimiques. Du reetha, c'est ce qu'il y a de mieux. Regardez mes cheveux, presque pas de gris », dit fièrement Dida. Il leur faudrait probablement la nuit entière pour démêler tout cela, pensa Chhobi avec un sourire narquois.

Chhobi sortit en courant du salon pour aller au cabinet médical de son grand-père à l'autre bout du petit jardin, où elle trouva Dadu en train de lire un vieux numéro du *Reader's Digest*.

Cabinet médical. Vu les circonstances, c'était un terme ambitieux, un euphémisme assorti seulement à l'éminence du nom peint en italique à l'ancienne sur la pancarte extérieure – Dr Dharani Dhar Talukdar, diplômé de médecine et chirurgie. Des rideaux jaunes poussiéreux ornés de chameaux violacés divisaient le garage en deux aires. Les rideaux venaient de Sanganer et l'impression avait déteint au premier lavage, effaçant les contours des chameaux comme s'ils étaient fouettés par une tempête de sable. Derrière eux s'empilaient des caisses d'emballage peintes en noir qui contenaient l'essentiel de leurs possessions. Chacune portait en lettres blanches tracées au pochoir le nom de leur père et les mots Army Post Office suivis de l'adresse militaire. Dida et ses voisines les avaient remplies treize ans plus tôt à Simla. Elles étaient numérotées de 1 à 41.

Les journaux de la veille empilés sur le sol s'élevaient en forme de stalagmites en attendant le prochain passage du kabadiwala, qui les revendrait à une déchetterie. Devant les rideaux il y avait une table en métal recouverte d'une plaque stratifiée et deux chaises au cannage plastique monté sur des tubes d'acier coudés. Sur le mur, des encadrements de scènes macabres arrachées aux pages d'un calendrier pharmaceutique représentant des opérations chirurgicales. Comme des bouchers obtus, ces chirurgiens en tabliers de cuir sanguinolents maintenaient d'une poigne ferme leurs patients qui hurlaient, de quoi retourner l'estomac des clients de Dadu hormis les plus stoïques. Plusieurs générations de geckos, certains brun clair, d'autres noir marbré, vivaient derrière les cadres.

À l'appel de Chhobi, Dadu posa sa revue et commença la fermeture des locaux. C'est toujours lui qui faisait le marché, et les repas étaient à peu près les seuls moments capables de ranimer sa joie de vivre. Les rares fois où un plat souffrait de négligence, il pratiquait une analyse post mortem acérée de toutes les erreurs commises. Pas très grand, un solide appétit lui avait ajouté des couches d'épaisseur, et les filles s'amusèrent beaucoup en découvrant un jour que son tour de taille faisait mesure égale avec la longueur de ses pantalons, un mètre zéro deux.

Le marché était proche, dix minutes à pied. En route ils croisèrent Ratan Kaku, l'ami d'enfance de Dadu, plus jeune que lui de quelques années. L'unique exception qui arrachait Dadu à la compagnie exclusive des femmes. Il sortait à l'instant d'une réunion de l'amicale EPDP.

« Ça veut dire quoi exactement, EPDP ? » lui avait un jour demandé Chhobi.

« Ce que nous sommes, répondit simplement Kaku, East Pakistan Displaced Persons, les personnes déplacées du Pakistan oriental. »

« Pakistan oriental ? Mais ça n'existe plus », avait objecté Chhobi, refusant d'être identifiée par un sigle aussi anachronique.

« La mort du Pakistan oriental était inévitable, le défaut remonte à sa conception, dans la théorie des deux nations de Jinnah. Il était clair que les Bengalis appartiendraient au Bangladesh tôt et non pas tard. » Ratan Kaku se réfugiait dans des tournures de phrase pédantes.

« Jamais nous n'aurions quitté notre pays s'il était devenu le Bangladesh en 1947 », fit Dadu avec une pointe d'amertume. EPDP, un sobriquet ironique vu les circonstances, quand on pense qu'à l'origine ils avaient renoncé à tout pour éviter l'étiquette Pakistanais. Être hindou dans un État musulman, en quoi était-ce plus dur que de se sentir si étranger dans cette ville agressive verrouillée par un entourage de terres ? Dadu avait laissé derrière lui son pays, ses biens, tous ses rêves et aspirations en fuyant Mymensingh en 1947. Même s'il n'emportait rien, il passait pour mieux loti que d'autres, parce que diplômé de médecine et marié à la fille d'un homme riche de Calcutta.

Le marché s'animait au crépuscule quand revenait un peu de fraîcheur. Les légumes reluisaient frais et plaisants au palais bengali – grappes de fleurs de banane couleur puce, néverdiers filandreux, gros potols striés – des légumes introuvables sur tout autre marché de Delhi. Une longue guirlande de lanternes petromax sifflaient au-dessus des étalages de poissons. Perchés derrière des blocs de glace refroidissante, les marchands criaient leurs prix d'une voix rauque, leurs produits disposés devant eux à profusion piscicole – perches, carpes rohu ou katla, harengs, et autre menu fretin. Les lumières blanches réfléchies par les écailles les irisaient de couleurs changeantes, argent surtout, tantôt plomb, tantôt étain.

Dadu avait dû recevoir un ou deux patients aujourd'hui, car il se dirigeait très résolument vers les poissons. Chhobi faillit trébucher sur une cuvette en fer-blanc pleine de petits crabes marron qui grimpaient gauchement les uns sur les autres, trop petits pour avoir vraiment de la chair dans les pinces. Dadu inspectait de près une grosse carpe pour en vérifier la fraîcheur, examinait l'œil, palpait le ventre et soulevait l'ouïe en éventail pour s'assurer que dessous la rougeur était intacte. Satisfait du résultat des tests, il fit signe au vendeur qui lui en coupa un kilo, l'éviscérant avec soin sans percer le sac de bile. Ils le regardèrent peler adroitement les écailles iridescentes, la lame en forme de faucille du couteau aiguisé bien droite sur son pied, fermement maintenue par son gros orteil.

« Bon poisson », dit Ratan Kaku. Il avait un long passé de douleurs d'estomac chroniques et survivait par une diète d'aliments bouillis des plus mornes, quasiment végétarienne. Des visites quotidiennes au marché épiçaient par procuration ses repas, quand il contemplait les poissons luisants ou les poulets tandoori grassouillets en train de rôtir au dhaba routier. Un voyeur gastronomique.

Aujourd'hui il demanda d'un ton autoritaire les prix du bhetki et du rohu au poissonnier. Un individu grossier, qui cita des chiffres absurdement grossis, et tourna le dos à Ratan Kaku, marmonnant de façon insultante que jamais au grand jamais il n'achetait quoi que ce soit et qu'il lui faisait perdre son temps. Dadu et Chhobi entraînèrent leur ami avant qu'une vilaine dispute ne s'ensuive.

L'autre passe-temps de Ratan Kaku consistait à rédiger des lettres aux rédacteurs de journaux. Célibataire à la retraite, il avait beaucoup de loisirs. En ce moment il menait une guerre contre les promoteurs immobiliers qui menaçaient de transformer leur modeste colonie en jungle, imaginaire pour l'instant, d'immeubles de pacotille.

« Vous verrez demain », confia-t-il en avalant une gorgée furtive d'une bouteille d'antiacide rose laiteux qu'il transportait dans un sachet, presque à la dérobée, comme un picoleur inavoué. « Je suis sûr que ça sera publié. »

« De quoi s'agit-il, cette fois-ci ? » Dadu s'impatientait, pensant à son poisson. Lui aussi détestait le changement mais il se jugeait incapable de l'empêcher. À son avis, les diatribes de Ratan Kaku étaient futiles.

« Ce type, Goel, qui a acheté la maison des Bose, j'ai découvert que c'est un entrepreneur immobilier, supposons qu'il construise un immeuble de cinq étages. Mon air et ma lumière, qu'est-ce qu'il en restera ? Déjà que les Jeux asiatiques m'ont fait perdre ma valeur locative. »

« Les Jeux asiatiques ? » Chhobi trouvait l'allusion à cet événement qui avait permis à Indira Gandhi d'embellir Delhi difficilement conciliable avec une chute de l'immobilier.

« Qu'est-ce qui ne va pas ? » demanda calmement Dadu. Kaku paraissait en effet plus agité que de coutume.

Ratan Kaku ne touchait aucune pension mais il vivait confortablement du loyer que lui rapportait son premier étage. Comme nombre de propriétaires à Delhi, il avait une règle simple mais inflexible concernant les locataires. Ils devaient être originaires d'Inde méridionale et employés par une société anonyme.

« Tu sais que mes locataires, les Menon, ont signé un bail de trois ans. Il reste un an à courir mais maintenant Mrs Menon parle de déménager dans un endroit plus calme et moins pollué. Leur gosse de six ans a des troubles respiratoires depuis que le pont routier passe devant la maison. Elle s'est plaint aussi qu'elle ne dort pas de la nuit à cause de la circulation. Maintenant si on nous met un immeuble à côté je serai étranglé. Ce Goel va sûrement vouloir installer une pompe motrice sur ma conduite d'eau et me boire à fond. » Une forte crampe d'estomac le fit grimacer.

« Ne vous faites pas tant de bile, Kaku, les choses vont s'arranger », s'entremit Chhobi pour l'apaiser, mais Dadu prit une mine sévère. « À force de te ronger comme ça tu vas finir par te donner un ulcère, pourquoi ne pas simplement poser la question à Mr Goel ? »

« Je ne lui adresse pas la parole, la seule fois où je l'ai fait, il m'a demandé si ma maison était à vendre. »

« Tu devrais attendre de connaître ses intentions, ce n'est pas bien de faire de fausses allégations dans les journaux. »

Chhobi les laissa à leur discussion et courut à la confiserie. Les vitrines présentaient des plateaux chargés de délices sucrés. Les mouches bourdonnaient de gourmandise frustrée devant ces douceurs tentatrices garnies de safran, amandes et feuille d'argent tenues si cruellement hors de leur portée. Elle demanda un pot en faïence rempli de mishti doi et en acheta un plus petit pour Ratan Kaku. Le yoghourt ne risquait pas de lui brûler l'estomac.

Sur le chemin du retour, c'est le poisson qui lança Dadu sur son sujet favori. « Chez moi je n'ai jamais vu personne acheter un morceau de poisson », dit Dadu. « Chez moi » restait pour lui l'ensemble irrégulier que constituait le domaine familial de Mymensingh. Le terrain qui appartenait jadis à la famille s'étendait au-delà de la ligne d'horizon en rizières doucement ondulées, maintenant perdues à jamais au Bangladesh.

« On n'achetait jamais de poisson. Nous avions nos propres étangs et on prenait un filet pour les sortir par vingtaines », poursuivit-il, reparti nager dans le vaste courant de ses réminiscences.

« Parle-moi des mangues, Dadu. » Chhobi avait déjà entendu tout cela cent fois, mais elle adorait l'entendre décrire la pure abondance des temps qui l'avaient vu grandir.

« Pourquoi des mangues ? Les vergers autour de la maison produisaient des boisseaux de jamblons violets, des ti-jacques plus gros que des bébés, des goyaves sans pépins à chair rose, des noix de coco… » Faisant passer dans l'autre main le sac à provisions taché, il continua : « À la saison des mangues les fruits arrivaient dans des grands paniers garnis de paille. Certains cueillis dans nos vergers, certains envoyés par la famille de ma mère. La grande véranda à l'arrière était couverte de paniers sur toute sa profondeur. La maison entière sentait le fruit mûr. Je ne voulais plus manger de riz, rien que des fruits jusqu'à en avoir la nausée. »

« Quelles étaient tes mangues préférées, Dadu ? »

« Les himsagar, les langra à chair pâle et les chousa. On servait des mangues comme en-cas, au petit déjeuner ou pour jalkhabar, notre thé de l'après-midi. Le meilleur c'était la pulpe de mangue mélangée à du riz au lait bien crémeux, du khir. Il y avait un grand tub en cuivre qu'on remplissait d'eau. Le marchand de glace livrait tous les matins des blocs de glace enveloppés dans de la toile de jute. On en mettait un bloc à flotter avec un boisseau de mangues. Et puis on s'asseyait tout autour, on se gorgeait jusqu'à ce que le jus nous glisse le long du menton, qu'il trace des ruisseaux gluants du poignet au coude », dit-il avant de plonger dans le silence.

Il pensa d'abord à la lumière, et à la fin il ne savait trop ce qui lui manquait le plus, la lumière ou l'eau. Ce scintillant paysage ripuaire.

La blancheur rude et plate des étés de Delhi l'aveuglait à tel point qu'il pouvait à peine concentrer son regard sur les ombres naines attachées à ses pas en se languissant de la lumière de Mymensingh. Diffuse, verte, une lumière liquide qui éclairait chaque jour d'une nuance chatoyante et autorisait ses yeux à voyager au-delà des champs lointains jusqu'aux rideaux de bambous étirés en palissade mouvante.

Même s'il avait échappé au carnage sanglant qui suivit la Partition, le déracinement l'avait tellement traumatisé qu'il restait à jamais en exil, prisonnier de ses propres souvenirs.

Une fois sorti du rayon protecteur que répandait le Dr Mitra avec ses manières policées, il ne parvint jamais à se rétablir professionnellement, sa clientèle déclinait à vue d'œil. Elle venait surtout de la main-d'œuvre immigrée des gens pauvres qui attendaient la dernière minute pour consulter et devaient être hospitalisés sur-le-champ, évitant ainsi de revenir lui faire une deuxième visite. Le fardeau d'équilibrer le budget de la maison, auquel il n'était pas préparé, dépassait ses forces, jusqu'au jour où Ma prit le relais.

Dida et Ma géraient la situation bien plus efficacement maintenant, mais elles avaient soin l'une et l'autre de maquiller tout achat important en décision prise par Dadu.

Il y avait un domaine de son existence que Dadu protégeait farouchement. Il n'admettait aucune ingérence dans le jardin, où il cultivait soigneusement des arbres et des arbustes ne produisant que des fleurs blanches ou crème, presque toutes choisies pour leur parfum plutôt que pour la beauté de leurs corolles. Peut-être aspirait-il à une pureté enfuie, car toutes les couleurs convergeaient vers le blanc sous le prisme de sa lentille.

Encadrant le portail, ses plantes favorites, chandini et kamini, se tenaient en attente dans les coulisses telles deux sirènes de l'écran argenté. Tout proche, le gandharaj ou gardénia capricieux qui répondait au contact de ses doigts par une profusion de fleurs marcottées. La platebande conduisant à la porte principale arborait une épaisse plantation de tubéreuses dont Chhobi trouvait le parfum trop puissant. Il y avait dans l'angle un magnolia, qui survivait malgré l'amputation sans merci infligée chaque année à ses rameaux pour laisser passer le soleil d'hiver. C'étaient ces fleurs charnues au cœur doré qu'elle préférait, grappes enchâssées dans leurs volutes de feuilles vert sombre que l'arrosage satinait en chassant la poussière. À l'extérieur du mur d'enceinte luisant d'esquilles de verre, s'épanouissait un kadamba, planté il y a bien des années à la requête de Dida. Un arbre enraciné dans la mythologie, car sous ses branches le seigneur Krishna s'était diverti à taquiner les jeunes filles et jouer de la flûte. L'arbre s'épanchait en fleurs au premier son du tonnerre, en juillet quand Delhi verdissait, lavé de frais par la pluie. Les fleurs, des orbes dorés gros comme le poing, cloutés d'étamines blanches comme si on les avait roulés dans du sucre glace, attiraient des nuées d'abeilles et de papillons, une vision rare en plein milieu de Delhi-Sud.

Dadu avait également planté dans la cour un jasmin de nuit. Chootu, leur jardinier adolescent, deux vacations par semaine, l'appelait haar singaar, l'arbre du chagrin, tellement plus lyrique, et d'ailleurs l'arbre avait l'air d'un poème. Ses fleurs odorantes, blanches avec leur carpelle safrané, tombaient deux fois l'an. Parfois les filles étendaient un vieux drap sous l'arbre quand il était en fleur, pour récolter les pétales parfumés qu'il avait semés pendant la nuit, dont elles faisaient des guirlandes pour le Krishna de Dida.

Dadu était un apolitique taciturne – il ne se prêtait jamais aux controverses adda des cafés philosophiques. Peut-être qu'il reprochait la Partition aux Britanniques mais il n'avait pas d'aversion particulière à leur égard. En fait, dans nombre de domaines il trouvait que leurs méthodes se comparaient avantageusement à celles du gouvernement indien actuel. Sa contribution à l'esprit d'indépendance swadeshi se confinait à un seul sujet. Il détestait les fleurs anglaises, qu'il trouvait criardes et inodores.

C'était le seul vrai sujet de différend avec sa fille. Habituée aux jardins de cantonnement riches en plantes saisonnières, la première année où elle était revenue vivre avec lui, elle avait planté des asters, des giroflées, des œillets de poète, des roses trémières. Ma était ravie du résultat de ses efforts jusqu'au jour où de la fenêtre elle vit Dadu flageller rageusement de sa canne un dahlia aux proportions dignes d'un prix agricole. Ce fut la seule fois où elle planta des fleurs d'hiver.

Chhobi aimait beaucoup le jardin aux senteurs nocturnes de Dadu. Il lui rappelait le jardin Mahtab de Shah Jehan au Fort Rouge, planté d'arbustes aromatiques choisis qui s'épanouissaient seulement à la lumière de la lune. Elle se demanda si Ma lui trouvait des airs funèbres. Blanche vêture des veuves. Ma, quant à elle, portait des couleurs, mais rien de trop vif et jamais de rouge. En matière de jardins elle gardait son goût pour le spectre complet de l'arc-en-ciel, au lieu de ces fleurs blafardes, d'une pâleur à peine visible. Elle le satisfaisait en contemplant les ronds-points de Lutyen's Delhi sur le chemin de son usine.

# 5

Le lendemain matin les robinets émirent un gargouillis caverneux et se tarirent. La pression de l'eau était tout juste assez forte pour atteindre la hauteur du robinet du jardin. Dadu montait la garde à côté, regardant patiemment le mince filet couler au ralenti dans le seau en métal galvanisé. Une feuille de margousier tachetée descendit en vrille nonchalante d'une branche en surplomb et atterrit dans le seau où elle ondula doucement à la surface de l'eau. Une feuille en forme de cimeterre, le bord externe de l'arc jaune flétri virant au vert lumineux. Le soleil s'infiltrait dans le maillage des veines à la sève amère. L'œil de Dadu quitta l'arc pour suivre une tangente familière.

La courbe recréa un sari tangail jaune bordé de vert qui s'enflait comme la voile d'un galion du dix-huitième siècle. Mymensingh et les nombreux étangs de son domaine, miroitements argent enchâssés dans l'esprit. Sa mère, se baignant dans la mare, ou pukur comme on l'appelait, réservée aux femmes. Les bords du cercle frangés de roseaux élancés. Juste l'accès à la rive protégé par le sari tendu entre deux mâts de bambou. Étendues liquides rayonnant d'éclat emprunté au soleil. Partout de l'eau – de l'eau en quantité. Un cri de Dida le ramena brusquement au présent. Le seau était plein, il débordait. Dadu ferma le robinet en serrant bien pour ne pas gaspiller une goutte. Lentement il cueillit la feuille de margousier et la mit dans sa bouche. Mâchant avec application il savoura son amertume astringente.

Ce jour-là Chhobi manqua son bus après avoir attendu trop longtemps son bain. Le réservoir général suffisait tout juste aux besoins de la cuisine où les bouches béantes des pots et casseroles sales de la veille réclamaient à boire, après quoi il restait à peine un demi-seau pour elle. Dadu avait consommé deux seaux pour arroser ses précieuses plantes, en cédant à contrecœur un petit fond pour Ma.

Le minibus où Chhobi se faufila eut tôt fait de la mettre en nage. Elle n'avait pas besoin de grossir la jungle de bras levés cramponnés aux poignées au-dessus de leur tête pour tenir debout. Elle était si bien coincée que la pression brûlante des corps de tous côtés prévenait tout risque de chute, quelle que soit la rudesse des coups de volant. L'âcre puanteur velue émise par cette multitude d'aisselles découvertes l'obligeait à respirer par très petites bouffées.

C'est avec soulagement qu'elle trouva une place après trois stations. Des affiches en noir et blanc collées aux fenêtres attirèrent son regard. C'étaient des mises en garde de la police de Delhi, illustrées de dessins maladroits, rappel sinistre des temps troublés. Ces affiches exhortaient les citadins à « Vérifier si des explosifs sont dissimulés sous les sièges de bus/train », « Signaler les colis suspects » ou « Ne pas répondre aux inconnus qui vous offrent des aliments ou des boissons ». Chhobi se pencha avec précaution pour regarder sous le siège devant elle, mais vit seulement des bouts de papier déchirés et des mégots de bidi.

L'après-midi, Rosemary fit venir Chhobi dans son bureau. En voyant sur son visage les signes avant-coureurs de crise, Chhobi échangea un regard affolé avec la secrétaire de rédaction convoquée elle aussi. Mrs Iyer, lasse, ménopausée, mais qui comptait encore les jours du mois avec la rigueur des dates butoir.

La chaleur à blanc qui suintait de l'extérieur était affolante et elles n'avaient pas l'énergie requise pour contrôler l'ire de Rosemary. Elle désigna une pile de lettres sur son bureau, « Elles disent toutes la même chose, comment est-ce possible qu'un journal de Delhi se désintéresse de la politique ? Et le Pendjab ? Nous devrions traiter des sujets sérieux, tensions ethniques, séparatisme… et ceci et cela. »

« C'est cette opération Blue Star, Indira Gandhi a commis une lourde erreur en liquidant Bhindranwale », murmura Mrs Iyer, faisant allusion aux actes terroristes quasi quotidiens où on expulsait des Hindous de leur bus pour les abattre à bout portant. Chhobi acquiesça. À coup sûr, depuis le 6 juin, quand l'armée avait pénétré dans le Temple d'Or et profané le sanctuaire le plus sacré des sikhs, la vie au Pendjab avait encore gagné en violence.

« Trop sûre d'elle, voilà ce qu'elle est, depuis qu'elle a créé le Bangladesh, elle veut se mêler du Sri Lanka aussi, soutenir les Tigres tamouls, un Frankenstein de plus en perspective », offrit-elle en guise de contribution.

Mrs Iyer ajouta, mine ridée par un froncement de sourcils : « Ce sont les Tigres du LTTE qui ont fait sauter l'aéroport de Madras la semaine dernière, c'est plus ou moins confirmé. Mon mari se trouvait dans cet aéroport exactement la veille de l'explosion. Un article sur le terrorisme serait tout à fait de saison. »

Rosemary voulait publier un rêve de beauté sans conséquence, une ode à Delhi, avec focale douce sur les monuments patinés, l'actualité culturelle et les artistes à la mode. Elle répugnait à la réalité qui changeait la poésie en politique. Elle les foudroya toutes deux du regard.

« Nous sommes censés promouvoir le tourisme. Les hôtels cinq étoiles mettent la revue dans les chambres de leurs clients. Vous croyez que ça va faire monter les ventes si nos lecteurs s'attendent à sauter sur une bombe ? »

« Mais… Peut-être qu'ils n'ont pas tort… Je crois que c'est notre devoir d'alerter nos lecteurs… Je veux dire qu'ils devraient au moins se montrer un peu plus vigilants. »

« Notre devoir ! Tu sais, Chandrayee, ta petite voix tranquille, elle nous casse les oreilles. Je ne suis pas chargée de jouer les sauveurs. Tu te prends pour qui ? Mère Teresa ? Commence plutôt à vivre ! »

Chhobi fut piquée au vif par les propos de Rosemary. Elle en avait assez qu'on la traite de puritaine refoulée. C'est l'allusion à Mère Teresa qui passait mal, ressuscitant une querelle vieille de plusieurs mois avec Sonali. De retour dans son bureau, impossible de continuer à rédiger un énième article célébrant l'un des beaux monuments de Delhi. Elle se mit à dessiner une série d'étoiles explosives. L'œil furieux fixé sur la page, elle revécut la dispute.

Au départ, Sonali était en train de découper un tee-shirt noir qu'elle avait acheté à Janpath. Elle posa rapidement un galon d'argent autour de l'encolure retaillée et l'enfila.

« Qu'est-ce que tu en penses ? »

S'efforçant de prendre un ton dégagé, Chhobi observa : « Tu ne crois pas que le décolleté est un peu trop plongeant ? »

Sonali sinueuse en noir et argent entama une danse de derviche autour de la pièce – « V à l'avant », puis relevant ses cheveux, « V à l'arrière – deux V font un W – W comme Wouah ! » Le V de devant, une flèche, un panneau indicateur sexuel pointant vers le bas, entre ces deux seins hauts qui frémissaient légèrement tandis qu'elle prenait une pose de mannequin.

« C'est à peu près aussi subtil qu'un car des Transports routiers ! »

« J'imagine que tu trouves ça subtil, une robe de nonne avec cette coiffure à gyrophare. C'est pour ça que tu t'habilles toujours en gris ou en beige. Ça te fait une peau couleur de boue. Rappelle-toi que même Mère Teresa a quitté ton école minâââble parce qu'elle préférait le sari », ricana Sonali, le petit rire de dérision plantant une pique supplémentaire.

« Ce n'est certainement pas cela qui l'a décidée à partir », balbutia Chhobi furieuse, et en même temps prenant conscience que comme toujours elle laissait la raison gouverner le sentiment. C'était si fatigant parfois de se maintenir en équilibre sur ce piédestal de mère subrogée où elle avait élu de prendre place.

# 6

Cela faisait exactement six mois que Chhobi avait découvert l'existence de Sonny. Autant dire toute une vie, la vie de Sonali. Qui avait balayé d'un seul geste sa vie antérieure.

Ils étaient assis tous ensemble sur la véranda dont les fauteuils de rotin affichaient un besoin urgent de réparation. Les filles préféraient s'asseoir par terre, là où le sol de ciment rejoignait la pelouse roussie. L'après-midi glissait vers le soir, mais le jour d'été s'allongeait encore assez pour permettre à Dida de lire à sa lumière déclinante. Les tasses à thé vides attiraient quelques mouches léthargiques. Un pigeon battit doucement des ailes en se posant sur l'applique poussiéreuse du mur. C'était un moment de la journée où Dida pouvait souffler, une pause entre les repas. Sonali harcelait Ma pour se faire offrir des lunettes de soleil vert foncé à monture métallique.

« Lorgnons », c'est comme ça que Dida appelait les lunettes teintées.

« Tu as vraiment besoin de lorgnons ? » demanda-t-elle à Sonali sur un ton pour une fois assez sec. « Avec les heures où tu rentres, et les cernes que tu as sous les yeux, tu t'en fais des naturels. Meera, tu es au courant de ce qu'elle nous mijote ? » Le visage de Sonali prit une expression vacante comme l'écran du téléviseur après une coupure de courant.

Le sillon se creusa entre les sourcils de Ma. Chhobi tenta de changer de sujet. « Qu'est-ce que tu lis, Dida ? Du Nehru, je parie. » Dans l'esprit de Dida, Nehru occupait un rang à peine moins exalté que le Seigneur Krishna. Elle collectionnait tous les ouvrages sur lui et de lui. À sa mort, elle avait étendu le culte du héros à sa fille Indira.

« *Le Retour de la Rose rouge.* »

« On dirait un croisement entre *Louis L'Amour* et *Le Mouron rouge.* »

« C'est sur la vie d'Indira Gandhi. »

« Pourquoi *Rose rouge* ? Quel titre idiot ! »

« Parce que son père portait toujours une rose rouge à la boutonnière », expliqua Dida, un rien maussade.

Dida admirait autant que les écrits de Nehru ses traits ciselés, cette élégance distinguée de Brahmane. Si le père et la fille avaient été moches, Chhobi doutait qu'elle eût prêté une attention aussi étroite à leur vie. Un sens esthétique hautement développé, voilà quel était depuis toujours le talon d'Achille de Dida.

Dadu, jusque-là occupé à vérifier si les termites avaient attaqué le frangipanier à l'angle du jardin, se joignit soudain à la conversation.

« Je ne parlerai même pas de l'état d'urgence, mais rien que ce nom de Gandhi… toujours associé à Mahatma… Imagine qu'elle ait porté un autre nom de famille parsi – Ouvbouteilcocawala par exemple, ou Daruwala ? Personne n'aurait voté pour elle… tout misé sur les noms magiques, Nehru et Gandhi. »

Dida ne daigna pas répondre. Exprimant sa colère, elle referma le livre d'un coup sec et sortit, la légèreté du soir dissipée par le bruit de son pas digne.

Tard dans la nuit, Chhobi n'avait toujours pas interrogé sa sœur, qui écoutait Kishore Kumar chanter sur Radio All India. Il y avait une foule de requêtes émanant de gens décidément très oisifs à Jhumritalaya.

Persuadée qu'elle ne pouvait plus longtemps faire semblant d'ignorer les absences répétées de Sonali, elle se redressa en prenant appui sur un coude et alluma la lampe de chevet.

« Comment s'appelle-t-il ? » demanda-t-elle doucement.

Pendant un long moment il n'y eut d'autre son que la voix de Kishore Kumar, interprétant en play-back la chanson-titre de *Kora Kagaz*

*Mera jeevan kora kaagaz*
*Kora hi reh gaya*

« Il s'appelle Sonny », répondit enfin Sonali. « Sonny Talwar. »

Un Pendjabi, se dit Chhobi, cédant à ses préjugés. Les Pendjabis étaient en général si émus d'avoir produit un enfant mâle qu'ils ne pouvaient s'empêcher de souligner le fait en affublant le bébé de noms comme Sonny. Chhobi avait brièvement entrevu une voiture rouge d'importation, l'image saisie à travers la vitre arrière s'éloignant sur la route. Peau claire et cheveux assez longs.

« Où l'as-tu rencontré ? Qu'est-ce qu'il fait dans la vie ? Il a quel âge ? Tu t'intéresses à lui sérieusement ? »

Les questions s'amoncelaient, château de cartes branlant.

« Je l'ai rencontré au Ghungroo. » Sonali ne la quittait pas des yeux.

« Ghungroo ! La boîte disco… Tu y es allée quand ? C'est très cher, non ? »

« Espèce d'idiote, je ne paie jamais. »

« Tu ne paies jamais – tu y es allée souvent ? À quoi ça ressemble ? C'est plaisant comme endroit ? » La voix de Chhobi prit une note plus aiguë, médusée de la vie que menait sa sœur cadette – si éloignée de ce qu'elle-même connaissait.

« Plaisant ? Non, ce n'est pas *plaisant*. C'est très sombre – tu sens l'obscurité, comme si tu t'enfonçais dans du velours noir. » Les métaphores de Sonali puisaient l'essentiel de leur inspiration dans les tissus et les vêtements. « Il y a un sol en carrés de verre qui s'allument au rythme de la musique. » Elle ébaucha un sourire rêveur. Elle se rappelait la nuit où elle avait rencontré Sonny pour la première fois. Son visage tour à tour rouge ou jaune dans la ronde des lumières stroboscopiques. Tout ce qu'elle voyait clairement de lui, c'étaient ses dents brillant par éclairs, sa tête bougeant en harmonie avec la musique malgré la pression giratoire de la foule.

« C'est l'ami d'Indu ? »

Chhobi se dit in petto, tout en comprenant qu'il était un peu tard pour cela, qu'Indu n'était peut-être pas l'amie idéale pour Sonali. Indu faisait partie d'une famille immense et très étroitement liée. Ses parents lui accordaient une grande liberté, vu le cocon de sécurité composé par une foule de cousins costauds toujours prêts à l'accompagner. Dida avait beaucoup d'affection pour elle et ne se faisait jamais de souci pour Sonali quand elle était avec Indu.

« Qui vous a présentés ? »

« Personne – il m'a invitée à danser. Indu nous avait emmenés là pour fêter son anniversaire. »

« Tu as dansé avec un parfait inconnu ? Comment tu peux faire ça ? »

« Il était très beau », dit Sonali comme si cela expliquait tout, avant d'ajouter tout bas : « et très riche ». Sonali continuait à babiller, le secret obligé de tous ces mois répandu, grand ouvert. « Tigresse royale du Bengale, c'est comme ça qu'il m'appelle. Mes yeux, tu sais, des yeux de chat, à ce qu'il dit. Il veut vous rencontrer, Ma et toi. »

Mais Chhobi n'entendit pratiquement rien au-delà de « très riche ». Les mots lui inspiraient un pressentiment et une sensation de peur oppressants, un danger confus qu'elle se sentait incapable de détourner. Le château de cartes qui dégringolait. Quant à Sonali, elle n'en fit pas mystère plus longtemps, et convainquit Dida qu'elle avait trouvé le prétendant idéal.

C'est en hiver que Chhobi rencontra enfin Sonny.

Mi-janvier, et certains jours les phares des voitures restaient allumés jusqu'à midi tandis que Delhi frissonnait sous un linceul de brouillard, la fumée des feuilles sèches brûlant à tous les carrefours, rassemblées en pyramides instables et mises à feu par les balayeurs municipaux. Pendant les rares journées ensoleillées, Dida se hâtait d'étendre les couvertures dans l'arrière-cour où elles se gonflaient de chaleur et se fanaient en traînées irrégulières. Savitri apportait de chez elle de la cendre de bois poudreuse pour fortifier le détergent qui peinait à récurer les plats congelés de graisse. Ses mains rougies dans l'eau glacée, des piqûres d'abeille à pleines poignées. Ratan Kaku enfilait son passe-montagne en tricot brun, ne laissant visible qu'un rond de visage, une langueur dyspeptique. Chhobi portait sous son salwar des caleçons longs achetés à Simla, et des chaussettes en laine vert olive venant d'un surplus de l'armée. Les intervalles s'allongeaient entre les jours de shampoing, on commençait à discuter plantes médicinales contre les pellicules.

Les Talwar, la grande famille de Sonny, célébraient toujours Lohri, qui symbolise la fin de l'hiver. Sonny les invita toutes, Ma et Chhobi en même temps que Sonali. Ma refusa d'y aller mais insista pour faire accompagner Sonali par une Chhobi très réticente.

La maison entra en effervescence quand il fallut choisir ce que les filles allaient porter. Sonali voulait mettre sa robe noire assez moulante, mais Dida lui dit de mettre quelque chose de plus traditionnel.

Les saris de Ma. On y taillerait des ensembles salwar et kameez.

Sonali examina les listes de Ma, où était écrit avec soin le contenu emballé il y a treize ans dans les quarante et une caisses rangées dans le garage-cabinet médical. Aérées chaque année et garnies de naphtaline avec l'aide de Savitri et Chootu.

Les caisses numéros 37 et 26 contenaient les saris nuptiaux de Ma. Brocarts de Bénarès, balucharis, kanthas au motif complexe en point devant de Santiniketan, lourdes soies du Sud et voiles arachnéens. Saris tous richement brodés ou tissés de feuilles, vrilles et vignes, corolles, éléphants et paons. Des saris que Dida collectionnait scrupuleusement depuis la naissance de Ma. Portés pendant une si courte saison, puis conservés avec soin entre des couches de feuilles sèches de margousier, enveloppées de mousseline blanche – une jeunesse dans son suaire.

Aidées de Savitri les filles soulevèrent les caisses empilées dans le garage et tirèrent les numéros 37 et 26 jusqu'à la chambre de Dida. Ma, Dida et Savitri se pressèrent autour de Chhobi quand elle ouvrit les caisses et sortit avec précaution leur contenu chatoyant, qu'elle répandit sur le lit. Les couleurs étaient appropriées à une mariée – rubis, grenat et prune, pêche, bordeaux et rose. Des couleurs que Ma ne pouvait plus porter, ne porterait jamais. L'air s'imprégna de l'odeur âpre un peu amère des couches intermédiaires de feuilles de margousier. L'amertume de la solitude et de l'abandon.

Sonali savait d'instinct ce qui lui allait – qui lustrait sa peau d'or bruni, faisait ressortir l'ambre liquide de ses yeux, mettait en valeur sa silhouette fine aux seins étonnamment lourds et aux attaches délicates. On se retournait sur son passage même quand elle était en jean et tee-shirt, sa tenue habituelle, mais quand elle prenait la peine de s'habiller avec plus de recherche, la maison vibrait d'excitation et de fierté. Dadu le renfrogné tout sourires, Dida et Ma se renvoyant en miroir la même expression de fierté. Chhobi pas très portée sur les apparences, mais foncièrement admirative.

Sonali pouvait discuter tombé et drapé de tissu pendant des heures avec Ma, sujet auquel Chhobi ne trouvait pas le moindre intérêt. Son sens inné du style s'était encore aiguisé sous l'effet de ses recherches. Les dimanches de marché, elle allait souvent fouiller les étals de Darya Ganj où elle dénichait de vieux exemplaires de *Vogue* et *Harper's Bazaar*. Elle apprit comment produire le maximum d'effet avec les accessoires, et comment leur donner un air coûteux à moindres frais.

Sonali fit non de la tête au brocart aubergine dont Dida l'enveloppait et d'instinct en repéra un autre dans la pile. C'était un sari de soie moirée, chaîne du fil couleur abricot et trame d'un beau rose saumon, déployant une galaxie de petites étoiles or et argent. Un ciel matinal où tremblaient encore les lueurs de la nuit. Elle le drapa autour d'elle et alla se poster devant la coiffeuse de Dida – un meuble imposant orné de miroirs biseautés en triptyque. Les autres suivirent le mouvement comme des dames d'atour.

Sonali multipliée. Sonali leur arrivait réfléchie en une suite infinie d'images, chacune plus petite et d'allure plus splendide que la première. Ma, Dida, Savitri et Chhobi toutes séduites – c'était le bon. Savitri se précipita à la cuisine et revint armée de piments fumants, qu'elle fit tourner autour de Sonali pour prévenir tout risque de mauvais œil.

Ma choisit une soie bleue de Bangalore pour Chhobi, couleur plume de paon, bordée par un fin galon doré. Chhobi s'approcha elle aussi de la coiffeuse, drapant le pallu autour de ses épaules. De façon un peu myope elle scruta le miroir, qui se brouilla sous son haleine chaude – Chhobi réfléchie comme de très loin en silhouette nébuleuse.

Sonali mit autant de soin à ses préparatifs pour la soirée qu'une mariée pour son mariage. Elle endura pendant une demi-heure un cataplasme herbacé de Dida, froid et dégoulinant, jusqu'à ce qu'il se durcisse en masque rigide. Ses cheveux qui se balançaient d'habitude en lourde natte étaient épars, après un brushing au salon de beauté, noir bleuté luisant comme un ciel de Simla la nuit. Chaque mèche brillant d'un éclat distinct et tombant roide jusqu'à ses hanches comme lestée par un fil à plomb.

Sonny devait venir les prendre dans vingt minutes. Doigts largement étalés en arc pour permettre au vernis de sécher, elle demanda à Chhobi de fermer les agrafes de sa kurta. Chhobi s'exécuta d'une main qui tremblait légèrement. « Qu'est-ce qui ne va pas ? interrogea Sonali, il n'a pas placé les crochets là où il fallait ? »

« Si, répliqua Chhobi, le tailleur a bien fait son travail, c'est moi qui ai le cœur mal accroché. »

Quoique mal à l'aise Chhobi était d'un chic inhabituel dans les plis droits de la soie qui mettaient en valeur sa sveltesse. Sa chevelure faisait un chignon brillant, au lieu de l'habituelle natte ébouriffée dont elle mordillait distraitement les mèches échappées sur ses tempes quand une lecture l'absorbait.

Ils étaient tous curieux de connaître Sonny, mais au lieu d'entrer, il se contenta de klaxonner bruyamment devant le portail. Sonali après un dernier regard satisfait à son image dans le miroir se précipita dehors quand elle l'entendit, cheveux et dupatta flottant derrière elle. Chhobi la suivit plus posément, trouvant grossier qu'il n'entre pas pour être présenté à Ma. Dida s'extasiait tout haut d'avoir une petite-fille aussi belle. Chhobi sourit en entendant Dadu rectifier : *deux petites-filles si belles*, dit-il. Au portail, elle se retourna pour regarder la maison. Elle sentait plutôt qu'elle ne voyait Dida en train de les observer par une fente entre les rideaux écartés.

À première vue il semblait très beau garçon, quoique bien plus âgé que Sonali, au moins vingt-six ou vingt-sept ans.

« Salut », fit-il nonchalamment, les yeux fixés sur Sonali tandis qu'elle présentait Chhobi, en l'appelant Chandrayee. Chhobi prit place à l'arrière, l'observant sous ses sourcils baissés. Oui, c'était bien à un paon qu'il ressemblait, tout son attirail juste un peu trop mode. La coupe de sa veste un poil trop accentuée, ses chaussures cousues de fil trop visible le long de l'empeigne, le parfum qu'il dégageait un brin trop entêtant. Il portait ses cheveux longs. Coûteusement coupés en dégradé pour augmenter leur épaisseur, ils se soulevaient en crête de coq chaque fois qu'il tournait la tête, reprenant place sur son crâne avec une élégante aisance. Une moustache brune taillée de près accentuait la ligne sinueuse de sa lèvre supérieure. Elle remarqua sa façon d'utiliser le rétroviseur, non pour vérifier la circulation derrière lui mais pour se contempler en toute satisfaction. Un menton à la Michael Douglas.

Les Talwar habitaient un bungalow à Friends Colony. Tandis qu'ils remontaient l'allée centrale, Chhobi observait la maison, tout illuminée pour la soirée. L'étude des monuments moghols avait affiné son goût en matière d'architecture, et elle ne put se retenir de froncer le nez devant la mésalliance entre Orient et Occident que présentait l'édifice. On avait marié les balcons méditerranéens aux encorbellements et aux écrans jaalis de grès sculptés. Des climatiseurs haute puissance installés sur une multitude de fenêtres donnaient à la maison un aspect retranché, secret.

Légers murmures des voix, lumières du jardin reflétées par les verres en cristal taillé ou les diamants agglutinés sur lobes et doigts, serveurs gantés tels des pingouins majestueux circulant sans bruit avec des bouteilles de whisky. Au centre de l'allée qui contournait la pelouse circulaire, le bûcher du feu de joie. Pas encore allumé, deux domestiques y ajoutaient bûche sur bûche. La pile faisait presque deux mètres de haut.

Ce n'était pas du tout ce à quoi Chhobi s'attendait. Lohri, une fête cantonnée à l'Inde du Nord, était plutôt d'habitude une réunion amicale entre voisins où on paressait autour d'un feu nourri au bois de caisse en échangeant des blagues et des cacahuètes. Elle savait bien que Sonali avait fait en sorte qu'elles n'arrivent pas vêtues comme pour une quelconque célébration informelle de voisinage. Les cacahuètes de rigueur, maïs soufflé et rewri étaient bien là disposés sur des plateaux peints à la main, mais les invités les dédaignaient, leur préférant des vol-au-vent miniatures garnis de champignons, des cubes de lait caillé pimenté avec des poivrons verts et des tikkas de poulet grillés au charbon de bois qui fondaient dans la bouche. Pour célébrer le passage de la plus longue nuit d'hiver.

La mère de Sonny vint les accueillir – d'une élégante minceur, simplement et coûteusement vêtue d'un châle shahtoosh jeté sur l'épaule qui cachait les magnifiques broderies cachemire de son sari en satin beige. Son sourire n'arrivait pas jusqu'aux yeux, il se contentait d'effleurer sa bouche avec la froide courtoisie de la condescendance. Chhobi jeta un regard anxieux à la tenue de Sonali – brusquement les étoiles de son sari semblaient rutiler d'un éclat un peu criard, clignoter un peu trop fort. Elle tenta discrètement d'enrouler son châle noir commode sur la bordure dorée de sa propre kurta. Sonali avait refusé d'emporter un lainage et n'éprouvait apparemment aucun doute sur son attirail. Ou son allure.

Elle était en termes amicaux avec plusieurs camarades de classe de Sonny. Produits typiques de l'éducation en pensionnat et visiblement habitués à l'argent, emplissant l'air de surnoms d'école et de grandes bourrades qui se voulaient bonasses. Ils appelaient Sonny « Chut Dodo », Petit Dodo, sobriquet que Chhobi trouvait très mal adapté à son mètre quatre-vingt-dix. Sonali le lui expliqua après coup, Dodo était le surnom de son frère aîné Bhaiya, qui l'avait précédé de cinq ans à l'école, et dirigeait maintenant la branche Commerce maritime de l'entreprise à Bombay. Sonny était Chut Dodo.

Sonali fit au revoir de la main à Chhobi, se laissant entraîner vers la maison par Sonny. Chhobi jeta un coup d'œil inquiet autour d'elle. Le père de Sonny et son oncle n'avaient pas l'élégance affichée par sa mère. Ils paraissaient ce qu'ils étaient, frères et hommes d'affaires nantis liés par leur besoin commun de gagner encore et toujours plus d'argent. Tous deux portaient une veste gris anthracite ou noire à col Nehru.

L'oncle, à qui chacun donnait respectueusement du Bhai Sahib, en tant qu'aîné, était assis sur un canapé face au bûcher, à côté d'un homme drapé dans un châle. Sa taille élevée était manifeste même en position assise, auprès de lui les autres paraissaient des nains. Il gesticulait avec vigueur en parlant, poignet entouré de fil rouge sacré et doigts scintillants de bagues aux gemmes chargées de vertus astrologiques – émeraude pour la santé, saphir pour la richesse. Des lunettes à monture dorée luisaient sur son nez. Des bribes de conversation flottèrent jusqu'à Chhobi, debout en train de tremper des tikkas dans un chutney à la coriandre fraîche.

« L'emplacement, c'est la seule chose qui compte dans l'immobilier, pas la qualité de la construction, rien que l'emplacement. »

Bhai Sahib fit signe à un serveur qui s'empressa vers eux et s'inclina pour remplir le verre de son convive de whisky écossais. La consommation annuelle de scotch en Inde dépasse la capacité de production de l'Écosse, Chhobi se souvenait d'avoir lu ça quelque part. Le père de Sonny vint se joindre à Bhai Sahib qui, comprit

Chhobi, adressait ses prévenances à un homme politique mineur du Pendjab. Il avait des liens avec un membre du cabinet, murmura quelqu'un.

Puis le serveur vint offrir à Chhobi un verre de vin blanc, une première pour elle. Le seul alcool qu'elle eût jamais bu jusqu'à maintenant, c'était le punch au rhum assez imbuvable des fêtes de l'université. Le vin avait un goût agréable, pas du tout enivrant. Il la guérit de ses frissons. Aucune trace de Sonali. Lasse de tituber sur ses talons hauts empruntés à Ma, Chhobi se percha sur un siège de jardin. Elle prit un deuxième verre de vin, finissant le premier quasiment d'un trait. La mère de Sonny, assise sur un canapé proche, écoutait un homme en blazer violâtre un brin trop étroit. Les yeux rivés à son verre, Chhobi se concentra sur leur conversation.

« Madame, j'ai parfaitement compris ce qu'il vous faut. »

« Vraiment ? Et qu'est-ce au juste ? »

« Il vous faut un décor qui change constamment, dont vous ne risquez pas de vous lasser. Je sais exactement ce qui convient. Je vous suggère de convertir un des murs en aquarium, du sol au plafond. Ce sera plein de mouvement, toujours changeant. »

« Un peu comme dans les films de James Bond », répliqua la mère de Sonny, avec une note de dénigrement.

On se préparait à allumer le feu, un domestique introduisait le combustible entre les bûches – du papier journal imbibé de kérosène. Le bois s'embrasa avec un craquement sonore et Chhobi ne put entendre la suite de leur conversation.

La femme de Bhai Sahib rejoignit le cercle, s'asseyant avec deux amies à la droite de Chhobi. Une femme obèse, la richesse n'avait rien ajouté sinon du poids à son apparence. Elle avait des cheveux noir charbon mal teints avec au-dessus de la tempe une mèche blanche à la mode d'Indira Gandhi. Un rouge à lèvres sombre faisait des taches violettes sur ses dents, comme la ligne de marée d'un sourire refluant. Elle s'adressait en pendjabi à une autre femme. Chhobi en se concentrant sur son troisième verre de vin pouvait suivre le fil de leur discours. Le feu de joie fumait beaucoup et la faisait pleurer. Elle aurait voulu être de retour à la maison, au lit avec un livre, blottie dans une courtepointe chaude. *Mais où pouvait bien être Sonali ?*

Madame Bhai Sahib parlait des innombrables fromages affairistes où les deux frères s'étaient taillé des parts conséquentes. C'était très louable, commentait son interlocutrice, de bâtir un tel empire après avoir tant perdu dans la Partition.

Madame Bhai Sahib rit – apparemment la famille n'avait rien perdu mais beaucoup gagné dans la Partition. Le grand-père de Sonny avait une petite entreprise à Sialkot, au Pakistan, avant la Partition. La famille était à l'aise, pas vraiment riche. C'est la Partition qui avait fait leur fortune. Bhai Sahib avait parié jusqu'à son dernier sou en prenant une chambre à l'hôtel Impérial, le plus cher de Delhi à l'époque. Là il avait fréquenté les familles déplacées les plus influentes de Lahore.

Le séjour à l'hôtel s'avéra un sage investissement. Les contacts établis furent utiles, et lui prompt à saisir toutes les occasions. Il acquit pour une bouchée de pain une usine florissante d'outillage agricole abandonnée par une famille musulmane qui fuyait le vieux Delhi. Les frères fournissaient en matériel de secours les réfugiés campés à Delhi. Simultanément le père de Sonny avait sillonné l'Inde du Nord en cochant les belles propriétés de riches musulmans qui les avaient abandonnées pour s'enfuir au Pakistan. Puis il avait systématiquement simplifié les détours et la paperasserie jusqu'à obtenir quatre de ces manoirs pour quatre fois rien. En choisissant bien l'emplacement. Ils avaient tous vu leur prix multiplié plusieurs fois avant d'être revendus. Ainsi il avait courtisé et conquis la mère de Sonny. Elle appartenait à l'une des vieilles familles de Delhi dotées de relations au bras assez long pour atteindre les bons endroits.

Apparemment Madame Bhai Sahib et son amie trouvaient toutes deux l'intelligence commerciale des deux frères digne d'éloges.

« Opportunisme de haut niveau », se dit Chhobi écœurée. Elle eut soudain l'image sinistre de Dadu et Dida fuyant la belle maison familiale à colonnades de Mymensingh, des bandes de brigands comme les Talwar à l'affût prêts à bondir – à piller. Elle sentit une légère nausée, et non sans imprudence se resservit quelques tikkas de poulet.

Sonny et Sonali glissèrent jusqu'à eux pour se joindre au cercle autour du feu, qui maintenant flambait haut. Sonali avait l'air de flotter, ravie, illuminée d'un fabuleux éclat intérieur. Sonny s'assit auprès d'elle, et posa son bras derrière elle en propriétaire sur le dossier de sa chaise, un halo de désir. Sonali, coup d'œil en biais sur ce bras, sourit, puis contempla les bûches embrasées. La lueur des flammes donnait à ses vêtements et sa peau une teinte chaude abricot ourlée par un fil incandescent. Il émanait d'elle un éclat ardent – une effluence. Elle paraissait si exceptionnelle au sein de ce groupe – un papillon exotique égaré parmi des phalènes grises.

Madame Bhai Sahib demanda qui était la « soni kudi ». Chhobi allait répondre quand elle surprit Bhai

Sahib en train de dévisager Sonali. Peut-être était-ce un effet de la lumière, juste une illusion, un reflet des flammes sur le verre des lunettes dorées, mais le rugissement soudain du feu balaya toute pensée rationnelle. Un spasme douloureux lui tordit l'estomac tandis que la peur et l'anxiété accumulées au cours des derniers mois faisaient éruption. Le reflet des flammes semblait déchaîner un incendie dans la tête de Bhai Sahib. Flammes léchant le contour de ses yeux – une colère rouge, brûlante, prête à se déverser, à détruire.

La douleur qui saisissait par vagues l'estomac de Chhobi s'intensifia. Elle sentit un besoin terrible de vomir et déféquer en même temps. Elle contracta ses muscles de toutes ses forces, serra les mâchoires. Le spasme s'apaisa lentement mais lui laissa la bouche amère et sèche, une sueur froide qui inonda toute la surface de son corps.

Elle se leva et s'éloigna en trébuchant à l'aveuglette. Ses talons hauts s'enfonçaient dans la molle pelouse impeccable. Puis elle sentit quelqu'un à son bras.

« Ça ne va pas ? »

Chhobi pivota en se couvrant la bouche de son châle et entrevit vaguement une silhouette élancée, visage long, légèrement piqueté d'anciennes traces d'acné.

« Toilettes », croassa-t-elle, trébuchant plus vite sur l'interminable pelouse, arrachant ses talons du sol à chaque pas. Derrière elle le feu de joie – une oasis de chaleur rayonnante.

La silhouette lui prit le coude, l'entraîna à travers une longue véranda garnie de fougères et d'immenses portes en teck sculptées à la main.

Il y avait des toilettes pour invités cachées dans un coin du vaste territoire occupé par le hall d'entrée, escalier à double volée, lustre et vases de verre taillé capturant le prisme arc-en-ciel de la lumière.

Chhobi entra en titubant et empoigna le rebord du lavabo encastré dans un bloc de granit noir. La nausée s'atténua, mais ce ne fut qu'un bref répit. Les yeux de Bhai Sahib la brûlaient, elle scruta son visage réfléchi dans le grand miroir au cadre doré – pas un paon, cette fois, vert bilieux et bleu cyan – plutôt un corbeau empoisonné. Son estomac se souleva à nouveau et elle vomit, recrachant tout ce qu'elle avait ingurgité, éclaboussant la cuvette immaculée et bouchant le tuyau d'écoulement. Un peu tardivement elle regretta de ne pas avoir eu la présence d'esprit de vomir dans les W-C. Elle nettoya le lavabo avec une serviette brodée au point de croix, bordée de dentelle, dissimula l'objet souillé derrière les rideaux à embrasses et se lava le visage. Le goût et l'odeur d'amertume persistaient.

« Comment vous sentez-vous maintenant ? Venez vous asseoir ici », dit l'homme de haute taille en la guidant vers un fauteuil. Et il se présenta : « Je m'appelle Karan. » Maintenant elle le distinguait plus nettement. Cheveux épais coupés tellement court qu'on voyait la peau par endroits, et un visage compatissant.

« Quelqu'un vous accompagne ? » Puis au domestique en faction à proximité : « Apporte du café pour la dame. »

« Ma sœur… Je suis venue avec elle. »

« Qui est-ce ? Je vais aller la chercher. Je crois que vous avez besoin de rentrer vous étendre. »

« Sonali… en sari orange, avec Sonny. »

« Cette jeune fille-là ! La fille aux cheveux longs. »

« Oui. »

Elles partirent peu après, Karan repérant Sonali, dont l'inquiétude se mêlait au remords d'avoir négligé Chhobi, non sans une pointe d'irritation de se voir contrainte à une sortie rapide avant l'heure prévue.

Karan les accompagna sur la route du retour avec Sonny. Il passa la majeure partie du trajet à pivoter sur le siège avant pour regarder Sonali assise derrière lui avec Chhobi. On aurait dit qu'elle l'hypnotisait.

Elles l'ignoraient alors mais cet homme par son absence allait acquérir dans leur vie une présence inébranlable.

## 7

Chhobi comptait discuter l'inéligibilité de Sonny avec Ma dès la première heure le lendemain matin. Mais ce jour-là il y eut une mini-crise provoquée par Ratan Kaku.

Dadu et Ratan Kaku faisaient partie d'un groupe de yoga qui se réunissait dans l'un des parcs feuillus du centre, cernés par les maisons. Ce parc-là n'était pas très bien entretenu, la terre desséchée sous un terrain de cricket usé portant la marque de nombreuses courses à pied. Le parc était un objet de litige entre deux bandes rivales d'adolescents parce qu'il servait aussi de terrain de football. Il y avait de fréquentes altercations entre les deux équipes en compétition pour l'usage des lieux. Tout était calme cependant à six heures du matin quand le groupe de yoga se réunit.

Ils étaient environ une vingtaine, tous des hommes de plus de soixante-cinq ans. Ils commencèrent par une psalmodie de « Om », la syllabe qui, prononcée avec concentration, a une telle charge d'énergie spirituelle qu'elle représente les trois membres de la Trinité, Brahma, Vishnu et Mahesh. Le « m » de leurs Om se terminait par un son prolongé qui résonnait autour du parc.

C'est Ratan Kaku qui avait eu l'idée de se joindre à eux. Il avait l'allure d'une cigogne maigre en exécutant ses asanas. L'été il portait des pantalons courts amidonnés très amples qui conservaient leur forme quelles que soient les contorsions dictées par la posture. Ses jambes fluettes s'agitaient à l'intérieur comme le battant d'une cloche. Le pantalon de Dadu, tour de taille et longueur un mètre zéro deux, le serrait au ventre. La séance se terminait toujours par l'exercice du rire : « Bras grands ouverts, lancez-les en arrière de la poitrine, rejetez la tête en arrière et riez en faisant Ha Ha Ha très fort, ramenez les bras sur les côtés. » Laitiers et gamins vendeurs de journaux passant à bicyclette s'arrêtaient pour ricaner. Même artificiel, c'était un rire contagieux.

Chhobi, curieuse, était passée une fois pour voir. La dernière fois où elle avait vu toutes les dents de Dadu c'était le sourire étrange de son dentier flottant dans un verre auprès de son lit.

La crise se produisit aujourd'hui – pendant l'exercice du Ha Ha Ha. Ratan Kaku ne pouvait plus s'arrêter de rire. Il riait à perdre haleine, oubliant de baisser les bras, qui s'étaient raidis dans une posture de crucifixion. Il riait si fort que les larmes lui coulaient le long des joues. Dadu marmonna une excuse à l'intention des autres, muets de stupeur, et l'entraîna à sa suite, choqué et inquiet de cet accès de joie incontrôlable inaccoutumé.

Ratan Kaku s'affala sur un siège de la véranda. Dadu comme toujours quand il était confronté à un problème cria à Dida de venir. Ma, Dida et Chhobi s'approchèrent. Chhobi gardait de la veille un violent mal de tête. Ramené à un semblant de calme par les câlins et une tasse de thé au gingembre bien sucré, Kaku déversa le trop-plein accumulé de ses soucis. Cela faisait quatre mois que les Menon avaient quitté prématurément sa maison. Malgré toutes ses dépenses de peinture et d'encaustique, il n'avait pas réussi à leur trouver de remplaçants convenables. Pendant ce temps, les bulldozers de Goel démolissaient la maison voisine, chez Kaku mobilier et murs étaient enfouis sous la poussière de brique et de ciment. Les destructions faisaient un bruit incessant. Pire, un jour sur deux il se faisait accoster par un individu tout sourires qui voulait soit acheter, soit louer sa maison. Il était persuadé que c'étaient des hommes de Goel. Depuis deux jours il recevait des appels anonymes synchronisés avec la sonnerie de l'heure. Chaque fois qu'il décrochait, pas de réponse, mais un bruit faible de respiration comme une menace lancée par le biais du fil électrique.

Le groupe blotti sur la terrasse se figea tandis que sonnait le téléphone, cheveux dressés sur la nuque de Chhobi. Une Sonali tout ensommeillée finit par répondre. C'était pour elle. Karan voulait savoir comment elles allaient. Elle sortit d'un pas vacillant, chassa le sommeil de ses yeux, un peu mécontente d'avoir été réveillée.

« Qu'est-ce que c'est encore que ce Karan ? » fit Dida d'un ton acerbe.

« Oh personne, rien qu'un parent pauvre, un marin », dit dédaigneusement Sonali. « Du thé, Dida. » Elle sourit à Ratan Kaku sans voir dans quel état il était et retourna à l'intérieur.

Une première retombée de ce petit incident matinal, c'est que Ratan Kaku se retira du groupe de yoga, et que peu après Dadu suivit son exemple.

La seconde, c'est que devant une détresse aussi réelle, Chhobi sentit s'évanouir ses propres angoisses. Une fois à l'abri des feux follets de la nuit dernière, elle se sentait un peu gênée, un peu honteuse aussi. Sonali ne dit mot du vin qu'elle avait bu, des dégâts qu'elle avait faits. Chhobi décida de parler elle-même à Sonali, ou d'attaquer le problème quand Sonny renouvellerait son invitation. Peut-être que ses doutes étaient excessifs, se dit-elle, alors que Dida rayonnante de satisfaction écoutait Sonali lui décrire la maison immense, les nombreux domestiques, les diamants et le jardin somptueux.

Mais alors qu'ils se rencontraient souvent, Sonny ne réinvita pas Sonali chez lui.

Chhobi décida d'aborder le sujet avec Sonali lors d'une excursion à Chandni Chowk. Sonali avait cajolé Ma pour en obtenir plus d'argent de poche et maintenant elle organisait son programme avec une détermination manifeste.

« Mais qu'est-ce que tu veux acheter qu'on ne trouve pas à Lajpat Nagar ou Connaught Place ? » protesta Chhobi.

« Tu verras », dit Sonali.

« Non, j'ai besoin de savoir. Je ne vais pas me faire brinquebaler, écraser et pincer tout ce chemin dans un bus municipal tant que tu ne m'auras rien dit. Qu'est-ce que tu veux qui se vend uniquement dans le vieux Delhi ? »

« On restera dans le bus municipal tant que c'est supportable, quand il y aura trop de foule on descendra et on prendra un scooty. »

Chhobi tint bon. « Arrête de jouer les mystérieuses et dis-moi. Je ne vais nulle part tant que je ne sais pas. »

« Je ne peux pas aller seule dans ce coin-là et Indu ne peut pas venir. »

« Alors dis-moi. »

« Je veux acheter de l'ittar, j'aimerais mieux du parfum français mais les prix du marché noir sont hors de mes moyens. »

« Quoi ?! »

Sonali se mit à pirouetter autour de la pièce et entonna une mélopée dramatique d'une voix singeant le baryton,

« *Hawa ka jhoka hai, ya tere badan ki khushboo…* », est-ce un souffle de vent ou le parfum de ton corps ?

Avec trois générations de femmes qui n'usaient d'autre parfum que le savon au santal de Mysore, le talc Lakmé et l'huile capillaire Jabakusm, ce besoin compulsif d'ittar rendait Chhobi perplexe. Le mot convoquait immédiatement des images de courtisanes minaudières, de danseuses de nautch aguichant les nawabs de Lucknow et Hyderabad alanguis dans des bordels blancs capitonnés. L'impératrice Noor Jehan, qui découvrit à l'origine l'ittar de roses, passa en flottant dans un bain parfumé, légende intangible.

« Le talc est assez bon pour nous toutes », protesta faiblement Chhobi.

Sonali se montra intraitable, le menton en avant. Chhobi savait qu'elle serait obligée d'y aller.

Le bus bleu-vert à bande jaune n'était qu'à moitié plein car leur arrêt était au début de la ligne. Le logo, deux flèches dos à dos pointant dans des sens opposés, semblait indiquer l'intention de rester sur place plutôt que la possibilité de voyager dans toutes les directions. Il faisait froid. Chhobi était bien emmitouflée dans son épais châle rouge, Sonali portait sa veste bariolée du Népal, comme le manteau multicolore de Joseph, dit Chhobi, mais Sonali était imperméable aux allusions bibliques.

Près du zoo de Purana Quila, séjour désormais de l'authentique Tigre royal du Bengale, elles descendirent, luttant pour franchir le lacis de bras et jambes tendus, une forêt de membres, coudes pointus, genoux osseux. Poussant, cognant, Sonali utilisait ses coudes pliés comme des avirons contre les voyous citadins, les Roméo du bord de route, Chhobi protégeait ses seins avec un sac planté comme une armure devant sa poitrine, déplorant amèrement cette expédition. Une fois débarquées, elles virent le bus incliné à un angle dément de soixante degrés prendre le virage, centre de gravité plongeant loin de son axe avec une foule suspendue aux deux portes.

Le conducteur de l'auto qu'elles arrêtèrent était jeune et intéressé uniquement par le compte rendu du match de cricket que débitait en grésillant le petit poste de radio posé sur le tableau de bord, à côté d'une statuette en laiton du dieu-singe Hanuman. Bientôt ils zigzaguaient dans le flot de voitures de Darya Ganj comme s'ils cherchaient à éviter une fusillade invisible. Apercevant dans le rétroviseur son propre visage crispé, les yeux rétrécis pour s'abriter du froid cinglant, la tête enveloppée dans le châle vermillon, Chhobi se trouva un air de ressemblance avec Phoolan Devi, la reine des bandits. Sombre et pour l'instant victime de son propre destin ou plutôt du destin de sa sœur. Entraînée dans une campagne d'enjôlement.

Donnant sur une allée latérale au coin de la route qui dessert le Fort Rouge de Shah Jehan, se trouvait la parfumerie. Chhobi regarda autour d'elle, vibrant à l'histoire des lieux. C'est tout près de là que Nadir Shah était entré à Delhi lors d'une expédition de pillage où il emporta le trône du paon, au début du dix-huitième siècle. C'est là que commença une émeute, après un tir au mousquet dirigé contre lui qui le manqua de peu. C'est là qu'il ordonna un massacre, du Bazar des joailliers à la vieille mosquée Idgah, où cent mille personnes furent tuées, et une porte proche de l'emplacement baptisée en souvenir Khuni Darwaza – la Porte sanglante.

Quittant le bruit et la clameur de la rue, elles furent transportées aux temps moghols. Le magasin n'était pas grand, mais ancien, et bien achalandé. À côté du comptoir, un coffre imposant, sculpté et incrusté d'oiseaux en ivoire sur des arbres d'ivoire, abritait des petits casiers garnis de flacons en verre taillé. Dans ces flacons, des fluides, expliqua le marchand, contenant des parfums traditionnels à base d'huile. Les parfums français à base d'alcool s'évaporent rapidement. Les ittars s'attardent.

Sonali demanda à essayer. Tendez la main, lui ordonna-t-on, paume en bas. Le marchand l'humecta juste au-dessus du poignet avec le bouchon de verre du flacon.

« Très célèbre – ittar de roses. »

Elle le huma. Chhobi huma aussi, avec un signe d'appréciation.

« Trop évident », dit Sonali.

« Tendez l'autre main – ittar de la Reine de la Nuit. » Et ainsi de suite, en passant au jasmin, au vétiver khusgrass. Mais Sonali faisait non de la tête, celle de Chhobi étourdie par le bouquet d'arômes géant qu'elle avait respiré.

« Oh, pour l'amour du ciel, Sonali, tu cherches quel genre de parfum ? »

« … Un truc… fort et épicé. »

« Fort ? Épicé ? On croirait du massalé garam. »

Et enfin du kasturi couleur de miel, sécrétion du daim porte-musc – « C'est celui-là, exactement cela – il faut qu'il excite les sens. » Sonali sourit au vendeur, patient devant une beauté aussi difficile. Il décanta le liquide dans un petit flacon de verre, en prenant soin de ne pas en répandre une goutte.

Chhobi acheta du gil. Débouché, il diffusait l'odeur de la terre humide. Humide de pluie après une sécheresse ou un été très long. Distillé de la rosée matinale qui se condensait sur cette terre fraîchement inondée – une senteur de mousson.

Longue excursion que la leur, en quête d'un arôme. Chhobi s'affala sur son lit épuisée, et regarda sa sœur se badigeonner de parfum – derrière les oreilles, sur le pouls qui battait à son poignet, entre les seins. Parfum pour campagne d'enjôlement.

« Essaie le tien », suggéra Sonali.

« Je le garde pour une grande occasion. Il faut qu'on parle de Sonny. »

« Pour dire quoi ? Si tu ne t'en sers pas il va durcir et tu n'auras plus qu'à le jeter. » Obtenir l'attention de Sonali, parfois, c'était un peu comme boxer avec des ombres.

« Tu réfléchis à ce que tu es en train de faire avec Sonny ? » persista Chhobi.

« Je n'ai pas encore fait grand-chose. »

« Ils ne sont pas du même monde que nous. »

« Non, Dieu merci, écoute, fiche-moi la paix. Il *m'aime* », dit-elle avec la plus entière conviction. Lisant le doute sur le visage inquiet de Chhobi, elle répéta : « Il est amoureux de moi, tu saisis ? »

« Je crois qu'il s'amuse sans plus – prends garde qu'il, comment dire, qu'il n'use de toi, abuse de toi, te mène à ta perte... En plus je suis sûre que c'est de l'argent sale. »

À ces mots Chhobi fut ensevelie sous une avalanche d'injures.

« Mais qu'est-ce que tu as à toujours faire ta pieuse ? Comme ces nonnes infectes de ton école avec leur moustache blanche. Toujours à juger, prêcher. Tu crois que c'est mal de prendre du plaisir... user, abuser, mais qu'est-ce que tu y connais ? Pendant que tu prenais tes aises bien au frais à Simla, moi j'étais avec Ma. Je l'ai vue réviser pour décrocher sa licence, toute la nuit, des fois. Maintenant c'est toujours elle qui paie pour tout, mais elle doit faire semblant que c'est l'argent de Dadu. De l'argent sale ! L'argent c'est de l'argent, n'importe quel argent vaut mieux que ça, la vie qu'on mène ici !

Je n'ai pas besoin de tes sermons, tes airs plus-sainte-que-moi-tu-meurs. Je ne suis pas comme toi, je ne peux pas, tu ressembles à ces sœurs Brontë que tu affectionnes. Ratatinée entre les pages d'un livre comme une bestiole morte. »

La rage flamba en Chhobi comme du bois sec allumé par cette tirade. Souffle court et haletant… pareille insulte… elle qui était l'aînée… essayant juste de l'avertir… si différente – comment avaient-elles pu occuper la même chambre ? La même matrice ?

« Ferme-la ! » hurla-t-elle étouffant de fureur, main crispée sur la petite fiole de verre. Le flacon vola en direction du mur, oiseau aveugle se ruant à sa mort. Verre en mille éclats sur le mur, laissant une tache d'ambre déchiquetée en forme de larme, une déchirure impossible à réparer ou camoufler.

Et l'odeur. Une mousson entière de tensions, un torrent de larmes. Une tornade accablante de gouttes de rosée distillées qui les suffoqua toutes deux, muettes et à bout de souffle. Gil.

Un déluge assez fort pour noyer le parfum d'enjôlement.

Presque.

Mais pas tout à fait.

## 8

L'anniversaire de Sonali.

Dida termina ses oraisons ce jour-là par un passage du *Gita Govinda* :

*Mets quelques fleurs dans mes cheveux*
*défaits par les jeux de l'amour :*
*pour qu'ils soient le nouveau drapeau*
*et l'émouchoir du dieu Amour.*
*Krishna ! mes hanches et mes cuisses*
*sont faites pour les jeux d'amour :*
*ceins-les d'étoffes, de ceintures,*
*couvre-les de bijoux sonnants !*
*Ainsi dit-elle à Yâdava*
*pour réjouir son cœur d'Amant !*

Un jour destiné aux passions terrestres. Un jour de fin d'avril où les craintes de Chhobi s'avérèrent, juste avant que l'été ne mûrisse en sa pleine chaleur.

L'anniversaire de Sonali. Quittant Delhi la Datsun rouge fonça vers la route qui menait à Simla, Grand Trunk Road. Sur le siège arrière de la voiture il y avait un gâteau au chocolat noir truffé de chez Wenger, des pizzas de Nirula et une glacière remplie de bière Kingfisher. Dans la boîte à gants des cassettes favorites de Sonali, Kishore

Kumar, Simon et Garfunkel, Cat Stevens. Sonny l'emmenait se promener. Une grande promenade. Il cherchait un endroit où pique-niquer loin des tristes appartements en béton, au-delà des champs de moutarde ensoleillés. Sous un vieux manguier, peut-être, avec de l'ombre très très épaisse et des branches chargées de fleurs aux teintes de bronze, des efflorescences de broderie zardozi. Une tempête de sable au cours de la nuit avait fait tomber la température, d'où le pique-nique.

Ils laissaient derrière eux le Rajghat, l'horloge florale sur la petite colline herbeuse, les pancartes annonçant « Costumages et chemisages sur mesure », et même une incroyable promesse de « Culottages supérieurs ». Au terminus régional des autocars, leur vitesse commença à se traîner. Ils étaient entourés de bus et de camions, rickshaws, vélos et, bloquant la circulation, un ancien char à bœufs recyclé que tirait un chameau, hautain et indifférent, guidé par un propriétaire du Rajasthan tout aussi indifférent, boucles d'oreilles luisant sous son turban. La climatisation de la voiture ronronnait, repoussant les odeurs – gaz d'échappement, cigarettes bidi, sueur mêlée aux relents des pakoras de pain frits dans l'huile bon marché. Et Cat Stevens qui chantait pendant ce temps-là : « I'm being followed by a moon shadow, moon shadow, moon shadow. »

Sonali se sentait bien réelle, pas du tout ombreuse ni lunaire. Regardant ses mains posées sur ses genoux elle les imaginait ornées de bagues comme en portait la mère de Sonny. Pas trop nombreuses mais serties de pierres où brillait une flamme bleue enfermée dans leur profondeur. Un gamin aux cheveux rouille gratta à la vitre puis, montrant du doigt les cartons de Wenger et Nirula, ouvrit grand la bouche et mima le geste de la bourrer de nourriture. Sonali resta impavide.

Elle portait une kurta et un salwar blancs brodés au point chikan de Lucknow – un délicat semis de fleurs entouré de motifs cachemire enlacés. Autour de son cou une dupatta jaune d'or faisait ressortir la couleur de ses yeux. Ses cheveux tirés en arrière et remontés en petit chignon mettaient en valeur le galbe du cou. Sonny portait sa tenue habituelle, jean et chemise à carreaux, et arborait une grosse chaîne d'or neuve. Sonali l'avait effleurée d'une touche légère quand elle la vit mais il ne fournit aucune explication.

Devant leur voiture un homme dormait, inconfortablement juché sur les tiges saillantes de renforts d'acier. Une bâche en loques ne lui donnait que peu d'ombre, mais il gisait inconscient dans un état de stupeur épuisée. Il y avait deux yeux peints sur l'abattant arrière du camion, de grands yeux égyptiens d'obsidienne, et le message *Buri nazaar wale tera muh kala* – si ton regard est mauvais, que ton visage noircisse.

Les yeux, pensa rêveusement Sonali, c'est tellement important, les yeux. Elle aimerait mieux être sourde comme Dida que devoir jamais souffrir des yeux. De manière très atypique elle se rappelait Chhobi soulignant des passages d'un article quelconque sur la mortalité. Le *Rig Veda*, lut Chhobi, suggère qu'au moment de mourir l'âme se détache du corps en s'échappant par les yeux pour fusionner avec le soleil.

Sonali eut un sourire secret à la pensée de fusionner avec Sonny. Elle lui jeta un regard et pensa brusquement à l'importance des yeux dans le rite de mariage bengali. Le moment où la mariée, portée sur les épaules des hommes de sa famille, dévoile ses yeux en retirant les feuilles de bétel en forme de cœur qui lui faisaient des paupières de protection vertes et contemple son époux. Un regard censé invoquer une abondance d'enfants, de richesses et aussi la plénitude spirituelle, avait expliqué Ma à ses filles lors d'un mariage. Dida en entendant cela avait eu un reniflement de mépris.

Ils trouvèrent leur arbre sur un chemin de terre à la sortie de Grand Trunk Road, à une heure de Delhi. Non pas un mais quatre arbres, vieux, noueux, marquant le bornage entre champs voisins. Sous la canopée si épaisse que le soleil la traversait tout juste par rais isolés, le sol offrait des coussins de feuilles tombées en tas entre des écheveaux de racines mises au jour par l'érosion de la terre. Ils étaient abrités de la grand-route par un mur d'acacias, méchantes épines blanches encerclant un unique cytise tout jaune de fleurs en grappes, à peine écloses, comme des raisins dorés. Un haut massif d'herbes sarkanda en lames de couteau les cachait du chemin de terre. Une brise légère ridait les ombres, froissait les feuilles et pétales, faisant flotter jusqu'à eux un subtil parfum de mangue. Un bourdonnement d'insectes siffla à l'oreille de Sonali tandis qu'elle s'allongeait sur les dhurries, moelleux comme un lit, tissés de motifs en médaillon indigo, rose, ivoire. Une colonne de fourmis rouges scintillantes commença l'ascension de l'arbre à la queue leu leu.

Sonny ouvrit la glacière et en sortit une bouteille de Kingfisher. La bouteille verte était embuée de froid, son contenu secoué par la longue route. Le liquide fit un jet de bulles, une chaîne de petites fenêtres en points de suspension. Sonali n'aimait pas vraiment la bière, elle en but pour tenir compagnie à Sonny. Aujourd'hui la joie fermentait en elle et débordait en giclées de mousse, elle imagina que c'était du champagne qu'elle buvait. Facile de substituer du mousseux à la bière quand on n'y a jamais goûté auparavant.

Bière et gâteau au chocolat truffé piqueté de fleurs en massepain rose et barré par une écriture cursive en sucre blanc penchée à droite. Son corps, si à l'aise dans la fraîcheur exquise de la mousseline blanc pur à l'ombre du manguier. Une langueur se répandit dans ses membres.

Sonny chassa une miette brune de gâteau au chocolat qu'elle avait gardée collée au coin de la bouche. Il leva la main et une par une retira les épingles noires ondulées en V qui retenaient sa chevelure, sept en tout. Une par une il les posa sur les médaillons des dhurries, emblèmes de victoire hauts comme trois pouces trop imbibés de Kingfisher.

Sonali se redressa, cognant son front à celui de Sonny. Chignon se dénouant, glissant le long du dos – un python bleu noir qui déroulait ses anneaux.

« Quoi – qu'est-ce qui ne va pas ? »

« Fourmi dans mon pantalon », et relevant sa kurta précipitamment elle explora l'endroit où ses hanches entamaient leur courbe descendante. Le cordon de son salwar lui tenait la taille où il avait inscrit un sillon dentelé. Elle captura une fourmi. Une fourmi furieuse. Sonny frictionna la chair au-dessus du salwar, ses doigts fureteurs dessinant un arc qui s'agrandissait. Maintenant le dhurrie était couvert de fourmis. Colonne rouge en quête frénétique de miettes de chocolat truffé.

Sonny se leva, la fit lever avec lui. Il souleva le dhurrie, le secoua, vague ivoire, indigo et rose qui fit voler à la ronde épingles à cheveux, miettes de gâteau et fourmis en colère.

Maintenant il l'étendait sous l'arbre le plus éloigné, où les coussins étaient plus rembourrés, piles de feuilles de l'année dernière, l'ombre un peu moins profonde. Il n'y avait pas de fourmis. Le soleil perçant la canopée d'éclisses mouvantes de lumière tatouait des rayures de tigre sur la peau de Sonali. Elle s'allongea de nouveau. Sentit ses paupières s'alourdir. Sonny s'éloigna en direction du massif d'acacias.

Sonali rouvrit les yeux sur un splendide cadre en clair-obscur de Sonny, soleil concentré sur le fardeau entre ses bras, répandant l'or à foison. Offrande de la Toison d'Or. Il avait dépouillé le cytise de ses grappes de corolles jaunes fraîchement écloses, serrées dans des bras griffés par les cruelles épines blanches de l'acacia. Sonny changé en poète, par l'unique inspiration d'un désir fou.

Le regard de Sonny se fit pressant tandis qu'il s'agenouillait devant elle, lui versant son offrande de fleurs sur les genoux. Un poil épars de sa moustache brilla lorsqu'il sourit. Sonali éprouvait un sentiment de détachement comme si elle était à l'extérieur de son propre corps et les observait tous deux de très haut. Quand Sonny leva la main pour s'ébouriffer les cheveux du geste de paon qu'elle connaissait si bien, elle s'arracha à l'exquise torpeur qui l'enveloppait.

Les branches du manguier semblaient presque animées, l'obscurité veloutée dans l'ombrage des feuilles, fonçant le visage de Sonny d'une teinte bleu crépuscule. L'ombre des arbres franchie, l'herbe sarkanda semblait flotter sur l'horizon éblouissant, l'infini d'une après-midi d'été, l'illumination qui paraissait allumer une centaine de lampes derrière lui.

Il enleva la dupatta jaune d'or, lui étala doucement les cheveux, y tressa des fleurs. L'or des yeux de Sonali, grands ouverts, qu'il tenait en liaison urgente avec ses propres yeux, lorsqu'un léger frisson d'inquiétude la parcourut. Elle aurait voulu que ses sous-vêtements soient d'impalpables chiffons de soie et de dentelle, pas le coton robuste du Chansonette Maidenform. Il lui caressait le sein gauche sous la kurta aux dessins cachemire, sous les coutures circulaires du soutien-gorge Maidenform. Il l'embrassa, langue enchevêtrée dans une mèche soyeuse qui lui barrait la joue. De l'autre main il la remit à plat sur les feuilles mortes de l'an dernier et se plaça au-dessus d'elle en retirant son tee-shirt d'un seul mouvement. La sueur lui ombrait le torse.

Elle eut un geste de recul involontaire quand sa main chercha le cordon du salwar, qu'il dénoua d'un coup sec. Elle était nue maintenant, dorée sur l'ivoire, indigo, rose. Il disposa les fleurs, couronnant ses hanches, tressant des guirlandes autour de ses seins, ses bras et ses chevilles. Chaînes d'or, rayures tigrées de son désir.

Le corps qu'elle voyait lui parut à la fois immense et inconnu et menaçant. Il la caressa avec une aisance entraînée, posant les lèvres sur ses joues, ses mains, ses paupières, ses seins. Sa peur la quitta quand elle s'abandonna au plaisir, elle voulait l'éprouver jusqu'à cette part profonde ignorée d'elle-même, secrète et moussue, humide et veloutée. Elle se mit au rythme qu'il impulsait, synchrone.

La douleur plongea de part en part – un coup de couteau.

Une odeur un peu amère, comme une plante vénéneuse, lui emplit les narines. Elle était mouchetée de lambeaux de pétales dorés. Soudain elle comprenait pourquoi on sème des pétales de rose et des fleurs de jasmin sur le lit nuptial, pour l'arôme qu'ils dégagent quand deux corps enlacés écrasent les corolles sous leur poids. Les fleurs de cytise quand on les meurtrissait répandaient cette amertume, cette odeur de prémonition.

Sonny s'endormit, bercé par la lassitude après son pic de passion. Sonali le regardait. Un écureuil perché très haut sur le manguier la regardait le regarder. Prenant conscience de sa nudité, elle réenfila kurta et salwar. Elle recouvrit Sonny de sa dupatta jaune d'or. La sueur se mêlait au kasturi, l'ittar de daim musqué.

Elle l'avait fait. S'était enroulée à lui avec des cordes de désir, des cordes d'amour. Il lui appartenait pour toujours. Un sentiment de plénitude heureuse monta en nuage jusqu'au dais de feuilles sombres qui les abritait. Elle se sentait un peu floue sur les contours, comme si leurs deux corps s'étaient confondus. Encore cette odeur âcre trop verte. Fronçant le nez, elle souleva son poignet pour humer l'ittar.

Sonny s'éveilla, jeta un coup d'œil sur elle puis sur sa montre. Repoussant la dupatta dorée, il s'habilla vivement.

« Allez, on s'en va. »

Sonali lui sourit puis roula dans l'empreinte chaude qu'il avait creusée. Elle enfouit son nez dans le dhurrie et inhala un mélange de mangue moisie, sueur masculine, ittar kasturi, et à nouveau cette odeur de poison broyé. Sonny convoyait la glacière, le panier d'osier rempli d'assiettes et de verres jusqu'à la voiture, avec rapidité, soudain très pressé.

« Allons-y. »

Rouler le dhurrie – ivoire et rose et indigo barbouillés de rouge. Rouge sang qui commence déjà à rouiller. Sonali s'agenouilla parmi les feuilles pourrissantes, les pétales d'or écrasés, les fourmis repues, et chercha en vain ses épingles à cheveux. Sept épingles en forme de V ondulé.

# 9

Sonny lui annonça la chose lorsqu'ils atteignirent les faubourgs de Delhi, les blocs de ciment gris et leurs affreux réservoirs d'eau, les routes sans arbres et le flot des voitures. Lui dit qu'il avait promis d'épouser la fille de l'associé en affaires de Bhai Sahib. Une fille de Ludhiana qui se l'était réservé par une chaîne d'or comme une Maruti 800, un appartement d'Ansal. Le versement d'arrhes était fait. Le mariage prévu pour le mois prochain, en mai. Un accord purement commercial. Il serait toujours son ami, dit-il, dès qu'elle aurait besoin de lui elle n'aurait qu'à l'appeler. Pendant son petit discours il ne put la regarder dans les yeux, des mots tout prêts, bien préparés, avec une pointe sous-jacente d'abnégation.

Sonali se sentit blême et exsangue. Sentit le sang refluer de son visage, de ses mains et ses pieds, de ce lieu pas si secret entre ses jambes.

« Arrête la voiture. » Elle chercha la poignée, ramassée dans une position suggérant qu'elle se préparait à bondir hors du véhicule en marche. Sonny freina abruptement sur le côté de la route. Tout près de la carcasse aplatie d'un chien pas assez vif pour échapper aux conducteurs. Sonny se pencha pour refermer la portière. Pour la raisonner, l'apaiser, lui expliquer.

Elle rentra le bras, écartant une mèche bleu-noir embroussaillée, plia les doigts en griffes de tigre, ongles dégainés, et frappa. Quatre stries verticales se creusèrent sur le visage de Sonny, quatre stries blanches virant au rouge sang. Il se cabra, tenant sa joue, incrédule. La colère chassa la stupeur et le regret de son visage.

Elle descendit, au bout de Grand Trunk Road, cheveux tourbillonnant autour d'elle saisis par une rafale de vent. Se penchant, elle passa la tête par la portière ouverte et répéta avec dignité : « Si ton regard est mauvais, que ton visage noircisse. »

La Datsun s'éloigna. Sonali s'assit sur une borne peinte en blanc et divisa ses cheveux emmêlés en trois lots qu'elle tressa en natte brouillonne. Il faisait chaud. Pas de voiture climatisée, pas de manguier ombreux. Elle enroula sa dupatta sur ses épaules et se mit en marche.

Passa devant la décharge publique du NDMC, le conseil municipal de New Delhi. On aurait dit une représentation de l'Hadès par Dali, parfaitement assortie à son humeur. La puanteur montait en écumant de colonnes et de mares infestées de mouches. Le soleil était presque voilé par les innombrables couches de crasse en suspens dans l'air. Des tombereaux louvoyant entre les amas croissants déversaient des montagnes de rebuts. Des centaines de vautours déchiraient des charognes d'un bec ensanglanté. Des cerfs-volants inscrivaient une calligraphie vigilante sur le ciel gris-bleu. Rats et trafiquants d'épaves faisaient les poubelles ensemble. Tous dévorant les fruits amers de la Bible.

Sonali se sentait prise de faiblesse, la tête tournant au rythme des oiseaux qui l'encerclaient d'ellipses contractées ou élargies. Elle vit sur sa main droite une croûte de sang terni, le sang de Sonny. La leva pour faire de l'autostop. Un couple d'âge moyen dans une Fiat blanche s'arrêta, la femme réticente, l'homme empressé.

« Seulement jusqu'au terminus régional des autocars », murmura-t-elle.

Ils la harcelèrent de questions – où allait-elle ? Seule ? Au moment le plus chaud de l'après-midi ? Son nom ? Sa profession ? Son adresse ? Combien de frères et sœurs ? Est-ce qu'elle voulait un peu d'eau ? Elle se sentait bien ?

Sonali répondit par monosyllabes inaudibles, jusqu'à ce qu'ils se taisent. Elle partageait le siège arrière avec une luxueuse mallette de beauté rouge et un nécessaire à pique-nique en acier comportant trois tiroirs. Quel avait été le contenu de ce conteneur – des pizzas et un gâteau au chocolat truffé ? se demanda-t-elle hystérique. Ses yeux brûlaient, elle les baissa sur ses mains soutenues par les genoux. Des larmes brillèrent sur les cils comme des gemmes précieuses embrasées par une flamme profonde, puis glissèrent et filtrèrent entre ses doigts. Comme une ombre lunaire au milieu de l'après-midi.

Bon anniversaire, Sonali.

Chhobi frappa à la porte de la salle de bains. Le clapotis furieux continua, le robinet battant la mesure dans le seau. Sonali était là depuis près d'une heure à se laver, à regarder ses rêves siphonnés avec l'eau grisâtre le long du tuyau protégé par la grille d'acier perforée.

« Dépêche-toi, tu vas vider le réservoir. Qu'est-ce que tu fabriques ? Tu as oublié que nous sommes invités à dîner chez Mrs Chatterjee ? »

Sonali ne répondit pas, se contenta de frotter, récurer la peau tendre de ses cuisses avec une vigueur renouvelée.

Normalement l'anniversaire de Sonali amenait à leur table une bande de filles pleines de fous rires et avides de dévorer le déjeuner de Dida, un triomphe gastronomique sur lequel avec Savitri elle s'escrimait depuis l'aurore, pour le voir disparaître en un clin d'œil.

Mais cette année Sonali n'avait rien voulu de tel, elle préférait sortir avec ses amies, expliqua-t-elle, dépliant l'ensemble salwar kurta en tissu diaphane blanc délicatement brodé au point chikan, cadeau de Ma. « Je le mettrai avec la dupatta jaune d'or et les juttis dorés. » Dida lui avait offert des petites boucles d'oreilles en forme d'étoiles, ses yeux scintillaient comme les astres fixés sur ses lobes.

Elle était revenue, boueuse et échevelée, trébuchant sur des pieds comateux, incapable de parler. Deux rides creusées en arcs de cercle abîmaient la beauté de sa bouche tendre. Natte répandue sur son dos en touffes broussailleuses, et kajal étalé sous les yeux comme des meurtrissures. Des yeux qui paraissaient sans vie, sans lumière.

« Qu'est-ce qui s'est passé ? Sonny ne t'a pas déposée ? » s'étaient-ils enquis à son entrée. Marmonnant une vague histoire d'accident, elle s'était précipitée dans la salle de bains et n'en avait pas bougé depuis. Presque une heure plus tard elle était ressortie, le visage livide. Elle enfila un jean et un vieux tee-shirt douillet et fané, et commença à se sécher les cheveux.

Tête renversée jusqu'à ce que les mèches ruisselantes effleurent le sol, elle les fouetta avec une serviette tordue en rouleau serré. Les battit comme Savitri battait chaque matin le paillasson d'un balai féroce. Fit tourner sa tête en tous sens, chevelure balancée de droite à gauche, aspergeant les murs de larmes d'eau. Elle refusa de mettre une tenue plus convenable. Chhobi ramassa le salwar blanc souillé, abandonné dans la salle de bains là où Sonali s'en était défaite.

Dida était parée comme pour son propre anniversaire. Un bindi de fête rouge luisait comme un soleil d'aurore sur son front, et elle portait un sari tangail à bordure rouge dont le pan était orné de fleurons dorés en dent-de-chien. Elle avait mis de côté un morceau de patali gur de Calcutta couleur caramel, enveloppé dans du papier paraffiné et tenu caché dans le réfrigérateur en prévision de l'anniversaire de Sonali. Aujourd'hui elle apportait chez Mrs Chatterjee comme un trophée le khir rose onctueusement caramélisé, clouté de raisins secs, embaumant le basmati, la cardamome, recouvert d'une crème prise en épaisse couche ridée.

Mrs Chatterjee les avait invités à dîner et regarder un film sur son magnétoscope tout neuf, une cassette que son fils Montu avait achetée à Londres. Ils allaient voir le *Meghe Dhaka Tara* de Ritwik Ghatak, pas exactement une nouveauté mais qui avait été encensé par la critique.

L'espace entourant le portail de Mrs Chatterjee s'ornait d'un étonnant pavage noir et blanc. Sa domestique, une chrétienne adivasi de Bihar nommée Hélène, était en train de l'arroser. Un nom bien mal choisi, pensa Chhobi – il ne pouvait y avoir qu'une Hélène. Au seul bruit de ce nom, surgissait une vamp à l'œil en fente dansant avec grâce, pose lascive et moue boudeuse – la méchante d'une foule de films. L'Hélène de Mrs Chatterjee était noiraude et trapue, saupoudrée de talc comme une chute de neige.

L'intérieur de la maison était envahi par le fumet du panch phoron, cinq épices… un mélange de pousses d'oignon, fenouil, graine de moutarde, cumin et fenugrec. Crachotant, crépitant dans l'huile de moutarde, parfumant chou-fleur, margoses, petites pommes de terre nouvelles, fèves et aubergines. La pièce était recouverte de tissages artisanaux et de tentures de Calcutta. Des canapés trop joufflus, chauds et bourrés de ressorts étaient parés d'antimacassars blancs ajourés. Sur un des murs, une reproduction jaune moutarde d'un Jamini Roy représentant trois femmes aux cheveux ramassés en chignon sur la nuque comme celui d'Olive Oyle, la compagne de Popeye, la courbe des yeux aux paupières lourdes débordant de la tête. Sur le mur d'en face, une vitrine en verre abritait une tête de la déesse Durga façonnée en moelle de shola aussi complexe qu'un filigrane de dentelle. C'est cette même matière qu'utilisaient les Britanniques pour faire des casques coloniaux, dit Chhobi à une Sonali éteinte.

Une alcôve fermée par un rideau cachait un lavabo en céramique blanche, des tapis roulés étaient entassés comme des bûches derrière le canapé.

Mrs Chatterjee voyait le film pour la première fois. Elle trônait l'air pompeux sur un tabouret en rotin face au magnétoscope, imitant les gestes que son fils Montu avait répétés avec elle pour enclencher la cassette. Le film était poétique par moments, sombre dans l'ensemble. La vie d'une belle jeune fille de famille modeste, accablée par la maladie. C'était pour l'essentiel l'histoire d'une vie que ne rachetait pas la moindre note de bonheur ou d'espoir. Mrs Chatterjee préférait les succès commerciaux de Calcutta ou les mélodrames bollywoodiens et ne se priva pas de le dire, mécontente du choix de Montu.

« Elle avait raison, cette Nargis Dutt. Tous ces cinéastes exploitent la pauvreté et la crasse de l'Inde. Ça se vend très bien en Occident. C'est pour ça qu'on ne trouve la cassette nulle part à Delhi, seulement à Londres. Les étrangers ne demandent qu'à nous voir marcher à reculons, ces images négatives de l'Inde leur font très plaisir. »

Ce n'était pas faux, reconnut en souriant Chhobi, qui avait bien aimé le film. « C'est comme ces touristes étrangers qui n'ont pas un regard pour le Qutab Minar et qui arrêtent leur voiture pour prendre des photos de vaches fainéantes en train de bloquer la circulation. »

« J'ai détesté le film », dit Sonali avec violence, les premières paroles qu'elle prononçait. Dida la fit taire. Chhobi et Ma échangèrent un regard anxieux. Ma mit sa paume sur le front de Sonali qui la repoussa d'un geste impatient. Avec un sourire d'excuse à Mrs Chatterjee, Ma expliqua : « Sonali est fatiguée, elle ne va pas très bien. »

Ma et Chhobi prirent plaisir au film. Dida prit plaisir à éreinter le repas de Mrs Chatterjee – aucun goût, la moutarde broyée si grossièrement que le curry de poisson était amer au possible, tsss tsss ! – toujours broyer la moutarde avec une pincée de sel. Dadu prit plaisir au khir. Sonali ne prit plaisir à rien.

Plus tard cette nuit-là Chhobi essayait de lire, distraite par Sonali, étendue sur le lit, qui enroulait et déroulait sa natte de cheveux toujours emmêlée en contemplant le plafond.

« Tu t'es disputée avec Sonny ? »

« Non. » Rien d'autre que ce monosyllabe abrupt.

« Alors qu'est-ce qui ne va pas ? Qu'est-ce qui s'est passé aujourd'hui ? Tu as une mine terrible… tellement tendue. »

« En fait je suis bien au-delà de la tension. »

Chhobi prit son peigne à larges dents, lui dit de s'asseoir sur le sol et s'installa derrière elle, étalant la chevelure bleu-noir sur ses épaules jusqu'aux hanches.

« Qu'est-ce que tu as fabriqué ? On dirait des cordes sur la tête d'un mystique sadhu. »

Elle commença à la peigner avec soin par petits gestes doux et lents, en partant de la gauche, divisant les cheveux en portions maîtrisables. S'appliquant patiemment à défaire de ses doigts les nœuds obstinés.

« Sonny va se marier », annonça Sonali, la voix imprégnée de désespoir, « avec je ne sais quelle bourge behenji friquée de Ludhiana. »

Une main froide étreignit Chhobi. C'était perdu d'avance, elle le savait depuis le début mais lui sortir maintenant « je te l'avais bien dit » ne serait pas d'un grand secours.

« Tigresse royale du Bengale, c'est comme ça qu'il m'appelait », chuchota Sonali, chaque mot ponctué de pause dans un phrasé lent et douloureux, avec encore le plaisir enfantin inspiré par ce terme affectueux. Elle s'était laissé prendre au piège de tentations tellement adolescentes, gâteau au chocolat et voiture climatisée.

« Il était le chasseur et moi le gibier. Son shikar. Je n'avais pas une chance. Maintenant me voilà accrochée au mur comme une de ces têtes de tigre empaillées. Une dépouille de tigresse stupide. »

« Ne parle pas comme ça. Pas de mélodrame. Tu n'as que dix-huit ans. Tu rencontreras quelqu'un de beaucoup mieux, oublie-le. »

« Dix-neuf aujourd'hui, je suis majeure… »

« Ne prends pas ça tellement à cœur. Ce n'était pas le Prince charmant », puis voyant l'expression de Sonali – vaincue, accablée, Chhobi explosa en invectives très peu dans son style courant : « Que ses couilles l'étouffent. Qu'il aille se faire baiser ailleurs. »

« C'est ce que je viens de faire. Aujourd'hui. »

Le peigne freina dans la descente, les mains de Chhobi se crispèrent sur la mèche. « Tu n'as pas fait ça. Mais comment tu as pu le laisser te… Oh, ce n'est pas possible… Tu n'as pas fait ça. Espèce de folle ! »

« J'aurais dû me préserver pour faire don de mon corps à mon futur époux ! Mais je croyais que je me donnais à mon futur époux. » Larmes teintées d'ironie.

« Le salaud, ça fait deux ans qu'il s'active pour arriver à ses fins. »

Chhobi emportée par une tempête de fulmination tiraillait la tête de Sonali, arrachant les cheveux vagabonds, déchirant les nœuds avec rage, une main en appui sur le crâne. Le corps de Sonali prit la forme d'une figure de proue, un C à l'envers – chevelure tirée si fortement en arrière que les mèches tendues lui fermaient les yeux en fentes chinoises remontées vers les tempes. Sonali ne protestait pas, mais les larmes commençaient à monter – à suinter de ces paupières chinoises. Elle se revoyait, poudrée d'or et nue sur un dhurrie ivoire indigo rose, inondée de pétales, contemplée par un écureuil témoin solitaire perché haut sur un manguier.

Le peigne interrompit sa rude attaque. Chhobi interrogea, assaillie par une horreur nouvelle : « Il avait mis quelque chose ? »

Les pleurs de Sonali redoublèrent, ses épaules tremblaient. « On n'est pas dans un film hindi. Bien sûr que non… mais je ne vais pas tomber enceinte comme Asha Parekh ou Sharmila Tagore, ça serait vraiment le comble… »

Tigresse… Tigresse, félin sans défense, espèce menacée, en voie de disparition. Sonali était incontrôlable, inconsolable, ses pleurs, des rêves qui fondaient en ruisseaux le long de ses joues.

Chhobi lâcha le peigne et sortit en titubant de la pièce, reprenant son calme avant d'entrer sans bruit dans la chambre de sa mère. Ma dormait, enroulée dans une position fœtale. Chhobi fouilla dans la petite armoire à pharmacie au-dessus du lavabo de la salle de bains. Comprimés pour les insomnies de Ma, les migraines de Ma, la tristesse de Ma, parfois sa rage solitaire.

Tout en cherchant elle réfléchissait à la douleur. Plus on vieillissait plus c'était douloureux, paraît-il, sauf si on avait l'habitude de monter à cheval à cru ou de faire des fentes en gymnastique. Elle ne pratiquait ni l'un ni l'autre.

Déchirant le papier argent, elle tendit à Sonali un verre d'eau que la colère fit légèrement déborder, sa rage tremblant sous la peau comme un ménisque instable.

« Avale ça, dit-elle, et ne parle de tout cela à personne. Tu m'entends. PERSONNE. Promets-moi, ni Ma, ni Indu… Surtout pas Indu… Ce qui est fait est fait. » C'était réconfortant de se réfugier dans les clichés. Ils donnaient l'impression que d'autres étaient passées par là avant elles et avaient survécu – « Ça ne sert à rien de pleurer sur le lait répandu » ou le sang répandu – précieux sang rouge virant au rouille sur un dhurrie ivoire, indigo et rose.

Chhobi s'administra aussi un comprimé. Sa sœur, plus jeune de presque six ans, venait de sauter à la perche, passer devant elle à saute-mouton, franchir une nouvelle borne de la vie.

Chhobi continua à peigner, sans tirer cette fois, en douceur avec des gestes tranquilles et posés. Elle lui raconta un documentaire qu'elle avait vu sur le tigre du Bengale. D'une voix de conteuse apaisante, le ton lisse.

« Le tigre attaque toujours par-derrière, le visage de l'homme lui fait peur. Ce gros chat est déjà terriblement handicapé, son habitat naturel a rétréci, les forêts sont dénudées. Les marais des mangroves sont à peu près le seul territoire qui lui reste. Tu sais ce que font les braconniers des Sunderbans ? Ils ont mis au point une ruse pour chasser le tigre. Ils se mettent des masques en papier mâché peinturluré sur l'arrière de la tête. Le tigre croit que le chasseur a deux têtes et il est trop terrifié pour se défendre. Il est déjà affaibli par le manque de nourriture, les animaux sauvages qu'il chassait ont quasiment disparu. Mais l'étude la plus récente montre une légère augmentation des tigres dans cette région, une hausse au lieu d'une baisse. Le tigre a appris à survivre, à s'adapter. C'est un animal trop intelligent – certains sont devenus mangeurs d'homme, les braconniers à double face ne les impressionnent plus. D'autres ont appris à nager, ils pêchent, se cachent dans les marais, et vivent entièrement de gibier aquatique. » Chhobi sourit.

Sonali, lèvres toujours exsangues, tenta un sourire blafard. « Qu'est-ce que tu veux que je fasse ? Un petit numéro à la Gloria Gaynor, que je me mette à chanter *I Will Survive* ? »

« Ça vaut mieux que de pleurer. »

Ses cheveux luisaient maintenant comme du satin, partagés en trois et tressés en natte. La lumière se réfractait sur les trois branches – onyx, jais et saphir profond. Rangée, remise en ordre.

# 10

Deux jours plus tard la Datsun était près du portail. Pas juste devant, mais juste au-delà, invisible de la maison, garée sous un margousier. Sonny était assis à l'intérieur, fenêtres baissées, il attendait. Ma l'aperçut la première, en partant pour le bureau. Elle s'arrêta à la fenêtre mais il regarda droit devant lui, sans bouger, et elle continua son chemin. C'est seulement presque une heure plus tard qu'elle put téléphoner à Chhobi pour la prévenir. Chhobi était à la maison, en plein travail – avec une date butoir... un bref article historique sur Jehanara, la fille de l'empereur Shah Jehan. Par la porte entrouverte elle pouvait voir Sonali étendue sur son lit, écoutant les tristes mélopées de Kishore Kumar au magnétophone. Elle avait l'air malade. Depuis deux jours elle passait son temps à regarder tous les programmes télévisés y compris l'émission religieuse *Krishi Darshan.* Cet après-midi elle irait suivre ses cours à la fac.

Chhobi raccrocha et sortit voir si Sonny était toujours là. Il était bien là, assis dans sa voiture rouge, la sueur perlant sur son front et sa lèvre supérieure, les yeux abrités par des lunettes noires. Les marques sur sa joue s'étaient estompées, il avait l'air simplement de s'être arraché à une liane sauvage – églantine, peut-être, ou fleur de la passion violette ?

« Qu'est-ce que vous voulez ? » La colère durcissait sa voix, chargée d'une note de panique à l'idée que Dida ou Dadu sorte et le trouve là. On ne leur avait rien dit du mariage à venir de Sonny. « À quoi ça rime de venir faire du cirque ? Vous avez eu ce que vous vouliez, laissez-nous tranquilles. » Sonny n'eut aucune réaction, le regard toujours fixé sur leur portail. « Qu'est-ce qui vous prend ? Ça ne peut pas être une crise de conscience, vous n'en avez pas. »

Il regardait derrière elle, par-dessus son épaule, et se raidit. Elle entendit le déclic du loquet, et le grincement du portail sur ses gonds tandis qu'il s'ouvrait. En se retournant elle vit Sonali vêtue de son caftan de batik vert usé, natte dansante, bouche pincée par la tension, qui franchissait le portail. Sonny descendit de la voiture. Debout auprès de Chhobi mais inconscient de sa présence, il regardait Sonali avancer dans sa direction. Chhobi avait le sentiment d'être dans un film, un de ces passages au ralenti où tous les gestes sont fluides et empreints de langueur. Sonali approchant d'eux dans un nuage d'arôme forestier – mélange de fleurs de mangue, cytise et ittar kasturi de daim musqué.

Elle s'arrêta devant Sonny et le dévisagea. Personne ne dit mot dans ce tableau figé jusqu'à ce que Sonali lève la main pour lui ôter ses lunettes noires. Le regarder au fond des yeux, cernés d'ombre et de regret, injectés de sang, de nostalgie. Une nouvelle révélation l'avait frappé, comme si la posséder ne l'avait apaisé en rien mais au contraire avait aiguisé son désir, envahi ses sens d'une soif prodigieuse.

Sonali jeta les lunettes noires sur le sol où elles s'écrasèrent et fit demi-tour. Chhobi allait la suivre quand Sonny lui tendit une mince enveloppe. Pour Sonali, dit-il d'une voix pressante.

La voiture rouge fit marche arrière, émit un rauque *Vive le vent d'hiver* en plein mois d'avril, tourna et partit à fond de train, roulant sur les lunettes Ray Ban brisées, les broyant en poussière noire.

Sonali ne voulut pas lire la lettre, mais la plaça sous son oreiller. Elle partit suivre ses cours, le visage vide d'expression.

Après dîner, Chhobi mit la dernière main à son article sur Jehanara. Elle était heureuse de s'évader dans un autre temps, un temps où les femmes étaient toutes des regards invisibles, dissimulés derrière des purdahs, rideaux de roseaux, jaalis en grès sculptés, voiles de dentelle ajourés. Les empereurs moghols avaient engendré des filles si dévouées. Shah Jehan, avait-elle lu quelque part, s'était débarrassé des prétendants indésirés, ce qu'ils étaient tous, en leur offrant des paans digestifs empoisonnés.

Jehanara avait occupé le rang de première dame à la cour de Shah Jehan après la mort de sa mère Mumtaz Mahal. Elle partagea la captivité de son père à Agra et c'est seulement quand il mourut qu'elle vint à Delhi vivre chez son frère Aurangzeb. Elle fut ensevelie près du tombeau de Nizamuddin. Pas de dômes raffinés pour elle, pas de cénotaphe marmoréen en marqueterie de pietra dura et pierres précieuses. Un simple enclos et une tombe recouverte de gazon portant une fine inscription, tellement nue comparée au Taj Mahal, le tombeau de sa mère.

Chhobi s'était rendue sur cette tombe. Debout en silence elle entendait les trains quitter la gare de Nizamuddin, sifflant le long de la voie, pour se rendre à Agra où Jehanara avait passé sa jeunesse. Jehanara – lumière du monde. Quelqu'un avait répandu une poignée de pétales de rose aux teintes sombres sur l'herbe. Elle vérifia la ponctuation. Elle avait tendance à faire des phrases trop longues, parfois tout un paragraphe à la syntaxe sophistiquée. Maintenant elle saupoudrait sa prose de pauses brèves – virgules et points-virgules. De temps à autre des têtes qui n'avaient rien de moghol se faufilaient dans ces pauses. Ma au dîner – la moitié du crâne martelé par une migraine. Sonali posant le sien sur sa missive non ouverte, et sa propre tête faisant barrage à la vision de deux corps nus enlacés, entrelacés. Toutes trois baissant les stores, se repliant derrière leurs écrans et façades comme les femmes mogholes en purdah.

Aux petites heures du matin Chhobi fut éveillée par Sonali qui allumait la lampe de chevet. Chhobi se tourna face au mur, le bras en visière devant son visage pour abriter ses yeux de la lumière. Elle entendit Sonali ouvrir l'enveloppe. Les minutes s'égrenaient à la pendulette lumineuse. Il y eut un léger froissement de papier, une demi-heure s'écoula. Chhobi se retourna et observa comment Sonali étudiait la lettre, cherchant les ombres, les inflexions, les nuances. Scrutant les signaux secrets qui devaient se cacher sous les mots.

« Tu lis entre les lignes, Sonali ? » demanda-t-elle.

Sonali leva les yeux vers elle, puis plia les deux pages en quatre, en deux et encore en deux, les replaça dans l'enveloppe, qu'elle reglissa sous son oreiller.

« Non, répliqua-t-elle, entre les mensonges. »

Tandis que les plans d'avenir échafaudés par Sonali s'effondraient comme un château de cartes, Chhobi aussi changea de route, même si l'alacrité avec laquelle son esprit de décision se laissa détourner par les suggestions de Rosemary la surprit après coup pendant longtemps.

« Qu'est-ce que c'est ? » avait demandé Rosemary en voyant les livres empilés sur le bureau de Chhobi.

« J'essaie de m'organiser. Il faut que je commence à réviser sérieusement pour les examens de la fonction civile. L'année dernière je n'ai même pas réussi à aller jusqu'à l'entretien », avait-elle répondu sur le mode plaintif.

« Et si tu n'y arrives pas, où est le drame ? La plupart des gens n'y arrivent *jamais*. »

« Ouais », avait tergiversé Chhobi, incapable d'associer jamais à maintenant. Son esprit se fanait d'avance, à l'idée d'un avenir qui partirait en fumée, vu la quantité d'huile de lampe qu'elle se préparait à consommer.

« Oublie le stéréotype, de toute façon tu n'es pas assez déterminée. Le frère de mon mari est aux Affaires étrangères. Il a trimé jour et nuit pendant deux ans, suivi des cours très sélectifs, une préparation intensive à l'entretien. Tu n'y tiens pas à ce point-là. »

Rosemary s'animait, prenant goût au sujet. « Je sais ce qui te conviendrait à la perfection… des études universitaires. Un séjour aux bons vieux États-Unis. Fais un doctorat… Quelque chose en rapport avec l'histoire de Delhi, je crois. Avec tes notes, tu obtiendrais un poste d'assistant de recherche sans problème. Et après tu pourrais écrire des articles, diriger un séminaire d'étudiants, devenir une sommité sur telle ou telle période historique… » Mais Chhobi n'écoutait plus, les idées de Rosemary correspondaient si précisément à ce dont elle avait envie qu'elle se sentait gagnée par une sorte d'exultation.

Piteusement elle était redescendue au milieu des livres empilés sur son bureau. « Mais…, dit-elle, ma famille, enfin je veux dire, ils ont besoin… »

Rosemary avait tenu bon. « Écoute, passe donc le test d'évaluation des aptitudes, pose ta candidature à deux ou trois universités, il est plus que probable que tu seras admise. Et pour ta famille, tu vas voir que ça s'arrangera, laisse un peu faire le destin. »

C'est un dimanche matin qu'arriva la carte annonçant le mariage de Sonny. Grande, crème et or, avec un Ganesh en relief attaché par une cordelette de soie rouge de bon augure. Livrée à domicile par Karan avec une boîte d'un kilo de barfis aux amandes, plusieurs couches de fins losanges décorés à la feuille d'argent. Sonali ouvrit la porte et quand elle se retourna pour leur faire face, la couleur reflua de son visage. Par sympathie les visages de Ma et Chhobi se firent sombres et rigides. Karan se tenait à la porte, grave et sérieux. Il la suivit à l'intérieur sans pouvoir détacher ses yeux d'elle, malgré son caftan usé et les cernes qu'elle avait sous les yeux.

Dida, la manche de sa blouse relevée, se préparait pour son injection quotidienne d'insuline. Elle allait lui être administrée par Dadu, qui faisait toujours bouillir aiguille et seringue vingt minutes dans une petite casserole pour les stériliser. Dida perçut la tension soudaine, palpable dans l'air, et raidit son bras plié. Dadu, concentré sur la piqûre, la morigéna en sentant l'aiguille résister et aspirer du sang.

Karan voulait toucher la main de Sonali, lui exprimer sa sympathie, gêné de la position où l'avait placé Sonny. Ils avaient tous l'air si pâle, si secoué, Sonny ne les avait donc pas prévenus – est-ce qu'ils espéraient encore contre tout espoir ? Chhobi s'avança, murmurant des platitudes, cherchant à le faire sortir de la pièce. En le priant de venir les voir une autre fois, elle le reconduisit au portail.

Le calme régnait dans la pièce. Dadu demandant vaguement à Dida s'il s'était passé quelque chose. Dida sans répondre, tendant la main pour lire la carte posée sur la table sous la boîte de sucreries rouge et or. Ma, Chhobi et Sonali muettes, la pièce assombrie par leurs pensées qui formaient des bulles en forme de nuage au-dessus de leurs têtes comme dans une bande dessinée. En collision avec un râle de détresse, une clameur résonnant comme le tonnerre à leurs oreilles. Et toujours pas un mot.

L'expression de Dida en lisant la carte parlait pour elle. Sa chérie sans prix, son grand espoir brillant – détruits, brisés. Pendant un instant les épaules de Dida s'affaissèrent et Chhobi vit sa ressemblance avec Ma, même air de capitulation, de défaite. Son optimisme naturel refluant devant la perspective de l'avenir, un effort sans relâche pour joindre deux bouts de plus en plus courts. Bateaux, domestiques, manoirs climatisés, diamants, la grande vie pulvérisée en amas d'hubris déchue. Puis elle se ressaisit, redressa littéralement le dos et prit une attitude fière.

« La carte est adressée au Dr Dharani Dhar Talukdar et sa famille. C'est très aimable aux Talwar de nous inviter tous. Je n'aime pas ces cérémonies pendjabies, je ne m'y sens pas à ma place, mais bien sûr les filles iront… Regardez tous ces petits cartons à l'intérieur ». Sa voix trembla un peu. « Le mariage aura lieu à l'hôtel Taj Man Singh, mais une semaine avant il y a le sangeet à Friends Colony, et le lendemain du mariage la réception à l'hôtel Ashoka. Il nous a invités à tout. Regarde, Meera… »

Elle étala les cartons en éventail. Ma les prit dans une sorte de transe, tenant l'air aveugle ce pli d'atout à la mode de Delhi, une liste sélective d'invités échelonnée sur plusieurs réceptions pré- et post-nuptiales. Dida goûta un barfi aux amandes, puis un autre, tant pis pour le diabète. D'une bouche argentée, elle déclara : « Tout le gratin de Delhi y sera. Il faudra être élégantes, les filles. » Chhobi et Sonali la regardèrent sidérées. Elle était incorrigible.

Un cours de science morale datant de Simla se déploya comme une bannière dans l'esprit de Chhobi.

*Espoir différé : langueur du cœur; mais quand vient le désir c'est un arbre de vie* (Proverbes 13.12).

Puis l'image de deux corps, Sonali et Sonny, enlacés entrelacés, lui revint en éclair et elle éprouva une nouvelle humiliation.

« Quel toupet, de l'inviter, verser du sel sur la plaie... Il n'est pas question que j'y aille, et Sonali ne devrait pas non plus. Pas possible qu'elle soit aussi effrontée, si... prête à tout. Quant au gratin de Delhi, il y aura une foule de politiciens corrompus et d'hommes d'affaires sans scrupule. »

Le bengali de Dida prit soudain un ton sévère et solennel.

« Tu n'es pas la conscience collective de tout un chacun. »

Chhobi sut alors avec une certitude glaçante que Dida savait, qu'elle était au courant pour Sonny et Sonali, l'enchevêtrement de membres luisants de sueur, la défloration sur un tapis de fleurs. Au courant des sorties nocturnes de Sonali tout au long de l'année, des cours séchés. Dida avait parié et perdu, et maintenant comme Sonali elle espérait contre tout espoir.

Sonali assista bien au sangeet, accompagnée non par Chhobi mais par son amie Indu.

Dida supervisa sa toilette. Habilla Sonali d'un de ses saris de mariage à motifs anciens, un tissage arachnéen de fils si fins que la couleur était insaisissable. Il miroitait, se déroulait comme un pan de clair de lune, un voile de brume matinale, scintillait comme la pluie au crépuscule sur les feuilles de pipal. Il était constellé d'authentiques fleurs zari, broderies anciennes au fil d'or épanouies comme l'espoir prêt à renaître.

Ma et Chhobi assistaient à l'habillage en témoins impuissants. Ma pratiquant activement le silence passif, Chhobi bouillant de colère, Sonali belle comme un rêve intangible, une illusion. Dida ouvrit son armoire métallique de chez Godrej et en sortit un coffret à bijoux plat. « C'était un cadeau de ma belle-mère », dit-elle, exhibant un collier qu'elles n'avaient jamais vu. Sa dot, son trésor secret. Des fleurs d'or finement ouvragées, sept en tout, reliaient entre eux six rangs de perles de Bassorah. Des petites boucles d'oreilles jhumkas d'or et de perles, les cheveux noués en chignon élégant sur le sommet de la tête. La coiffeuse aux trois miroirs reflétait des multiples d'une foule d'angles, plans et facettes – Sonali et Dida pareilles en essence.

Elle finit par lâcher le mot. « Tiens-toi droite et fière. Donne-lui des regrets. » Pour la première fois Dida reconnaissait que Sonny était autre chose qu'Indu, un peu plus qu'un simple ami. « Je ne veux pas qu'on perde la face », conclut Dida, ordonnant à Savitri de s'accroupir pour rectifier les plis du sari.

« Et si on perd les fesses ? » se dit Chhobi au bord de l'hystérie. La tirade de Rosemary commençait à déteindre sur elle.

« Ne te donne pas en spectacle » fut son dernier avertissement à Sonali qui partait.

L'accès du parc devant la maison de Sonny était bouclé par un cordon. Les parois brillantes de shamianas à motifs géométriques bleu roi et orange, blanc et vert, l'entouraient. Il y avait une terrible bousculade de voitures, bloquant les portails voisins, escaladant l'allée pour s'insérer en marche arrière dans des espaces larges comme des tranches de toast. La maison de Sonny était soulignée par des guirlandes de minuscules lumières blanches, autour des arbres du parc des festons d'ampoules bleues et vertes clignotaient, tic tac, tac tic. Tout le domaine vibrait au bourdonnement souterrain de deux énormes générateurs.

Les cousins de Sonny, des fermiers cultivateurs de riz et de canne à sucre venus d'Hoshiarpur et Ferozepur, avaient pris le contrôle de la soirée. Il faisait chaud. La mère de Sonny et ses sœurs, élégantes en mousselines pastel, se flétrissaient et fondaient comme les sculptures abstraites de glace qui coulaient à grosses gouttes dans des plateaux de métal. Des ventilateurs gigantesques vrombissaient derrière la glace, rafraîchissant l'assistance par courtes bouffées rythmées de telle sorte qu'avant de donner à la sueur le temps de sécher, l'appareil pivotait pour aller fouetter les cheveux ou la dupatta à paillettes de quelqu'un d'autre. Les invités se serraient par petits îlots autour de ces ventilateurs.

Mrs Bhai Sahib resplendissait dans un ensemble de soie vert perroquet noirci par des demi-lunes de transpiration. Les lèvres rouge sombre, elle affichait le sourire de vampire qui était sa marque de fabrique. Elle était assise au sein d'un groupe de femmes mûres vêtues de couleurs vives sur une estrade abritée d'un drap blanc. Elle chantait, scandant la mesure avec une cuillère qu'elle frappait sur la peau d'un dholak qu'une femme en sari rose incandescent martelait vigoureusement, toutes deux assises jambes croisées de part et d'autre du fût de l'instrument.

Sa voix mélodieuse et désuète rappelait celle de Shamshad Begum. Elle offrait un contraste marqué avec son allure, coulant pleine de douceur de ces lèvres lourdement maquillées. Le chant flottait lui aussi en phrases incongrues, mal assorti à cette voix suave. D'autres voix concordantes et discordantes reprirent en chœur le refrain. C'était une chanson salace haute en couleur, comme la fête elle-même, qui invitait aux couplets grivois – cohabitation, copulation évoquées par d'insidieux sous-entendus.

*Jiske Bibi Moti*
*Uska bhi bara kaam hai*
*Jiske Bibi Moti*
*Moti Moti…*
*Bistar pe leta do*
*Gadde ka kya kaam hai ?*
Celui dont l'épouse est grasse a bien de la chance,
À quoi bon un matelas ?
Posez-la sur le lit…

Une vieille chanson populaire que l'interprétation en travesti d'Amitabh Bachchan avait rendue célèbre.

Sonali et Indu étaient assises discrètement sur un canapé au bord de l'estrade blanche. Sonali était immobile hormis le vol de papillons qui cognaient les parois de son estomac. Indu lui donna un coup de coude lorsqu'elle repéra Sonny au milieu d'une troupe d'amis près du bar, où le whisky écossais descendait par tonneaux. Il avait l'air amaigri, vêtu d'un simple pajama kurta blanc.

Sonali se sentait asphyxiée par les réjouissances, les lumières fortes et les chants obscènes. C'était une terrible erreur d'être venue. Il n'avait pas le pouvoir ou pas le courage de la déclarer sienne. Elle s'en apercevait maintenant. Quand on en venait au mariage, seule pouvait convenir une vierge bien gardée issue d'un milieu d'affaires. Une boule lui monta dans la gorge, effroyable et suffocante. À cet instant elle aurait donné n'importe quoi pour fuir dans un autre temps, un autre lieu.

Karan leur apporta à toutes deux des limonades au citron vert frais. Sonali scruta le fond du verre embué et ses chapelets de bulles montantes, son zeste de citron grossi par un effet d'optique. Comme si elle mirait le lourd presse-papiers de verre de Dadu. Elle se voyait enfermée dans une bulle, remontant à la surface et disparaissant dans une explosion minuscule. Sonny la vit avant qu'elle ne disparaisse. Il se figea au milieu d'un sourire, lèvres raidies en une sévère ligne droite. Les cousins de la mariée originaires de Ludhiana étaient présents. L'un d'eux, mal à l'aise et engoncé dans un nœud papillon insolite, comme s'il prenait Ludhiana pour la Louisiane, pressa Sonny de reprendre un verre à grand renfort de claques dans le dos. Sonny tourna la tête et le fusilla du regard, se soustrayant à cette familiarité intempestive. Le fils de Bhai Sahib fronça le sourcil, l'attirant sur le côté pour lui parler tout bas. Sonny ne s'approcha pas d'elle mais il la contemplait avec des yeux affamés qui traversaient le vide espace entre eux et la saisissaient dans une étreinte serrée. Indu eut un gloussement irritant.

Sur le bord extérieur de la foule, Bhai Sahib et son frère au garde-à-vous, le père de Sonny, discutaient affaires sérieuses dans une petite coterie où figurait l'homme politique de second rang qui avait été l'invité d'honneur à la fête de Lohri l'hiver dernier. Le fils de Bhai Sahib quitta Sonny et alla se joindre au petit groupe, accompagné par le frère aîné de Sonny qui était venu de Bombay pour le mariage. Tous semblaient très satisfaits d'eux-mêmes. La nouvelle alliance avec Ludhiana leur avait permis de décrocher une série de contrats lucratifs dans une Inde du Sud jusqu'alors inexploitée. La famille de Ludhiana fournissait le Tamil Nadu et le Karnataka en bonneterie et couvertures depuis deux décennies. De nouvelles relations qui donnaient accès aux bonnes adresses. Le mariage de Sonny serait le dernier de la famille, car il était le plus jeune de sa génération.

Soudain le bruit du chant s'enfla, c'était la vieille rengaine sentimentale qu'on chante à tous les sangeets. Les hommes rejoignirent les femmes qui chantaient autour du dholak battu à tour de bras, lèvres supérieures et fronts emperlés de sueur. Un double cercle de mains frappées en cadence, bracelets cliquetant à l'unisson, entouraient les chanteuses d'ondes de son de plus en plus larges. Elles désignaient des membres de la famille qui avaient un lien particulier avec le marié, les attiraient dans le cercle, au centre du cercle, et applaudissaient de plus en plus fort en les pressant de danser. Les pas de danse reprenaient le style ancien du bhangra. Chacun dansa à tour de rôle, depuis la très patricienne grand-mère maternelle de Sonny jusqu'à son neveu de trois ans.

*Allez, dansez, Mamie*
Clap clap clap
*Allez, dansez, Papi*
Clap clap clap
*Allez, danse, ma jolie*
Clap clap clap
*Allez, danse, mon ami*
Clap clap clap

Une bande de camarades d'école de Sonny envahit la piste, presque tous en état d'ébriété. L'un d'eux, plus vaillant que les autres, entraîna Sonali dans le cercle, l'obligeant à danser, jetant des regards un peu flous à Sonny et pour finir, dans un brouillard d'ivresse, le tira d'une secousse auprès d'elle. Le battement des mains s'accéléra, le dholak martelé entama un staccato dans les aigus – *shawa, shawa*.

Sonny regarda Sonali, s'approcha tout près d'elle, les yeux dévorés de nostalgie, puis il franchit la barrière diaphane de son sari et lui enfonça son pouce dans le nombril, les doigts pivotant comme s'ils déverrouillaient une serrure. Sonali eut le souffle coupé. Elle se sentait comme fendue grande ouverte, entourée par un nuage fébrile de papillons sortis de son estomac béant.

Les camarades de Sonny interrompirent leur danse. Les battements de mains cessèrent. La chanson était finie. Les danseurs se mêlèrent au cercle des spectateurs, les laissant tous deux seuls. Il y eut une courte pause, puis une nouvelle voix ricanante commença une autre chanson, épaisse de sous-entendus. Une chanson juste pour eux deux.

*Aish karni hai to vakhra*
*kamra lay le…*
Si tu as envie de t'amuser
trouve une chambre à louer…

« Ne te donne pas en spectacle. » L'avertissement de Chhobi lui tintait aux oreilles.

Elle lui tourna le dos prête à partir, le bras de Sonny lancé pour lui étreindre le poignet se resserra comme une paire de menottes. Sonali le foudroya du regard et s'arracha à sa prise, Karan et Indu brusquement surgis à ses côtés. Elle partit. S'évanouit comme une brume matinale, un fantôme, comme la pluie au crépuscule sur une feuille de pipal, une illusion.

Quatre jours plus tard, et un jour avant le mariage de Sonny, Sonali épousa Karan dans un bureau de l'état civil. Elle appela pour en informer sa famille stupéfaite et le téléphone se tut quand elle raccrocha après son bref message.

## 11

Les mois passèrent. Un mercredi soir juste après sept heures, Dida et Chhobi étaient assises sur le divan au siège flasque, Savitri accroupie à leurs pieds, découpant en cubes des pommes de terre jaunes et des aubergines au-dessus d'un journal. Elles attendaient toutes l'heure de l'émission *Chitrahaar*. Savitri étendrait un matelas sur la véranda arrière pour y dormir cette nuit. Dida et elle avaient travaillé dur à préparer des malpuas pour fêter Janmashtami. En fait Dida se coucherait tard, après ses dévotions de minuit.

Dida était de mauvaise humeur et très affamée, elle jeûnait, malgré son diabète, pour honorer la naissance de Krishna. Dadu lui tournait autour comme chaque année, lui répétant que c'était dangereux pour elle de ne pas manger. Toutes les objections tombaient dans sa sourde oreille.

D'habitude Savitri repartait chez elle avant la nuit. Elle vivait avec son fils et sa belle-fille dans un quartier de squatters près de la place Nehru. Lui travaillait dans un petit salon de thé du quartier d'affaires surpeuplé où sa femme balayait et nettoyait les bureaux. Savitri jouissait d'une des meilleures vues de la ville car sa cabane jouxtait le temple Bahai de marbre blanc immaculé. Elle pouvait le voir à travers les crevasses du mur de brique recouvert d'argile sous la toile à bâche qui complétait son logis. La vue était légèrement cachée par un enchevêtrement de fils électriques pompant illégalement énergie et lumière sur les câbles à haute tension qui le surplombaient. Des myriades d'antennes de télévision dressées ressemblaient à une volée d'oiseaux futuristes perchés sur ces toits en loques. Derrière les toits on pouvait voir la scène surréelle du lotus mi-ouvert fleurissant dans un paysage poussiéreux.

Plus tôt dans la soirée Chhobi avait passé la tête dans la chambre de Ma. Ma était rentrée de bonne heure. Elle était installée, jambes à l'horizontale, dans le fauteuil planteur à dossier canné, encore un cadeau du père de Dida. Il était flanqué d'un haut lampadaire à abat-jour frangé, souvenir de leur période militaire, le pied de la lampe taillé dans un obus en laiton. L'abat-jour de soie rouge répandait une mare rosée de lumière. Une lumière qui entourait Ma d'un doux éclat et gommait les sillons entre ses yeux. Elle lisait un roman de Dick Francis. Elle avait fêté ses quarante-trois ans la semaine passée. Dans cette lumière on lui en aurait donné facilement trente-trois. Elle raffolait des polars britanniques, tellement éloignés de sa vie réelle qu'ils créaient une zone tampon entre la routine prosaïque et les souvenirs torturants.

Aujourd'hui Ma était rentrée tôt pour décorer la chambre à prière de Dida de dessins rituels alpana. Pendant qu'elle était à genoux en train de tracer les motifs complexes en pâte de riz broyé, Dida la regardait faire, prise d'une nostalgie inaccoutumée. D'habitude elle ne parlait jamais de Mymensingh, mais aujourd'hui elle se rappelait les nénuphars bleus qu'elle avait fait planter sur l'un des étangs du domaine. Des lys de la même teinte que la peau de Krishna, des lys qu'on cueillait par brassées pour Janmashtami et qu'on déposait devant l'idole du bébé Krishna.

Une carte d'anniversaire envoyée par Sonali trônait sur la table de chevet de Ma. Une carte extravagante, d'un pied de haut, tout en cœurs rouges et en nounours incrustés de paillettes d'argent. Elle réduisait à l'insignifiance la photo noir et blanc encadrée de leur père. Bapi était en grand uniforme, traversé en diagonale par la bande de cuir de son ceinturon-baudrier Sam Browne. Casquette à visière abritant les yeux, poitrine chargée de rubans. La photo était un accessoire si obligé de la chambre de Ma qu'on ne la remarquait pas plus que le bouton électrique ou le dhurrie fané sur le sol.

La carte de Sonali était accompagnée d'une lettre annonçant avec désinvolture qu'elle et Karan rentreraient deux mois plus tôt que prévu, début septembre. Elle ne donnait aucune explication. Ma ne l'avait encore dit à personne ; le budget de Dida, calculé au plus juste, en serait perturbé. Elle avait prévu de célébrer leur retour avec des cadeaux de vêtements et de bijoux. Tous les mois elle mettait de l'argent de côté à cette intention.

Pendant ces premiers jours avant que le choc du mariage de Sonali ne se distille à des niveaux conscients de résignation, la perte brutale de sa présence emplit la maison comme un élément. Et si cet élément était liquide, ils étaient tous en train de s'y noyer alors que Sonali, fraîche source printanière, avait adroitement pris la voie de la moindre résistance.

Ma garda le lit pendant deux jours. Chhobi et Dida s'évertuaient à la faire manger, Chhobi avec des retours d'images de 1971 quand elle avait vu ce regard mort s'installer dans ses yeux. Maintenant Ma battait sa coulpe, pour la première fois elle reconnaissait qu'il avait manqué à Sonali la présence de son père Bapi. Elle s'inquiétait constamment de savoir si Karan, ce parfait inconnu, saurait la rendre heureuse.

Dida cachait sa propre déception sous un air caustique. « Le bonheur. Tu es heureuse, toi ? Je suis heureuse ? Le bonheur ça va et ça vient. Ça n'est pas nécessaire. »

Chhobi préférait sans le dire Karan à Sonny, elle le trouvait gentil. Elle pensait aussi que oui, Sonali serait heureuse… Sonali tellement animée par l'élan intérieur et les stimulations externes, tellement dopée par sa propre jeunesse et sa beauté.

L'entrée en scène de Karan s'infiltra comme du sel marin dans leur vie. De propriétaire de bateau à simple second, car c'était là sa position, Dida devait franchir un vaste gouffre. L'optimisme contraint et la volonté de ne pas perdre la face le peignaient à Dida dans un halo de brise marine apaisante, peut-être un peu goudronneuse mais embaumant aussi les cargaisons exotiques vers des ports lointains. Karan remplissait son deuxième contrat pour une compagnie maritime britannique qui avait son siège à Hull sur la côte est de l'Angleterre. Son salaire une fois converti de livres sterling en roupies était sans conteste correct, mais c'était un emploi contractuel sans véritable sécurité. Sonali et lui étaient partis en juin avec un contrat de six mois et devaient revenir en novembre, à temps pour qu'elle puisse préparer les examens de sa dernière année de licence.

La marine marchande était une profession inconnue dans la famille. Docteurs, ingénieurs, chercheurs et enseignants – toutes vocations nécessitant des diplômes qui ajoutaient un panache de lettres à la suite d'un nom, voilà ce qui était désirable. Certes Bapi était militaire mais c'était aussi un sapeur, un membre du génie. Dans un Delhi ceinturé de terre, la marine marchande avait des relents déplaisants de commerce, le mot marchand étant jugé avilissant par la famille.

Quand Dida faisait allusion au mariage de Sonali, c'était d'une démarche aérienne, sur la crête de réalités glauques à demi submergées. Dadu et Ma gardaient le silence la plupart du temps, même si la désapprobation de l'un et les remords de l'autre se trahissaient dans des propos isolés. Quant à Chhobi, elle entreprit de se documenter sur la marine marchande. Laissant pour le moment Beryl Bainbridge et Iris Murdoch, ses romancières favorites, intactes sur les étagères de la bibliothèque du British Council, elle se plongea à la place dans l'histoire de la marine.

Chhobi étant Chhobi, elle prit l'affaire à la source. Remonta de quelques millénaires dans le temps et commença par les anciens marins. Lut jusqu'à une heure avancée l'histoire des explorations crétoises ; le premier bateau découvert, la barge royale du pharaon égyptien Chéops. Confondant mythe et réalité, elle poursuivit par l'aventure de Jason et des Argonautes, mêla faits et fictions sur les traces d'Ulysse, conduit par les dieux et les vents.

Chez le bouquiniste derrière le cinéma Plaza de Connaught Place, elle dénicha un véritable trésor. Le volume à reliure de cuir doré sur tranche était coûteux. Les pages étaient piquetées de petits trous forés par des poissons d'argent comme des messages qu'auraient inscrits les précédents propriétaires, mais ces quelques trous n'altéraient pas la beauté de cartes du seizième siècle retraçant les routes maritimes d'Europe vers l'Inde. Mosquées, forteresses, animaux sauvages et guerriers ornaient les cartes, les bateaux portugais et musulmans étaient identifiés par des croix et des croissants. Elle découvrit l'ivresse des temps où le commerce entre l'Est et l'Ouest s'ouvrit pour la première fois. Les épices et la soie, le calicot et l'indigo, les ouragans, le scorbut et les pirates – un commerce stimulé par l'ambition, l'avidité, la peur, le danger, la maladie.

Tard dans la nuit, étendue sur son lit elle se demanda comment cela se passait pour Sonali… longues traversées où la vie se rétracte aux confins d'une petite cabine, dehors l'océan incommensurable, parfois verre lisse comme un miroir, parfois fouetté à blanc de turbulences, dépassant la vision de l'œil, vers des rivages étranges et des êtres inconnus.

L'émission *Chitrahaar* commença, presque entièrement religieuse ce jour-là, arrachant Chhobi à sa rêverie baignée de saumure.

La sonnette de la porte d'entrée retentit avec insistance. Savitri alla répondre, repliant la lame aiguisée de son couteau en forme de faucille montée sur un support de bois. Elle revint avec un message incohérent concernant Ratan Kaku.

« Le Docteur Sahib est encore dans son cabinet », objecta Dida. Ratan Kaku avec sa façon de surgir à l'heure des repas créait toujours un problème. Dida devait lui préparer à la hâte un ragoût insipide, pas de piment, et pas d'oignons frits, très peu d'huile. Le côté le plus irritant de cette visite inopinée au moment du dîner c'est le sentiment injustifié de culpabilité qu'il suscitait chez eux tous. Ils avaient horreur de voir ses yeux briller en contemplant avidement leurs assiettes, salivant de manière presque visible, puis son air de frustration lugubre quand il examinait la sienne. Mais Savitri très agitée marmonnait qu'un homme parlant hindi était à la porte et refusait d'en bouger. Chhobi prit sa dupatta en rechignant et se dirigea vers le portail.

L'homme aux vêtements tachés de sueur traînait une forte odeur d'oignons et d'huile rance, sa chemise tellement constellée de safran et de graisse qu'on distinguait à peine la couleur d'origine. Il était originaire du Bihar et s'adressa à Chhobi en mauvais bengali hésitant, très soulagé quand elle répliqua en hindi. Il travaillait au grand dhaba routier près du marché, lui dit-il. Depuis trois semaines il livrait ses repas à Ratan Kaku deux fois par jour, apportant la nourriture à son domicile dans une gamelle en métal, attendant pendant qu'il la transvasait sur une assiette, et remportant sa commande pour le repas suivant avec la gamelle vide.

Normalement la commande ne variait pas – poulet massalé au beurre et pulao de légumes l'après-midi, mouton do piaza et paratha à l'œuf le soir.

« De la nourriture de dhaba ! du poulet au beurre, Ratan Kaku ? Vous parlez de ce restaurant à deux étages sur la grand-route ? »

« Oui, oui, celui qui est juste à côté du grand bâtiment en construction. »

« Et la domestique qui lui faisait la cuisine ? Qu'est-ce qu'elle est devenue ? »

Savitri flûta en bengali précipité : « Il l'a fichue dehors ça fait presque deux mois. Il a beau être l'ami de Meshomoshai, sa conduite est bizarre. J'allais vous en parler à tous, il n'a personne non plus pour nettoyer la maison. »

« Mais qu'est-ce qui s'est passé ? »

« Aujourd'hui, quand je suis allé lui donner la gamelle la porte était ouverte, le Sahib très souffrant en boule sur son lit et devant moi il s'est mis à vomir du sang.

J'ai réussi à trouver le numéro du Docteur Sahib. Il est malade, très malade. »

Chhobi le regarda fixement puis dit : « C'est bon, on va s'en occuper, vous pouvez repartir. » Elle alla trouver Dadu qui lisait le journal dans son cabinet vide.

Ils essayèrent d'appeler Ratan Kaku mais n'obtinrent pas de réponse. Dadu prit sa sacoche et accompagné de Chhobi se hâta vers la maison de Kaku, criant à Savitri de fermer le cabinet.

C'était une belle soirée. Le ciel était rayé d'orange, légèrement couvert avec promesse de pluie, d'arbres verts bourgeonnant de feuilles neuves. Les garçons jouaient encore au cricket dans la lumière déclinante, on entendait le bruit de la balle frappant la batte, les acclamations des défenseurs cachés derrière l'écran d'arbustes qui entouraient le parc. Les réverbères n'étaient pas encore allumés. Ils remontèrent une longue file de voitures devant le cabinet de l'homéopathe. Chhobi ne put retenir une pensée amère pour le diplôme du collège de médecine de Calcutta de Dadu et son manque de clients.

Des piles rectangulaires de briques rectangulaires, sur un mètre de haut, des pyramides de limon et gravats assortis, bloquaient presque l'accès au portail de Kaku. Aucun signe de vie à l'intérieur. Un cadenas pendait à la porte. Plusieurs journaux encore bien roulés en cylindres retenus par des élastiques formaient un tas épars sur la véranda. D'un même mouvement Dadu et Chhobi tournèrent la tête vers la porte voisine, mais il n'y avait pas beaucoup d'activité chez les Goel. Un maçon solitaire arrosait au tuyau le briquetage qu'il venait d'effectuer.

« Kaku ? »

« Ratan, Ratan ! » crièrent-ils ensemble, Chhobi essayant de voir à l'intérieur par une fente entre les rideaux tirés, frottant la vitre sale avec un coin de sa dupatta. Il faisait très sombre dans la pièce. Un rai de lumière filtrant par une lamelle cassée du store en rotin devant la fenêtre éclaira une scène de désordre et de crasse incroyables. Des vêtements souillés mêlés aux assiettes sales jonchaient le sol. Le téléphone se balançait au bout de son fil torsadé. Bien qu'il fasse trop sombre pour bien voir, elle distinguait une grande tache d'eau qui s'étalait en suintant sous le mur adjacent des Goel.

Dadu fit le tour de la maison et trouva la porte de derrière verrouillée. L'allée pavée qui menait à l'arrière disparaissait sous d'épaisses plaques de ciment et de plâtre figés. Il trébucha sur des décombres de brique à moitié cachés par des nuées de petites feuilles jaunes tombées du flamboyant devant le portail. Normalement l'arbre était élagué mais maintenant ses ramures débordantes projetaient une ombre ténébreuse. Dadu était horrifié – Ratan détestait la pagaille.

Il regarda le bâtiment voisin en construction. C'était à l'évidence un immeuble d'appartements. Pour l'instant seuls les fondations et le rez-de-chaussée étaient finis mais la longueur de l'immeuble s'étalait presque jusqu'à la route principale, défiant toutes les règles fixées par la commission municipale.

Chhobi tendit le cou pour voir le premier étage et aperçut de la lumière dans l'une des pièces. Criant à Dadu de venir, elle courut en haut, faillit déraper sur les marches gluantes de taches visqueuses vert sombre. La porte était entrebâillée. Elle hésita, redoutant soudain ce qu'elle allait trouver. Une anomalie acoustique, peut-être un effet d'écho, amplifiait le grondement de la circulation sur le pont routier. Pas étonnant que Mrs Menon ait déménagé. Une cacophonie discordante, le beuglement sans fin des klaxons de toute une gamme d'automobiles, résonnait à ses oreilles. Les bus lui semblaient rouler sur sa poitrine. Les phares d'un camion, aveuglants à pleine puissance, tracèrent un arc mobile sur son visage et sur la porte entrouverte, puis se fondirent dans le halo des réverbères qui venaient de s'allumer.

« Kaku ? »

Dadu arriva sur le palier, le souffle court. Il la poussa de côté, ouvrit grand la porte. La lumière brillait sur une pièce aussi nue qu'il y a six mois quand les Menon l'avaient vidée. Ils trouvèrent Kaku dans la chambre du fond. Elle était vide de tout meuble hormis un lit pliant sur un cadre d'aluminium où il gisait. Son visage tourné vers la porte était à peine visible. Dans le déclin rapide de cette soirée radieuse, on aurait dit que l'obscurité s'était insinuée sous la peau pour la muer en crépuscule.

Dadu chercha l'interrupteur, l'activa. Chhobi et lui eurent un haut-le-cœur devant le visage de Kaku, si terrible à voir sous l'éclat brutal de la lumière. Sa respiration était laborieuse, chaque inspiration un effort manifeste, chaque expiration un sifflement. Ses paupières fermées plongeaient dans un visage couleur cendre. Un chaume gris-blanc remplissait les creux des joues, sa tête reposait dans une position inconfortable sur l'oreiller souillé.

L'air était fétide et aigre. Un robinet gouttait dans la salle de bains avec une monotonie de métronome. Chhobi voulut ouvrir une des fenêtres fermées, recula devant les toiles d'araignées qui lui collaient au visage et s'emmêlaient à ses cheveux. Des boules de naphtaline roulèrent sur le sol près de la fenêtre et allèrent buter contre un seau en plastique bleu qui servait de pot de chambre. Chhobi observa avec fascination l'espace sous le lit. Il était occupé par des spirales de cendres hautes de quinze centimètres, restes calcinés de tortillons anti-moustiques, aussi bizarres que les bûchers funéraires de crustacés inconnus.

Le visage de Dadu après son rapide examen exprimait l'urgence et la gravité. « Reste ici », ordonna-t-il, puis il descendit téléphoner, prit au passage un trousseau de clés accroché au mur. Il revint dix minutes plus tard. Il avait appelé le Dr Mitra qui prenait toutes les dispositions.

« Ulcère perforé, fit Dadu laconique, il nous faut de l'aide pour le transporter en bas. À qui peut-on demander ?... » Les minutes précieuses s'égrenaient.

« L'équipe de cricket, je vais demander à l'équipe de cricket. » Chhobi était déjà dans l'escalier, glissant et dérapant sur les marches dans sa précipitation, avec un dernier regard sur Dadu qui s'efforçait fiévreusement de ramener un peu de vie sur ce visage crépusculaire.

La partie était finie. Le parc retentissait encore des voix des garçons en train de discuter cricket et partager les cigarettes. L'un d'eux essuyait les battes boueuses sur un chiffon. Chhobi en reconnut quelques-uns qui faisaient la tournée des maisons pour collecter des fonds en prévision de Durga Puja. L'âge moyen devait être dix-huit ans.

« La sœur de Sonali », entendit-elle en s'approchant d'eux. Elle parla à l'un de ceux qu'elle reconnaissait. Khokon, peut-être le capitaine de l'équipe, prit l'affaire en main, essayant de cacher sa cigarette derrière son dos ; une plume bleu-gris le dénonça en s'élevant presque perpendiculaire car il n'y avait pas un souffle de brise. L'un des garçons fut expédié à la station de taxis près du marché, deux des plus grands revinrent avec Khokon et Chhobi chez Kaku.

Chhobi se surprit à leur raconter les malheurs de Kaku pendant qu'ils attendaient le taxi. Elle vit la mâchoire de Khokon saillir quand elle décrivit les menaces souriantes de Goel.

L'Ambassador jaune et noir conduite par un chauffeur enturbanné avança jusqu'au portail. C'est le fils du Dr Mitra, rentré récemment d'Angleterre avec les lettres FRCS accolées à son nom, qui allait opérer. Il lui fallait deux donneurs de sang. Khokon et son ami se portèrent volontaires. L'autre garçon alla chercher un cadenas chez lui pour fermer le portail de Kaku. Kaku avait encore vomi, un mince filet de sang dégoulinait sur son torse. Dadu parvint tant bien que mal à lui enfiler une chemise par-dessus son maillot de corps taché. Le taxi démarra, les deux garçons assis devant près du chauffeur, Dadu et Kaku sur le siège arrière. Chhobi rentra à la maison. Le trajet jusqu'au cabinet du Dr Mitra était long, c'est elle qui devrait mettre Dida au courant.

Dida avait entamé sa puja de minuit quand un Dadu las et abattu regagna son domicile. Assises derrière Dida dans la chambre à prière richement décorée, Ma et Chhobi voulaient lui poser des questions, mais attendirent la fin de l'hymne que psalmodiait Dida. Un hymne tiré de la *Brahma Samhita*, qui contient des versets chantés par le Seigneur Brahma à la louange du Seigneur Krishna :

> *J'adore Govinda, le Seigneur originel, qui joue de Sa flûte à merveille. Son visage rayonne de beauté et Ses yeux s'épanouissent comme pétales de lotus; Sa peau est bleutée comme les nuages, des plumes de paon couronnent Sa tête, Sa grâce indicible charme des millions d'Amours joufflus. Autour de Son cou pend une guirlande de fleurs agrémentée d'un médaillon de lune; entre Ses deux mains parées de joyaux Il tient Sa flûte.*

La suite des événements qui marquèrent Janmashtami, c'est que l'équipe de cricket s'empara du cas de Ratan

Kaku pour en faire une cause commune… releva le défi de Goel en quelque sorte.

L'opération en urgence avait sauvé la vie à Kaku. Khokon apparut le dimanche matin. Il était venu chercher Dadu pour l'emmener à la clinique du Dr Mitra. Dadu jeta un coup d'œil réticent sur la vieille moto Royal Enfield cabossée qu'il avait garée devant le portail. Elle appartenait au frère aîné de Khokon, dessinateur dans une agence de publicité.

Chhobi et Dida debout près du portail regardèrent la moto s'éloigner sur la route. Chhobi lutta contre l'envie de rire jusqu'à ce qu'elle entende un gloussement émanant de Dida. Toutes deux rirent à gorge déployée en regardant la silhouette rigide de Dadu, mal assis sur son perchoir et cramponné au corps casqué de Khokon, se faire de plus en plus petite tout au bout de la route. La visière en acrylique transparent qui encadrait le visage de Khokon lui donnait l'air d'un astronaute, et Dadu avait dû littéralement se préparer au décollage.

Kaku était assis dans son lit, l'air en bien meilleur état malgré les nombreux tuyaux et les drains suintants de fluides ensanglantés. Une infirmière malayali prenait sa tension lorsqu'ils entrèrent. Kaku s'inquiétait de ses factures médicales, mais le Dr Mitra assura à Dadu qu'il serait possible de différer le paiement.

Même s'il répugnait à le perturber, Dadu devait absolument lui poser quelques questions – pourquoi s'était-il installé en haut dans une pièce vide ? Qu'est-ce qui s'était passé en bas ?

Pendant un long moment Kaku se contenta de malmener le bord de son drap. Quand il les regarda, ils virent avec surprise une expression rusée, presque sournoise traverser son visage. Les hommes de Goel entraient par effraction, dit-il. Pied à pied ils s'introduisaient chez lui et le poussaient dehors.

« Sornettes », déclara Dadu avec force.

Mais Kaku avait de nouveau l'air vieux et malade et frêle, la voix prise d'un chevrotement grincheux. Tournant la tête vers le mur, il dit : « J'ai sommeil, je ne veux pas en parler. »

Néanmoins il parla. Prolixe, les mots se bousculant comme un torrent d'eau par la faille d'une digue, pesant contre le mur écroulé de ses défenses.

Khokon observait en silence, assis sur une chaise en plastique, son casque sur les genoux. Quand Dadu donna le signal du départ, il se leva, la mine têtue et furieuse, tendant le menton, dont le contour s'estompait dans un jeune duvet, d'un air belliqueux caractéristique qu'ils apprendraient à reconnaître.

Lorsqu'il déposa Dadu sain et sauf à la maison, Dida le pria d'attendre, réchauffa les restes de ses fameuses malpuas – des boulettes parfumées à l'anis bordées d'une dentelle brune, dégoulinantes de sirop, qui fondaient dans la bouche. Elle le regarda nettoyer sa large portion ; c'était agréable d'avoir dans les parages un homme d'action motorisé, même s'il ne se rasait pas encore et s'intéressait principalement au cricket et aux motos.

« Vous avez les clés de Kaku ? » demanda-t-il à Dadu, qui répondit par l'affirmative. « Très bien, on va examiner la maison et voir ce que trafique ce Goel. Ce soir après le cricket », puis il fit au revoir de la main et partit.

# 12

Il n'y eut pas de cricket ce soir-là. Un gros nuage se forma dans le courant de l'après-midi et à quatre heures le soleil semblait déjà s'être éteint. La pesanteur immobile de l'air fut bientôt secouée de violents coups de tonnerre qui semblaient venir du sol plus que du ciel, prélude à la plus forte averse de la mousson. Chhobi et Dida se hâtèrent de rassembler les vêtements qui séchaient sur la corde à linge, arrachant les saris raides d'amidon. Elles avaient renvoyé Savitri chez elle de bonne heure quand le ciel s'assombrit. Dida s'inquiétait pour Ma qui n'avait pas pris son parapluie aujourd'hui pour se rendre au bureau. Tout en fermant les fenêtres, Chhobi pouvait voir les larges feuilles du kadamba se tordre en frissonnant. L'arbre venait tout juste de produire une profusion de disques dorés, pétales aussi tendres que des laddoos au coco. Le coin de la pelouse le plus éloigné était jonché de fleurs de frangipanier. Les éclairs crépitaient, les nuages éclataient. Les rugissements du ciel et de l'eau étaient si forts que Chhobi entendit à peine la sonnette de l'entrée. Elle ouvrit la porte à Khokon et à son ami tout sourires, chemises trempées collées à la peau tandis que des lames de pluie chaudes zébraient l'air et leur cinglaient le corps.

« Allons-y », dirent-ils.

« Avec cette pluie ? » objecta-t-elle, mais les garçons avaient repéré Dadu dans son cabinet et bondissaient déjà à travers la petite bande de gazon. Dadu qui contemplait la pluie d'un œil vague était encore plus réticent. Déjà l'eau s'amassait partout, roulant en tourbillons boueux, écumant et giclant en bulles de couleur café aux points où la pluie mitraillait les mares.

Les garçons insistèrent. « Il faut qu'on s'occupe de Goel avant la sortie de Kaku, et ça c'est pour la fin de la semaine. On doit vérifier la maison aujourd'hui. »

Dadu dut s'incliner devant un tel enthousiasme juvénile, renforcé par le sentiment coupable d'avoir négligé Kaku et permis qu'il atteigne un point de détérioration où sa vie était en danger. Ronchonnant un peu en sourdine, Dadu releva le bas de son pantalon, enfila ses sandales Bata en caoutchouc et empoigna l'ample parapluie noir à poignée de bois incurvée. L'objet était si grand qu'il aurait pu remplacer un parasol de jardin. Dida ne voulait pas que Chhobi sorte, mais Dadu lui jeta un regard de supplique si désemparé qu'elle prit le parapluie à pois oublié par Ma et le suivit. Le bas de son salwar se couvrit de boue presque sur-le-champ. Khokon et son ami ouvraient la voie sans parapluie et riaient, de l'eau plein les yeux. Cheveux et duvet de barbe ruisselants.

Une odeur fétide et moisie les accueillit chez Kaku. À peine ouvraient-ils le cadenas du portail qu'ils virent un torrent d'eau bouillonnant dégringoler l'escalier. Il devait y avoir un conduit bouché quelque part. Du pied, Khokon repoussa les journaux en rouleaux sur la véranda vers la partie restée sèche. Dadu cherchait la bonne clé dans le gros trousseau. Les jambes de son pantalon portaient la marque sale du niveau d'eau. Chhobi eut un mouvement de recul involontaire quand la lumière s'alluma. D'énormes cafards luisants coururent se mettre à l'abri. Le plâtre pelait sur le mur adjacent de Goel qui était constellé de taches mouillées. L'humidité s'étalait comme une péninsule, imitant le contour de l'Inde d'un trait bien net. Les draps souillés mélangés à la vaisselle sale accentuaient l'odeur de renfermé. Une neige de confettis, couverts par Kaku d'une écriture serrée minuscule, s'entassait dans un coin, sous un classeur abandonné. Chhobi ramassa le classeur, l'épousseta avec précaution. Dans la cuisine, l'eau et les remontées d'égout étaient entrées par la porte qui donnait sur la petite cour arrière, glissant jusqu'à la salle à manger comme une crème épaisse.

Les murs avaient quelque chose d'insolite. Tous les tableaux et les tentures étaient partis. Sur le mur face à l'entrée principale où Kaku avait accroché un grand miroir, il ne restait plus qu'un rectangle de plâtre tout propre. Dans toutes les pièces, des carrés ou rectangles de mur intacts brillaient comme les empreintes digitales d'illustrations fuyardes.

La chambre de Kaku donnait sur l'arrière, juste après la salle à manger qui débouchait sur un petit couloir menant à la cuisine puis à la deuxième chambre. Un bureau massif avait été traîné devant la porte verrouillée. Les garçons le poussèrent de côté pendant que Dadu essayait les clés. Tous se taisaient, comme éteints dans cette maison inondée rance et triste.

La porte quand elle s'ouvrit dévoila une fosse de démence. Ils restèrent un moment figés sur place, incapables d'entrer dans la pièce où l'on sentait la paranoïa grésiller et crépiter comme un courant électrique. Tout le mobilier – lit, chaise, télévision, étagères – avait été traîné jusqu'au mur commun avec Goel et empilé en vrac. Une crevasse, livide comme un trait d'éclair, rayait le mur en diagonale du sol au plafond. Elle était large de cinq centimètres par endroits, et ouvrait sur un espace noir.

Kaku avait rassemblé toutes les tentures et les tableaux de la maison et les avait accrochés à des clous plantés à coups de marteau au-dessus de la crevasse comme pour la dissimuler. Les tableaux étaient suspendus n'importe comment, de travers, parfois la tête en bas. Une grande photo de groupe en noir et blanc représentant Kaku à un séminaire quelconque, un dessin au trait représentant Tagore, deux paysages de montagne, de vieux calendriers et un éléphant de jute en macramé se disputaient l'espace. Au centre, le seul tableau rigoureusement droit était un portrait de Kali. Devi Uma dans son aspect le plus féroce et terrifiant, les yeux allumés d'un éclat sanguinaire, langue rouge dehors, décorée d'une guirlande de crânes humains, chacune de ses dix mains équipée d'armes tranchantes, incapable malgré tout de tenir en respect les frayeurs de Kaku, réelles ou imaginaires.

« Cinglé, mon pote ! » dit l'ami de Khokon, la voix se muant en couinement.

« Effoustouflant », dit Khokon à Chhobi qui fut prise d'une folle envie de rire à ce barbarisme au fond assez juste.

Dadu était pâle, gêné et incapable de les regarder tandis qu'il les conduisait dehors avant de refermer la porte. La pluie s'était réduite à une petite bruine. Il faisait sombre, le ciel comme lavé au jet d'encre. Les garçons montèrent à l'étage pour repérer la canalisation bouchée. Khokon revint presque sur-le-champ, disant qu'il lui fallait de la lumière. Il illumina le soir avec une torche enflammée façonnée à l'aide des journaux de la véranda, mais la terrasse était tellement encombrée par les gravats de l'immeuble voisin qu'ils ne trouvaient pas la canalisation. Dadu était partisan de prendre une position officielle, se plaindre aux autorités, les puissances terrestres. Dans ce cas précis, le problème était de découvrir *qui étaient* ces puissances. C'est le dossier de Kaku, jeté sur la pile de chiffons de papier, qui l'embarrassait. Il contenait des copies au carbone de sa correspondance, dans l'ordre chronologique. Kaku avait commencé par écrire à la municipalité de Delhi, au Bureau principal des nuisances, à l'association d'Aide aux résidents, aux *Times of India, Hindustan Times*, et *Statesman*. Le ton et la calligraphie de ces lettres avaient changé au fil des mois. L'écriture droite, « t » barrés et points méticuleux sur les « i », s'était mise à pencher et courir follement. Les rares phrases lisibles étaient incohérentes et dépourvues de sens.

Goel venait habituellement inspecter le chantier avant midi. Il arrivait dans une Ambassador noire, installé à l'arrière avec son attaché-case. Un minuscule ventilateur bleu tournait près de sa tête. Il se garait à l'ombre d'un margousier juste en bas de chez Kaku.

Pendant deux jours Khokon attendit et observa. Le samedi il entra en action. Il rassembla les deux équipes de cricket et quelques suppléants. Vingt-quatre garçons âgés de treize à dix-neuf ans, accroupis derrière le mur en briques de la maison de Kaku. Un individu solitaire se prélassait adossé au margousier.

Quand l'Ambassador approcha, le gamin mit deux doigts dans sa bouche et donna l'alerte d'un bref sifflet. Impeccable, le timing de l'embuscade, un vrai coup d'État. Les garçons s'élancèrent rapidement à ce signal, propulsés par l'exemple des scènes de vieux westerns. Tous brandissant une batte, un piquet, ou poing serré sur une balle compacte éraflée. Le Robin des Bois qui sommeillait en Khokon venait d'apparaître au grand jour.

Goel était en train d'ouvrir un paquet bleu et argent de noix de bétel relevée de tabac quand il prit conscience de ce barrage humain devant sa voiture. Soudain des visages se pressaient contre les fenêtres, le pare-brise, des visages aplatis ricanant, grimaçant, embuant les vitres de leur haleine. La plupart d'entre eux étaient maigres et gauches, le menton couvert d'un duvet de pêche guère intimidant – c'est le nombre à lui seul qui était accablant.

Khokon frappa à la fenêtre et, quand Goel le questionna du regard, lui dit d'une voix suave d'insolence : « Votre voiture a roulé sur mon pied. »

Deux des plus grands faisaient tournoyer leur batte, en accélérant régulièrement le rythme.

« Quel pied ? Tu n'étais même pas à côté de la voiture. »

Khokon leva un pied chaussé d'une Adidas de contrefaçon, l'examina puis fit non de la tête. Il répéta les gestes avec des mimiques exagérées pour l'autre jambe.

« Pas mon pied, ça devait être le sien », indiquant du piquet sa petite armée. La pointe brilla au soleil. Les garçons s'étaient mis à siffler, juste une note continue, des mouchetures de soleil brillant sur un taillis de bras et jambes, battes et piquets. La saillie belliqueuse du menton de Khokon très prononcée.

Goel commença à bafouiller, son sourire coutumier lui dégoulinant du visage comme la sueur dégoulinait de son costume de safari caca d'oie. Le chauffeur, inquiet et dérouté, sortit de la voiture.

« Allons, allons, qu'est-ce qui vous… » et il s'arrêta au milieu de sa phrase, portant la main à sa tête qu'une balle venait de frapper avec un bruit violent. Suivi par un sifflement très fort. Les valves des quatre pneus avaient été dévissées, les feux arrière brisés en mille éclisses. Goel, en bon tortionnaire qu'il était, se dégonflait aussi vite que ses pneus. Son chauffeur, qui avait la conscience plus nette mais se sentait dangereusement encerclé, tenta d'élever la voix. « Qu'est-ce qui vous prend de nous lancer des balles ? » cria-t-il, saisissant au vol l'une d'elles qu'il jeta par-dessus leur rangée de têtes.

« Tu préfères jouer aux boules ? On va lui prendre les siennes, de boules », fit l'un des garçons, en lui enfonçant sa batte sous l'estomac. Le chauffeur tenta le tout pour le tout, et parvint à forcer la ceinture de contention suffocante.

« Laissez-le partir, les gars, Goel va se prendre la balle au rebond. »

« Goel ? Putain d'eunuque, il en a pas. »

« Espèce de travelo ! »

« Pas de balle, pas de balle », glapit un gosse de six ans surexcité qui s'était attaché aux basques de son grand frère et croyait qu'on parlait cricket.

Khokon voulait arrêter les frais – le chauffeur allait forcément donner l'alarme. Il passa la main par la fenêtre entrouverte et déverrouilla la porte. Goel se recroquevilla sur son siège, le sourire, plutôt une grimace maintenant, collé au visage, cramponné à sa mallette en guise de placebo.

Khokon sonna la fin des opérations. Les garçons filèrent dans toutes les directions, d'une course vive comme les fragments éparpillés d'une explosion. Il se pencha à l'intérieur de la voiture pour une dernière nasarde : « On ne vous fera pas de mal… pas encore.

Votre voisin, Mr Ratan Bose… Remettez sa maison en état, sans perdre de temps. »

Le chauffeur revint avec le gardien et deux maçons armés de pioches et de pelles. Ils trouvèrent Goel seul, toujours agrippé à sa mallette. Les quatre pneus étaient à plat, et lui sans voix, mis hors jeu.

# 13

La sortie d'hôpital de Kaku fut nettement moins dramatique, éclipsée par le retour impromptu de Sonali et Karan, plus tôt que Ma ne s'y attendait.

C'était au début de septembre, un jour calme sans un souffle d'air. Pas une feuille ne bougeait sur le kadamba. Chhobi et Ma étaient toutes deux parties au travail. Dadu et Dida partageaient un repas plutôt frugal de bhatey. La cocotte-minute de cinq litres était posée sans façon sur la table, et sur leurs thalis fumaient des montagnes de riz gluant entourées de pyramides plus modestes d'œufs durs hachés, pommes de terre et lentilles, le tout garni de piments verts et d'huile de graines de moutarde.

Au moment où elle commençait à manger, Dida eut la surprise de voir un taxi s'arrêter devant leur portail. Le toit jaune était couvert de valises colorées par des étiquettes qui flottaient comme des fanions. Incrédule elle aperçut Sonali debout au portail. Une Sonali élégante, sourcils effilés en arceaux délicats et lèvres rouges luisantes. Sifflant pour alerter Dadu, criant à Savitri de venir, Dida courut cacher la cocotte à la cuisine. La joie de retrouver sa petite-fille chérie gâtée par cette impréparation, elle avait horreur des surprises. Déjà son esprit passait en revue ce qu'elle allait leur servir. Leur déjeuner était assez savoureux, mais il la hérissait. Idéalement elle aurait voulu être surprise attablée devant un biryani aromatisé au safran ou des crevettes corail nageant dans un curry crémeux à la noix de coco.

Karan refusa de déjeuner, assurant qu'ils avaient consommé le repas servi dans l'avion. Il devait repartir pour Hoshiarpur ce soir même par le car de nuit. Son père était souffrant. Sonali resterait à Delhi. Tandis que Dida appelait Ma et Chhobi pour leur annoncer la nouvelle, Karan supervisait le déchargement des bagages.

Dida lui lançait des regards à la dérobée. Qui confirmaient sa première impression – il avait la peau bien sombre pour un Bengali. Peut-être parce qu'il était tellement velu, un vrai primate. L'ombre bleu-noir coutumière aux alentours de cinq heures s'installait sur son menton avant midi. Ses avant-bras et les phalanges de ses doigts étaient couverts de soyeux poils noirs et les boucles se pressaient dans l'encolure en V de sa chemise. Son meilleur atout en dehors de sa taille, c'étaient les yeux, petits mais souriants, éclairés aux angles par un éventail de petits plis. Des rides creusées par des heures de veille en mer, des gardes de navigateur solitaire sur le pont, le regard scrutant constamment la ligne lumineuse de l'horizon.

Pendant deux semaines ils visitèrent des maisons avant de louer un appartement avec deux chambres. Il était petit et perché au troisième étage sous un toit chauffé sans trêve par le soleil. Au début Sonali se perdait tout le temps. Le lotissement de la Delhi Development Authority était un labyrinthe, des groupes d'appartements identiques rayonnant autour d'allées trop étroites. Une décharge juste devant l'entrée de la colonie recevait souvent la visite d'une vache famélique dont l'arrière-train dépassait du petit enclos plein à ras bord où venaient aussi farfouiller quelques chiens sauvages aux pattes efflanquées.

Ils avaient choisi cet appartement parce qu'il était proche de chez Dida et aussi parce qu'il donnait sur un espace nu où se dressait un relais émetteur de télévision. Cette zone n'était pas constructible et l'air dans l'appartement serait plus frais que dans les autres.

« Notre poumon vert », c'est ainsi que l'appelait Karan. Le relais ressemblait à la tour Eiffel, disait-il. Chhobi pensait autrement. Ce qui lui traversa l'esprit tandis qu'elle montait l'escalier étroit aux marches délabrées, c'est la maison de Sonny où à mi-hauteur le majestueux escalier de marbre se divisait en deux sous le lustre scintillant.

C'était un dimanche. Sonali lui avait demandé de venir l'aider à faire du rangement. Au deuxième étage Sonali avait pour voisins du dessous les Kumar qui n'habitaient là que depuis le mois dernier. Mr Kumar était retraité des Chemins de fer indiens. Il était sûrement habitué à avoir une quantité de larbins, pensa Chhobi, les Chemins de fer ne passaient-ils pas pour être le plus gros employeur de ressources humaines de l'Inde, des effectifs encore plus importants que l'armée indienne ? Il y avait une belle pagaille sur le palier des Kumar, qui étaient propriétaires et non locataires de leur appartement et faisaient refaire les sols en dalles de marbre. Trois loulous de Poméranie glapirent et jappèrent quand Chhobi atteignit leur palier. Mrs Kumar semblait avoir déménagé la moitié du jardin du vaste bungalow de construction britannique qu'elle occupait auparavant. Des plantes dans des pots en ciment s'étalaient sur la plus grande partie du palier et dans les escaliers étroits. Un palmier céleri manqua son œil de justesse, des bois de chandelle violets et un dragonnier à rayures jaunes avaient l'air abattu et flétri, monoyères et déliciosas s'affaissaient mollement, tout à fait comme leurs propriétaires, inconsolables dans leur nouvel habitat.

Sonali semblait s'adapter parfaitement au sien. Elle avait passé les deux dernières semaines à faire des achats. Chhobi appuya sur la sonnette. Sonali entrouvrit la porte retenue par une chaîne de sécurité et jeta un coup d'œil à l'extérieur.

« Je suis un peu nerveuse quand Karan n'est pas là. Pas l'habitude d'être seule. Dadu a dû déteindre sur moi. Regarde ce que j'ai mis par précaution à côté de la porte. » Elle lui montra un pot en plastique rempli de piment en poudre, tisons ardents rougeoyant dans ses profondeurs.

« Où est Karan ? »

« Dehors quelque part, en train de régler un problème ou l'autre, probablement de chercher un plombier. L'eau de la salle de bains ne s'écoule pas, la pente du sol va dans le mauvais sens. »

« Comment va son père ? Tu n'aurais pas dû aller le voir à Hoshiarpur ? »

Sonali eut un léger frisson.

« J'y suis déjà allée trois jours, quand même, juste après notre mariage. Heureusement presque toute la famille était à Delhi pour l'autre mariage. Il faisait tellement chaud, j'ai dû porter un ensemble salwar en soie épaisse et manger des biscuits mendiants pur ghee. Sa mère ne parle que le pendjabi. Je ne lui plais pas. Mais pas du tout. »

« L'autre mariage ? Ah oui, Sonny. »

Le temps d'un instant, Sonali était retournée sous le manguier avec Sonny, enlacés entrelacés. Chhobi vit un éclair incendier l'or de ses yeux. Une vision brève, mais ce qu'aperçut Chhobi, c'était de la colère à l'état pur. Une étincelle passagère, qui disparut.

Sonali avait l'air différent. Sa coiffure était plus élégante. Elle portait les cheveux relevés au-dessus des oreilles, attachés par deux peignes en fausse écaille de tortue et faisant un chignon en forme de huit. Elle était vêtue d'une chemise légère douce comme un pétale de rose et d'un pantalon de lin. Des fleurs dorées s'épanouissaient à ses oreilles. Elle paraissait plus âgée, les sourcils nouvellement effilés ajoutaient une certaine sophistication à son allure, mais l'éclat radieux qu'elle avait du temps de Sonny s'était éteint.

« Viens à la cuisine », dit-elle en entraînant Chhobi vers l'espace lumineux où reluisaient poêles et casseroles neuves.

« Goûte ça – j'ai essayé de faire un curry de poulet. L'odeur est un peu bizarre. » C'était beaucoup trop cuit. La chair s'était détachée des os et désintégrée en fibres filandreuses perdues dans le curry brun aqueux. Des graines de cumin brûlées flottaient à la surface comme des moucherons morts. Elle y plongea une louche qu'elle tendit à Chhobi.

« Trop de sel », fit Chhobi, le nez froncé, « drôle de goût, ça ne ressemble pas du tout à du poulet. »

« À quoi, alors ? »

« Je ne sais pas – ni poisson, ni viande, ni volaille ! Pourquoi tu ne demandes pas à Dida de t'apprendre ? C'est cher, le poulet. »

Sonali haussa les épaules. « Karan n'aura qu'à nous emmener dîner dehors. Oublie la cuisine. Où est-ce qu'on pourrait mettre ça ? »

Tous s'étaient imaginé qu'ils étaient rentrés deux mois en avance parce que le père de Karan était malade. La vérité c'est que son bateau avait été vendu. En fait la compagnie était en voie de liquidation. Karan s'était lancé dans une explication laborieuse sur la récession mondiale, peu d'affrètements, peu de cargaisons, un discours qui avait laissé à Ma un sentiment tenace d'inquiétude. Ils avaient passé deux semaines à Tokyo pendant l'exécution de la vente. Deux semaines qui avaient semble-t-il fortement marqué Sonali. Elle s'était convertie au style dépouillé et minimaliste.

Elle avait recouvert le sol du séjour de nattes chattai, un tissage de fibres végétales dorées qui cachait le sol tacheté inégal. Des tatamis, disait-elle, à la mode de Tokyo. Pour s'asseoir, des coussins posés à même le sol recouverts d'un tissu noir, blanc et anthracite. Le seul éclairage arrivait diffusé par les globes d'abat-jour en papier de riz suspendus dans l'angle. Ils donnaient une lumière si faible que les coins de la pièce disparaissaient dans l'ombre et le mystère.

« Ça vient du Japon ? »

« Du Japon – non, non, ils viennent de cette boîte, place Bhagirath, près du Fort Rouge. »

« Ce n'est pas une place mais un palace. C'était l'ancien palais de la Begum Samru. J'ai écrit un petit article sur elle. C'était une danseuse de nautch mariée à un soldat mercenaire, Walter Sombre, dont le nom a été déformé en Samru. Par la suite elle a reçu en fief le domaine de Sardhana, près de Meerut. Devenue une chrétienne dévote, elle a construit l'église de Sardhana, où ils ont encore un pèlerinage annuel. Je suis allée voir. Une femme fascinante. »

« Pourquoi ? Parce qu'elle a construit une église ? »

« Oh… laisse tomber. » Sonali s'intéressait peu aux autres femmes, surtout aux défuntes de longue date. Elle voulait que Chhobi l'aide à accrocher deux affiches qu'elle avait achetées à Londres, dans une boutique de Covent Garden. *Le Baiser*, par l'artiste autrichien Klimt – tout en torsade de passions et tentures mêlées, une mosaïque de carrés d'or scintillants –, pendait au-dessus de son lit.

L'affiche destinée au séjour était une gravure en noir et blanc haute d'un bon mètre représentant un serveur pressé, cravate et queue d'habit au vent, qui tenait en l'air un énorme plat. Sur ce plat, imitant la posture de la Petite Sirène, trônait Mona Lisa. La Joconde sur un plat d'argent, souriante. Chhobi l'étala pour effacer les plis pendant que Sonali debout sur un tabouret, armée d'un marteau, plantait des petits clous qu'elle tenait dans sa bouche comme un menuisier.

« Je ne suis pas sûre d'aimer ça. Mona Lisa sur une assiette. Pourquoi ? »

« J'aime bien le côté assiette. Karan trouve que j'ai le même sourire. »

« Toi ? Qu'est-ce qu'on dit ? Énigmatique. Je crois qu'en fait elle essayait de cacher ses vilaines dents noires. Karan aime probablement l'assiette lui aussi, s'il pense qu'elle sourit comme toi – affamé de toi ? »

« Ouais, ouais, tu me connais – un excellent plat à mettre devant le roi. »

« Le roi Kong, plutôt, il est tellement poilu. »

Sonali éclata de rire, descendit du tabouret et s'effondra sur un coussin.

« King Kong ! ça me plaît bien, je vais lui dire. Je l'appelle Nounours mais King Kong… il faut que je lui dise. »

« Ne fais pas l'idiote. » Chhobi avait reculé pour observer l'affiche d'un œil critique, la trouvait un peu de travers, « après tout il est Messire Gendre, Jamai Babu ».

« Qu'est-ce que c'est que ça, Jamai Babu ? » Karan, qui venait d'entrer dans la pièce, eut un signe indulgent en direction de l'affiche, puis sourit à Sonali. « J'ai quelque chose pour toi. » Il disparut dans la chambre.

« Quoi, encore une surprise ? »

Ils avaient tous été inondés de cadeaux par Sonali – autant d'objets inappropriés et inutilisables – un fin cardigan rose orné de semence de perles pour Ma, une couleur qu'elle ne mettrait jamais. Pour Chhobi une trousse de maquillage Elizabeth Arden et un Levi's coupe slim qui la laissa souffle coupé quand elle fut venue à bout de la fermeture. La vue de son derrière rond sous la toile tendue à craquer la fit sur-le-champ ranger le vêtement au fin fond de son placard. Dida et Dadu étaient restés bouche bée devant leur présent. Des robes de chambre matelassées assorties marquées Lui et Elle. Comment Sonali avait-elle pu oublier que Dida ne portait jamais autre chose que des saris ? Elle avait pensé à lui rapporter un flacon de safran espagnol et un pot de raisins secs noirs de Californie qui lui avaient fait plaisir, rachetant le reste.

Karan réapparut avec une bouteille de vin rouge italien, souriant à Chhobi. « Vous vous rappelez la fois où on s'est rencontrés ? » Les rides autour de ses yeux ouvertes en éventail quand il souriait, gravées profondément dans la peau, pas du tout comme des pattes d'oie mais comme les ailes d'un oiseau.

« Le curry est un désastre. Karan, il faut que tu ailles chercher quelques naans et des kebabs. Ne lui donne pas trop de vin, ça lui monte à la tête. »

« Ma femme est vraiment une Bong étrange. N'apprécie pas le poisson, ni la cuisine, la nourriture pendjabie qu'elle préfère c'est le kadhi chawal. »

« C'est vrai, elle est complètement atypique, déteste le Rabindra Sangeet, préfère écouter iodler Kishore Kumar. »

« Aha… mais tu ne peux pas nier que Kishore Kumar est Bongaloche lui aussi. Un Bong cong qui chante bieng. »

Il n'y avait pas de verres à vin, Sonali leur sortit donc des verres à eau Yera. Chhobi regarda Karan coincer la bouteille entre ses genoux et se battre avec un tire-bouchon trop petit, l'un des accessoires de son couteau suisse rouge de l'armée.

La bouteille ainsi posée était un symbole phallique, pensa Chhobi, apparemment elle avait le sexe en tête. Sexe, un mot si mystérieux dans son lexique, reflet de son propre état virginal. Karan semblait l'avoir aussi. Le sexe en tête. Pas mystique dans son cas, mais inapaisé, insatisfait. Elle remarqua le besoin qu'il avait de constamment toucher Sonali – remettre en place une mèche égarée, lui faufiler un bras autour de la taille, poser la paume sur sa nuque, doigts pianotant un pot-pourri silencieux sur ses vertèbres graciles. Il restait encore essentiellement pour eux tous une silhouette unidimensionnelle. Un homme enamouré, envoûté, ensorcelé, pensa-t-elle narquoise, se pardonnant l'assonance.

Le vin était doux et fruité.

« Notre capitaine, un Britannique, était très connaisseur, il n'avait que mépris pour ce genre de vin. De la piquette, à l'entendre. Je le préfère doux, sinon ça a un goût de médicament. Quand on a acheté celui-ci j'ai goûté un vin qui s'appelle lacrima-christi – les larmes du Christ. Je voulais en acheter pour vous mais il n'était pas doux du tout. Des larmes amères. Celui-ci est meilleur, du vin rouge, et aujourd'hui c'est dimanche, alors boire le sang du Christ… » Sonali de sa position à demi couchée sur une pile de coussins lança un regard de côté à Chhobi. C'était une allusion sournoise au Je vous salue Marie que marmottait souvent Chhobi.

Chhobi détourna la conversation. « Pourquoi pas des fauteuils convenables plutôt que ces coussins ? Dadu est incapable de descendre jusqu'à terre. »

Sonali haussa les épaules. « Pas d'argent pour des ensembles canapé. On veut acheter une voiture. »

Les sourcils de Karan se contractèrent, puis voyant que Chhobi l'observait, il dit en riant : « Votre sœur va me renvoyer en mer d'ici demain. »

« Vous allez devoir chercher un nouvel emploi, enfin, une nouvelle compagnie, non ? »

« C'est exact. L'offre d'emploi est très restreinte en ce moment à cause de la crise. J'ai déjà commencé à tâter le terrain. Hier j'ai rencontré mon camarade de promotion, nous faisions équipe sur le navire école *Rajendra*. Il vient de passer deux semaines à Bombay en quête de job sans rien trouver. Ça va tellement mal, me disait-il, que les officiers mécaniciens prennent des boulots comme responsables de la maintenance dans des hôtels trois étoiles. Pour les pilotes c'est encore pire, il n'y a pas d'emplois à terre pour eux. Mais bon, on ne va pas se faire de mouron, ça va s'arranger. » Puis voyant l'expression inquiète de Chhobi, il remplit à nouveau son verre.

« Allez, allez, courage. Ça va bien se passer. »

Les verres tintèrent, Karan sortit une boîte de Spam rose, un pot d'olives fourrées, pillés dans les réserves du bateau. Les papilles tintèrent. Les filles se détendirent et firent provision de pain. Karan commença à leur raconter des blagues khalistanaises moyennement drôles.

« Quelle est la compagnie aérienne nationale du Khalistan ?… Langue au chat ? »

« Kithey Pacific. »

« Quel est l'oiseau national du Khalistan ? »

« Le poulet tandoori. »

## 14

Depuis longtemps Dida préparait la liste des mets destinés à la nourriture rituelle de son nouveau gendre. Chhobi l'avait surprise à griffonner le menu sur le dos d'une enveloppe usagée. C'était une liste méthodique avec les ingrédients nécessaires accolés à chaque plat. Le mois de Jaishtha, mi-mai à mi-juin au plus féroce de l'été, se signalait au Bengale par le rite de Jamai Shashti, le sixième jour après la nouvelle lune. C'est à cette période que Dida composa sa liste, période où Messire Gendre bourlinguait encore sur les eaux tumultueuses du golfe de Gascogne.

La tradition voulait que ce jour-là on offre des cadeaux aux gendres et qu'on les nourrisse cérémonieusement lors d'un repas raffiné, une sorte d'offrande rituelle des beaux-parents au mortel qui tenait dans ses mains le bien-être de leur fille. Avec trois mois de retard, mais mieux vaut tard que jamais, Dida se lançait dans ses célébrations de Jamai Shashti.

Sonali regarda la table ployant sous la nourriture, leva les yeux au ciel et dit qu'heureusement Karan aimait le poisson. Karan était habitué au poisson frit par le cuistot du navire, des filets panés sautés à la mode anglaise. Il avait l'air timide et gêné, vêtu d'une kurta de soie avec les boutons en or de Bapi que Ma venait de lui offrir.

Ma avait donné à Sonali une partie de ses propres bijoux nuptiaux. Des kaan balas, coquilles d'or très ouvragées couvrant toute l'oreille, d'où pendaient trois étages de jhumkas comme des chandeliers. Six bracelets d'or et une longue chaîne ponctuée de petites boules d'or en filigrane. Dida et Ma lui avaient offert onze saris, dont quatre appartenaient à Dida, ornés d'authentiques broderies d'or zari. Dida avait offert à Karan une bague en or et une montre.

Il y eut une panne d'électricité au moment où Dadu et Karan s'attablaient pour le déjeuner. Chhobi, qui prenait des photos pour l'album de Dida avec l'appareil à réglage automatique de Karan, trouva que la scène sortait tout droit d'un roman de Sharat Chandra. Karan au centre en vêtement de soie couleur ghee frais, flanqué par Ma d'un côté, Dida de l'autre. Tout en aboyant des ordres brefs à Savitri qui faisait frire des luchis à la cuisine, Dida maniait un éventail en palme monté sur une poignée taillée dans un roseau creux, qu'elle faisait tournoyer tout près de la tête de Karan. Malgré tout la sueur ruisselait de son front dans l'air humide et marquait sa kurta de taches sombres irrégulières.

Il eut un nouvel accès de sueur quand on posa devant lui le thali plein à ras bord sous sa cloche de métal. Il y avait là tous les mets de rigueur, légumes amers, chutney aigre-doux, quartiers de citrons et petite pyramide de sel. Des préparations de poisson étaient disposées autour du thali dans des bols de taille appropriée, aussi divers que le jaltarang musical, une ode à un zoo aquatique.

Une immense tête de rui occupait la place d'honneur. Plantée pile au centre du thali, pan ! l'œil mort plein de reproche fixé sur Karan, babines de poisson tristement en berne. Chhobi comme Ma avaient émis des réserves sur la tête de poisson mais Dida maintenait que c'était la tradition. Elle avait renoncé à l'ilish en rechignant, mais admis que Karan ne saurait pas décortiquer cette gourmandise particulièrement ossue. Dida fit tourner l'éventail plus vite, plus près de sa tête, en le pressant de « manger manger ».

Chaque fois que les luchis de Savitri arrivaient en petites boules tant soit peu imparfaites, Dida grinçait un « Savitri ! » d'avertissement.

Il y avait du poisson cuit dans le lait caillé avec des raisins secs, des koftas de poissons dans une sauce onctueuse embaumant le massalé garam, un tapashe maach sauté dans une pâte à frire croquante épicée. Ce dernier obtenu à grand peine et ainsi nommé parce que doté de longs favoris de vieux sage qui lui donnaient un air méditatif. Une telle prépondérance de clinquaille et d'écailles. Les mets de Dida étaient un test parfait pour éprouver la valeur de tout homme.

Sonali lui souriait en gloussant de l'autre côté de la table, l'air on ne peut plus nuptial en mousseline rose. « Manger manger », elle faisait écho à Dida. C'était une de ces occasions où les femmes se nourrissaient plus tard.

Karan tentait d'alléger l'atmosphère par une note d'humour. Il risqua quelques plaisanteries, mais ces traits d'esprit maladroits tombaient dans des oreilles peu réceptives. Dida continuait à remplir son thali, entassant des piles de luchis moelleux qui émettaient des jets de vapeur parfumée en se fendant.

« Assez, assez ! » s'exclamait-il à cette gloutonnerie inusitée, mais Dida faisait la sourde oreille à ses protestations. Il tint le coup bravement dans cet assaut de volontés, ne calant que sur les douceurs à la fin du repas. Il n'avait pas hérité du goût bengali pour le sucre, protesta-t-il.

Dadu assis en face de lui mangeait en silence et avec un plaisir non entamé par l'absence d'éventail. Il avait une allure distinguée aujourd'hui dans une kurta dhoti au lieu de son habituel pantalon, tour de taille et longueur un mètre zéro deux. Il gardait un morceau de kofta sous la langue. C'était un repas comme on en faisait à Mymensingh – perdu à jamais au Bangladesh. Un souvenir qui s'accrochait encore à son palais comme une saveur. « *Madhurena samapayet* », déclara-t-il brusquement en sanskrit – un repas doit toujours se terminer par une douceur.

Karan parvint à esquiver les faïences garnies de rosogollas nageant dans le sirop et les flans roses, tous deux achetés aux confiseurs du marché, mais ne put refuser une spécialité de Dida – les pati shapta. Des crêpes fourrées à la noix de coco et au sucre caramélisé que d'habitude elle faisait uniquement pour la fête de Durga Puja. Il en mangea deux, dont il fit un éloge emphatique, récompensé par le sourire des visages féminins, celui de Savitri rayonnant à l'arrière-plan, les dents noircies par le bétel.

C'était presque l'heure du thé quand Savitri s'assit à la cuisine pour déjeuner, saučant son assiette avec les luchis refroidis et aplatis. L'électricité était revenue, et tous étaient léthargiques après ce festin gargantuesque. Ma, Sonali et Chhobi parlaient chiffons ; Sonali entreprit de leur raconter la vie à bord. Karan somnolait sur le divan avachi, il avait ce don enviable de s'endormir n'importe où n'importe quand et s'éveiller l'instant d'après revigoré.

Sonali alla s'étendre auprès de Dida et Dadu sur leur vaste lit élevé. Les cheveux dénoués de Dida s'étalaient en vrilles sur l'oreiller. Sonali se blottit contre elle, respira son odeur familière, un mélange d'huile capillaire Jabakusum et de sari amidonné imprégné d'un parfum d'épices par ses longues heures à la cuisine. Elle fit tinter les bracelets de Dida, un rouge, un blanc, un en fer reliés par une spirale d'or. Les fit parler avec les voix de l'enfance. Elle avait toujours joué avec ces bracelets. Toujours depuis qu'elle avait six ans et se glissait sans bruit auprès de Dida à l'heure de la sieste, réclamant des contes de fées peuplés de princesses qu'elle écoutait fascinée.

Le temps que Sonali et Karan prennent congé, il s'était remis à pleuvoir. Le soir tombé et la lumière se retirant du ciel. Ce serait l'une des dernières grosses averses de la saison. Sonali boudait, elle avait déjà eu plus que son compte de moussons. Elle entreprit Karan sur la question de la voiture. Karan fit alterner les propos apaisants, les promesses, soudain pressé de partir. Il emprunta le grand parapluie noir de Dadu et alla chercher un auto-rickshaw à la station. À peine était-il dehors que Ma aborda le sujet qui la préoccupait tellement.

« Sona, et ta licence ? Il faut que tu retournes à la fac et que tu prennes des notes sur les cours que tu as manqués. Ça ne fait que deux mois, Dieu merci il y a les vacances d'été. »

« Indu me fait des photocopies », la voix de Sonali était maussade.

« Et cesse de harceler Karan », l'admonesta Chhobi.

Sonali répliqua d'un ton plaintif : « Mais il m'avait promis, il a promis de m'apprendre à conduire. »

Dadu était bizarrement agité, impatient de les voir partir. Il voulait aller rendre visite à Ratan Kaku qu'il n'avait pas vu depuis près d'une semaine. Kaku s'était installé à l'étage dans l'appartement laissé vide par Mrs Menon. Sa domestique d'avant était revenue, Savitri était allée la chercher. Goel avait envoyé ses maçons débarrasser le toit de ses gravats et réparer la canalisation bouchée. Mais Kaku refusait pour l'instant de vivre au rez-de-chaussée où les murs crevassés pleuraient toujours de condensation.

Kaku avait téléphoné ce matin-là. Il semblait beaucoup plus solide. Un courant sous-jacent vibrant d'excitation faisait presque tressauter le fil du téléphone. Il insistait pour qu'ils viennent le soir même. Tous y compris Ma et Dida.

Ils savaient que quelque chose se mijotait, depuis que Khokon était passé, l'air mystérieux, il y a une semaine. Tout en réglant son compte à un bol de khir cuisiné par Dida, il avait laissé tomber d'un ton triomphal quelques mots comme « échec et mat », « sorti du terrain », cryptiques mais éloquents.

Dida refusa de partir tant qu'il pleuvait. Il était presque huit heures quand ils se mirent en route. L'averse avait laissé de la fraîcheur dans l'air, des mares au bord de l'allée. Ma, perturbée par sa petite altercation avec Sonali, était partie s'étendre. Elle sentait battre les premiers symptômes de migraine.

Au bord du croisement où leur allée coupait à angle droit celle de Kaku, ils s'arrêtèrent net. La maison de Kaku n'avait plus rien de la pauvre masure ratatinée par l'échafaudage du bâtiment voisin.

Sur le toit, un châssis en fer se dressait vers le ciel, massif comme un squelette de dinosaure. Il tenait entre ses pattes une autoroute en néon bleu courant vers un point situé à l'infini. Roulant sur la voie rapide de cette autoroute, un pneu rouge brillait par intermittence, accélérant le long du chemin fluorescent dans un impressionnant fouillis de cercles et de zigzags. Des lettres éclairées en blanc hautes d'un pied épelant le nom d'une marque connue de pneus automobiles surmontaient la route illuminée. Les lettres clignotaient. C'était un tableau saisissant.

Une petite silhouette était assise sur le balcon du haut, visage et tunique virant tour à tour au rose, bleu, et blanc incandescent. Des flaques d'eau près du portail faisaient des clins d'œil bleus et rouges. Quand un scooter traversa la flaque, les couleurs miroitèrent et s'unirent, projetant des étincelles de diamant et saphir.

Un court instant Chhobi fut prise de vertige sous ce firmament à la roue tournoyante. Elle gravissait cette route éblouissante, un chant insonore grimpant un escalier invisible, changeant le passé en avenir, l'accablement en joie.

La providence était intervenue sous les traits de Khokon à cheval sur sa moto d'emprunt cabossée Enfield. Le frère aîné de Khokon qui travaillait dans la publicité était venu examiner les lieux. C'était l'emplacement rêvé pour une enseigne, dit-il, et immédiatement, aisément, il avait loué la surface du toit. Le flot de circulation surélevé par le nouveau pont routier ne pouvait manquer de voir le panneau. Croisant les conducteurs au point le plus haut de leur trajet, cette piste illusoire de lumières colorées suspendues à une cage de fer leur mettait devant les yeux une roue tournant sans fin, sans efforts, en direction du paradis.

« Combien ? Combien ? Demande-lui combien ? » souffla urgemment Dida.

« Combien… Quoi ? » fit Dadu étourdi ébloui.

« Tchh ! Combien on lui paie la location, bien sûr. »

Ratan Kaku touchait quinze mille roupies par mois pour l'écrit céleste de son toit, plus du double du loyer que lui versaient les Menon. Sur cette base de calcul il était bel et bien riche.

Dida eut un petit soupir. « J'aurais horreur d'avoir cet affreux engin sur mon toit », fit-elle.

# 15

C'est une Fiat grise vieille de douze ans qu'ils finirent par acheter. Karan emmena avec lui un mécanicien du garage voisin, après avoir découpé les petites annonces des journaux du dimanche. C'était la troisième voiture sur sa liste. À première vue Karan pensa qu'elle tomberait en panne avant de démarrer. La carrosserie était très abîmée, le pare-chocs arrière retenu par un bout de fil de fer et la peinture rapiécée. Les portes se désagrégeaient, l'habillage des sièges usé laissait sortir le rembourrage par endroits.

Les doigts ourlés de noir du mécanicien s'affairaient, vérifiant, tapotant, revérifiant. Il ausculta les pneus, récemment rechapés et fermes, puis fit tourner le moteur, tête inclinée pour écouter le ronflement.

« C'est bon, le réglage est correct », dit-il, puis il plongea sous le capot, avec un signe affirmatif à Karan lorsqu'il en ressortit. Le propriétaire venait de recevoir plus tôt que prévu une Maruti nouveau modèle et il était pressé de la vendre. Karan et lui se serrèrent la main avec une satisfaction mutuelle après s'être rapidement entendus sur le prix.

Sonali, qui l'attendait impatiemment à la maison, faillit fondre en larmes quand elle vit la voiture.

« Tu t'es fait rouler », dit-elle, voix suraiguisée par la déception. « Regarde les bosses », gratifiant d'un coup de pied irrité le pneu qui tint bon. « Les sièges sont déchirés, les portières pleines de rouille », en claquant une violemment. « Ce machin… ce pare-chocs est attaché avec un bout de ficelle. »

« Fil de fer », rectifia Karan paisiblement. « Le moteur, les pneus, la suspension sont en bon état. Le reste c'est du décor, on réparera ça au fur et à mesure. C'était une affaire. »

« Oui, une affaire pour le type qui te l'a refilée. »

Ce fut leur pire querelle à ce jour. Mais avant la tombée du soir Sonali s'était remise, impatiente de commencer sa première leçon de conduite.

Il fut vite évident qu'elle avait peu de dons en mécanique et encore moins le sens des distances et des volumes.

Le premier problème c'est qu'il fallait tirer le starter pour que la voiture démarre. Sonali oubliait à chaque fois, et appuyait frénétiquement sur l'accélérateur. Coordonner embrayage et changement de vitesse était un autre mouvement qu'elle avait du mal à synchroniser. Chaque fois qu'elle enfonçait la pédale pour passer une vitesse, la voiture calait ou faisait un bond brutal en avant, projetant la tête de Karan contre le pare-brise. Ils progressaient par hoquets, arrêt et démarrage, démarrage et arrêt.

Fatigué d'enfoncer par réflexe un frein imaginairement situé de son côté, Karan imputa l'incurie de Sonali à la médiocrité de son propre enseignement et lui réserva des leçons à l'école de conduite Mahindra.

Les deux semaines qui suivirent, tous les soirs une Fiat encore plus cabossée que la leur venait klaxonner devant chez eux et Sonali se hâtait de descendre pour prendre sa demi-heure de leçon. Le premier jour, après un simple coup d'œil aux favoris en pattes d'éléphant de l'instructeur, Karan avait décidé de les accompagner. Comme un chien surveillant son os. Au bout de quelques leçons, cependant, il se détendit. L'homme était correct même s'il avait tout l'air d'un second couteau dans un film de Bombay. La voiture de l'auto-école arborait aux coins du toit des fanions rectangulaires avec l'inscription en italique, *Mahindra Driving*. Elle était équipée d'un jeu parallèle de pédales permettant à l'instructeur de contrôler l'embrayage et le frein.

L'instructeur était à l'évidence un drogué de cinéma car à l'image de son style vestimentaire, il était enclin à débiter des dialogues sortis de films à succès, donnant au moindre passage piéton un tour dramatique.

« *Bilkul bindaas ho ke chaliye* », disait-il, invite à klaxonner sans interruption pour se frayer un chemin entre les cyclistes et les piétons. Le changement de vitesse restait laborieux mais plus facile depuis qu'il lui avait conseillé de débrayer.

*Sholay* devait être son film préféré car il avait baptisé la voiture Dhanno, et Dhanno rugissait en dépassant les autres voitures qu'elle frôlait dangereusement. « Qu'est-ce que tu mijotes, Kaaliya ? », une autre de ses répliques favorites, lancée d'une voix doucereusement menaçante, le coulait dans le personnage de Gabbar Singh. Kaaliya pouvait être aussi bien une amazone en équilibre instable derrière son motard ou un mendiant du samedi avec sa sébile, qui lui échappait de justesse en s'écartant précipitamment.

Les quatre dernières leçons étaient réservées aux créneaux et à la marche arrière. Pour celles-là ils se rendirent sur les terrains vagues de Tughlakabad, à deux kilomètres de leur appartement.

Tughlakabad, la citadelle abandonnée construite en un temps record au quatorzième siècle par Tughlak Shah. Chhobi se joignit à eux lors d'une des leçons. Elle adorait le quartier de Tughlakabad et en avait tiré une histoire, un papier assez long qui lui avait valu quelques lettres élogieuses de lecteurs.

Dans les provinces frontalières où il résidait avant d'envahir Delhi, Tughlak Shah s'était habitué aux constants raids ennemis. Peu satisfait des murailles basses du vieux Delhi il avait édifié ce fort aux remparts altiers à mi-pente autour d'une colline rocailleuse. Bien qu'il eût construit dans l'enceinte de grands réservoirs pour capter l'eau de pluie, les habitants s'aperçurent que l'eau suffisait à peine aux cas d'urgence, et qu'il était donc impossible de vivre à l'intérieur du fort.

Autre raison qui les poussa à déserter, Tughlakabad vivait sous le coup d'une malédiction lancée par le saint soufi Nizamuddin, contemporain de Tughlak Shah, avec qui il était à couteaux tirés. Nizamuddin à la même époque faisait construire sa propre demeure dans la cité. Le roi Tughlak Shah réquisitionna tous les maçons pour la construction du fort et interdit à quiconque de travailler pour Nizamuddin. Le saint contourna le problème en bâtissant de nuit, mais le roi l'apprit et bloqua ses approvisionnements en huile de sorte qu'il n'y avait plus d'éclairage pour les travaux.

Le saint entra dans une telle fureur qu'il maudit la nouvelle cité. « Qu'elle reste déserte ou n'abrite que des Guijars », décréta-t-il. Et il en fut ainsi, le fort qui aujourd'hui n'est plus qu'une ruine croulante resta à jamais inoccupé. Seuls vinrent y croître et multiplier des paons et des singes.

Le soleil couchant enluminait les murs hautains et délabrés d'un lavis brillant de lumière orange. Des pipals poussaient dans les crevasses entre les moellons où les oiseaux avaient déposé des graines. Sonali essayait de rouler en marche arrière. Elle tournait le volant avec une énergie inhabituelle, sourcils froncés par l'effort de concentration, s'appliquant à coordonner les mouvements contraires du volant et de la voiture. Qui cala après un parcours en zigzags cahotants.

Chhobi sortit du véhicule. Elle voulait bien croire que la voiture de Sonali marquait un progrès sur l'auto-rickshaw, une façon d'échapper à ces véhicules de bas étage et haut niveau de pollution. Elle monta vers l'entrée du fort. Les énormes pierres composaient encore un arc parfait. Un buisson de henné sauvage diffusait son parfum dans l'air. La dernière fois qu'elle était venue ici, elle avait rencontré un étudiant chercheur qui faisait son doctorat sur les singes de Tughlakabad. Ils étaient beaucoup moins agressifs que ceux de Simla.

Un paon brailla sur les remparts. Chhobi retint son souffle quand soudain il déploya les plumes de sa queue. La chaude lumière orange du soleil mourant illuminait les verts et bleus irisés, une multitude de clins d'œil. Un bon présage. Elle ne voyait pas ses vilaines pattes. À nouveau il cria son propre nom en hindi…

Mayur… mayur !

Voilà qui donnait un sens neuf au mot onomatopée, se rappela Chhobi amusée, revoyant brusquement Sœur Agnès en train de l'épeler, sa craie grinçant sur le tableau. Elle avait tenté d'illustrer le sens du mot à l'aide d'un autre oiseau, le coucou. Chhobi se remémorait son visage constellé de taches de rousseur face à une classe de trente écolières perplexes qui n'avaient jamais vu, encore moins entendu, de coucou.

Elle se sentait heureuse, habitée par l'impression que des faits marquants allaient bientôt orienter sa vie. Chhobi gardait bien au chaud son secret avec un sentiment de possession de plus en plus magique. C'était sa forteresse, un lieu où elle pouvait se retrancher, pas comme le Tughlakabad de Tughlak Shah. Depuis l'arrivée de la première lettre il y a huit jours, elle accomplissait ses tâches quotidiennes du bout des doigts et de l'esprit, entièrement absorbée par son merveilleux secret. Elle qui d'habitude n'avait rien d'une conspiratrice se sentait profondément libérée grâce à lui.

Une chance que ce fût elle et non Dida qui reçût le courrier. Si Dida avait vu la lettre avec ses timbres américains, il lui aurait fallu répondre à des centaines de questions diverses. Dida aurait aussitôt commencé à bâtir d'immenses châteaux. Chhobi préférait attendre que le sien soit assuré de fondations plus concrètes.

Elle emporta la lettre dans les toilettes, s'assit sur le couvercle des W-C et ouvrit l'enveloppe avec des doigts gauches et tremblants. Elle entendait battre son pouls, irrégulier et saccadé. La lettre émanait du comité d'admission de l'UCLA :

> *Chère Ms Chandrayee Dutt,*
>
> *Nous sommes heureux de vous offrir une place dans notre programme doctoral, ainsi qu'un poste d'assistant de recherche. Bien que la compétition soit forte, le comité d'admission a été impressionné par la qualité de l'essai que vous avez joint à votre candidature…*

Elle eut un passage à blanc après la lecture de la lettre, les mots du Notre Père se bousculant dans son esprit.

Puis un gouffre englobant les océans Atlantique et Pacifique s'ouvrit entre elle et Delhi.

Reposant la lettre, elle se lava le visage et les mains. L'eau soudain lui parut un élément tout différent, une substance féerique – qui jaillissait, courait, miroitait, écumait, bouillonnait. Formait dans ses mains en coupe des gorgées bleu pur, étincelant comme un ciel liquide. Un ciel où le sillage d'un avion à réaction filait vers l'ouest.

Elle imaginait le Golden Gate Bridge, la statue de la Liberté, le mont Rushmore. À l'arrière-plan, brillamment éclairé à contre-jour, un immense drapeau – étoiles et rayures. L'Amérique pour elle avait toutes les couleurs des filtres de Hollywood. Pendant un instant elle se posa à mi-vol en Angleterre. Elle se serait sentie moins étrangère là-bas, elle le savait, reliée à ce pays par l'histoire, les années d'éducation dispensées par des auteurs irlandais, britanniques, leurs mots recueillis dans les piles de livres de poche à dos orange près de son lit.

Maintenant Sonali exécutait un créneau presque parfait entre deux pierres que l'instructeur avait placées à la dimension d'une voiture. Malheureusement elle fut incapable de réitérer sa prouesse, abandonna en haussant les épaules. Ce qui manquait en capacité à Sonali, l'instructeur lui apprit à le compenser largement par une forte dose d'arrogance. Il fit d'elle une chauffarde intrépide.

Chhobi annonça la nouvelle à Rosemary, tout en gardant le silence chez elle. Rosemary, quoique ravie pour elle, voulait qu'elle diffère son départ d'un trimestre. La revue célébrerait son dixième anniversaire l'an prochain et ils allaient publier un livre commémoratif sur Delhi. Une firme de tabac les sponsorisait et Rosemary comptait sur Chhobi pour rédiger le texte, tout à fait dans le style des tableaux historiques qu'elle avait déjà faits. Flattée mais hésitante, Chhobi accepta de demander l'autorisation à l'UCLA, qui la lui accorda. Le départ différé se révélerait par la suite une bénédiction imprévue.

# 16

Tandis que l'avenir s'ouvrait devant Chhobi avec une joyeuse abondance, les portes se fermaient net devant Karan. Chaque jour qui passait lui faisait le visage plus mince, creusé et sombre.

L'argent gagné lors de son dernier contrat était presque épuisé. Outre le loyer et l'ameublement de l'appartement il avait dû régler des notes d'hôpital. Peu après leur retour, son père avait été hospitalisé à Jalandhar où on diagnostiqua que les spasmes de douleur aiguë à l'estomac étaient des calculs de la vésicule biliaire. Il avait fallu ensuite une semaine d'hospitalisation post-opératoire avant que les médecins ne le jugent en état de repartir pour Hoshiarpur. L'addition était lourde.

Chaque matin Karan descendait à la cabine publique voisine pour téléphoner à diverses compagnies de Bombay et Calcutta. Il n'y avait pas de travail. Il avait envoyé son CV à toutes les branches outre-mer dont il avait collecté les adresses, mais jusqu'ici – rien. Au début il s'adressait uniquement aux représentants de compagnies étrangères en Inde – le salaire était versé en dollars. Mais maintenant qu'il se sentait léché par des langues pointues de désespoir, il était allé voir les compagnies indiennes qui géraient des petits navires côtiers, certains à peine meilleurs que des chalutiers en cueillette.

Ces derniers temps il repensait aux trois jours juste après son mariage improvisé où il avait emmené Sonali à Hoshiarpur afin de la présenter à Beeji, sa mère. Il ne lui était pas très attaché, c'était une femme austère, superstitieuse, très portée sur le jeûne et les pujas de purification. Le lendemain de leur arrivée elle avait entraîné Karan et Sonali chez l'astrologue de la famille. Sonali connaissait l'heure exacte de sa naissance, même si le thème astral établi pour elle par Bapi avait été égaré au cours de leurs nombreux déplacements militaires. Ni Ma ni Dida ne jugeaient bon qu'on cherche à interroger l'avenir.

Karan se rappelait clairement la pièce où exerçait l'astrologue. Il avait dû se baisser pour franchir le seuil au linteau bas. La pièce était petite, récemment blanchie à la chaux et très nue. Pour tout ameublement il y avait un dhurrie tissé recouvert d'un drap blanc et un bureau trapu de gratte-papier. Karan était déjà venu à deux reprises. La dernière fois lorsqu'il avait décidé d'entrer dans la marine marchande. Décision à laquelle sa Beeji était violemment opposée. L'astrologue avait fortement appuyé sa vision négative de la profession choisie, hochant la tête et affirmant que l'élément eau était pour lui de très mauvais augure.

Et maintenant cette nouvelle calamité. Il était son unique fils, né après trois filles et des années de pénitence et de prières. Beeji était incapable de dissimuler l'amertume que lui inspirait son mariage inattendu mais elle était prête à tout pardonner si l'horoscope de Sonali se révélait favorable. Beeji avait fondé de tels espoirs sur la fille de Mr Kulwanti, une fille solide et une ligne de destin tellement forte ! Cette Sonali était jolie, elle ne pouvait pas le nier, mais tellement maigre, l'air prête à s'envoler si on soufflait dessus. Et son fils, quelle honte, ensorcelé, les yeux fixés sur le moindre de ses mouvements. Mais n'importe, si ses étoiles s'annonçaient favorables elle passerait sur tout le reste.

L'astrologue, un homme d'environ cinquante-cinq ans, avait les plus belles mains qui soient, minces et effilées, la peau si fine que ses doigts semblaient translucides. Ils observaient ces mains qui se livraient à de rapides calculs sur une feuille de papier. Ensuite elles établirent le thème de Sonali avec des triangles et des losanges qui se croisaient. Après l'avoir étudié un moment, il prit l'horoscope de Karan, un morceau de papier très fatigué. Pour finir il pria Sonali en pendjabi de lui montrer la paume de sa main. Elle tendit une main fine aux ongles vernis de rose nacré. Beeji lui jeta un regard écœuré puis de sa main prosaïque et usée par le travail tordit celle de Sonali pour la tourner paume en l'air. Il y eut un silence, et Sonali pressa Karan d'un murmure perçant : « Qu'est-ce qu'elles disent, mes lignes ? Demande-lui, enfin, demande-lui. »

L'astrologue leur dit à tous deux d'attendre dehors sur la véranda pendant qu'il s'entretenait avec Beeji.

« À l'évidence rien de très bon », devina Sonali, puis elle haussa les épaules. « Mais je ne crois pas à tous ces trucs. »

« Moi non plus, de toute manière les étoiles me sont très défavorables dans l'année qui vient, Beeji espère que ton horoscope aura une influence bénéfique qui combattra ma malchance. »

« Malchance ! Elle doit croire que c'est moi qui l'ai apportée – mauvaises lignes, mauvaises étoiles, mauvaise fille… Mauvaise fille Bong. »

« Bien sûr que non », dit Karan, recouvrant la main délicate de la sienne propulsée comme un animal velu en rut. La fille de l'astrologue qui leur apportait de petits gobelets de lassi mousseux fut scandalisée de ce geste ostensible d'affection.

Sonali, fille de la ville, n'avait pas l'habitude d'un tel silence, ponctué seulement par la pulsation régulière d'une pompe de forage dans le lointain.

« Ça me manque », dit-elle à Karan. Il se pencha vers elle, effaça du doigt la moustache blanche qu'elle avait sur la lèvre, et lécha l'écume. Une exclamation suffoquée derrière la porte leur apprit qu'on les observait, mais ils s'en moquaient. Les plis autour des yeux de Karan se creusèrent sous l'effort qu'il faisait pour ne pas rire.

« Qu'est-ce qui te manque ? »

« Les bruits merveilleux de Delhi – les voitures, le subziwala qui crie à Dida de venir voir ses légumes, les slogans de ralliement des travailleurs… Tout. »

Beeji reparut. Elle remercia l'astrologue d'un air très agité. Manifestement le paiement avait eu lieu à l'intérieur.

Les astres de Sonali, Saturne en particulier, étaient en conjonction défavorable avec Rahu et Ketu. L'impact négatif sur le thème déjà chargé de Karan était très fort. L'astrologue avait suggéré plusieurs solutions pour contrer ses prédictions maléfiques. Contrôle des dégâts. La première consistait à réciter le navgraha ou puja des neuf planètes chaque samedi pendant toute la période critique. Il prescrivit à Sonali le port d'un rubis d'un certain poids à l'annulaire droit. La troisième protection, c'était un sloka spécial qu'ils devaient tous deux répéter cent huit fois chaque matin.

« Rahu, Ketu… qu'est-ce que c'est exactement ? » Le ton impatient de Sonali frisait l'insolence. Karan expliqua, il savait trop bien à quel point les forces de Rahu et Ketu avaient régenté la vie de sa mère.

« Dida ne t'a jamais parlé de Rahu ? »

« Ma Dida n'est pas superstitieuse, elle pratique la puja parce que ça la rend heureuse mais elle ne demande rien à son Krishna, elle me l'a dit. »

« D'accord, d'accord, tu connais l'histoire, tu sais comment les dieux ont brassé les océans pour produire l'amrit, l'élixir d'immortalité ? »

« Vaguement. »

« En tout cas Rahu et Ketu sont deux planètes fantômes. À l'origine c'étaient des monstres démoniaques à la queue en comète. Un jour, jaloux des dieux qui buvaient de l'amrit, ils se sont déguisés en dieux et se sont gorgés d'amrit comme s'ils buvaient à la rivière. Le soleil et la lune les ont vus et dénoncés à Vishnu, car seuls les dieux peuvent absorber ce vin d'immortalité. Vishnu a pris son disque et leur a tranché le cou. Leurs corps sont tombés sur le sol d'où ils ont fait surgir des fleuves et des montagnes, mais leurs têtes sont restées en vie. Elles sont montées jusqu'au ciel dévorer la lune chaque mois pour se venger, et parfois, mais moins fréquemment, le soleil, quand elles provoquent des éclipses. »

« Qu'est-ce que tout cela a à voir avec moi ou mon horoscope ? »

« Ça, je ne sais pas… la conjonction de Rahu et Ketu avec d'autres étoiles, c'est comme une éclipse dans la vie personnelle, j'imagine. »

Le visage de Sonali s'assombrit de chagrin. L'ombre projetée sur son soleil… Sonny. C'était cela son éclipse. Sonny qui l'avait plaquée… Quel était le conseil de Chhobi ?… Que ses couilles l'étouffent, elle se répéta les mots sous cape, pour se débarrasser de cette tache ténébreuse.

« L'éclipse est un phénomène de courte durée, n'est-ce pas ? De toute manière je ne crois pas à toutes ces âneries de mantras cent huit fois par jour, elle rêve. » Sonali avait terminé sa phrase d'une voix basse mais ferme, défiant Beeji du regard.

Karan collait soigneusement de grandes lettres signalant l'apprenti conducteur sur les deux pare-brise avec du Scotch rouge. Sonali passait son permis de conduire aujourd'hui. Ce n'était qu'une formalité, lui avait assuré l'école de conduite Mahindra. Moyennant huit cents roupies ils s'arrangeraient pour qu'on lui donne son permis, en fait sa présence n'était guère requise que pour la forme. Malgré tout Karan était un peu inquiet. Sonali ne savait pas conduire en marche arrière. Elle avait conduit seule un jour jusque chez Dida et fait tout le tour du pâté d'immeubles pour pouvoir rentrer sans passer la marche arrière. Elle se sentait parfaitement capable de se débrouiller sans cette quatrième vitesse.

Une avenue bordée de vieux tamarins noueux menait au Bureau de la circulation routière, feuillage léger d'une teinte gris-vert comme le lichen sur les rochers de Simla. Devant le bâtiment maussade un groupe de camelots et d'intermédiaires communiquaient entre eux par des voies mystérieuses. Comme une foule d'autres systèmes parallèles à Delhi, produits par le besoin d'abréger la myriade de cérémonies bureaucratiques enjolivant même une démarche aussi simple qu'une demande de raccordement au gaz, celui-ci fonctionnait bien.

Un médecin muni d'un authentique diplôme MBBS signait des attestations médicales, utilisant comme tablette son attaché-case à coque rigide posé sur le siège arrière de son scooter. Son bureau de fortune portable.

L'employé de Mahindra alla les trouver, et revint quelques minutes plus tard. Ses contacts devaient être les bons car voilà qu'ils sautaient la file d'attente, promus au tout premier rang de la queue. Sonali fut priée de faire le tour de la place en seconde, et dans l'heure qui suivit elle avait son permis.

Exultant de joie et d'autocongratulations, Sonali prit le volant jusqu'au bureau voisin de Chhobi et fit irruption, cheveux et dupatta au vent, suivie par un Karan un peu hésitant dans le sillage d'une telle exubérance. Chhobi lui fit baisser le ton, un œil sur Rosemary qui patrouillait comme un aigle vigilant, et regarda sa montre, il lui restait une demi-heure. Elle ramassa sa cantine de plastique vert et le travail qu'elle allait emporter à la maison. Les gens du bureau observaient pleins de curiosité Sonali, la ravissante sœur cadette qui s'était enfuie avec son amoureux.

Il était presque cinq heures et la ruée des banlieusards vers leur domicile n'avait pas encore atteint son pic. C'est Sonali qui allait conduire pendant tout le trajet de retour. Karan disparut quelques instants et revint avec un grand cornet de cacahuètes fraîchement grillées, encore chaudes, qu'il tendit à Chhobi. Les premières de la saison, dispersant des flocons de fine peau intérieure rose. De temps à autre Sonali inclinait la tête vers Karan qui jetait une cacahuète entre ses lèvres entrouvertes. Elle était rouge d'excitation tout en manœuvrant la Fiat grise dans l'intervalle entre un bus et un rickshaw.

« Pas mal », commenta Chhobi, puis voyant le visage de Karan blême et renfermé, elle lui demanda : « Qu'est-ce qui ne va pas, Karan ? »

Un instant il parut surpris de sa vive perspicacité, puis eut un sourire. Sa femme jusqu'ici n'avait rien remarqué d'anormal, malgré son inertie au lit.

« Toujours la même histoire, vous savez – je postule, je postule, résultat nul. »

Il était assis sur le siège avant, tourné de biais pour les voir toutes les deux, s'adressant à Chhobi mais incluant Sonali dans la conversation.

« Je suis allé hier voir Talwar Shipping. En fait ils avaient appris que je cherchais du travail et ce sont eux qui m'ont appelé. »

Sur le coup Chhobi ne fit pas le rapprochement – Talwar Shipping ?

Puis la mémoire lui revint et elle lança à Karan un regard pénétrant. Sonali avait réagi immédiatement, les phalanges agrippées au volant blanches de tension. Un instant paralysé, Karan fut incapable de poursuivre. C'était un homme de bon sens, une seule fois dans sa vie pris par une passion assez forte pour l'emporter sur le gouvernement de sa raison. Redoutant une réaction extrême de la part de Sonali, il avait décidé d'aborder le sujet en présence de Chhobi.

Les deux sœurs restèrent muettes, attendant qu'il continue. Sonali cracha une cacahuète par la fenêtre en l'accompagnant d'un très audible « Phttt ». Chhobi s'appliqua à mâcher.

« Il s'agit d'un contrat très court, juste deux traversées pour franchir cette mauvaise passe. Il n'y a rien sur le marché, absolument rien. Au point où j'en suis je devrais leur savoir gré de donner un coup de main. Après tout la mère de Beeji et celle de Mrs Bhai Sahib étaient sœurs. Ne croyez pas que ça m'enchante, il n'y a absolument pas le choix… Leurs navires sont petits et en très mauvais état. J'étais habitué à mieux… mais… »

Sonali avançait par à-coups, toute la joyeuse excitation effacée de son visage.

« Talwar Shipping ! » dit-elle, et elle jeta un coup d'œil à Chhobi dans le rétroviseur, leurs regards se rejoignant dans la colère et l'humiliation partagées. Redevables à Sonny. Sonali sentit quelque chose se briser en elle. Elle conduisait beaucoup trop vite, le pied enfonçant la pédale comme si elle poussait la voiture à coups d'éperon. Il y eut un bruit affreux quand elle accrocha l'aile d'une Ambassador et la dépassa à fond de train. Bien que ce soit la Fiat grise qui ait pris une bosse, l'Ambassador en fureur se lança à sa poursuite.

« Ralentis, Sonali. »

« Sonali, arrête la voiture. »

Les prières tombaient dans l'oreille d'une sourde. Un feu rouge l'obligea à freiner. Le gros homme au volant de l'Ambassador vint à sa hauteur en hurlant, bajoues ballottantes, toute sa masse de chair en branle furieux. Karan et Chhobi firent des gestes d'apaisement, lui montrèrent la lettre rouge sur le pare-brise. Sonali, de marbre, regardait droit devant elle. Puis quand le feu passa au vert, elle se pencha par la fenêtre et leva la main, coude plié, majeur dressé en position d'insulte universelle avant de filer à toute allure. Le gros homme fut trop saisi pour réagir, sa voiture cala, bloquant la circulation dans une cacophonie de klaxons exaspérés.

« Qui t'a appris ça ? » fit Chhobi suffoquée.

« Le maître d'équipage, qu'est-ce que tu crois ? » cracha-t-elle furieuse. Un chant étrange rugissait aux oreilles de Sonali. Elle sentait se rouvrir en elle une atroce blessure. Appuya un peu plus fort sur l'accélérateur.

« Ne refais jamais ça », hurla Karan qui saisit le volant et l'obligea à s'arrêter pour changer de place avec lui. Chhobi s'était tapie en boule compacte dans l'angle du siège arrière. Elle était horriblement gênée d'assister à cette vilaine prise de bec, mais se sentait pour une fois en parfait accord avec Sonali.

Karan conduisait en silence, Sonali, l'air d'un sphinx, regardait par la fenêtre. Chhobi déplia le cornet de papier taillé dans un morceau de journal. Époussetant les traces de cacahuètes, elle se mit à lire avec une grande concentration.

C'était le reste d'un article sur le nationalisme, plus précisément les théories de Madame Gandhi sur le nationalisme. Il citait des passages d'un récent débat parlementaire où elle était intervenue pour répondre aux propos d'un membre de l'opposition selon qui l'Inde comprenait « plusieurs nations ».

« Je déplore fortement ces propos, déclarait-elle, l'Inde est une et une seule nation, elle a toujours été et restera toujours une seule nation. » Les paragraphes suivants de l'article soulignaient le même point. Ils évoquaient l'entretien de Madame Gandhi avec l'agence de presse yougoslave Tanjug, où elle affirmait que le concept d'État-nation républicain répudiait le concept de nationalité fondé sur des définitions tribales, ethniques, régionales et religieuses. Les lettres s'interrompaient au milieu d'une phrase avec le bout de la page.

Les mots se bousculaient, s'entrechoquaient en pleine confusion. Chhobi n'arrivait pas à focaliser. De petits paroxysmes d'indignation et de colère explosaient comme des fusées dans son esprit. Elle jeta le bout de papier par la fenêtre, les paroles de Madame Gandhi se dissipèrent dans le sillage de leur course rapide. Chhobi avait envie de déballer ses objections, mais elle les ravala – Oh Dieu mon Dieu, voilà ce que ça donne d'épouser un parent pauvre, est-ce qu'ils ne seraient jamais délivrés de Sonny ?

Sonali jeta à Karan un regard assez froid pour le congeler.

« Ne compte surtout pas que je vais m'installer sur un bateau Talwar. Si c'est tout ce que tu peux trouver, tu iras sans moi. »

« Bien sûr, bien sûr, jamais je ne t'emmènerais sur un de leurs bateaux. Je les ai vus à Bombay, des tas de rouille, pas du tout comme notre dernier navire où il y avait un salon particulier et des cuisiniers autrichiens. Les Talwar n'ont que trois bateaux, tu sais, dont deux qui vont faire le même affrètement. » Le ton de Karan touchait aux extrêmes de réconciliation, la voix tapissée de rameaux d'olivier et de drapeaux blancs.

Il poursuivit, anxieux de restaurer l'harmonie.

« Ça sera juste pour une ou deux expéditions, trois au plus, le temps que je trouve quelque chose de mieux. Je serai rentré d'ici février. Leurs bateaux font la navette entre la côte sud de l'Inde et l'est, Cambodge, Malaisie – des voyages courts. J'ai demandé à Bhai Sahib ce que c'était comme cargaison mais il était un peu dans le vague. Il m'a dit que c'est son neveu à Bombay qui s'occupe de tout cela. De la navigation à la cueillette, sûrement. C'est tellement dur en ce moment d'obtenir des cargaisons... J'étais obligé d'accepter, juste le temps de respirer. »

Chhobi avait de la peine pour lui. Elle aurait voulu lui confirmer que tout allait bien, les temps de désespoir exigent des mesures d'urgence désespérées, mais le regard que Sonali posa sur Karan figea son discours pacifiant et balaya les clichés bien intentionnés de Chhobi. Ils replongèrent dans le silence.

# LIVRE DEUX

*Deux cargos jumeaux appartenant à la même compagnie de navigation ont disparu simultanément sans laisser de trace dans la baie du Bengale. L'élément de mystère et d'intrigue qui entoure l'épisode n'a fait qu'augmenter. Jusqu'à ces dernières semaines, on ne disposait toujours d'aucun indice concluant susceptible d'expliquer la disparition des navires avec leur équipage, mais les experts maritimes tout comme les familles des marins disparus sont persuadés qu'elle est d'origine criminelle.*

Extrait d'un rapport de Shekhar Gupta,
*India Today*, 1985.

# 1

Dadu et Ratan Kaku prenaient le thé sur la véranda. Ratan Kaku, vêtu d'une coûteuse chemise de couleur crème et de sandales flambant neuves Bata, le modèle Quo Vadis, avait l'air détendu et en pleine forme. C'est la période de l'année où tous deux se languissaient du Bengale. Mymensingh, perdu à jamais au Bangladesh. Une période où les pluies étaient presque terminées, les champs couverts d'une moisson drue de riz, les fleurs blanches de kash tels des roseaux ourlant mares et rivières de leurs plumeaux épanouis. La verdeur humide de la mousson remplacée par les teintes or et bronze de l'automne. L'excitation en crue dans l'attente de la visite de la déesse Durga, chevauchant un lion, chacun de ses dix bras portant les armes qui la firent triompher du démon Maheshasura. Cette année ils remâchaient ensemble une lettre de Calcutta envoyée par le frère de Ratan Kaku. La lettre décrivait le voyage de son fils au Bangladesh.

« Tu te rappelles mon frère Foni Da ? »

« Oui, oui, c'était un as au football. »

« Le mois dernier son fils est allé à Dhaka avec je ne sais quelle délégation commerciale... il essaie de développer une ligne nouvelle de produits en jute, tu sais. »

« Oui, oui, continue, tu en étais à Dhaka. »

« Foni Da avait tellement parlé de Mymensingh, la beauté du Brahmapoutre, que son fils a décidé de louer un taxi à Dhaka pour aller faire un tour dans le Nord et visiter le lieu de naissance de son père. »

« Oui, oui… et ? »

Les yeux de Kaku replongèrent dans la lettre comme s'il ne pouvait comprendre.

« Il n'a trouvé aucun des endroits dont parlait Foni Da. »

« Quoi ? »

« Son père lui avait tout appris sur la région, il avait encore des cartes de l'endroit et des photos, il en parlait tellement que son fils était sûr de tout reconnaître sur-le-champ. Après avoir tourné en rond pendant plusieurs heures il a renoncé et il est reparti pour Dhaka. Il s'est arrêté à une station d'essence et là un vieil employé lui a dit. »

« Dit quoi ? »

« Tout, Ramlakshmanpur a été renommé, ça s'appelle maintenant Ahmed Bari, et le Bazar Kali est devenu islamique aussi, ça s'appelle Fatema Nagar. Il n'a reconnu aucun nom qui corresponde aux cartes ni aux souvenirs de son père. »

Ratan Kaku et Dadu échangèrent un regard, puis se retranchèrent dans la coquille muette de leur passé. Est-ce que la réalité de votre lieu de naissance en s'effaçant niait la vérité présente de votre existence ?

La famille de Dadu avait coutume de célébrer Durga Puja par une fête privée, une célébration pleine de pompe et de splendeur. Ils passaient commande d'une image grandeur nature de la déesse, la vie insufflée vibrante à cette idole de paille et d'argile pendant ces quatre jours de fièvre.

Bien sûr à Delhi personne ne faisait des fêtes de Puja privées.

Plus que le martèlement du dhak, les cérémonies d'offrandes parfumées d'encens, la foule rassemblée sous le pandal, Chhobi adorait l'incantation psalmodiée de Chandipath une semaine avant les pujas. La famille entière se levait avant l'aube et s'assemblait autour du vieux poste en bakélite pour écouter l'hymne diffusé sur Radio All India célébrant les victoires de la Maha Devi. Tiré d'un poème en douze chants, le *Markandeya Purana*, que soi-disant la déesse récite en personne :

*… En automne, en octobre quand mûrissent les fruits de la pluie*
*Viens à moi et accomplis la puja : je dispense graines et enfants.*
*Ceux qui ont écouté cet hymne savent me reconnaître quand ils me voient,*
*Ils connaissent mes triomphes d'autrefois contés dans ce livre.*
*… Quand tu es égaré, prisonnier, ou épuisé, presque mort de faim,*
*Récite ce poème et je m'emploierai à te libérer.*
*Si tu navigues sur la mer exposé au danger et au tourment,*
*Récite cet hymne et je serai près de toi pour ton bonheur.*

La dernière strophe, navigation et tourment, se révélerait prophétique.

Les préparatifs des festivités pour la puja de cette année furent interrompus par le départ de Karan juste avant le début des vacances. Il devait prendre l'avion pour Madras ce week-end-là et rallier le *MV Neel Kamal*.

Un autre navire Talwar, le *MV Jalaj*, affrété pour la même cargaison, était déjà en route pour son voyage en lest vers l'orient. Les affréteurs voulaient que les deux bateaux fassent le chargement en même temps et naviguent de conserve.

Karan se démenait pour régler ses affaires courantes. Il était inquiet pour Sonali. Se demandait comment elle se débrouillerait en son absence.

L'amour de Karan pour Sonali avait une simplicité et une sincérité dont toute la famille était consciente. Par une idolâtrie sans détour il l'avait juchée sur un piédestal, se refusant à déceler même la plus petite touche d'argile. Elle lui paraissait plus exquise encore qu'au premier jour où elle l'avait ébloui. Sa vie au cours des derniers mois avait pris pour lui la grâce d'une idylle, malgré ses vains efforts pour dénicher un emploi.

Il s'évertuait à augmenter le confort de leur petit appartement, en faire un vrai foyer. Il était heureux d'installer des armoires à glace dans la salle de bains, des lampes à éclairages tendres dans le séjour. Une fois Indu, l'amie de Sonali, l'avait vu démêler un nœud de fils électriques et les relier à des haut-parleurs fixés au-dessus du linteau dans les angles de la pièce.

« Tu as réussi à rendre le lieu tellement douillet », avait-elle commenté. Sonali la foudroya du regard, elle aurait préféré une description plus chic, mais Karan fut enchanté du terme choisi par Indu.

Sonali avait repris les cours, mais la fac l'ennuyait. Elle trouvait la chaleur des salles insupportable, les pupitres usés balafrés d'initiales par des filles déjà disparues. Tout lui pesait, l'odeur de la craie, les gongs résonnant à la fin traînarde d'heures sans fin, les professeurs vieux jeu, sérieux, pinaillant sur les dates et les mots, les camarades discutant rouges à lèvres et petits amis entre deux gloussements, la charge pénible des livres sous son bras.

Elle était invitée à quelques fêtes de fiançailles, des mariages arrangés, fiancée raide dans ses drapés roses incrustés d'or, le futur, un jeune homme gauche au front barbouillé d'un signe rouge comme un cabri voué au sacrifice. Le couple gavé de friandises pur ghee par une brochette de cousins bruyants. Sonali se sentait totalement hors du coup.

Les quatre jours de puja passèrent. Le temps était en train de changer. Ma fut terrassée par un accès de fièvre virale, aggravé par un bain froid intempestif. Elle s'inquiétait constamment pour Sonali, faisait halte chez elle un jour sur deux en revenant du bureau.

La famille entière s'était livrée à d'interminables spéculations sur la sécurité de Sonali. Tous voulaient qu'elle boucle l'appartement pendant l'absence de Karan et revienne partager la chambre de Chhobi. Karan n'était pas très enthousiaste. Même s'il craignait qu'elle ne sache pas se débrouiller sans lui, il pensait que si elle retournait vivre chez Dadu, il serait dépouillé de son importance en qualité de mari.

« Tu ne vas pas te sentir seule ? » demanda Chhobi.

« Tu es trop jeune. Et les repas ? Tu vas te nourrir de pain uniquement, je le sais », dit Ma.

« Les portes de ces appartements DDA sont tellement minces, il suffit d'un coup de pied pour les enfoncer. Meera, qu'est-ce qui l'empêche de vivre à la maison avec nous ? » objecta Dadu.

Sonali tint bon. « Je me débrouillerai très bien, parfaitement *bien* », répliqua-t-elle avec emphase.

« Karan a installé un grillage d'acier avec des serrures et des chaînes. Elle est mariée maintenant, son mari veut qu'elle habite là-bas, ce n'est pas à nous de nous en mêler », dit soudain Dida. Jusqu'ici elle avait gardé le silence, séquestrée, croyaient-ils, par sa surdité, mais comme d'habitude Dida entendait très bien quand elle voulait. « Savitri va lui trouver quelqu'un. »

Sonali leur adressa à tous un sourire séraphique. Dida aurait le dernier mot.

Savitri trouva une vieille femme de son village, qui avait besoin d'un endroit où loger plus que d'un emploi. Aussi tassée et ridée qu'un chimpanzé, elle travaillait lentement mais avec pas mal de compétence, les mains comme un boisseau de feuilles sèches occupées à balayer, bousculer, bassiner les lieux. C'était une cuisinière médiocre, mais Sonali n'avait jamais porté grand intérêt à la nourriture. Le soir, la vieille femme déroulait un paquet de literie fatiguée pour dormir sous l'affiche de Mona Lisa. Karan avait montré à Sonali comment elle devait ouvrir la porte, prudemment, regarder d'abord par l'œilleton avant de retirer la chaîne de sécurité. Les Kumar à l'étage en dessous étaient priés aussi de garder un œil sur elle, à son grand agacement.

## 2

C'était le dernier jour d'octobre. Chhobi était à la maison, affligée d'une rage de dents. Les applications d'huile de clous de girofle sur des petits tampons de ouate n'engourdissaient la mâchoire que de brefs instants, puis la douleur revenait par spasmes poignants. Dadu avait examiné sa bouche, diagnostiqué un abcès et déclaré qu'elle aurait sans doute besoin d'un plombage. Il faudrait qu'elle aille voir le dentiste dès que l'abcès aurait dégonflé, pour l'instant Dadu lui prescrivit des antibiotiques et un analgésique anti-inflammatoire. Le côté gauche de son visage était très enflé.

« On dit que les rages de dents font aussi mal que les accouchements », commenta Dida, avant d'ajouter l'air narquois : « C'est sûrement un homme qui a dit ça, un mal de dents ce n'est rien. Allons, Chhobi, applique ça sur la mâchoire. » Elle lui tendit une grosse compresse de coton. Chhobi grimaça en pressant le cataplasme improvisé contre sa joue, reconnaissant les vestiges du sari tangail de Ma. Dida réchauffait le tampon sur la plaque en fonte et le tendait à Chhobi par le passe-plat de la cuisine. Chhobi sentit des larmes lui brûler les yeux, rien ne soulageait la douleur. Elle repassa le tampon à Dida quand il eut refroidi. Dida faisait cuire un chutney de dattes aigre-doux sur le second brûleur à gaz.

« Essaie de fixer ton esprit sur autre chose. La douleur va passer dès que les médicaments commenceront à agir. Prends un livre. »

« Maaais Didaaa, comment veux-tu que je lise ? » gémit Chhobi. Rosemary avait fait la même suggestion quand Chhobi l'avait appelée pour dire qu'elle était hors d'état de venir au bureau aujourd'hui. En réalité les lectures que suggérait Rosemary devaient servir à un article sur Mirza Asadullah Beg. Elle voulait que Chhobi aille visiter sa maison dans le vieux Delhi et en fasse une description, entrecoupée de citations tirées de ses ghazals.

« Mais qui est Mirza Asadullah Beg, je ne connais rien à la poésie ourdoue », protesta Chhobi.

Rosemary prit un ton sévère. « Tu écris des essais historiques sur Delhi et tu n'as jamais entendu parler de Ghalib ? »

Ghalib pouvait toujours attendre, et ses ghazals avec lui.

Dida eut pour Chhobi un regard de compassion et lui dit de mettre la radio.

« Écoute quelque chose, n'importe quoi – Kishore Kumar, les comptes rendus de cricket. Tiens, prends ça, je vais la mettre en route. » Lui tendant le tampon réchauffé, Dida éteignit le gaz. Le chutney était prêt. Elle s'essuya les mains sur un vieux chiffon et commença à tourner les boutons de la radio. Toutes les fréquences émettaient les mêmes craquements d'électricité statique et la même mélodie lugubre.

« Qu'est-ce qui se passe ? Ce n'est pas ça qui va te remonter le moral… quelqu'un est mort, c'est sûr. »

Chhobi qui se sentait elle-même prête à mourir s'appliqua une autre compresse à l'huile de clous de girofle. Ses lèvres picotaient et la pièce était imprégnée par l'odeur d'épice. Elle eut un sursaut en entendant frapper très fort à la porte, derrière laquelle Mrs Chatterjee appelait Dida à pleine voix. Elle semblait excitée, bouleversée.

« Qu'est-ce qu'il y a donc ? » Dida était fâchée. Il lui fallait encore préparer le curry de mouton. Elle dit à Savitri d'aller ouvrir. Savitri, les mains couvertes de farine, était accroupie sur le sol de la cuisine, occupée à pétrir de la pâte. Elle faisait pénétrer l'eau dans le petit mont de farine, le plat d'étain bord en l'air tournant avec la force qu'elle impulsait à l'action. Dida lui jeta un regard excédé, puis un coup d'œil en direction de Chhobi, l'air morne, tenant sa compresse, et alla ouvrir à Mrs Chatterjee.

« Vous êtes au courant, vous avez écouté les nouvelles ? »

« Non, quoi donc ? »

Même à travers un brouillard de douleur Chhobi perçut l'émotion intense de Mrs Chatterjee. Des ennuis, pensa-t-elle, Mrs Chatterjee était toujours excitée au plus haut point par les ennuis – ceux des autres.

« Je viens de recevoir un appel de Londres. » Malgré l'importance manifeste des nouvelles qu'elle allait livrer, Mrs Chatterjee ne put s'empêcher de mettre les mots « appel de Londres » entre guillemets.

« Montu m'a appelée », elle fit une pause, puis les mots jaillirent en flots de sa bouche : « Madame Gandhi a été abattue, on a tiré sur elle ce matin. »

« Non ! » Dida s'affala sur une chaise comme si ses genoux la lâchaient. La rage de dents de Chhobi battit en retraite sous le choc de la nouvelle. Lâchant le tampon chaud, elle interrogea Mrs Chatterjee. « Qu'est-ce qu'il a dit d'autre ? Il est certain – c'est confirmé ? »

« C'est forcément vrai. Ils l'ont dit à la BBC. Montu a appelé pour que *nous*, nous lui donnions plus de détails. Elle a été abattue par ses gardes – des sikhs, dans sa propre résidence. »

Chhobi cherchait une station de radio, rien hormis cette musique funèbre. En tirant l'antenne vers la fenêtre on arrivait parfois à capter la BBC. C'est ce que Chhobi essayait de faire.

« Elle est grièvement blessée ? Où l'a-t-on emmenée ? » Dida semblait chancelante, infirme. Mrs Chatterjee cria à Savitri d'aller chercher de l'eau. Et commença à échafauder une théorie. « Ces politiciens, ça pourrait bien être un coup monté pour se rendre populaire, vous vous rappelez quand elle a eu le nez cassé par une pierre à un meeting quelconque, elle a gagné les élections. »

Les mains ruisselantes de Savitri leur présentaient des verres d'eau froide sur un plateau en plastique. Chhobi, oubliant son mal de dents, but quelques gorgées avant que l'eau ne touche le nerf enflammé et que la douleur ne revienne avec un soubresaut qui pénétra jusqu'au cerveau. Elle gémit tout bas et reposa le verre. Elle se rendit au garage pour prévenir Dadu.

Au cours de l'après-midi la rumeur se propagea dans la ville comme un incendie de forêt au plus fort de l'été. Les gens se serraient en grappes. Certaines boutiques baissaient leur volet et la plupart des employés de bureau se hâtaient de rentrer chez eux. Ma revint de bonne heure par auto-rickshaw. Elle dit qu'il y avait une énorme masse de gens sur le périphérique devant l'hôpital où on avait emmené Madame Gandhi. Ils psalmodiaient *hai, hai* en se frappant la poitrine. La BBC avait annoncé que Mrs Gandhi était morte.

« J'espère que Sonali est rentrée de la fac, il faut qu'on aille la chercher. »

Dadu rassura Ma. « Sonali a téléphoné de chez les Kumar, tout va bien, je lui ai dit de ne pas mettre le nez dehors. »

Dida était assise sur le divan. Personne n'avait mangé. Dida pleurait, les larmes couraient en ruisseaux le long de ses joues. Chhobi ne l'avait jamais vue aussi bouleversée.

Morte. Madame Gandhi décédée. L'Inde est Indira, Indira est l'Inde. Chhobi se rappela ce que disaient les gens, que des années plus tard ils se souvenaient parfaitement des tâches ordinaires auxquelles ils se livraient quand on annonça la mort du président Kennedy. Un moment figé dans leur esprit comme une photographie. Voici qu'elle vivait l'un de ces moments. Pour toujours désormais l'assassinat de Madame Gandhi lui irriterait la mémoire comme une rage de dents.

Peu avant six heures du soir, la télévision annonça qu'elle était décédée. On entendait une fêlure dans la voix de la speakerine. Elle donnait une impression de désordre – son masque de maquillage habituel mal appliqué, presque comme si son être intime apparaissait en débraillé. La rose à demi éclose qu'elle plantait toujours dans ses cheveux, absente.

À la tombée de la nuit, on sentait monter une angoisse imprécise mais agglutinante. Chhobi alla sur la terrasse pour mieux voir ce qui se passait, les routes semblaient désertes. Elle entendait un rugissement lointain, un peu le même bruit que lorsqu'elle pressait contre son oreille le coquillage blanc de l'offrande puja dans l'oratoire de Dida. Précurseur des poussées de tension qui éclateraient avec une incandescence volcanique au cours des prochaines heures.

Ma renvoya Savitri de bonne heure chez elle, Dadu vérifia les verrous des portes et fenêtres avec plus que le soin coutumier. Dida était allée se coucher sans s'inquiéter du dîner. Dadu était d'humeur bavarde, rare chez lui, évoquant les horreurs de 1947 et la violence dont il avait été témoin lors de la Partition.

Personne ne dormit beaucoup. Le lendemain matin la rage de dents de Chhobi n'était plus qu'une douleur sourde. Elle explora prudemment la zone irritée du bout de la langue. Il faudrait qu'elle pense à mastiquer de l'autre côté et évite tous les liquides, chauds ou froids.

Aucun signe d'activité matinale. Savitri n'était pas là non plus. Chhobi remonta sur la terrasse. Les rues étaient encore vides, pas d'enfants pressés traînant leur gros cartable, pas de vendeurs de légumes poussant leur carriole de bois, pas de silhouettes en pyjama rentrant dans la maison les lourds bidons de lait de la crémerie Mother Dairy. Personne. Une odeur âcre de brûlé, un nuage de fumée gris étendu sous la ligne du ciel immobile comme un linceul.

Dida sortit enfin de son lit. Son visage avait l'air épuisé, ses cheveux ternes et emmêlés. Ma et Chhobi restèrent à la maison, silencieuses devant le téléviseur. On voyait l'immense foule endeuillée qui défilait devant la dépouille de Madame Gandhi. Des militaires à la mine sombre en grand uniforme se tenaient au garde-à-vous à ses côtés. Elle avait l'air courageuse et aristocratique jusque dans la mort, son profil patricien décoré de fleurs.

Même Dadu qui ne portait pas dans son cœur la famille Nehru était ému.

« Une dame d'une grande bravoure », répétait-il. Ma fit observer que Madame Gandhi s'était montrée téméraire, pour ne pas dire inconsciente, en confiant sa garde rapprochée à des sikhs après le désastre de l'opération Blue Star. Elle l'avait bel et bien cherché.

Chhobi se sentait extrêmement agitée. Elle alla marcher dans le jardin qui était desséché et poussiéreux. Les fleurs de frangipanier répandues sur la pelouse viraient au brun. Elle commença à arroser les plantes avec le tuyau du jardin. De nettoyer la poussière et voir reparaître leur verte fraîcheur la réconforta un peu. Dadu avait planté une plate-bande de feuillages divers près du portail. L'eau en jet les rendait luisants d'humidité, rouge et blanc et vert. Les gouttes s'amassaient au centre des larges feuilles en forme de cœur, cercles parfaits comme le mercure giclant d'un thermomètre brisé, larmes de cristal. Quel était le nom de cette variété… Oui. Ma appelait ça des Cœurs saignants.

Ma se rendit à la cuisine improviser un kichchudi pour le déjeuner. Les réserves de pratiquement tous les ingrédients y compris l'huile de friture étaient maigres. Dida reconstituait normalement ses provisions le 2 du mois. Il n'y avait pas de légumes verts, tout juste quelques pommes de terre sous leur croûte de boue dans un panier d'osier. Ma se demandait si elle allait courir au marché acheter de l'huile et du lait en poudre quand le téléphone sonna, lui mettant les nerfs à vif.

C'était Mrs Chatterjee avec les dernières nouvelles de Londres. Les reportages montraient des sikhs en train de fêter l'événement. Il y avait eu aussi des images terribles de Connaught Place en flammes, des langues rouges fouettant la symétrie des colonnes blanches. Des foules en colère pillant et agressant des sardars, quiconque portant un turban était en danger.

Une nouvelle vague d'angoisse submergea Ma, à la pensée de Sonali seule sans autre protection que cette vieille bique et un pot de poudre de piment. Karan aurait dû au moins assurer une liaison téléphonique. Chhobi fit le numéro d'Indu. Elle ne savait que dire mais voulait au moins s'assurer qu'ils allaient bien. Peut-être que Sonali les avait appelés. Elle ne put avoir la communication, le numéro sonnait constamment occupé.

Il y eut un appel de Ratan Kaku. La station de taxis près de chez lui avait été incendiée. Les chauffeurs avaient pris la fuite mais tout le matériel de la station, taxis garés, leurs nattes de corde, le petit appentis avec sa table branlante et son téléphone, tout avait disparu. Parti en fumée. Il avait vu l'incendie depuis son balcon. Cela fumait, brûlait encore au moment où il leur parlait. Il avait essayé d'appeler les pompiers, pas de réponse. Il avait essayé aussi le poste de police mais eux non plus ne répondaient pas au téléphone. Kaku dit qu'on s'attendait à des troubles majeurs le jour de la crémation.

Ma fut prise de panique.

« Il faut aller chercher Sonali immédiatement. »

« Mais comment veux-tu qu'on y aille ? »

« Les bus circulent encore, j'ai demandé à Mrs Ghosh, elle habite juste en face de l'arrêt. Ils ont très peu de clients mais ils circulent. Ce n'est pas très loin, Sonali peut prendre la voiture pour revenir. »

« Et sa vieille domestique… on peut la ramener aussi, elle nous sera utile avec Savitri absente et Ma dans cet état. »

## 3

Dida semblait avoir surmonté son chagrin. Elle avait pris son bain et revêtu un sari dhakai noir et blanc, la mine un peu pâle mais avec son aspect soigné habituel.

« Je viens avec vous », annonça-t-elle, alors que Ma et Chhobi se mettaient en route pour aller chercher Sonali. Toutes deux protestèrent, mais elle se montra inflexible. Ma s'inclina. L'appartement de Sonali n'était qu'à trois stations de là, elles seraient vite rentrées. En chemin elles passèrent devant la station de taxis incendiée.

Le receveur discutait avec Ma, demandait si elles allaient loin, lui disait que c'était imprudent de s'aventurer dehors. Elles étaient les seuls passagers, à part un vieil homme chargé d'un jerrycan de kérosène. Chhobi sentait l'odeur depuis son siège. Des cocktails Molotov, c'est toujours ça que la populace utilisait comme arme, des boutefeux grossiers qui lançaient des sillages de flammes à travers l'espace, embrasant tout ce qu'ils touchaient. Elle imagina le vieil homme occupé à fabriquer ces bombes avec de vieilles bouteilles de limonade.

Le receveur raconta à Ma ce qui se passait à Trilokpuri. Il avait entendu parler d'atroces effusions de sang dans cette localité.

« Où est-ce, Trilokpuri ? »

« De l'autre côté du fleuve. Des hommes qu'on arrachait de leur maison par les cheveux pour les égorger devant leur femme et leurs filles. La police n'a rien fait. Ils se coupent les cheveux, rasent leur barbe. Après tout c'est une question de vie ou de mort. Bien sûr ils n'auraient pas dû tuer une vieille femme sans défense comme ça. »

Chhobi se dit que les termes « vieille » et « sans défense » étaient bien incongrus s'agissant de Madame Gandhi – elle toujours si active et vigoureuse. Cette démarche rapide si chargée d'énergie.

Ma donnait des instructions au receveur, le priant de faire arrêter le bus pour les déposer juste devant l'appartement de Sonali. Il donna obligeamment un coup de sifflet. Chhobi et Ma sortirent et se retournèrent pour aider Dida à descendre. Dida n'avait pas bougé de son siège.

« Viens, Dida, nous y sommes. Dépêche-toi, il s'est arrêté au milieu de la route », dit Chhobi avec impatience.

« Je ne descends pas, je continue. »

« Allez, allez, Mémé ! » s'interposa le receveur en donnant un bref coup de sifflet. Le chauffeur se retourna pour voir ce qu'on attendait.

Chhobi et Ma dévisagèrent Dida, sidérées. « Mais pour aller où ? C'est ici l'arrêt. »

« Je vais lui rendre un dernier hommage. Je vais à Teen Murti. » Une pause, puis elle ajouta : « Allez-y, je prendrai un bus pour revenir. »

« Mais tu ne sais même pas si celui-ci va à Teen Murti. »

Le chauffeur donna un grand coup de klaxon, le receveur se perdit en remontrances. Soudain tout le monde s'impatientait. « Allez, du vent, on peut pas rester là ! »

Ma remonta dans le bus, prête à faire descendre Dida de force si c'était nécessaire. Le chauffeur remit le bus en marche. Chhobi courut après lui, lui criant de s'arrêter, hurlant des injonctions au receveur. Ma argumentait avec Dida. Dida regardait sereinement par la fenêtre. Elle fit un petit salut à Chhobi tandis que le bus accélérait.

« Ramène Sonali immédiatement », cria Ma par la fenêtre proche du receveur, des mèches de cheveux s'échappant de son chignon, son visage bouleversé offrant un contraste total avec l'air détaché de Dida.

Chhobi était folle de rage. Dida et Sonali, aussi insupportables l'une que l'autre, vraiment des… des… pestes ! Est-ce qu'elle avait eu sa piqûre d'insuline ? Dadu serait terriblement inquiet. Pourvu que Ma arrive à la faire descendre au prochain arrêt. Toute cette histoire était tellement inutile et dangereuse.

Les immeubles, d'une facture identique, un gâteau de miel vrombissant d'activité en temps normal, étaient silencieux. Portes et fenêtres fermées à double tour. Une suffocante odeur de brûlé saturait l'air. Des images de Beyrouth en fumée sous les bombes surgirent dans l'esprit de Chhobi tandis qu'elle montait les escaliers à la course.

La sonnette de Sonali ne marchait pas. Après l'avoir maniée plusieurs fois en vain, Chhobi frappa à grands coups sur la porte. Il y eut une interminable attente où elle entendait tâtonner, déverrouiller un cadenas, puis la porte s'entrebâilla à peine. La vieille femme, Neyoti, examina l'extérieur d'un œil chassieux et méfiant.

« Ouvre, ouvre ! » ordonna impatiemment Chhobi pendant que la vieille s'appliquait à faire glisser la chaîne de sécurité.

Il faisait très sombre à l'intérieur, rideaux et stores étroitement fermés, Sonali dormait toujours. Chhobi entra dans la chambre, qu'emplissait l'obscurité du repos et de la simple langueur, lourde et mûre au toucher. Elle réveilla Sonali d'une rude bourrade. Sonali s'étira comme une chatte paresseuse et alluma la lampe de chevet. L'affiche de Klimt se mit à scintiller au-dessus de sa tête.

« Que… Qu'est-ce qu'il y a ? »

« Tu n'es pas au courant de ce qui se passe en ville ? Et tu arrives à dormir ! Nous nous sommes tous fait un sang d'encre à cause de toi. Ils entrent dans les maisons, attrapent les gens par la barbe et leur mettent le feu. Des colliers de pneus… comme ces émeutes dans les taudis de républiques bananières… on les fait rouler à la mort encerclés de pneus en flammes… et Dida… Dida… »

La voix de Chhobi se brisa, elle se sentait dangereusement près des larmes.

« Dida ? Qu'est-ce qui lui est arrivé ? Dis-moi… qu'est-ce qui ne va pas ? »

Maintenant Sonali était assise, le sommeil enfui de ses yeux.

« Elle est partie à Teen Murti, voilà ce qu'il y a, voir une dernière fois Indira Gandhi. »

« Quoi… mais ça ne sert à rien ! Comment vous avez pu la laisser faire ça ? Elle est seule ? »

« Comment *nous* avons pu la laisser partir ? Qui d'entre nous a jamais pu exercer le moindre contrôle sur ses faits et gestes ? Ou les tiens, pendant qu'on est sur le sujet ? »

« Elle est partie toute seule ? »

« Ma est avec elle. Ma se fait tellement de souci pour toi. Vite, habille-toi, il faut qu'on se dépêche de rentrer. Dis à la vieille d'emballer sa literie. »

« D'accord, d'accord. » Sonali repoussa le drap et tordit ses cheveux en chignon. « Quand j'aurai pris une tasse de thé, pas avant… Neyoti, du thé !… deux tasses. » Sonali disparut dans la salle de bains. Chhobi lui lança un regard excédé et commença à remettre en place les draps froissés et à étendre le couvre-lit par-dessus. Elle se rendit dans la cuisine pour parler à Neyoti, qui faisait infuser le thé dans une casserole. Heureusement Sonali avait en réserve une boîte de lait en poudre qui serait utile. Neyoti fit passer le thé, sucra généreusement deux tasses et en tendit une à Chhobi. Sonali commença à siroter le breuvage, toujours en chemise de nuit vaporeuse. Inutile de la bousculer, se dit Chhobi, elle ne bougerait pas tant qu'elle n'aurait pas fini son thé.

Neyoti repliait sa literie avec empressement, ravie d'aller chez Mashima. Chhobi fouilla la cuisine en quête de nourriture, n'importe quoi de comestible. Elle dénicha un bidon d'huile de friture et des nouilles précuites. Fourrant le tout dans un sac en plastique, elle allait y joindre le lait en poudre quand on frappa bruyamment à la porte. Elle resta figée sur place, envahie par un frisson de terreur. Elle allait crier à Sonali de vérifier avant d'ouvrir la porte quand elle entendit le bruit du verrou qu'on repoussait et une voix bien connue, au timbre festonné de sourires, demandant : « Sonali, comment ça va ? »

Il y eut une longue pause, puis la voix de Sonali, juste un décibel au-dessus du chuchotement, qui dit : « Comment as-tu trouvé l'adresse ? »

« Karan a indiqué son domicile dans son dossier d'inscription. Je projetais de passer depuis longtemps. Et puis il y a eu ces perturbations, je savais que tu étais seule, ça m'inquiétait. Je suis venu voir si tout allait bien. Comment ça va ? Tu as l'air en forme… en pleine forme. Tu ne te sens pas trop solitaire ? À vivre comme ça toute seule ? Tu me manques. »

Chhobi fit irruption dans le salon, boîte de lait en poudre à la main comme une grenade.

« Elle n'est pas seule, mais le mieux ce serait que *vous* la laissiez seule et tranquille. »

Sonny, la lueur de l'œil s'éteignant, sourire en berne, la regarda avec agacement, l'angle arrogant de la tête qui lui était coutumier plus prononcé que jamais. Son regard glissa sur Chhobi et d'elle à Neyoti, plantée comme une ombre à l'arrière, avec le même détachement dédaigneux. Puis sa tête pivota à nouveau vers Sonali dont il passa le corps en revue avec une insistance qui déclencha un nouvel accès de fureur chez Chhobi.

Il tendit un petit paquet enveloppé dans un emballage cadeau à Sonali qui était comme paralysée, main crispée sur son gobelet de thé.

« Un cadeau de noce tardif. Allez, prends-le. »

Sonali resta immobile. Lançant à Chhobi un nouveau regard irrité, Sonny laissa le paquet sur la table.

« Si tu as besoin de quoi que ce soit, n'importe quoi, fais-moi signe. Il faut bien qu'on veille sur toi en l'absence de Karan. »

Sonali ne dit rien, plantée là rigide dans sa chemise de nuit vaporeuse.

C'est Chhobi qui se mit en mouvement. Ouvrit brutalement la porte et le foudroya du regard. Sonny, impeccable comme toujours, chemise gris perle, plis du pantalon nets comme une lame de couteau, prit tout son temps. Son expression en observant Chhobi était d'une insolence condescendante, sûre de soi, soutenue par les millions si vite amassés de son père. Elle lui donnait des bouffées de rage impuissante. Sonny se détourna et posa sur Sonali un dernier regard brûlant qui s'éternisait, traversant la fine chemise de nuit. Puis il partit, laissant derrière lui un arôme de richesse et de coûteux after-shave.

Chhobi claqua la porte sur ses talons.

« Comment tu as pu accepter ça ? Comment ose-t-il ? Quelle foutue arrogance, quel culot. »

Le papier d'emballage vert olive était fait main, parsemé de pétales de rose séchés. Sonali le déballait lentement, l'expression toujours vacante.

C'était une miniature, dans un cadre d'argent lourdement ciselé. Environ dix centimètres de long, peinte dans la tradition moghole, elle représentait une femme exquise occupée à sa toilette. Nue hormis un voile safran délavé posé sur les seins, et les parures de perles et d'or à ses doigts, sa gorge, ses bras, et autour de la taille. Sa chevelure tombait en cascade noire jusqu'aux hanches. Sur les lèvres un demi-sourire aguicheur qui semblait vaguement familier. Le sourire se reflétait dans le petit miroir qu'elle tenait devant son visage. Les bijoux et le tissu délicat avaient un air de sensualité suggestif – à tel point que Chhobi non seulement voyait mais éprouvait presque la sensation des seins nus sous le voile.

La pièce sombre était devenue soudain étouffante, oppressante. Chhobi marcha jusqu'à la fenêtre et ouvrit grand les rideaux. La lumière se répandit à l'intérieur, poudre de diamant, valse de grains de soleil. Elle traversa la chemise vaporeuse comme du sable à travers un tamis. Chhobi non seulement voyait mais éprouvait presque la sensation des seins nus de Sonali sous le vêtement diaphane, des auréoles sombres s'ouvrant comme des fleurs ténébreuses sous le voile. Sa chevelure, une rivière noire tombant jusqu'aux hanches. Images en miroir – latéralement inverses.

Quelque chose en Chhobi éclata. « Pose ça. Indira Gandhi vient d'être assassinée, la ville brûle, nous sommes tous morts d'inquiétude pour toi, et toi… tu ne trouves rien de mieux à faire que jouer les *sex symbols*. Tu n'as pas de robe de chambre ? Non mais enfin, regarde cette miniature. C'est le portrait d'une courtisane. Il te prend manifestement pour un objet de désir, sans plus. Ta chemise de nuit est complètement transparente. »

Les ongles vernis roses de Sonali écrasaient lentement le papier parsemé de pétales de rose, en faisaient une petite boule compacte. Son visage était un masque, à part les deux fentes rétrécies des yeux. Chhobi entrevit avec un léger choc un éclair de fureur torrentielle. Mais Sonali n'y céda pas. Avec un parfait sang-froid elle commenta d'un ton distant : « C'est très utile d'être désirée. »

« Mais pourquoi n'as-tu rien dit ? Tu aurais dû lui envoyer son paquet à la figure. »

« Je ne m'attendais pas à le voir. Pourquoi je devrais lui montrer que ça m'affecte ? Pourquoi dois-je réagir violemment ? » Elle jeta la miniature sur la table et poursuivit : « Je sais ce qu'il veut. Ça ne vaut pas la peine d'en faire tout un drame. Tu crois qu'il va s'en tirer comme ça ? Regarde Indira Gandhi – même elle, il a bien fallu qu'elle paie… Maintenant je vais m'habiller. »

Chhobi se mit à remballer le portrait de femme nue, voulait la soustraire aux regards. Vit une feuille de papier liséré d'or collée au dos. C'était un certificat d'authenticité fourni par le magasin de souvenirs du Fort Meherangath, à Jodhpur. Il donnait la liste des pigments utilisés dans la miniature. La dorure des bijoux était de l'or véritable, vingt-quatre carats, poli comme un miroir. Le portrait était peint sur du papier manufacturé qui avait cent ans d'âge. Chhobi lut avec une moue de dégoût que le jaune du voile provenait de « l'urine de vaches nourries de mangues mûres ». Elle retourna le papier et vit en caractères gras « Sonny » suivi par un numéro de téléphone avec entre crochets les mots « ma ligne directe ». Voilà bien une ligne où Sonali n'avait pas besoin d'aller se faire piéger. Chhobi glissa la carte dans son sac.

La vieille Fiat, avec ses grandes lettres rouges sur les pare-brise avant et arrière, se montra peu coopérative et refusa de démarrer. Chhobi, les nerfs mis en charpie par les événements de la matinée, sortit pour pousser la voiture. Une pulsation sourde de la mâchoire annonçait le retour de sa rage de dents. Un jeune domestique népalais de l'appartement du rez-de-chaussée vint lui prêter main-forte. La voiture gargouilla et reprit vie quand Sonali passa directement la seconde. Chhobi qui courait à côté parvint à sauter à l'intérieur, en se cognant le genou. Neyoti étreignant sa literie était assise raide sur le siège arrière.

La tension ce jour-là entre eux tous frisait le point de rupture comme les fils qu'on croise au jeu de la ficelle. Chhobi partit dans sa chambre et s'étendit pour tenter de vaincre douleur, angoisse, colère et faim. Dadu quadrillait la zone près du portail en marmonnant des aphorismes sur la mentalité de la populace. Sonali, au téléphone avec Indu, essayait de savoir si elle avait eu des échos de ce qui se passait à Teen Murti. Les flashes de la BBC faisaient état de violences et d'incendies se propageant jusqu'à Bidar en Inde du Sud. Après avoir appelé tout le monde pour obtenir des nouvelles et recueilli seulement les rumeurs les plus folles, Sonali renonça et se mit à arpenter la véranda. Chhobi la voyait aller et venir, suivie par son ombre de plus en plus allongée. Dida qui disparaissait, Sonali qui apparaissait couraient l'une après l'autre dans son esprit comme des fantômes.

Il était presque deux heures et personne n'avait déjeuné. Dadu et Sonali parlaient de prendre la Fiat pour partir à la recherche de Dida et Ma, mais comme d'habitude Sonali avait oublié de remplir le réservoir, et l'aiguille de la jauge se tenait en suspens juste au-dessus du zéro. Dans les conditions optimales, l'association de la voiture et du mode de conduite de Sonali était peu fiable et Dadu, le front plissé d'inquiétude, ne savait que décider.

Lasse de cette tension, Chhobi entreprit la confection d'un chow mein. Peu habituée à faire la cuisine, elle lut soigneusement le mode d'emploi sur le paquet de nouilles précuites tout en hachant le chou fané et quelques oignons. Elle assaisonna généreusement le plat de ketchup, ce qui était une erreur car maintenant il avait un goût sucré peu appétissant. Elle voulut ajouter un peu de sauce au soja pour lui donner plus de saveur – le liquide desséché n'avait laissé qu'un sédiment noir au fond du flacon. Elle y mit de l'eau et l'agitait énergiquement quand elle entendit une moto s'arrêter devant le portail.

C'était Khokon. Il était parti en quête de légumes frais. Lui tendant trois choux-fleurs, il dit avoir croisé un fermier qui en avait un plein sac près de Tughlakabad. Il commença à parler du carnage de Trilokpuri mais

Chhobi l'interrompit pour le mettre au courant de ce qui était arrivé à Dida. Il y eut une pause pendant qu'il digérait la nouvelle, puis il dit d'un ton empreint de révérence : « Didima est vraiment trop géniale ! » Il coiffa son casque et dit qu'il allait monter les chercher jusqu'à Defence Colony. Il fut très vite de retour. Les camions de l'armée entraient par convois entiers dans la ville, on parlait de dictature militaire. La ville était pratiquement en état de siège. Il avait vu une quantité de bus incendiés, certains qui fumaient encore. Pas le moindre signe de Ma ou Dida. Khokon promit de repasser plus tard, sa mère allait s'inquiéter, il fallait qu'il rentre chez lui en vitesse.

Il était plus de cinq heures quand Dadu dont l'anxiété allait croissant poussa un hurlement qui les précipita toutes au portail. Au loin apparaissaient deux silhouettes, si altérées qu'elles semblaient méconnaissables. Deux silhouettes qui boitaient – fripées, froissées, et brisées de fatigue. Ma traînait Dida, la soutenait d'un bras passé autour de sa taille. Toutes deux avaient les yeux gonflés et injectés de sang, les cheveux embroussaillés, leurs nattes défaites. Ma était pieds nus. Le sari de Dida avait une grande déchirure dont le pan battait au vent près de l'ourlet poussiéreux. C'est le visage de Dida qui les angoissa. Il était gris plomb. Ses yeux révulsés fixaient le ciel, pupilles à demi cachées par la lourdeur des paupières. Elle essayait de s'humecter la bouche du bout de la langue, léchant ses lèvres gercées à petits coups faibles et lents.

« De l'eau. Allez chercher de l'eau. Elle voit le ciel tout noir. Ses pieds sont morts », dit Ma.

Le praticien en Dadu reprit le dessus. Chhobi et lui portèrent quasiment Dida jusqu'à la maison, Dadu usant du vocabulaire incompréhensible propre aux médecins – paresthésie, polydipsie, vision brouillée.

Il semblait avoir inconsciemment enfilé une blouse blanche. Sitôt Dida mise au lit, il se précipita au garage pour aller chercher sa trousse médicale.

Ma, qui se tamponnait les pieds avec du coton imbibé de Dettol, la tête déchiquetée de souffrance, parut un peu plus légère, soulagée de voir Sonali saine et sauve, d'être de retour au bercail, et de pouvoir confier Dida à d'autres mains.

« Nous sommes arrivées à Teen Murti sans difficulté. Le bus est passé devant l'hôtel Ashoka. Il y avait une longue file de gens qui attendaient pour voir le corps. L'agitation a commencé au bout d'environ une heure. Les gens se sont mis à courir dans tous les sens, pousser, grimper par-dessus les grilles. Ils nous portaient en avant. La police a fait une charge au lathi contre la foule. Même de loin comme nous étions on entendait le claquement des bambous sur le corps des pleureurs qui étaient littéralement pris de panique. J'ai perdu une sandale et jeté l'autre. Ensuite il y a eu une terrible bousculade, le feu… On n'y voyait plus goutte. »

Il y eut une longue pause. Elle appliqua une crème antiseptique sur ses pieds qui saignaient légèrement.

« Pourquoi ?… pourquoi on n'y voyait rien ? »

« Ils nous ont jeté des bombes lacrymogènes. »

Il y eut un silence.

Ça ne peut pas nous arriver à nous, tout cela est irréel, se dit Chhobi. Nous voilà comme ces gens qui ont été pris dans le mouvement de l'histoire, comme ces gens qui ont vécu la Partition.

Sonali apporta une assiette de chow mein à Ma qui en avala une bouchée et fut aussitôt prise de nausée.

Elle demanda une tasse de thé et son remède contre la migraine.

Elles avaient fait tout le chemin du retour à pied depuis Teen Murti. Il n'y avait pas de bus, aucun auto-rickshaw ne circulait. Dida qui n'avait pratiquement rien pris au petit déjeuner commençait à se sentir mal. Heureusement Ma trouva au fond de son sac deux caramels au lait Cadbury qu'elle lui fit absorber.

Près de Mool Chand, Dida mourait de soif et en désespoir de cause Ma l'avait laissée boire l'eau d'une de ces jarres en terre qu'on place sous les arbres à l'intention des voyageurs assoiffés. Au moment où elle allait boire à son tour, Ma vit des larves se tortiller dans l'eau.

« N'y pense plus, Ma, ce n'étaient que des moustiques, probablement », la réconforta Chhobi.

Les trois derniers kilomètres avaient été presque impossibles, chaque pas en avant comme l'ascension d'une montagne abrupte. Dida n'aspirait plus qu'à se coucher au bord de la route, elle se plaignait sans arrêt que ses pieds étaient morts, que tout virait au noir.

Plus tard elles se glissèrent dans la chambre de Dida. Elle gisait en état de stupeur, les poings serrés. Elle avait un peu de fièvre. Dadu lui avait fait une piqûre, posé une perfusion saline. Il passerait la nuit auprès d'elle dans un fauteuil sans quitter des yeux son visage fragile. Il s'était préparé en vue de cette veille, sa sacoche à côté de lui, un châle autour des épaules.

Le téléphone sonna à minuit. C'était Karan qui appelait du bateau. La liaison était mauvaise, une ligne à sens unique du navire vers la terre. Sonali devait crier « j'ai fini » chaque fois qu'elle terminait une phrase. Karan paraissait soulagé d'entendre sa voix. Sonali ressentit pour lui un élan d'affection. Le souci causé par Dida l'avait ébranlée.

Elle lui demanda des détails sur son itinéraire, la cargaison qu'il allait embarquer et leur port de destination. Peut-être qu'elle pourrait faire le voyage pour aller le retrouver là-bas.

Elle semblait un peu perturbée en raccrochant.

« Il se passe quelque chose de bizarre. Karan était tellement réservé dans ses réponses. »

Chhobi ensommeillée fit l'écho : « Réservé ? »

« Eh bien, pas exactement réservé mais presque cachottier… bizarre. Il a dit qu'il irait à terre m'appeler quand ils seraient à quai. »

« Quand seront-ils à terre ? »

« Il n'a pas voulu le dire. »

« Ils vont où ? »

« Il n'a pas voulu le dire. »

Chhobi était tellement lasse qu'elle se sentait hors d'état d'assumer de nouvelles inquiétudes, surtout aussi nébuleuses et indécises. Tout ce qu'elle voulait, c'était replonger dans le sommeil et ne plus jamais se lever.

Le quatrième jour après l'assassinat, la fièvre de Dida tomba. C'était le jour des funérailles de Madame Gandhi.

Le choc et la fatigue avaient vidé Dida si complètement qu'elle semblait dépouillée de toute substance. Elle se sentait blême et exsangue, le corps privé de ses organes. Les visages familiers rassemblés autour de son lit lorsqu'elle ouvrit les yeux chassèrent les visitations délirantes. Chhobi ouvrit les rideaux sombres. Le pâle soleil doré de novembre entra par les fenêtres en flots lumineux, charriant les notes rescapées de chants d'oiseaux, le parfum fleuri du jasmin de nuit et des voix d'enfants. Sa lumière nettoya la chambre de toute trace de nuit et de cauchemar. Dida soupira. Elle avait l'impression d'être un marin naufragé qui retrouve la terre ferme, océans sauvages balayés, délivrance miraculeusement conquise.

## 4

Il était tard, un peu plus de minuit. Chhobi se battait avec les traductions anglaises des ghazals de Ghalib dont l'interprète, soupçonnait-elle, avait fortement réduit le lyrisme. Rosemary lui avait demandé d'insérer dans ses descriptions de la haveli de Ghalib des citations de ses ghazals. Le photographe de la revue était allé voir les lieux – le bâtiment donnait sur une contre-allée poussiéreuse au milieu du brouhaha d'un bazar surpeuplé du vieux Delhi et ne gardait aucune trace de Ghalib ou de sa poésie. Les murs délabrés hébergeaient une usine d'appareillage électrique. Assortir ses ghazals à cette description relevait du tour de force.

Ghalib écrivait à une époque où il ne faisait pas bon vivre à Delhi pour quiconque se mêlait de poésie, un passe-temps inconvenant même pour l'empereur Bahadur Shah Zafar II, poète de talent lui-même mais symbole d'un empire agonisant. Le désir de conquête finale des Britanniques se focalisait en ce temps-là sur Delhi, un temps où le tissu de toute une civilisation s'effilochait. Ghalib vivait, avait-elle lu, entouré de crises et de carnages constants, obsédé cependant par ses ressources matérielles et sa propre insécurité. Sa poésie parlait non seulement de tragédie mais d'endurance dans un monde de plus en plus insupportable.

Chhobi reposa son stylo, distraite par les souvenirs d'une visite organisée hier par Rosemary dans un des camps de réfugiés. Ce camp avait été édifié en hâte dans l'un des sanctuaires de la ville, un temple sikh où le calme recueilli habituel avait volé en éclats tranchants. Voilà un monde soudain insupportable, où la sécurité individuelle et le tissu de la vie, non contents de s'effilocher, avaient été sauvagement mis en lambeaux.

Rosemary avait rassemblé un tas de vieux vêtements et de couvertures, car nombre de victimes des émeutes n'avaient plus rien, leurs demeures inondées de kérosène et incendiées. Chhobi traînait un énorme ballot de dons, tellement consciente de leur insuffisance qu'elle devait détourner les yeux en proie à un mélange bizarre de honte et de culpabilité.

Chaque survivant avait une histoire personnelle de perte tragique à raconter, mais la plupart des réfugiés composaient une masse de sans-abri hébétés, ahuris par leur impuissance face à la cruauté du saccage.

Le récit d'une veuve, Simran Kaur, pouvait symboliser la souffrance collective. Même ici, des frontières invisibles marquaient le sol. Leurs biens endommagés et calcinés, le peu qu'ils avaient sauvé, pouvaient occuper tant d'espace, mais pas plus. Tout autour d'eux, les rescapés d'autres familles essayaient de tenir dans les limites de leur propre zone de démarcation. Le fils cadet de Simran Kaur, remis semble-t-il de l'épreuve, faisait courir une petite auto miniature à la périphérie de leur zone.

« Vroom… Vroom… Vroom… » ronflait-il en parcourant inlassablement le même circuit.

Le 1er novembre, tous les foyers sikhs de l'allée où demeurait Simran Kaur rassemblèrent leurs kirpans et leurs bâtons avant de se barricader chez eux. Dans la soirée l'assaut commença. Ils étaient des milliers dans la rue qui hurlaient littéralement à la mort : « Du sang, la vengeance du sang. »

Des portes d'entrée furent enfoncées, d'autres demeures sommées de livrer leurs hommes. On n'épargnait pas même les jeunes garçons. Simran Kaur, mère de deux fils de huit et dix ans, avait tenté un fragile effort de protection. Arraché leur turban, noué des rubans dans leurs cheveux longs, et fait enfiler aux garçons des robes empruntées à leurs voisins. Ils s'accrochaient à elle quand son mari fut emmené avec les autres hommes du quartier et brûlé vif. Leur maison fut pillée, jusqu'au fourneau qu'on vida, le kérosène étant une denrée précieuse. Les petits garçons avec leurs nœuds roses dans les cheveux furent sauvés.

Chhobi lui demanda d'une voix hésitante : « Et maintenant qu'est-ce que vous allez faire ? Partir pour le Pendjab ? »

« Le Pendjab ? Je n'ai personne au Pendjab. Ma famille et celle de mon mari venaient de Sindh au Pakistan. Ils se sont réfugiés ici en 1947. Et voilà, plus de trente ans après, nous sommes de nouveau des réfugiés. Où voulez-vous que j'aille ? Je ne connais que Delhi. Je suis née ici, je me suis mariée ici, mes fils sont nés ici et c'est ici que je mourrai. »

En retournant au bureau, Rosemary et Chhobi passèrent devant les restes carbonisés de deux autobus, comme le bûcher funéraire de mammouths apathiques. Un sanglot monta à la gorge de Chhobi et sortit dans un cri : « Je ne peux pas supporter ça. Il paraît que nous sommes un État séculier. Après tout qu'est-ce que ces malheureux ont fait à Indira Gandhi ? »

Rosemary répondit, son cynisme pour une fois teinté de compassion : « Quelle idéaliste tu fais, Chandrayee !

Tu crois que la populace, Seigneur, c'est devenu un terme générique… oui, tu crois que ces émeutiers s'en prennent aux sikhs pour l'amour d'Indira Gandhi ou de la religion ? C'était une bonne excuse pour piller. Les conflits ethniques n'iraient pas très loin sans l'impulsion du commerce. »

« Mon grand-père dit que ça lui rappelle la Partition. »

« Oui, pour les sikhs c'est bien ça, ils ont le même sentiment terrible d'insécurité, de perte… mais ils vont se ressaisir. Ce sont des gens très coriaces. »

« Se remettre d'une pareille horreur ? » Chhobi pensait à Dadu incapable de s'accommoder de sa perte après bientôt quarante ans. « Au moment de la Partition, le Pendjab a été divisé, et le Bengale aussi. Les réfugiés pendjabis et sindhis ont plutôt bien réussi – mais en comparaison les Bengalis déplacés n'ont pas vraiment prospéré, surtout matériellement. Il n'y a qu'à voir mon grand-père. »

Cette remarque inspira un rire sec à Rosemary. « Les Bengalis ont trop de culture », dit-elle.

Chhobi eut un sursaut en regardant sa montre. Il était une heure moins le quart et elle avait une date butoir à honorer. Elle choisit rapidement le cinquième ghazal de Ghalib et parcourut les notes du commentaire.

*Extase d'un lit d'eau ; mourir dans le flot ;*
*Douleur trop forte apporte son onguent.*
*Faibles, nos pleurs ne sont plus que soupirs ;*
*Apprends par cœur comment l'eau se fait air.*
*Le nuage printanier amaigri par la pluie*
*Meurt noyé dans ses pleurs.*
*Tu voudrais sonder le miracle du vent ?*
*Vois comme le miroir verdit au printemps.*

*Rose, Ghalib, les mues de la rose réjouissent nos yeux.*
*Couleur, espèces, tout ce qui est et sera reste ouvert.*

Étrange que le poème lui apporte un tel réconfort. Au fond il acceptait, peut-être même célébrait-il, le changement. Des nuages intangibles baignent la rose tangible, et ils meurent ensemble dans une prise de conscience qui existe et n'existe pas, la réalité derrière l'apparence. « Le miroir verdit au printemps », disait le quatrième distique – du temps de Ghalib les miroirs étaient en métal bruni qui se ternissait avec le passage des saisons. Le miroir étant l'une des plus vieilles images de la tradition poétique persane. Dans le miroir, lisait Chhobi, la présence comme l'absence d'un homme étaient clairement enregistrées ; c'était un arbitre impartial de la vérité.

Avant de refermer le livre, elle repensa à Madame Gandhi, revit les traits de son fils Rajiv lors des funérailles, des yeux sombres liquides, tellement expressifs de leur chagrin. Un moment plus cinématographique que n'importe quel film. L'acceptation du changement, qui pouvait y être insensible ?

# 5

Le mois de novembre s'écoula sans fait notoire. Les jours raccourcissaient, les ombres s'allongeaient, le visage de Rajiv Gandhi s'étalait sur tous les journaux et les écrans de télévision. Jeune, si beau, si innocent des basses machinations de tant de politiciens. Dida lui transféra aussitôt son allégeance et se mit à suivre ses faits et gestes, après ceux de Madame Gandhi, avec une dévotion encore plus ardente.

Ratan Kaku, qui avait pris du poids en se refaisant une santé et des revenus, projetait un voyage dans les montagnes, jusqu'à Darjeeling en passant par Calcutta. Il s'était découvert une passion secrète, longtemps refoulée, pour l'Himalaya. Dida et Chhobi l'entendaient discuter les détails de l'expédition avec Dadu sur la terrasse. Dadu objectait qu'il ferait trop froid, mais Kaku voulait voir le soleil se lever sur la blancheur du Kanchanjunga. Chhobi pensa à Simla, sa propre retraite himalayenne, où elle aurait bien aimé aller faire un petit tour. Kaku pris d'éloquence lyrique vanta la beauté de Calcutta en hiver et bientôt la nostalgie des hivers bengalis les poigna tous deux. Comme toujours la nourriture épiçait les souvenirs de leur blé en herbe.

Ils évoquèrent d'abord, voix imbibée de gourmandise, le bonheur de boire du khejur ras, la sève pure du palmier dattier. Tous deux avaient possédé jadis des champs bordés de dattiers, des terres perdues à jamais au Bangladesh. Vers la fin de l'automne quand les autres arbres commençaient à perdre leurs feuilles et que la terre se figeait en masque desséché, les dattiers se dressaient en rangs serrés, des pots d'argile attachés aux troncs pour recueillir la sève qui suintait de leurs incisions.

Chhobi n'avait jamais goûté au khejur ras. Sa connaissance des divers stades de préparation du sucre de palme, le patali gur, se réduisait aux prouesses d'Amitabh Bachchan dans le film *Saudagar*, ses interminables jambes poilues grimpant à l'assaut d'interminables dattiers tandis que l'héroïne grassouillette cabriolait et minaudait sous les palmes.

Dida sortit pour se joindre à la conversation.

« Et qu'est-ce que vous dites du nolen gurer sandesh ? J'en ferais volontiers, mais dites-moi où on trouve du gur frais à Delhi ! Si vous allez à Calcutta, il faut que vous me rapportiez au moins cinq kilos de patali gur pour faire mon payesh. »

« Bien sûr, et bien sûr je n'accepterai aucun paiement, rien qu'un plein bol de votre khir chaque fois que vous en préparerez. » Kaku faisait le galant. En général Dida l'intimidait un peu. Il se mit à lui parler du jhola gur, pure douceur non diluée, du gur vendu à l'état liquide au début de la saison, qui rappelait le sirop d'érable en bien plus exquis.

Dida répliqua en citant l'éloge du gur par un écrivain très apprécié, le Lewis Carroll du Bengale.

« Sukumar Ray l'a décrit dans ses poèmes, et placé en tête de liste des choses de la vie qui sont bonnes mais contradictoires. Il dit que le plus fin du plus fin c'est le jhola gur avec du pain. »

Elle commença à leur raconter dans quels mauvais draps, quel péril presque, l'amour du patali avait conduit Mishti.

« Qui est Mishti ? » demanda Kaku.

« La belle-fille de Mrs Chatterjee. Bref, Mishti repartait de Calcutta pour l'Angleterre l'hiver dernier avec deux rayons de patali gur. Elle les avait emballés dans un vieux sari. À la douane, on lui a demandé ce que c'était. Elle est tellement sotte qu'au lieu de leur expliquer que c'était une friandise – un genre de barfi ou de laddoo, un truc dont ils auraient déjà entendu parler, elle leur a dit que c'était du sucre brun. »

« Du sucre brun ! » Les yeux de Kaku étincelèrent de plaisir à cette péripétie grisante d'un conte sucré. « Et alors, qu'est-ce qui s'est passé ? »

« Ce qui s'est passé ? Elle est restée en garde à vue toute une journée, le temps qu'ils fassent une analyse chimique du gur et découvrent qu'en effet ce n'était pas plus méchant que du sucre. »

Le rire fut général – un de ces moments plaisants où ils pouvaient savourer en chœur la déconfiture d'un ami commun.

Kaku partit pour Calcutta une semaine plus tard, ses valises bourrées de cache-nez et de cagoules à pompon. Par coïncidence, Chhobi put satisfaire son désir d'aller faire un tour dans les collines, son séjour à Simla devint réalité en décembre. Peu après le départ de Kaku, ils reçurent la visite impromptue d'un camarade de promotion de son père, au temps de l'École militaire. Aujourd'hui colonel, il était en poste à Simla, et proposait de leur réserver une chambre au bungalow de l'Inspection pour la semaine allant de Noël au jour de l'an.

Chhobi versait poliment le thé, offrait des biscuits sucrés ou salés, et voulait tellement que Ma accepte qu'elle en faisait trembler les tasses. Ma dit non. Chhobi l'implora du regard et tenta de la faire changer d'avis. Ma, lueur morose autour des yeux, ne voulait pas y aller. C'est le colonel Yadav qui intervint, offrant de réserver une chambre pour les deux filles, Chhobi et Sonali – elles seraient en parfaite sécurité sous sa garde.

Chhobi décida qu'au retour elle annoncerait à sa famille qu'elle avait reçu et accepté l'offre d'un poste d'assistant de recherche à l'UCLA. Elle avait finalement, non sans grande appréhension, résolu de partir. Maintenant le secret devenait trop difficile à garder, il était temps de les informer tous que son horizon s'était ouvert, paré de couleurs, d'excitation et d'espérances. Oui, elle leur dirait, mais après Simla. Là-bas elle se préparerait à quitter son passé et étreindre l'avenir.

Sonali pendant ce temps travaillait plus dur que de coutume à sa licence, rédigeant tous les devoirs requis par son directeur d'études, et dressant assidûment des listes de questions probables. Elle était ravie de s'échapper une semaine.

Elles prirent place à bord du Reine de l'Himalaya qui reliait la gare de New Delhi à la ville-étape de Kalka au pied des collines. Arrivées avec retard à Kalka, elles changèrent pour le train de montagne à voie étroite qui les amènerait à Simla, en passant par les cent deux tunnels situés sur le parcours. Fonçant chaque fois de l'ombre à la lumière. Cent deux fois.

Chhobi rayonnait de bonheur quand le petit train siffla en s'arrêtant à mi-parcours à Barog. La gare miniature, un joyau délicatement serti dans le paysage montagneux hivernal, respirait l'Angleterre victorienne, sans l'ombre d'une ressemblance avec le tumulte des gares de la plaine. Son écharpe bien serrée autour du cou, elle releva la vitre, et suffoqua sous la bourrasque d'air cristallin qui l'inonda. Chhobi regardait glisser paresseusement le paysage inoublié. Elle sourit en voyant les volutes de brume s'effilocher autour des pins, le soleil doré glissant à l'oblique entre les troncs, la vallée déployée en contrebas comme une image de carte postale. Son humeur se transformait rapidement en euphorie exaltée.

Simla, non pas Simla tel qu'aujourd'hui mais le Simla de ses années d'école, demeurait le lieu qui avait abrité certains de ses plus heureux moments. Tout ce qu'on lui demandait alors, c'était d'étudier et grandir. Elle excellait dans l'un, l'autre était encore un souci.

Ni Ma ni Sonali ne partageait son amour de Simla. Ma n'oublierait jamais le jour terrible où leur père mourut. Ce jour-là effaçait tous les jours heureux qui l'avaient précédé. Quant à Sonali, elle trouvait que l'endroit était trop petit, trop morne.

Chhobi faisait souvent des escapades imaginaires à Simla. Plus particulièrement en été. Le mois de juin avait un effet réducteur sur Delhi. Plantes racornies, robinets ne donnant qu'un filet d'eau, pupilles ramenées à la taille de têtes d'épingle par l'incandescence aveuglante du soleil de midi. À ces moments-là, Chhobi revivait en rêve les promenades de Simla. Les flancs de coteau vers Chotta Simla et Mashobra embroussaillés d'aubépine du rose le plus pâle, les vignes rougies de framboises. En période de mousson, les ruisselets quadrillant des chemins non goudronnés humectés par les capillaires. La plante redoutable qui vous griffait les jambes en été, dont le nom en himachali, bichhu booti, évoque la morsure fatale du scorpion plutôt que la brûlure de l'ortie.

Le Gaiety Theatre, où ils allaient voir Shakespeare interprété par les Kendal, une salle étouffante mais dotée d'une acoustique parfaite et de loges à rideaux froncés entourant un hall en forme d'étrier. Il passait pour avoir vu jouer Kipling dans une pièce de son cru. Difficile, envahi comme il l'était maintenant de couples pendjabis en lune de miel, de rapprocher le mail du temps ancien où il était interdit aux « indigènes », et avait pour principaux promeneurs des veuves joyeuses et d'indolents capitaines des collines. Quand les Britanniques accomplissaient leur voyage annuel loin des plaines brûlantes, quel chambardement cela devait causer, surtout avant la construction de la voie Kalka-Simla et ses cent deux tunnels.

Les premiers habitants présents pour accueillir les Britanniques devaient être des singes. Les singes de Simla, des créatures on ne peut plus audacieuses et bavardes. Sur la route gravissant la colline de Jakhu et près du pavillon du Vice-Roi, ils apparaissaient en bandes, très actifs quand arrivait la saison des rhododendrons. Ils arrachaient les fleurs par poignées pour en sucer le miel, jonchant le sol de pétales meurtris. Bébés singes aux petits yeux perçants accrochés aux mamelles de leur mère, singes mâles agressifs, postérieurs d'un rouge furieux assorti aux fleurs qu'ils mettaient en pièces.

Chhobi se rappelait avec affection l'antiquaire érudit du mail, collectionneur de lithographies anciennes et de livres rares. L'église et son clocher au centre de la ville où, selon la chronique, dans les années 1870 le chapelain fit un sermon dénonçant l'extravagance des crinolines, l'espace qu'elles occupaient au détriment de fidèles hypothétiques. On raconte aussi que le dimanche suivant toutes les dames apparurent en costume d'équitation.

Des leçons de botanique bien apprises et des randonnées vers Huttoo Peak lui revenaient en foule. Le pin Chir, *Pinus longifolia*, qu'on découvre sur les basses plaines en venant de Kalka. Le pin bleu, *Pinus excelsa*, dont la teinte bleu-vert est très soutenue les jours venteux où la brise retourne les touffes épineuses. Les collines de cèdres déodars et leurs cônes chargés de pollen qui à l'automne finissant tachent les porches de jaune, une poudre couleur de soufre semeuse d'éternuements et de rhumes des foins. À Mashobra on trouve encore un autre conifère, l'épicéa commun, proche parent du *Picea smithiana*, et à Huttoo le sapin argenté, *Abies alba Miller* qui doit son nom aux sillons blanchâtres sur la face inférieure de la feuille. Ces sapins atteignent des hauteurs de plus de trente mètres. Le chêne blanc et le chêne vert, et l'if à baies, *Taxus baccata*, réputé fournir une molécule utilisée dans des traitements pour guérir le cancer, ou plus exactement le contrôler.

Delhi passait pour être la métropole la plus verte, mais Chhobi avait peine à admirer les arbres de Delhi comparés aux feuillages persistants de Simla. Elle y parvenait presque quand après l'hiver les jamblons autour d'India Gate et d'Ashok Road sortaient leurs tendres feuilles nouvelles. Elle se demandait si au fond les gènes de Dadu ne seraient pas dominants – tous deux cherchant à faire retraite dans des lieux dont la géographie ne s'alignait pas sur leur histoire.

Des chants de Noël égrenaient en elle leur petite musique…

*Les anges dans nos campagnes*
*Ont entonné des chants joyeux…*

Sonali eut un sourire en voyant le visage radieux de Chhobi. Elle était restée très silencieuse, assaillie par des problèmes qui semblaient grossir hors de tout contrôle.

« Tu sais, il se passe quelque chose de très bizarre », dit-elle doucement, revenant sur le coup de fil de Karan le soir des funérailles de Madame Gandhi.

Mais Chhobi n'écoutait pas. Elle était déjà de retour à Simla, la chorale de l'école tintait à ses oreilles. La voix pure de l'élève préfète chantant *Ave Maria*, le *Aaave* montant et descendant la gamme, lancée au-dessus du chœur dans une ascension vertigineuse. Entraînant son âme jusqu'au plus haut sommet de ces montagnes bleues.

« Je crois que le navire de Karan est mêlé à une affaire de contrebande. » Cette fois Sonali avait capté l'attention de Chhobi. Ses pensées heureuses s'écrasèrent dans un choc strident tandis qu'elle dévisageait Sonali les yeux ronds.

« De contrebande ! Qu'est-ce que tu racontes ? Qui a pu dire une chose pareille ? »

« La voix de son maître », la riposte claqua.

« Cesse de dire des âneries. Karan a embarqué avec un contrat légal, même s'il travaille pour ces Talwar. »

« Je voulais aller à sa rencontre quand le bateau arriverait au port. Au départ on lui avait dit que le déchargement se ferait quelque part en Inde du Sud, et j'aurais pu y aller très facilement. Mais Karan ne m'a pas rappelée après son coup de fil pendant les émeutes. La semaine dernière j'ai reçu une lettre de lui. Il m'a écrit qu'il soupçonne quelque chose de très louche concernant la cargaison. Qu'ils ont largué des containers scellés en plein océan au large des Andaman. En pleine nuit. Aucune des formalités portuaires habituelles, ni vérification des connaissements, pas de douane, pas d'officiers de santé ou d'agents de la sécurité. En fait le *MV Neel Kamal* a déchargé tout en arborant des signaux lumineux indiquant qu'il attendait à l'ancre. Des bateaux de pêche discrets se sont approchés tout doucement de la proue et la cargaison a été larguée en vitesse et en catimini. Au milieu de la nuit. »

« Peut-être que Karan n'est pas au courant de tous les détails, après tout la décision appartient au capitaine. »

« Mais en tant que second, il est responsable de la cargaison, chargement et déchargement. Karan parle aussi d'étranges rumeurs au sein de l'équipage. Des rumeurs que le capitaine a immédiatement éliminées en leur fermant le bec avec une grosse prime. D'après eux les containers étaient pleins de magnétoscopes destinés au marché noir. La marge de bénéfice est tellement énorme… Karan a décidé de démissionner, il va rompre son contrat avant terme dès qu'il aura fini cette dernière traversée. Il devrait être de retour fin janvier. Sans boulot, une fois de plus… mais il vaut mieux chercher autre chose. C'est tellement louche, cette affaire. »

« Karan et toi, vous vous faites probablement des idées, les Talwar manigancent peut-être toutes sortes de micmacs, mais ils ne peuvent pas être mêlés à une histoire pareille. Pense donc, ils reçoivent des ministres à tout bout de champ. Est-ce que Sonny t'a jamais dit quel genre d'affaires ils traitaient ? »

« Sonny ne parlait jamais affaires. »

« Vous avez été ensemble pendant près de deux ans, de quoi parliez-vous ? »

« De rien… De gentils riens. » Sonali eut un sourire narquois.

« Seigneur, maudit soit le jour où tu as rencontré ce Sonny et toute sa tribu. »

Chhobi retourna au spectacle de la fenêtre. Elle ne voulait pas y croire. La musique était devenue inaudible.

Retombée en clic-clac monotone. Les roues tournant sur la voie, non plus en spirale triomphante mais halètement poussif. Clic… clic… trafic… trafic… trafiquants… trafiquants. Naviguant par les tunnels, lumière changée en ténèbres.

Chhobi était revenue une seule fois à Simla depuis qu'elle avait quitté l'école, et c'était l'année où elle avait obtenu sa licence, il y a plus de six ans. Dans l'intervalle, le Simla de son imagination avait acquis la patine rose sécrétée par la nostalgie, l'amour de ce temps de l'école si souvent repassé en mémoire. Simla se présentait maintenant à sa vue, aussi festif qu'un gâteau de mariage pyramidal. Chhobi chassa les images sombres de Karan et sa cargaison de contrebande en eau trouble. Entonna résolument *Le Petit Renne au nez rouge*. Sonali, qui allait lâcher sa deuxième bombe, encore plus troublante, se retint. Après tout, Chhobi se faisait une telle joie de cette équipée. Quoique nettement moins enthousiaste, elle reprit en chœur, et toutes deux chantaient à tue-tête quand le train entra en gare de Simla, à la grande surprise du porteur pahadi, le même que jadis, avec son écusson de cuivre et ses sandales à semelles de corde.

# 6

Pour leur première soirée, le colonel les invita au foyer des artistes, centre historique du Club de théâtre amateur de Simla, situé au-dessus du Gaiety Theatre. Au fil des ans l'endroit avait décliné en lieu de rencontre pour amateurs de cartes plutôt que de théâtre. La plupart des pièces étaient données par des troupes venues de Delhi.

Le colonel les gava de frites huileuses et de seekh kebabs. Bientôt le secrétaire du club vint les rejoindre, et dès qu'il aperçut Sonali, rapprocha sa chaise et entreprit de la monopoliser pour le reste de la soirée. Elle était d'une beauté saisissante, cheveux relevés en chignon savant, longues boucles d'oreilles argent d'un effet très dramatique sur une veste de velours noir achetée à Hong Kong. Une écharpe jaune illuminait ses yeux comme un lampion. Le secrétaire se rengorgeait comme un pigeon boulant. « Vous saviez que Rudyard Kipling a composé un poème sur l'ouverture de ce théâtre il y a presque exactement un siècle ? »

Chhobi manifesta son intérêt. « Bien sûr, les *Simples Contes des collines* s'inspirent de sa vie à Simla, tout le monde sait cela, mais j'ignorais qu'il avait écrit précisément sur ce théâtre. »

« Pourtant c'est bien le cas. Le théâtre amateur était un passe-temps très à la mode, et il y a une centaine d'années, la scène de Simla était ce qui se faisait de mieux à l'est de Suez, que dis-je, Suez ! À l'est de Londres. »

« C'est vrai, il y a des photos très intéressantes dans le foyer. J'ai toujours adoré les regarder. Il y en a une de Baden Powell en costume japonais, avec un éventail en papier, il jouait dans *La Geisha*. »

« À l'époque Simla était un nid d'intrigues locales britanniques, d'adultères et de cancans. Attendez, j'ai un exemplaire des poèmes de Kipling en bas dans mon bureau. Je vais le chercher. Très amusant. Nous pensons l'utiliser dans la brochure que nous préparons pour commémorer le centenaire. »

Le colonel et Sonali haussèrent les épaules avec un sourire complice en direction de Chhobi. Kipling ne les excitait pas du tout. Sonali y alla de son commentaire : « Le seul poème que je connaisse c'est *If*. On l'apprenait à l'école, assez prêchi-prêcha, je me rappelle. »

« Et *Kim*, alors ? »

Le secrétaire de retour avec une feuille dactylographiée la tendit à Sonali, qui la donna sans y jeter un regard à Chhobi. « En effet il y a des allusions très appuyées à la morale, ou plutôt à son absence. Écoutez un peu ce passage :

*Pourquoi "chaste" loisir ? Pourquoi notre morale*
*Faillirait-elle parmi les cèdres d'Annandale ?*
*Dans quel vice abyssal croyez-vous qu'on se plonge*
*À dîner sur Jakko ou boire à Boileaugunge ?*
*Évidemment c'est "chaste". Malgré le fard épais*
*Et la perruque de P…m, seul le nierait un niais.*
*Sacrebleu ! La vertu d'une honnête matrone*

*Se teindrait d'infamie sous le rouge ou la gomme ?*
*Foin de telles pensées.* NOUS CERTIFIONS ICI
QUE LA SCÈNE DE SIMLA EST CHASTE, ET VOUS AUSSI. »

Sonali lança un regard torve à Chhobi. « Poésie et chasteté, c'est exactement ton truc », glissa-t-elle *sotto voce*.

Kipling et les vertus chrétiennes firent un bref retour quand Chhobi alla s'agenouiller à Christ Church, édifiée sur la corniche, pour chuchoter un Notre Père. Le superbe vitrail représentant la Foi, l'Espérance, la Charité, la Force, l'Humilité, la Patience dessinait sur le sol des losanges lumineux. La fresque entourant le vitrail du chœur était l'œuvre de John Lockwood Kipling, le père de Rudyard. Chhobi avait appris ces détails quand elle était encore à l'école. Elle en fit part à Sonali qui les reçut avec un soupir d'indulgence résignée.

« On se croirait en pleine renaissance du Raj britannique, ma parole. Et toi, tu es quoi au juste ? une chrétienne militante de la régénération ? »

Sonali riait sans se douter qu'elle entamerait bientôt la période la plus noire de son existence. Un temps où la foi et l'espérance s'étioleraient en faibles lueurs proches de l'extinction. Un temps où la famille réunie aurait à puiser lourdement dans ses réserves de force, patience et humilité, celles de Sonali étant à tout moment plus que maigres. Un temps où ils se verraient réduits à compter sur la charité d'individus qui leur étaient presque étrangers.

Les jours suivants s'écoulèrent agréablement. Il faisait froid, un froid vif et ensoleillé. Ni pluie ni vents glacés, le soleil d'hiver ruisselait clair comme du champagne. Et pas question non plus de parler de Karan ou des Talwar.

Sonali se barricada l'esprit contre son autre problème, différant le moment d'y penser jusqu'à leur retour à Delhi.

Elles firent du patin à glace, chancelant et dérapant, accrochées l'une à l'autre pour garder l'équilibre, chevilles flottant dans des bottines de location mal ajustées. Chhobi reconnut le fils du cordonnier chinois installé sur le mail, qui faisait une démonstration de patinage pour les touristes venus des plaines. Il partait en vrille, fendait l'air, bondissait au-dessus des obstacles, lames cisaillant la glace avec un brio d'escrimeur.

La ville s'était agrandie. Des hôtels bon marché avaient bourgeonné entre les cottages anglais et l'architecture gothique des bâtiments administratifs. Baljees sur le mail servait encore un menu très britannique, œufs, saucisses et frites, avec des scones et du thé, mais chaque coin de rue offrait aussi à foison des stands de hamburgers-minute et des glaciers.

La veille de la Saint-Sylvestre, et deux jours avant la date fixée pour leur retour à Delhi, elles prirent un car pour Mashobra, située à environ dix kilomètres sur la route de Kufri. Elles gardaient toutes deux un merveilleux souvenir de pique-niques dans les vergers de pommiers et de reines-claudes, de fruits cueillis sur l'arbre, les doigts gommant la fraîcheur veloutée qui les embuait.

Il n'y avait pas de pommes sur les arbres en décembre, mais Mashobra restait étonnamment inchangée. Ses épais bois de pins et de chênes restaient intacts. Les feuilles rousses de la vigne vierge enroulée autour des troncs apportaient une note de chaleur au paysage hivernal. Elles s'aventurèrent dans les vieilles maisons qui avaient hébergé les sorties de week-end des Britanniques. Un gardien somnolent n'émit aucune objection quand elles jetèrent un coup d'œil par les fenêtres verrouillées d'une demeure particulièrement majestueuse.

C'était un autre temps, un autre monde. Les pièces étaient remplies de meubles anciens sculptés en palissandre et en teck de Birmanie. Les portes du garage délabré attenant à la maison étaient légèrement entrouvertes. Sonali y découvrit une voiture ancienne d'un millésime sans doute hors de prix, négligemment recouverte d'une bâche. Le gardien interrogé confirma que la maison appartenait au rajah d'un quelconque État princier d'antan du Pendjab. La famille venait rarement, mais un intendant faisait régulièrement des séjours pour entretenir la maison et la voiture. Sonali, l'intérêt éveillé par ces informations, persuada le gardien d'ouvrir le garage pour qu'elle puisse voir la voiture de plus près.

Chhobi s'assit sur les marches du porche, dont le pittoresque défiait l'hiver avec ses vignes en espaliers et un parterre d'hortensias. Il commençait à faire très froid, ce serait bientôt l'heure de repartir. Elle contempla la vue qui se perdait dans les plaines éloignées, écoutant les bruits du silence. Des notes disparates enfilées au hasard pour composer le plus naturel des pots-pourris. Une brise mit en route des accents feuillus, une sauterelle l'accompagna en fond sonore dans la haie mal taillée, suivie en mesure par le sifflement rythmique d'une faux tandis qu'une femme invisible coupait des andains, un faible battement de brindilles et de fils téléphoniques.

Chhobi soufflait sur ses doigts en regardant sa montre. Sonali, les yeux brillants, les joues en feu, accourut vers elle.

« Viens voir, c'est une Rolls, une Rolls Royce ! »

« Vraiment ? Comment tu sais ça ? »

« J'ai vu la même à Delhi, au rallye des voitures anciennes en février dernier. Elle a eu le prix. J'étais allée avec Sonny. Je viens de m'asseoir dans celle-ci. »

« Dépêchons-nous, il va faire nuit bientôt. Qu'est-ce que tu faisais ? Semblant de la conduire ? »

« Conduire ? Non, bien sûr que non. J'étais assise à l'arrière et j'imaginais que j'étais la maharani. »

« La Maharani de Mashobra ! Ça sonne comme un titre de mauvais roman. Allez, viens, rentrons. »

Il faisait déjà sombre quand elles atteignirent le bungalow de l'Inspection, où les attendait un message urgent. Le colonel était venu à leur recherche trois fois de suite, et leur demandait dans son message de venir au plus vite chez lui près de Chotta Simla dès leur retour. Il avait laissé un mot, un petit plan, et le numéro du bus.

« Qu'est-ce qui se passe ? Tu crois qu'il est arrivé quelque chose ? »

« Probable qu'il veut nous inviter à une réjouissance de nouvel an. On ira demain. Je suis trôôôp fatiguée. Tout ce que je veux c'est un bain chaud et aller au lit. »

« Il a écrit TRÈS URGENT sur le message. Il vaut mieux y aller. Je suis sûre qu'il va nous offrir à dîner. »

Sonali protestait tandis qu'elles regrimpaient la colline vers Cart Road pour attraper le bus.

« Attends, doucement, j'ai une ampoule au pied. Ouh là là, ces chemins en pente. Les gens de Simla ont quelque chose contre le téléphone ? On aurait pu se contenter de l'appeler. »

« Tu as raison, on aurait dû… Juste un peu inquiète. Regarde, voilà le bus, allez, viens, dépêche-toi, au moins ça nous vaudra un bon dîner. »

Le colonel vivait près de l'arrêt baptisé Strawberry Hill, l'une des plus belles demeures de Simla, ainsi nommée en mémoire de la résidence du romancier Horace Walpole en Angleterre. L'artiste peintre Amrita Shergil avait eu jadis un atelier dans le voisinage. Sonali ne s'intéressait pas aux demeures historiques. Un vent glacé soufflait quand elles descendirent du bus. Il fallait encore monter de Cart Road jusqu'au flanc de coteau où habitait le colonel.

Le vent transperçait leurs vêtements, rougissait leur nez, respirer en devenait presque douloureux. Soudain c'était vraiment l'hiver dans l'Himalaya. Sonali mesura la pente d'un œil qui pleurait un peu.

« C'est carrément perpendiculaire, le dîner a intérêt à mériter ça », hoqueta-t-elle, épaules voûtées, légèrement tremblantes, mains enfouies dans ses poches, les mots composant une auréole haletante autour de sa tête.

Le colonel et sa femme les accueillirent, le visage sombre et sévère. Sonali s'effondra sur le plus proche des fauteuils rebondis. Un feu crépitait, elle tendit avidement ses deux mains vers l'âtre, basculant tout le corps en direction des flammes.

« Il y a quelque chose de grave ? » demanda Chhobi d'un ton hésitant, prenant conscience de leur expression figée. Leur fils jouait avec un cube chinois auprès du feu, occupé à tourner et tortiller les carrés de couleur. Un vase garni de roses artificielles d'une teinte improbable trônait sur la cheminée. Chhobi enregistra tous ces détails sans y prendre garde, une peur confuse lui étreignant le fond de l'estomac.

La voix du colonel prit un ton officiel. « J'ai le regret de vous le dire, un message est arrivé à mon bureau ce matin transmis par le QG de l'armée. Le message émanait de votre mère. »

« Est-ce que tout va bien... Ma grand-mère, elle n'est pas malade ? » interrompit Chhobi.

« Oui, oui, votre mère, nana, nani, ils vont tous bien. Le message n'était pas très long... Je ne sais pas encore tout... La température est brusquement tombée, nous risquons d'avoir de la neige demain. Prenez un peu de potage chaud. »

Vas-y, crache le morceau, pensa Chhobi saisie d'une impatience fiévreuse. Où était l'urgence s'ils allaient tous bien ? Et pourquoi parler du temps qu'il fait ?

« Vous allez devoir repartir aujourd'hui. »

« Aujourd'hui ? »

« Oui, il y a des cars de nuit pour Chandigarh, avec changement pour Delhi. Ce sera moins confortable que le train, mais on n'y peut rien. Je dirai un mot au chauffeur et au receveur. Vous serez parfaitement en sécurité. »

Il ne pouvait se résoudre à prononcer les mots. Chhobi pensa à l'Europe médiévale où le porteur de mauvaises nouvelles était mis à mort par décret royal. À l'instant précis, tirer sur le messager semblait une décision tout à fait raisonnable.

« Mais enfin… *qu'est-ce qui s'est passé* ? »

Enfin il parla.

« C'est son mari, il y a eu un problème sur son bateau. »

Sonali qui frottait ses mains en rêvassant devant le feu se raidit, puis leur jeta un regard perçant. Une bûche bascula sur la grille de l'âtre en lançant une pluie d'étincelles. Le feu gronda et siffla, les flammes bondirent puis retombèrent aussi vite, projetant des ombres sinistres.

« Un problème ? Quel problème ? »

« Je ne sais pas exactement, les deux bateaux de la compagnie étaient ensemble, presque en vue l'un de l'autre. Hier l'un des deux a envoyé un SOS. Un navire grec l'a intercepté. Le message a été coupé, mais l'opérateur a réussi à donner la position du bateau. Quelque part dans le golfe du Bengale. Le temps était au beau… le navire grec a immédiatement alerté les autres bateaux, les garde-côtes. Il a changé de cap pour tenter de repérer les bateaux Talwar mais il ne les a jamais trouvés. Les garde-côtes continuent les recherches. Ça fait quarante heures mais il n'y a pas le moindre signe d'eux, pas trace d'épave, de canots de sauvetage, rien… même pas une tache d'huile. C'est un vrai mystère. Quelle était leur destination ? »

« Une île des Andaman », répondit machinalement Chhobi.

« Ça c'est peu commun, les Andaman… Quel genre de cargaison pouvaient-ils bien transporter là-bas ? »

Sonali se leva brusquement, leur fit face, les yeux fixes grands ouverts – du miel sauvage, liquide.

« Perdu ! Mais comment on peut perdre un bateau ! Le golfe du Bengale, ce n'est pas le triangle des Bermudes. »

La femme du colonel posa sur son épaule une main apaisante. « Je suis sûre que c'est une fausse alerte. D'ici à ce que vous arriviez on les aura repérés, j'en suis certaine. »

Sonali s'arracha au contact, aux platitudes ineptes. On leur offrit à dîner, potage, fruits et café, mais la faim s'était enfuie. La nouvelle pesait aussi lourd sur leur estomac qu'une bombe à retardement. Chhobi voulait téléphoner à Ma mais elle n'avait plus le temps de réserver un appel par le standard de l'armée s'il fallait attraper le car de vingt et une heures. Le colonel les reconduisit au bungalow de l'Inspection dans une jeep Willys. Elles bouclèrent leurs bagages à la vitesse de l'éclair et se mirent en route vers le terminus chaotique glacial.

On les poussa dans un car à moitié vide. Ce n'était pas un véhicule de luxe. Les sièges en lattes de bois ordinaire leur creusaient le dos. La fenêtre était fendue, la vitre sale. Une faible odeur de vomi s'élevait derrière elles.

Sonali était absolument immobile, complètement silencieuse. Chhobi, qui se sentait prête à tomber après le tour kafkaïen qu'avaient pris leurs vacances, essaya de manger une pomme sortie des chambres froides. Ses dents se plantèrent avec une sensation désagréable dans le fruit pâteux, poudreux. Le car se ruait vers la plaine à tombeau ouvert, chaloupant le long de virages en épingles à cheveux sur une route noire comme la poix. Ses phares éclairaient brièvement des slogans peints à la main en noir et jaune sur la paroi des rochers proéminents qui bordaient la route.

*SI TU ES MARIÉ, RÉPUDIE LA VITESSE*

et

*PRENDS MES COURBES EN DOUCEUR*

Le chauffeur était totalement indifférent au message qu'ils voulaient faire passer. Après quatre heures de roulis et d'embardées, d'arrêts et de redéparts, la route sinueuse pentue se nivela. Ils avaient atteint les plaines. Le froid mordait toujours. Sonali recroquevillée dans un coin regardait fixement dans le vide.

« Mais *pourquoi* l'as-tu épousé ? » Les mots jaillirent d'eux-mêmes. « Cette question nous a tous taraudés. »

Sonali se mit à parler, très lentement. « Je savais qu'il y avait un problème. Sa dernière lettre m'a beaucoup retournée… Pourquoi je l'ai épousé ? » Elle resta muette un bon moment. Puis : « … je ne sais pas… Quand j'étais avec Sonny… je pensais, j'ai cru que c'était du vrai de vrai… »

« On croirait une réclame pour une boisson gazeuse, je ne parle pas de Sonny », fit sèchement Chhobi.

« Mais moi si, moi si. Tais-toi et écoute avant de *toujours* tout étiqueter. »

« … D'accord… *d'accord.* »

« Ce que je veux dire, quand Sonny m'a plaquée, j'ai senti qu'il fallait absolument que je m'échappe… Que je m'évade. Je ne pouvais pas supporter de rester coincée dans mon ancienne vie. J'avais le sentiment de n'être personne… Oui, voilà ce que j'étais. Personne pour personne… et Karan, il m'a offert une porte de sortie, rien à expliquer, rien à attendre. »

## 7

Ma les attendait au terminus régional des autocars de New Delhi. Le jour avait déjà commencé quand elles arrivèrent, un jour froid et terne après lavage par les ombres vespérales. Chhobi la repéra sur-le-champ, visage calme qui émergeait bravement du pitoyable chaos.

Ma qui ne pourrait jamais retourner à Simla parce que les collines se répétaient à l'infini la nouvelle de la mort soudaine de Bapi. Ma qui attendait maintenant le car de Simla, porteuse de nouvelles sonnant le glas comme un écho d'autres échos. Khokon l'accompagnait. Pardessus les feulements d'innombrables moteurs Diesel prêts à démarrer, on entendait une radio qui jouait du Kishore Kumar.

Entre-temps Ma les avait aperçues. Son visage se dressa comme un bouclier protecteur contre le désordre crasseux, les ballots d'humanité en guenilles blottis sous des piles de journaux et chiffons, le racolage agressif vers des cars en partance ininterrompue, semblait-il, pour Meerut ou Moradabad, les mendiants qui les agrippaient de leurs mains sales. Khokon souleva leurs bagages, bizarre à quel point tous maintenant comptaient sur lui, au point d'oublier que c'était encore un adolescent. Ma toujours peu démonstrative se contenta de garder Sonali serrée dans ses bras pendant une minute, joue pressée contre la sienne. Au regard interrogateur de Chhobi elle répondit par un geste de dénégation. Sonali frissonnait, lèvres tremblantes.

« Il n'y a pas de nouvelles, c'est ça ? » demanda-t-elle, la voix plate et sans expression. Puis comme Ma faisait non de la tête, Sonali se rua derrière un pilier et s'accroupit sur le sol. Tête penchée, prise de spasmes douloureux qui firent monter une bile colorée, des vomissements répandant une odeur infecte. Chhobi la tint par les épaules jusqu'à la fin de l'accès.

Ma retira son châle épais pour en envelopper Sonali. Khokon arriva au volant de la Fiat cabossée. Il n'avait encore qu'un permis d'apprenti conducteur, mais Sonali n'était pas en état de conduire. Chhobi l'observait. Vu la violence de sa réaction, elle devait être bien plus attachée à Karan qu'ils n'en avaient tous conscience. Ou était-ce surtout la peur d'être de nouveau « personne pour personne » ?

Ma expliqua la situation tandis qu'ils se frayaient un chemin pour sortir du TRAND. « Les garde-côtes cherchent toujours. Ils vont continuer les recherches pendant encore quarante-huit heures. Hier je suis allée au siège des Talwar à Connaught Place. Il y avait des journalistes, mais en fait d'information personne ni rien d'important n'était arrivé au bureau. Il n'y avait que les secrétaires et les assistants comptables. Apparemment ils ne faisaient pas grand-chose, juste répondre à des coups de fil mystérieux dans une cabine fermée. Le vieil homme, le directeur ou je ne sais quoi, son secrétaire, répétait sans arrêt que le siège de Talwar Shipping est à Bombay. Qu'à Delhi ils traitent d'autres affaires, exportation de riz, petit outillage, pièces de rechange automobiles. Le vrai problème c'est qu'ils étaient tous tellement évasifs. Un journaliste a dit que les propriétaires avaient beaucoup tardé à alerter les secours, surtout quand on sait que normalement ils sont en contact quotidien avec leurs capitaines. »

Si Ma accordait depuis toujours une large indépendance à Sonali et Chhobi, autorisées à grandir sans trop de réprimandes ou d'entraves, dans un terrible moment de crise comme celui-ci elle s'imposait fermement. « Le colonel Yadav a été on ne peut plus aimable, il a téléphoné deux fois de Simla. Il dit qu'il connaît quelqu'un à la gendarmerie maritime, un certain amiral Verma, avec qui il est en contact permanent, on nous préviendra dès qu'il y aura du nouveau. »

Khokon naviguait prudemment entre les voitures sur la route qui longeait les terres sinueuses du Shantivan, dominées sur la droite par les arcades sculptées du Rang Mahal du Fort Rouge. Chhobi nota distraitement qu'on était dimanche car le marché aux puces hebdomadaire installait ses échoppes de fortune sur les deux kilomètres qui s'étendaient derrière les remparts du Fort. La voiture s'arrêta à un feu rouge. Une vieille femme essayait un dentier usagé pris à une pile de sourires macabres désincarnés plantée sur le trottoir. Derrière elle les marchands de tapis d'occasion disposaient leurs produits plutôt fatigués en un beau désordre géométrique de carreaux bariolés. Chhobi se sentit prise d'un désir soudain de s'échapper dans ce vif kaléidoscope de couleurs, de mouvements et de sons. Elle se retint à grand-peine d'arracher la portière pour disparaître dans la mêlée. Le feu passa au vert et ils repartirent.

Ma attendit que le petit déjeuner soit sur la table avant de prévenir Sonali. « La mère de Karan a téléphoné hier. Elle est en route, elle va arriver tôt demain matin. La pauvre, elle était complètement bouleversée, le père de Karan est de nouveau malade, à ce qu'elle m'a dit. Elle va s'installer chez toi, dans l'appartement. »

Sonali blêmit, puis se recroquevilla sur sa chaise, repoussant son assiette. Elle avait à peine touché à la nourriture. « Rahu et Ketu. Elle va dire que c'est de ma faute, je le sais. Je sais ce qu'elle va dire. Je ne veux pas me retrouver seule avec elle. C'est simple, je ne peux pas. »

« Rahu et Ketu ? »

« Oui, mon horoscope. Elle l'a fait établir quand nous sommes allés à Hoshiarpur, Karan et moi. Elle a dit que mes étoiles étaient défavorables, néfastes. Que leur alignement allait produire une éclipse. »

Ces mots déclenchèrent la fureur de Dida.

Dida qui semblait avoir épuisé toutes ses généreuses réserves d'espoir et d'optimisme. Dida, repliée jusque-là dans un silence inhabituel, retrouva d'un coup son acerbité coutumière – « Une éclipse ! Quelle ineptie ! Comment des étoiles pourraient causer une éclipse ? »

« Je pense que c'était une métaphore », intervint Chhobi.

Ma qui avait déjà entendu toute l'histoire, malchance et mauvaises étoiles, déclara d'un ton ferme : « Dans ce cas nous n'avons rien à craindre, l'ombre d'une éclipse est vite passée. Et bien sûr qu'on ne te laissera pas seule avec elle. Chhobi t'accompagnera, ou moi. L'important c'est de ne pas désespérer, un bateau ça ne disparaît pas comme ça. Les garde-côtes continuent les recherches. »

Dida ne prit pas la peine de lui répondre. Elle se planta devant la bibliothèque vitrée, farfouillant parmi ses livres, repoussant de part et d'autre les volumes écrits par ou à propos de Nehru. Elle sortit un livre à la couverture fanée. C'était un recueil de maximes de Swami

Vivekananda. Elle le feuilleta, s'arrêta sur une page. Tout en marmonnant « Où sont mes lunettes ? », elle tendit le livre à Chhobi et lui indiqua un paragraphe. « Lis ça », dit-elle.

« Ne prêtez pas foi aux planètes et aux étoiles… si une étoile perturbe ma vie c'est qu'elle ne vaut pas un centime. Se laisser duper par le scintillement des étoiles est indigne. »

Pendant ce temps, Dadu et Ratan Kaku installés sur le divan étudiaient le vieil atlas scolaire de Chhobi, doigts pointés sur le golfe du Bengale. Ils parlaient doctement mais avec une parfaite ignorance de courants marins, traîtres coups de vent, navigation stellaire. Encore les étoiles. Un fort courant de fond désespéré agitait leurs phrases.

Le téléphone sonna. C'était le colonel Yadav qui voulait parler à Ma. Tous se figèrent, l'observant avec l'angoisse au ventre. Ils ne pouvaient déduire grand-chose de ses réponses monosyllabiques. Quand elle se retourna face à eux, son visage affichait une infime lueur d'espoir.

« Le colonel vient de parler avec les garde-côtes. Ça ne veut peut-être rien dire. Un chalutier japonais a aperçu une lumière sur l'eau ce matin de bonne heure. La position de la lumière coïncidait presque avec la dernière position donnée par l'officier radio avant la disparition des bateaux. Les Japonais ont essayé d'atteindre cette lumière, mais ils suivaient une autre route. Le temps qu'ils changent de cap, la lumière s'était évanouie à l'horizon. Ils étaient au courant de l'alerte concernant les bateaux Talwar et ils ont immédiatement prévenu les garde-côtes, qui ont envoyé une vedette très rapide et un hélicoptère en reconnaissance sur les lieux. Mais au mieux ça ne pourrait être qu'un petit dinghy, les Japonais ont confirmé qu'il n'avait pas la taille d'un canot de sauvetage. Nous aurons sûrement des nouvelles bientôt, le colonel a donné notre numéro aux garde-côtes. »

Tous silencieux, ils sentaient l'espoir monter comme l'écume sur la crête des vagues. Seule Chhobi, inquiète, s'attendait à ce qu'un mur d'eau s'abatte sur eux. Dadu et Ratan Kaku sortirent arpenter la pelouse, Sonali soudain épuisée n'avait plus la force de réagir. Ma la pilota jusqu'à sa chambre et toutes deux s'allongèrent, blotties sous un couvre-pied rayé de soleil. Chhobi et Dida restèrent assises aux deux extrémités du salon en chuchotant des prières. Dida récitant le *Krishna Karnamrita*, et Chhobi…

« … Ô Toi le protecteur des vaches saintes ! Océan de miséricorde ! Époux de la princesse des Sindhu ! Vainqueur de Kansa ! »

« Je vous salue Marie pleine de grâce, le Seigneur est avec vous… Vous êtes bénie entre toutes les femmes et Jésus le fruit de vos entrailles est béni. »

« Tu es ma Vie, le soutien de ma vie, qui m'accordes la grâce, m'accordes tout ce que je désire, m'accordes la clairvoyance, m'accordes la maîtrise. Oh Seigneur ! Tu es mon Dieu ! Rien d'autre… »

« Sainte Marie, mère de Dieu, priez pour nous, pauvres pécheurs, maintenant et à l'heure de notre mort… »

Chhobi vit avec effroi Mrs Chatterjee, galion toutes voiles dehors, longer à vive allure leur portail sur une trajectoire de collision certaine avec les deux vieillards qui se cabrèrent sur son passage. Ils firent un rapide pas de côté en voyant qu'elle ne ralentissait pas, leur adressant tout juste un signe de tête impérieux quand elle passa en courant sur son erre. Bizarrement, les pensées de Chhobi puisaient leurs contours dans le vocabulaire nautique. Elle se leva à contrecœur pour faire entrer la dame. Mrs Chatterjee l'écarta de son chemin et interpella Dida d'une voix de stentor : « Qu'est-ce qui ne va pas ? Ma domestique Hélène a croisé votre Savitri hier à la crémerie Mother Dairy. Elle lui a parlé d'une calamité. »

Calamité résumait très succinctement la chose, se dit Chhobi, attendant que Dida réponde. Mais Dida préféra tendre sa sourde oreille et, les yeux clos, continua de murmurer à celle de Krishna, dans l'attente de sa divine intervention.

Le téléphone sonna. Chhobi se précipita sur l'appareil, battant d'une courte longueur Ma qui arrivait en courant de la chambre. Kaku et Dadu restèrent près de la porte. Faux numéro. Chacun fit retraite, reprenant sa position initiale. Mrs Chatterjee, qui avait suivi cette agitation d'un œil surpris, s'adressa maintenant à Chhobi. « C'est quoi, la catastrophe ? Il y a eu un message du bateau de son mari – qu'est-ce qu'il disait ? »

Elle a tout du vautour gras, se dit Chhobi, toujours à tourner là où les choses vont mal. Dida interrompit ses litanies et dit à voix haute : « Mayday, Mayday, Mayday. »

« Mais non, Dida, pas sur les bateaux. Sur les bateaux c'est SOS. »

« SOS ? Je sais que ça signale des ennuis mais les lettres veulent dire quoi exactement ? »

« Soleil sur l'Onde Salée », répliqua grossièrement Chhobi.

Le téléphone sonna à nouveau et cette fois c'était un représentant officiel des garde-côtes. Il alla droit au but.

« Les nouvelles ne sont pas bonnes… Désolé. L'amiral Verma m'informe qu'ils ont exploré la zone en détail, sur un rayon très large et en déployant trois bâtiments. Pour finir l'un d'entre eux a capté un faible signal sur son radar. À ce moment-là il faisait grand jour. Visibilité parfaite. Mer d'huile. Ils ont vite repéré la lumière. C'était une bouée de corps-mort qui a dû partir à la dérive et flotter vers le large. »

Chhobi l'interrompit d'une voix pressante : « Un seul corps, qu'est-ce qui est arrivé au reste de l'équipage ? »

« Pas un corps défunt, un corps-mort, vous savez, ces objets qu'on utilise pour amarrer les navires. Maintenant les bouées sont souvent équipées de lumières. Eh bien, celle-ci s'était détachée de son ancre et elle est partie à la dérive. Je suis navré. Pas le moindre signe des deux bateaux Talwar. C'est très mystérieux. L'amiral Verma trouve très étrange qu'à part cet unique message indistinct et incomplet il n'y ait pas eu d'autre signal. Un dispositif qu'on appelle la touche auto aurait dû transmettre automatiquement un signal de détresse indépendant quand le navire a coulé, or il n'a fonctionné sur aucun des deux bateaux. Pourquoi les Talwar se montrent-ils si évasifs ? Il y a aussi quelque chose de louche du côté de la cargaison. »

Chhobi n'entendait plus ce qu'il disait. Un bruit de vagues déferlantes se brisant et sifflant rugissait à ses oreilles. Dida la secoua vivement, la questionna : « Qu'est-ce qu'il dit ? Qu'est-ce qu'il dit ? »

Chhobi lui fit signe de se taire et tenta de se concentrer sur la voix qui trahissait maintenant la curiosité, car c'était là un mystère dans la tradition des Bermudes. « D'où venaient-ils, ces navires ? Qu'est-ce qu'ils transportaient ? Les réponses vont certainement faire la lumière sur cette énigme. »

L'angoisse qui baignait la pièce avait atteint des proportions assourdissantes. Chhobi se hâta de répondre : « Merci infiniment. Est-ce que les garde-côtes continuent leurs recherches ? »

Après une longue pause, il lui dit : « Non, ils ont mis fin à l'opération. Je suis désolé. Mais il ne faut pas désespérer. L'affaire est maintenant entre les mains des services de renseignement, peut-être que vous devriez les contacter. Et surtout ne perdez pas courage, vous allez en avoir besoin. »

# 8

Indu débarqua le 2 janvier, apportant avec elle l'insouciance joviale de la saison festive et l'éclat d'un bouquet de roses jaunes pour Dida.

« Qu'est-ce qui ne va pas ? » demanda-t-elle, voyant toute la famille affalée dans un silence sépulcral. La sourde oreille de Dida l'entendit très bien. Elle leur jeta à tous un coup d'œil de mise en garde et répondit vivement : « Rien, rien du tout. Merci pour les fleurs. »

« Mais vous avez tous l'air lugubre. »

Lugubre, se dit amèrement Chhobi. L'année 1984 s'achevait, après tout, sur un dénouement orwellien, la pendule avait sonné treize coups. Sonali se leva brusquement. « Je vais m'étendre à l'intérieur. J'ai une migraine épouvantable. Karan… » Au coup d'œil furieux de Dida, elle poursuivit : « La mère de Karan arrive demain pour une petite visite. »

« Oh », Indu signifia d'un hochement de tête qu'elle comprenait tout à fait la cause de leur morosité. Elle suivit Sonali dans la chambre en lui racontant une soirée de Noël où elle s'était rendue. Sonali n'écoutait pas vraiment jusqu'à ce qu'elle entende le nom de Sonny.

« Il était seul, déjà marre de sa femme. Et vraiment bizarre. Très éméché, avec pas mal de verres dans le nez, et ce n'était pas fini. Il m'a coincée dans une porte et il a exigé, littéralement exigé, que je lui dise où tu étais. Il insistait, et me serrait le bras tellement fort que le lendemain j'avais un bleu. »

Sourcils froncés, la curiosité luttant sur son visage contre la désapprobation, elle baissa la voix et interrogea : « Est-ce que tu as continué à le voir après... Karan ? »

Sonali la dévisagea sans sortir de son apathie et fit non de la tête. Un peu surprise du peu d'intérêt qu'elle suscitait, Indu regarda furtivement par-dessus son épaule. « Il se vantait, je n'exagère pas, qu'il s'était débarrassé de Karan... qu'il l'avait contacté et embarqué avec un job quelconque sur un bateau où les femmes n'étaient pas admises. »

Sonali resta immobile, seul un bref trait de feu sous les paupières aux cils épais indiqua qu'elle avait entendu. Ses mains, à l'abri du châle qu'elle portait, s'affrontèrent l'une à l'autre, les ongles creusant des croissants rouges dans les paumes si étroitement enlacées sur son ventre comme pour réprimer le secret grandissant qu'il dissimulait.

Avec l'arrivée de Beeji, les Talwar ne pouvaient plus se dérober à une rencontre. Beeji appela Mrs Bhai Sahib d'une cabine publique, avant de monter avec sa petite valise jusque chez sa belle-fille. Après avoir absorbé une dose de calmants empruntés à Ma, Sonali était restée à la maison pour se faire dorloter par Dida. C'étaient donc Ma et Chhobi qui attendaient Beeji à l'appartement.

Elles furent surprises d'abord de son air calme, mais plus tard, quand elles lui demandèrent si Karan avait mentionné quoi que ce soit dans ses lettres, cette parfaite maîtrise se décomposa. Elles virent la terreur flamber dans son regard, meurtri par le chagrin, creusé par le pressentiment. La panique comme une présence constante invisible.

Mrs Bhai Sahib lui avait dit de venir retrouver les frères Talwar chez Sonny à quatre heures de l'après-midi, car sa maison située dans Delhi-Sud était plus commode d'accès. Cela leur éviterait de faire le trajet jusqu'à Rajender Nagar où demeurait encore Bhai Sahib, à côté de la première usine qu'il avait acquise peu après la Partition. N'allez pas au bureau, avait-elle insisté.

Beeji sortit un peu rassurée de cet entretien. « Bhai Sahib connaît les mantriji, tous les bade aadmi, les gens haut placés. Il va sûrement faire quelque chose, après tout c'est sa responsabilité, Karan est comme un fils pour eux. Il faut que sa femme vienne avec nous. Où est-elle ? »

Chhobi et Ma murmurèrent toutes deux des excuses. Chhobi se demanda si c'était le moment de leur parler de la lettre sur la contrebande. À la pensée du déni scandalisé qu'opposerait Beeji au moindre soupçon que son Karan, ou Bittoo comme elle l'appelait, puisse être impliqué dans une affaire aussi nauséabonde, elle hésita, et pour finir ne dit rien.

La maison de Sonny semblait parée d'une magnificence accrue par le soleil de cette fin d'après-midi. Les jardins fraîchement redessinés ondulaient en plis doux autour d'un étang couvert de nénuphars. Une armée de jardiniers et d'agents de la sécurité s'activait avec un zèle inaccoutumé. La véranda abritait des rangées de pots de fleurs en couches superposées garnis de chrysanthèmes tardifs et de dahlias précoces. Une profusion de boucles bronze et or, et cuivre bruni.

Assises en rang toutes raides, elles ressemblaient à un groupe de touristes indésirables en provenance d'un pays pauvre, peuplé uniquement de femmes. Beeji, Ma, Chhobi et Sonali serrées sur un canapé étroit dans le hall d'entrée au pied de l'imposant escalier. Comme d'habitude les pensées de Chhobi menaient une course dramatique en avance sur la vraie vie – comme dans une scène de film de Raj Kapoor, on s'attendrait presque à voir le Thakur Sahib descendre les marches. Chhobi se souvenait d'avoir rencontré Karan pour la première fois, assise exactement au même endroit, en train de boire du café pour tenter de dissiper les nuages d'alcool qui lui embrumaient la tête. Et Sonali, si radieuse au bras de Sonny. Où était-il ? Chhobi se tourna pour observer Sonali. La jeune fille de l'an dernier était méconnaissable. Les épreuves des derniers jours avaient rongé l'opulence de la jeunesse et sa beauté naturelle. La dernière fois qu'elle était venue dans cette maison, elle semblait née dans le satin et la soie. Aujourd'hui, affublée d'un châle informe, un ensemble salwar kameez miteux, cheveux dénoués sales et emmêlés, teint brouillé par le manque de sommeil et de confiance, elle avait l'allure d'une servante.

Par l'ouverture des rideaux sur sa droite, Chhobi pouvait apercevoir la mère de Sonny dans un salon richement meublé. Elle haranguait d'un air mécontent un individu affichant la mine apaisante et le ton d'excuse d'un sigisbée qui a déplu. Chhobi entendait leur conversation.

« Et qu'est-ce que vous faites de la vue, Mr Sarin ? Vous avez dessiné ce jardin aquatique, mais je commence à le regretter. Les nénuphars ne fleurissent pas en hiver. Nos jardiniers mettent deux heures à nettoyer la mousse qui flotte à la surface un jour sur deux. J'ai sacrifié l'espace que je réservais aux fleurs d'hiver rien que pour voir cet étang boueux. Ma vue compte beaucoup – elle fait toute la différence dans cette pièce. Vous voyez que tout ce mur est un panneau de verre. »

« Mais madame, je vous assure qu'il a l'air magnifique et tellement différent. D'ailleurs, madame, dans un jardin aquatique, il faut garder une chose à l'esprit – les reflets. Les reflets sont d'une telle importance ! Avec le changement des saisons il faut qu'au moins une des rives soit bordée de plantes hautes et colorées qui se refléteront dans le miroir de l'eau. »

« Des reflets ? » La mère de Sonny réfléchissait. « Eh bien, qu'est-ce qu'on peut faire maintenant, c'est trop tard pour planter quoi que ce soit. »

Soulagé d'avoir évité un drame, Mr Sarin se leva rapidement et dit : « Faites-moi confiance, madame, je vais m'en occuper sur-le-champ. Des fleurs en pots qu'on camouflera pour qu'elles aient l'air de pousser naturellement sur le bord. Faites-moi confiance, je m'en charge. »

Les quatre femmes étaient toujours assises en silence devant la pièce où on discutait fleurs et images en miroir. Chhobi partit dans une profonde méditation. Comme c'était étrange d'être occupé à des vues et des reflets, au lieu de se torturer l'esprit avec des personnes disparues, la vie la mort, couler surnager.

Les deux frères, le père de Sonny et son oncle, sortaient visiblement d'un tête-à-tête au premier étage quand ils descendirent ensemble le grand escalier. Sonali et Chhobi levèrent promptement les yeux pour vérifier si Sonny les accompagnait, et furent toutes deux soulagées de voir que non.

Ce qui frappa le petit groupe crispé au pied de l'escalier, ce fut le sourire qu'arboraient les deux frères. Un sourire dépourvu de sens, qui n'avait rien de menaçant mais qui durait bien trop longtemps. Ils se tenaient debout côte à côte sur l'avant-dernière marche, et continuaient à sourire avec une persistance sans joie, un sourire de chat du Cheshire, un sourire sans contenu ni pitié.

Le sang-froid de Beeji céda. Elle se rua vers Bhai Sahib qu'elle étreignit en gémissant « *Hai, hai* », la panique battant de manière visible la chamade dans sa gorge tandis qu'elle tentait désespérément de faire appel au lien de parenté, à l'aide, au réconfort… à tout et n'importe quel sentiment. Ma et ses filles firent la grimace. La scène ressemblait plus que jamais à un film bollywoodien de seconde zone. Bhai Sahib recula avec dégoût, arrachant sa manche aux doigts serrés de Beeji, la chassant du geste comme un insecte répugnant. Les sourires s'étaient évanouis. Ses lunettes cerclées d'or eurent un éclat de colère quand il lui ordonna rudement en pendjabi de se calmer.

On les fit passer dans une pièce d'une froide beauté scintillante, une caverne de glace verte où se tenait encore la mère de Sonny, occupée à regarder des photos de jardins. Ses yeux balayèrent le groupe d'un regard indifférent, sur quoi elle se leva et s'éloigna avec un vague murmure où il était question de thé.

Ma essaya de consoler Beeji qui gémissait toujours à tue-tête. Sonali avait les mâchoires serrées, le visage livide. Elle se faufila derrière Chhobi au fond du canapé recouvert de brocart. Tout le monde attendait que Beeji cesse de pleurer. Le père de Sonny faisait courir son doigt autour du col de sa veste Nehru qui semblait trop étroit pour ses bajoues rasées de frais. Il ne partageait pas l'élégance lasse de sa femme. Ni ses soucis de paysages ou de reflets, sa vue à lui était simple, un télescope braqué sur un futur toujours plus prospère.

Ma prit alors la parole, doucement, avec une dignité calme. « Comme vous le savez, les recherches ont été interrompues. Mais nous demandons des réponses. Cette disparition sans l'ombre d'une trace ne tient pas debout. L'amiral Verma de la gendarmerie maritime m'a dit que si les navires n'avaient pas signalé leur position dans le golfe du Bengale, on aurait supposé qu'ils avaient été attaqués par des pirates dans le détroit de Singapour, la chose s'est déjà produite autrefois. Mais ils avaient déjà franchi ce passage-là indemnes. Où pouvaient-ils bien aller par ce temps de calme plat ? Que transportaient les bateaux et quelle était leur destination ? »

Les frères échangèrent un regard, sourires insignifiants remis en place. Puis Sonali sortit tout à trac comme un enfant : « Ils faisaient de la contrebande aux îles Andaman. »

Les hommes se raidirent. Chhobi nota un changement, une réaction vive dans la mine de sphinx qu'avait adoptée jusque-là Bhai Sahib, un nouvel éclat dans le verre de ses lunettes tandis qu'il réévaluait rapidement l'opposition. Ma ne se laisserait pas rembarrer aussi facilement qu'une Beeji en désarroi. Il choisit l'attaque.

« C'est très grave, ce que vous dites, jeune femme. Sur quoi fondez-vous une telle déclaration ? »

Ma, encore plus horrifiée qu'eux, se fit maintenant pressante. « Sonali, qu'est-ce que tu racontes ? Si tu savais quelque chose, pourquoi ne nous as-tu rien dit ? »

Beeji avait compris qu'une phrase d'importance capitale avait été dite. Elle cessa de renifler, soudain vigilante, les yeux courant de Ma à Bhai Sahib comme au spectacle d'un tournoi de tennis. Entre-temps Bhai Sahib avait repéré la confusion manifeste qui régnait entre elles quatre.

Chhobi prit la parole. « On ne voulait pas vous inquiéter, mais le mois dernier elle a reçu une lettre de Karan qui disait que la cargaison avait été déchargée en pleine mer dans le plus grand secret. Qu'il n'y avait eu aucune formalité portuaire. Il avait l'impression que c'étaient des magnétoscopes passés en fraude en Inde. »

Les souffles retenus se libérèrent. « Ahh… des magnétoscopes. » Chhobi vit les deux frères se détendre nettement et s'enfoncer dans les coussins. Ébranlée, elle avait conscience d'un faux pas, d'une faute… mais quoi ? Le père de Sonny faisait maintenant signe à un domestique en attente près de la porte, un chariot à thé fit son entrée. Derrière la fenêtre avec vue, un groupe de jardiniers conduits par Mr Sarin s'activaient, redisposaient des plantes.

Puis Bhai Sahib demanda : « Montrez-moi cette lettre. »

Chhobi lança un regard anxieux à Sonali, la conjurant mentalement de ne pas dire que la lettre était perdue. Elles auraient dû répéter cette scène avant leur visite. C'était une erreur d'être venues sans préparation affronter des hommes d'affaires aussi coriaces.

Sonali répondit nerveusement : « Je l'ai égarée. »

D'interrogatrices, c'étaient elles qui se retrouvaient maintenant interrogées. Chhobi voyait Bhai Sahib repousser en esprit tout soupçon de danger. Le domestique distribuait les tasses à thé, fines comme des coquilles d'œuf et bordées d'or. Les frères essayaient de mettre un terme à l'entretien.

Bhai Sahib dit d'une voix onctueuse : « Vous avez mal compris ce que disait votre mari, jeune femme. Nous sommes encore plus préoccupés que vous, pensez donc, vous vous inquiétez pour une seule personne, nous avons la charge de soixante-sept vies et deux bateaux. Toute cette affaire est inexplicable. J'ai parlé au ministre des Transports. Il va diligenter une enquête très prochainement. Quant aux détails concernant la traversée, je crains de ne pouvoir vous répondre, nous ne traitons aucune affaire de transport maritime ici. Le bureau des transitaires à Bombay n'est pas directement sous mon contrôle. Vous pourriez vous renseigner là-bas, mais le mieux c'est d'attendre. Laissez les autorités décider. Nous vous contacterons dès qu'il y aura du nouveau. »

Beeji reposa sa tasse pleine. L'émotion reprenait le dessus. « Mais, Bhai Sahib », s'écria-t-elle, rebasculant sous le coup de l'émoi dans un pendjabi fébrile, « Bittoo est mon fils unique, pourquoi l'avez-vous laissé partir sur ce bateau si c'était dangereux ? Pehenji aurait dû empêcher cela. »

La voix et le visage lisses, Bhai Sahib lui dit qu'elle devait retourner à Hoshiarpur et attendre. Il ferait tout son possible pour éclaircir ce mystère, la semaine prochaine il avait rendez-vous avec le ministre.

Beeji commença à insister : « J'irai voir le mantriji avec vous. »

Bhai Sahib se résigna à un compromis. « Attendez que je rencontre le ministre, ensuite nous réexaminerons la situation. » Et le père de Sonny ajouta en guise de conclusion : « Après tout, pas de nouvelles, bonnes nouvelles. » Sur quoi Beeji repartit dans un nouvel accès de larmes bruyantes. Les autres retombèrent dans le silence déprimé de la défaite.

Les *Zielverkoopers* de la Compagnie hollandaise des Indes orientales faisaient miroiter leurs fausses promesses devant les yeux de Chhobi. Elle les connaissait par ce livre d'occasion qu'elle avait déniché derrière le cinéma Plaza. Cela se passait au dix-septième siècle, quand la compagnie commerciale hollandaise organisait chaque année une opération de recrutement pour sa flotte. On rassemblait des chômeurs des taudis et des paysans arriérés pour les amener en troupeau dans les bureaux majestueux de la compagnie où un orchestre leur jouait des chants de sirène. Les hommes chargés de conduire le troupeau étaient surnommés *Zielverkoopers*, marchands d'âmes, car on savait qu'un tiers au moins des recrues ne reverraient jamais la Hollande, victimes de maladie, naufrage, attaques de pirates ou de corsaires. Rien, absolument rien n'avait changé depuis, se dit-elle avec amertume.

Bhai Sahib se leva, signalant que l'audience était terminée. Ma aida une Beeji anéantie à se remettre debout et marcher jusqu'à la porte. Chhobi en se rendant vers la sortie voyait distinctement l'étang aux nénuphars. L'une des rives était bordée par des rangs compacts de grands poinsettias écarlates en pleine floraison. Le soleil déclinant les éclairait à contre-jour d'une splendeur cramoisie multipliée en images figées à la perfection sur l'eau tranquille. Puis soudain une pierre, ou était-ce le vent, agita la surface et le dessin se brisa, pulvérisé comme un miroir en fusion, répandu en globules perlés rouges affolés, grelottants – du sang sur l'eau.

# 9

Dix jours s'écoulèrent. Ils s'étaient abonnés à divers journaux dans l'espoir d'y trouver des pistes. Beeji appelait Mrs Bhai Sahib tous les deux jours, la pressant de remuer la bureaucratie. Rien. L'entretien tant attendu avec le ministre n'avait pas eu de suite, il était absent, en tournée dans sa circonscription. À part un entrefilet dans *India Today* rapportant le fait brut de la disparition des navires, mais sans expliquer pourquoi, il n'y avait rien eu aux nouvelles. Pas une allusion, pas un indice. À croire que les navires disparus n'avaient jamais existé. Même les calamités ont besoin de développements nouveaux pour nourrir l'intérêt des lecteurs.

La semaine précédente, Chhobi incapable de supporter le suspense s'était soulagée de ses tourments au bureau. Elle eut un léger recul en voyant les sourcils épilés de Rosemary escalader son front. Derrière la surprise incrédule, ses yeux avaient une expression qui déplut à Chhobi. Une note de plaisir réjoui. C'était après tout une histoire étrange et louche qu'on lui contait – vaisseaux fantômes, cargaison de contrebande avec au milieu une belle créature opiniâtre. Peut-être avait-elle eu tort de se confier.

Rosemary, qui n'aimait pas être prise en défaut, l'interrogea minutieusement sur ce qu'avaient dit les garde-côtes.

« Contacter les services de renseignement ? Hmm… que je réfléchisse. Il va falloir que j'en parle à Francis… mon beau-frère, celui qui est aux Affaires étrangères. Il est en poste à Tokyo – je vais réserver un appel pour ce soir. Il connaît forcément quelqu'un. Quel mystère ! Comment ta sœur a pu s'embarquer dans une histoire pareille ? Elle ne te ressemble pas du tout, n'est-ce pas ? »

Chhobi avait murmuré un semblant de réponse, ne sachant trop que faire face à une situation qui d'un seul coup donnait lieu à question si vaste.

Sonali était assise avec Beeji dans un car qui fonçait vers Mehrauli. Beeji lui avait confié un sac contenant deux noix de coco et une boîte de ghee pur qu'elle avait apportées de Hoshiarpur. Du ghee fait avec le lait de ses propres vaches. Elle allait prier à une intention particulière dans un temple de Chattarpur. Un temple doté d'un arbre à souhaits. Toutes deux étaient en état de jeûne. Aux premières lueurs, Sonali s'était vu arracher à son lit et à la stupeur induite par le choc qui l'avait anesthésiée jusque-là.

Beeji avait besoin apparemment de très peu de sommeil. Elle passait une grande partie de la nuit assise bien droite sur les coussins dominés par Mona Lisa et son plat d'argent. En fait, à mesure que le temps passait, elle ne faisait plus la différence entre nuit et jour. Chhobi s'éveillait parfois en pleine nuit et la trouvait en train de préparer un kanji de carottes relevé au poivre, d'écosser des saladiers de petits pois ou de réorganiser les étagères de la cuisine à grands bruits de pots et casseroles. Beeji ne pouvait supporter la vue de Sonali – sa voix dès qu'elle lui parlait faisait vibrer une corde ébréchée, ses discours crépitaient comme des papads jetés dans l'huile bouillante.

Pendant toute la durée des programmes, elle gardait le téléviseur allumé, le son poussé au maximum. Les deux sœurs étaient aussi excédées d'entendre raconter l'enfance de Karan que les aventures de Nanhe et Badki, deux personnages du premier feuilleton indien, *Hum Log*. C'était devenu un rituel d'écouter la petite homélie d'Ashok Kumar lorsqu'il résumait l'épisode précédent, car Beeji suivait cette émission avec une ardeur de droguée. C'était le seul moment où elle relâchait son attente et ses questions fiévreuses.

Le car cahotait dans des nids-de-poule dignes d'un sol lunaire, ce tronçon de route était resté en l'état depuis la mousson. Sur sa gauche, Sonali pouvait voir le Qutab Minar se dessiner sur un ciel bleu ténébreux traversé de nuages au galop. Chhobi avait consacré un de ses premiers articles sur Delhi au Qutab Minar. L'article rappelait que « Qutab » veut dire aussi « axe », allusion au minaret qui projette l'ombre d'Allah sur l'est et sur l'ouest.

Ce qui avait effectivement grandi dans son ombre, c'était le vaste complexe religieux édifié autour du temple vers lequel elles s'acheminaient. Des mandaps et mandalas en béton coiffés de dômes élevés et d'innombrables niches sculptées abritant la plupart des dieux du panthéon indien.

Sonali sentit qu'elle avait de la fièvre en descendant du car. Elle frissonnait. Beeji avait insisté pour qu'elle se purifie par un bain rituel au lever du jour. Ses cheveux encore humides étaient enroulés sur sa nuque, tressés de guirlandes d'œillets jaune safran. La nausée tel un rat lui rongeait le creux de l'estomac. Elle pressa un coin de sa dupatta contre ses lèvres pour réprimer un spasme. Encore des ablutions, Beeji lui faisant laver pieds et mains à l'eau glacée des robinets alignés en rang près de l'entrée. On leur donna des jetons numérotés en plastique garantissant la sécurité des chaussures confiées à la consigne. Pieds nus, tête recouverte par leur dupatta, elles s'approchèrent de l'arbre aux souhaits.

Sonali s'arrêta net. C'était un spectacle bizarre et terrifiant. Un vrai arbre mais sans trace de feuilles, leur absence bien autre chose qu'une simple perte saisonnière. Les centaines de milliers d'espoirs dévorants liés par des petits chiffons lestaient chaque branche de déceptions et de frustrations sans laisser le moindre espace où faire pousser une vraie feuille.

Les stériles souhaitaient un enfant, les parents de filles voulaient un fils, d'autres la guérison d'un époux, une réussite aux examens, la reprise d'un commerce en faillite, le retour d'un amant infidèle. Tous noués dans un feuillage de douleur flottant multicolore. Des bordures de sari, bouts de dupatta, de turbans, mouchoirs, chaque vœu étreint par celui d'un étranger dans une frêle chaîne d'attente. Espoir contre espoir.

Sonali et Beeji nouèrent chacune leur feuille, deux mouchoirs contenant des pièces de monnaie, à la canopée en haillons. Beeji commença une prière, les yeux fermés comme deux fentes dans une résille de rides. Sonali se contenta de la regarder, vit les yeux s'ouvrir et se concentrer sur elle avec une telle expression de haine malveillante qu'elle sortit de sa transe, jeta les noix de coco enguirlandées dans les mains de la vieille femme, et formula son propre vœu.

Pendant ce temps, Rosemary convoquait Chhobi dans son bureau, un air de conspiration dans la voix. Son beau-frère Francis avait parlé à quelqu'un, dit-elle, quelqu'un de bien placé pour éclaircir ce mystère. Le seul problème c'est qu'il se méfiait de la presse, et n'acceptait de parler qu'à sa mère, pas à Chhobi. Elle tendit le téléphone à Chhobi pour lui faire dire à Ma de le retrouver dans un lieu neutre. Rosemary avait suggéré l'hôtel Taj Mahal.

« Mais comment s'appelle-t-il, et comment vais-je le reconnaître ? » dit Ma, rechignant à l'idée de rencontrer un parfait étranger dans le cadre chic et feutré d'un hôtel cinq étoiles. « Qui est-ce ? » Rosemary reprit le téléphone à Chhobi et répondit : « Voilà, il fait une visite éclair à Delhi, alors il faut que vous alliez le voir aujourd'hui, c'est l'attaché culturel de notre ambassade au Sri Lanka. »

« Attaché culturel au Sri Lanka ? » répéta doucement Ma, un peu perdue.

« Eh bien, c'est le titre qu'on lui donne, mais tout le monde sait à quel corps appartiennent ces attachés culturels, surtout dans un point chaud comme Colombo. En fait je l'ai appelé quand Chandrayee a dit qu'il fallait prendre contact avec les services de renseignement. Il m'a laissé entendre que nos amis à Jaffna avaient peut-être joué un rôle dans cette disparition. »

« Jaffna », lui fit écho Ma, qui entendait déjà tonner le canon et crépiter la mitraille. Elle avait la sensation de plonger, s'embourber, perdre pied. L'heure était venue, nager ou couler.

« Oui, oui, Mrs Dutt, maintenant écoutez-moi bien. Je ne veux pas redire ces choses-là au téléphone, et d'ailleurs, Mrs Dutt, je vous conseille à ce stade de garder tout cela pour vous seule, ne parlez à personne. Rai, c'est comme ça qu'il s'appelle, dit qu'il faut à tout prix que ça reste secret. Rappelez-vous que cette rencontre n'a jamais eu lieu. Rien ne doit filtrer du côté de la presse, Mrs Dutt. Mrs Dutt, vous m'écoutez ? »

« Oui », chuchota Ma.

« Bon, parfait. Vous avez rendez-vous avec Rai aujourd'hui à cinq heures dans le hall de l'hôtel. Il vous reconnaîtra, habillez-vous en rose. »

« En rose ? » couina Ma, muée en perroquet.

« Oui, oui, rose. C'est ce que j'ai dit à Rai », conclut Rosemary avec impatience, trouvant visiblement que Ma ergotait sur les détails.

Ma reposa le combiné. Du rose. Jaffna. Attaché culturel à Colombo. Des graines gelées germaient dans son ventre, la semence des cauchemars. Elle ouvrit son armoire pour faire une recherche parmi les couleurs pendues là. Elles brillaient par leur absence. Pierre et ardoise, poivre et sel, beige et brun, taupe et mulot. Pas de rose. Elle possédait bien des saris roses, mais ils étaient emballés dans les caisses de bois empilées en minaret dans le garage, et elle ne se sentait pas l'énergie de partir à l'assaut de la tour. Peut-être que les filles auraient quelque chose. Elle retrouva pliée sur l'étagère de Chhobi une kurta lucknowi pas du tout appropriée. Bien trop léger pour janvier, et en plus elle ne portait que des saris. Il y avait aussi un châle gurjari – rose fuchsia, constellé de petits miroirs. Ma le sortit avec hésitation, le drapa autour d'elle en s'examinant dans la glace de la salle de bains. Quand elle jeta le châle autour de ses épaules, le plafond s'illumina d'un flot chaotique, une Voie lactée que les miroirs assemblaient en pluie d'étoiles filantes. Elle s'empressa de le retirer.

Il était quatre heures et demie quand elle fit signe à un auto-rickshaw pour se rendre à l'hôtel Taj Mahal. Dida et Dadu, déjà secoués par les événements récents et par son absence prolongée du bureau, la suivirent jusqu'au portail. Dida remarqua sa tenue.

« Meera, où vas-tu donc ? Pourquoi es-tu aussi habillée ? » interrogea-t-elle avec insistance tandis que

Ma montait dans l'auto sans répondre. Pour finir elle avait mis le cadeau de Sonali. Le cardigan en mohair rose pâle orné de semence de perles, fabriqué au Japon, associé à un sari de soie ivoire parsemé de motifs cachemire gris et rose mat. Par la fenêtre arrière voilée d'une feuille de plastique barbouillée, ses parents se faisaient de plus en plus petits à mesure que la distance augmentait, de plus en plus vieux, semblait-il.

Elle avait dix minutes de retard quand elle monta en hâte les marches du seuil de l'hôtel. Un géant enturbanné faisant office de portier lui ouvrit la porte vitrée. Elle avait les joues rougies par le froid de la course en rickshaw, des petites mèches de cheveux échappées à son chignon. Le sentiment de s'être fourvoyée dans un de ses romans policiers, cette accélération hérissée de sa vie quotidienne lui coupait le souffle. Elle essaya de prendre discrètement la mesure des lieux, marbre froid en bas sous ses pieds, émaillerie lumineuse en haut. Elle aurait bien aimé que Chhobi l'accompagne.

Rai apparut sans bruit à ses côtés alors qu'elle regardait sa montre et cherchait autour d'elle en ouvrant grand les yeux. L'air fraîche comme une rose, en réalité, même si elle n'en avait pas conscience.

« Mrs Dutt ? » demanda-t-il.

Rai était un petit homme costaud d'une quarantaine d'années, qui sentait bon l'eau de Cologne et le tabac. Par la suite quand elle le connut mieux, Ma se mit à apprécier son humour pince-sans-rire, qui tournait des dilemmes vitaux en faits ordinaires avec une froideur narquoise.

Le café où il l'emmena affichait un décor de jungle indienne. Les murs étaient recouverts de fresques grandeur nature, une représentation de Kanha à la manière du Douanier Rousseau. Une chaleur tropicale suintait des murs en pleins frimas de janvier. Des singes jacassaient et bondissaient dans les airs, des perruches jabotaient au-dessus de leur tête. Une herbe en lames d'épée, vert sombre et or, s'ouvrait pour dévoiler des têtes de tigres rayées.

Ma s'assit nerveusement à une table pour deux près d'une grande paroi de verre lisse donnant sur un bassin turquoise. Jetant un coup d'œil timide alentour, elle s'attendait presque à voir Jim Corbett armant son fusil à la table voisine. En se retournant elle vit les yeux de Rai qui la jaugeaient, attentifs, perspicaces.

« Dites-moi, Mrs Dutt, comment votre gendre a-t-il obtenu un emploi chez Talwar Shipping ? »

Ma allait répondre et, quand il lui fit un petit signe de tête rassurant, se sentit proche des larmes. Il y avait une fêlure dans sa voix quand elle parla.

« Ma fille n'a que dix-neuf ans. Elle l'a épousé très brusquement, nous ne savons presque rien de lui. Il travaillait pour une compagnie britannique, mais avec la récession, cette compagnie a fait faillite. Il était au chômage, candidatait partout et ne trouvait rien. Pour finir il a contacté les Talwar, qui sont des cousins assez éloignés. »

« Oh… des cousins… Je vois. Les Talwar ont été très prudents jusqu'ici, ils emploient toujours les mêmes hommes de confiance. Les deux capitaines travaillent pour eux depuis l'origine, et d'ailleurs ils utilisent un équipage minimum. »

« Mais qu'est-ce qui s'est passé ? Rosemary dit que vous êtes au courant des informations qui ont transpiré. Ce silence, cette incertitude nous tuent… Les Talwar sont peut-être apparentés mais ils n'ont rien fait, absolument rien pour aider. En fait ils étaient presque insultants et très évasifs quand nous les avons rencontrés. »

« Comprenez bien, Mrs Dutt, que les Talwar n'ont pas bonne réputation dans le milieu des transitaires. Leurs bateaux sont très mal entretenus. Ils graissent régulièrement la patte des inspecteurs de sécurité pour obtenir leurs certificats de navigation. »

« Vous croyez que les navires ont coulé parce qu'ils étaient en mauvais état ? Mais dans ce cas où sont passés les canots de sauvetage ?... Au moins quelques survivants... » l'interrompit Ma.

« Non, je vais y venir. Les Talwar ne sont pas seulement dénués de scrupules en matière de sécurité, ils transportent n'importe quel type de cargaison sans état d'âme. Ils vont, surtout en ces temps de récession, là où les profits sont les plus hauts, que ce soit légal ou illégal. »

« Illégal », répéta Ma, puis elle lui parla de la lettre qui faisait état d'un trafic.

« Où est cette lettre ? » s'enquit Rai, l'œil aiguisé, en repoussant sa tasse de thé.

« Perdue », répliqua-t-elle découragée, « perdue », et de nouveau elle se sentit prête à pleurer. Mais qu'est-ce qui m'arrive ? pensa-t-elle.

« C'est bon, c'est bon, n'en parlons plus, peu importe. Ce serait bien s'il s'agissait simplement de magnétoscopes pour le marché noir. Au moins l'équipage serait toujours en vie. Nous soupçonnons une affaire bien plus grave. »

« Grave ? » Elle avala d'un trait le thé tiède que Rai venait de verser dans sa tasse. La seule pensée qui lui vint c'est qu'il croyait l'équipage mort. Mort. Veuve. Plus d'espoir contre tout espoir.

« Oui, nous pensons que les Tigres sont impliqués. »

Ma leva les yeux sans comprendre. Derrière la tête de Rai elle voyait se dresser le museau d'un tigre à l'affût.

Royal du Bengale, yeux verts étincelants, pupilles rétrécies en fentes verticales. Toute la végétation de la jungle, lianes, herbes hautes, branches feuillues, se mit à danser tour à tour nette et floue, lui redonnant l'impression désormais familière de se noyer.

« Mrs Dutt, Mrs Dutt, ça ne va pas ? » Avec un claquement des doigts en direction du serveur, il la pressa de boire un peu d'eau.

Elle se ressaisit. « Ça va bien, je vous en prie, continuez », dit-elle d'un ton ferme en absorbant une gorgée d'eau. Sa main, nota-t-elle, était stable comme un roc. « Simplement je ne comprends pas. »

Rai l'observa, se demandant s'il devait poursuivre. Elle lui fit un signe de tête vigoureux. « Je vous en prie, continuez. »

« Je fais allusion aux Tigres tamouls, les indépendantistes du LTTE. Nous avons dans l'idée que les navires Talwar transportaient des armes à leur intention. »

« Un trafic d'armes », murmura Ma d'un ton morne. Sa réaction était mécanique. Elle se sentait si engourdie, seul le fait de la mort s'inscrivait dans son cerveau. Peu importe ce que transportaient les bateaux si Karan était mort. Cette fois elle saisissait tout le sens de l'allusion à Jaffna. Elle se leva, aussitôt encerclée par la jungle. Marmonnant des remerciements, elle prit la fuite, sortit du restaurant, traversa le hall, entre les compositions florales sophistiquées et les chasseurs en livrée, franchit les portes vitrées, avec sur les talons un Rai inquiet qui passa des grandes enjambées à la course. À l'extérieur la nuit tombait en ombres froides comme la tristesse.

« Permettez-moi de vous déposer. S'il vous plaît. Vous êtes bouleversée. Allons, venez. J'insiste. »

Elle le dévisagea d'un air hagard, son calme habituel l'avait désertée. Plus d'espoir contre tout espoir. Sonali était-elle éprise de Karan comme elle-même avait aimé Bhaskar ? « Qui êtes-vous ? Comment avez-vous appris tout cela ? Vous êtes certain qu'il est mort ? »

Rai lui prit le coude et la guida vers un taxi en attente.

« Doucement, Mrs Dutt, ne parlons plus de tout cela. Non, je ne suis pas sûr, ce ne sont que des hypothèses, mais oui, je le crains et j'en suis navré, c'est une forte probabilité. J'appellerai les Coutinho ce soir. Je vous en prie, calmez-vous. »

# 10

Ma ne vit pas ses filles ce soir-là. Elle craignait d'être prise de migraine, mais le tourbillon des soucis occupait chaque crevasse, chaque recoin de sa tête, ne laissant place à l'intrusion d'aucune douleur. Elle passa la nuit pelotonnée sous un couvre-pied dans le fauteuil planteur, près du grand lampadaire de sa chambre. Son lieu favori, où en temps normal elle se détendait avec un roman d'Agatha Christie ou un Dick Francis. Cette nuit la lampe resta éteinte. Dida entrouvrit la porte pour jeter un coup d'œil aux alentours de minuit, inquiète, mais Ma ne répondit pas à ses questions hésitantes.

Aux petites heures du matin elle s'endormit, d'abord fébrile et pelotonnée dans le fauteuil, puis raide et frigorifiée quand elle l'échangea pour son lit, où elle se lova en position fœtale. C'était le fait de ne pas savoir… pour Bhaskar le cauchemar s'était figé de manière irrévocable. Il y avait un corps sur lequel pleurer, des rites à accomplir, des amis et des parents en visite de condoléances. Cette fois-ci… dans quel imbroglio les avait embarqués Sonali… un nid de complot international… l'affreuse, affreuse incertitude de toute cette affaire. Elle résolut de parler à Chhobi dans la matinée, ne pouvait endosser ce poids toute seule.

Dadu était couché immobile dans la chambre voisine, rigide d'appréhension. Ses yeux finirent par se fermer à l'heure où, pour lui, les rêves d'une terre perdue précédaient l'aube. Depuis une semaine il n'y avait pas eu d'évasion apaisante, pas de retour à Mymensingh et son terrible besoin d'une histoire qui nourrisse ses rêveries. C'est avec soulagement cette nuit-là qu'il se livra au sommeil.

Il rêva d'eau. Pas un océan violent, bouillonnant et agité, mais l'affluent du Brahmapoutre répandu tout argent derrière sa maison. Une rivière qui baignait constamment les bords de sa conscience. Son corps relâcha visiblement sa tension quand l'eau douce le fit remonter aux marées printanières de sa vie.

Debout sur les marches du ghat, verdies par la mousse et la vase, il laissait son regard franchir le flot rapide gonflé par les pluies montagnardes. Le gris vitreux de la surface laissant transparaître la force plus sombre de l'eau qui courait en profondeur. Il s'abrita les yeux de la main quand la rivière capta le soleil couchant dans un éclair de feu, et fixa son regard sur les bateaux. Les mariniers plantaient leur perche dans le limon et échangeaient des messages insistants d'une voix sonore. Tous les hommes de sa double famille étaient rassemblés sur ces bateaux. Père, oncles, foules de cousins, tous cherchaient, cherchaient, désespérément.

Un sanglot étouffé tout proche le fit se retourner et il vit sa tante qui le dominait de toute sa hauteur. Il devait être encore très jeune, cinq ou six ans peut-être, car elle mesurait à peine un mètre cinquante. Elle lui saisit le bras d'une main crispée. Le rêve de Dadu se teintait de cauchemar sous cette poigne d'incube. C'est le jour où elle perdit son fils, nageur incorrigible, emporté par le fort courant du Brahmapoutre.

L'enfant resta introuvable. Dadu le voyait nettement maintenant. Crâne blanc roulant sur le lit fluvial, des poissons minuscules logés dans les orbites vides, cheveux flottant libres comme des algues, doigts d'os pris au piège sous une roche.

Il s'éveilla d'une secousse, alluma la lampe. La pendule ouvrait les bras dans un geste d'insomniaque – trois heures moins le quart.

« Que... qu'est-ce qui se passe ? Qu'est-ce qui ne va pas ? » interrogea Dida en se redressant, la peau ridée comme une soie froissée. Dans ses yeux barbouillés de fatigue, il revit le visage de sa tante, la panique vibrant sous la peau, et la certitude absolue d'une autre disparition. Et toujours pourtant cet espoir contre tout espoir par un suspens irrationnel de l'incrédulité.

Ma eut un appel de Rosemary très tôt le lendemain matin. Muette et réservée, elle buvait sa première tasse de thé. Dida avait pris la sage décision de la laisser tranquille quand le téléphone sonna.

« Mrs Dutt, oui, comment allez-vous ? Très vilaine affaire. Rai m'en a parlé. Il repart ce soir pour Colombo. Il a proposé de passer chez moi en début de soirée. Il faut que vous veniez, aux alentours de cinq heures. Essayons de trouver ensemble un mode d'action sensé. » Le ton était tranchant, impérieux, très je-prends-les-choses-en-main.

Ma répondit d'une voix tout aussi ferme. « Merci de votre aide, Rosemary. Je vais venir, mais Chandrayee viendra avec moi. J'ai besoin d'elle. Vous le savez, elle est très discrète. »

Après un bref silence, Rosemary acquiesça.

Le froid et la brume planaient sur la ville quand elles se mirent en route pour Green Park, les gaz d'échappement bleus faisaient trembler les bâtiments et les feux de circulation comme dans un mirage. Le mois de janvier est d'une telle tristesse. Ma et Chhobi tanguaient et roulaient l'une contre l'autre dans un silence tendu. La voiture avait besoin d'un tour de manivelle à chaque feu car le moteur crachotait et mourait dès que les lumières passaient au rouge. Le chauffeur bondissait dehors, soulevait le siège et son propre train arrière en direction du ciel pour se battre avec les fils, les écrous, les boulons. Chhobi était encore sous le coup des révélations étranglées de Ma, les hypothèses probables sur cette improbable disparition. Le mince vernis de sérénité sur le visage de sa mère, si friable et craquelé, les pulsations sous-jacentes du désespoir. Elle se demanda si elle parviendrait jamais à leur annoncer son départ pour l'Amérique. Tous les documents étaient arrivés, elle avait reçu une offre officielle pour le poste d'assistant de recherche, mais doutait maintenant de pouvoir même partir. Elle ne voyait aucune issue à la situation de Sonali.

Rosemary avait peint l'espace devant sa porte d'entrée en bleu pâle. Le seuil était encore éclairé par une énorme étoile de Bethléem en carton. Une brise légère agitait les illuminations ajourées. Enfonçant du doigt la sonnette, Chhobi se sentait complètement déplacée sous cette chape céruléenne scintillante, son humeur sombre en contraste aigu avec la liesse de Noël encore visible.

La porte leur fut ouverte par le mari de Rosemary, Alban, un homme insouciant parfaitement heureux de laisser sa femme tout diriger. Chhobi se sentit soudain intimidée quand Rai, arrivé avant elles, se leva pour les saluer. Tout pimpant dans un blazer à double boutonnage, avec une cravate de soie, il guida Ma avec sollicitude vers un siège tandis qu'elle murmurait les présentations. Les deux hommes reprirent leur papotage à propos de Francis l'absent. Chhobi tourna la tête vers la cuisine où Rosemary lui faisait signe de la rejoindre en passant la tête par les portes battantes.

« Où est ta fille ? » demanda Chhobi en s'approchant.

« Oh, je l'ai envoyée au parc avec son ayah. Je sais qu'il fait froid, mais nous ne voulions pas d'interruptions. J'en ai appris un peu plus long sur ce Rai, Francis me l'a confirmé. Tu sais qui c'est, n'est-ce pas ? »

« Il est attaché culturel à Colombo, non ? »

« Ça ce n'est qu'un… comment appelle-t-on cela ? Pas un faux nom, un… un alias. Oui, c'est ça, un alias. En réalité il appartient à la RAW. » La voix de Rosemary n'était plus qu'un chuchotement perçant, ses yeux brillaient d'excitation. Elle trépidait littéralement d'énergie, disposant d'une main experte des tasses à thé sur un plateau, des biscuits au chocolat rectangulaires sur une assiette à motifs floraux. Chhobi se dit vaguement que c'était excitant, à condition de ne pas être touchée de trop près. Rosemary, tout en vérifiant que l'eau avait atteint son point d'ébullition, observait Chhobi du coin de l'œil, un peu déçue par son absence de réaction.

« Bien sûr, tu sais ce que c'est, la RAW ? » Chhobi, le visage neutre, essuyait des cuillères déjà impeccables à l'aide d'un torchon de cuisine. Rosemary baissa la voix, s'efforça de prendre un air blasé, et lui dit d'un ton dégagé : « Research and Analysis Wing. Ce sont les services secrets indiens, la CIA indienne, le MI5. »

« Je sais, dit calmement Chhobi. Il utilise une couverture, pas un alias. »

« Oh », Rosemary versa l'eau dans la théière, la coiffa d'un molleton brodé de roses trémières au point de boutonnière, et tendit l'assiette de biscuits à Chhobi, lui faisant signe de prendre la tête de file par déférence pour son lien de parenté plus proche avec la calamité.

« C'est un problème de géographie, et de démographie. » Rai parlait, Chhobi s'en rendit compte, de la situation au Sri Lanka, un conflit ethnique de plus. Alban qui sans doute rentrait tout juste du bureau jeta un regard affamé au plateau de thé. « Des hors-d'œuvre, Rosemary… » murmura-t-il.

Chhobi s'assit, et entra brusquement dans la conversation, lasse des théories et des généralités nébuleuses. « Pardonnez-moi, Mr Rai, j'ai une ou deux questions qui me taraudent depuis que j'ai entendu parler de ce soi-disant trafic d'armes. D'abord, est-ce que tous les sympathisants du LTTE ne sont pas regroupés au Tamil Nadu ? Comment une compagnie appartenant à une famille de l'Inde du Nord peut tout d'un coup nouer des liens avec un mouvement de guérilla ? Ensuite, si les Talwar transportaient effectivement des armes pour eux, ils leur rendaient service. Pourquoi mettre à mal leurs navires ? Ça n'a pas de sens. »

Rai cessa de s'adresser exclusivement à Ma et se tourna vers Chhobi pour une rapide réévaluation. À l'évidence elle venait de marquer un point.

Il parla lentement, en pesant ses mots. « Ce que j'essaie d'expliquer à votre mère c'est que des groupes séparatistes qui mènent une action volontairement violente ne sont rien d'autre que des organisations terroristes. Dans le cas des Tigres tamouls, le terrorisme est au cœur de leur pratique, en grande partie à cause de leur leader. Velupillai Prabhakaran est très cruel, sanguinaire et sans pitié, on l'a comparé à Pol Pot, sinon en envergure mais indiscutablement par l'intensité de ses actions brutales. Il ordonnera à ses Tigres d'éliminer sans hésiter quiconque pourrait être un mouchard ou un collabo, ou même ceux qui, selon lui, ne respecteraient pas ses diktats. »

Alban en lui tendant une tasse de thé opina d'un air entendu et commenta : « La tyrannie des Tigres. » Rosemary lui lança un coup d'œil agacé. Chhobi reposa sa tasse, la plaçant soigneusement sur un dessous-de-verre en papier mâché décoré d'une feuille de platane. Rosemary en bonne ménagère avait horreur qu'on laisse des ronds sur son bois ciré. Rai poursuivait.

« La deuxième chose qu'il faut savoir, c'est qu'au cours des dernières années l'armée des LTTE a beaucoup grossi ses rangs. Ils sont nombreux et bien équipés, et la recherche de moyens financiers pour subvenir à leurs besoins est un énorme problème. »

« Je croyais que les groupes de sympathisants, vous savez, les communautés de la diaspora tamoule aux États-Unis et au Canada collectaient des fonds pour eux. Parfois sous la menace », dit Alban.

« C'est vrai, bien sûr, et contrairement aux rumeurs, une grande partie de ces fonds leur est donnée librement, mais c'est très insuffisant. Ils s'appuient maintenant sur d'autres sources d'argent, et les stupéfiants, entre autres, prennent de l'importance. En fait, nous avons la preuve indéniable qu'ils constituent un chaînon important dans un trafic de stupéfiants bien plus vaste qui s'étend de l'Afghanistan et du Pakistan vers l'Inde, et de là vers le Sri Lanka. » Rai s'interrompit, avec un regard soucieux en direction de Ma. Elle avait pâli de façon visible, ses doigts serrant si fort la tasse de porcelaine que Chhobi craignait de la voir mise en miettes… Trafic d'armes *et* stupéfiants.

« Mrs Dutt, ne vous… non, nous n'avons aucune indication de lien avec les stupéfiants dans cette affaire. Je vous en prie. J'essaie juste de vous instruire du scénario d'ensemble. De vous dire que si on a choisi de faire affaire avec des groupes dénués de scrupules, sans foi ni loi, on ne peut pas en même temps compter sur les protections normales que nous offre le droit international. »

Alban approuva de la tête : « Si vous jouez avec le feu vous êtes sûr de vous brûler les doigts. »

C'est l'heure des clichés, se dit amèrement Chhobi. « D'accord, si vous traitez avec le diable vous finissez au fond de l'eau. Mais qu'est-ce qui est arrivé aux bateaux ? Ils les ont coulés ou quoi ? »

« Ah. Ce point-là est sujet à controverse. L'une des raisons qui ont fait porter le choix sur les bateaux Talwar, c'est leur taille. »

Sujet à controverse ? Chhobi n'en revenait pas : il y a vraiment des gens qui parlent comme ça ? Tout cela semblait si loin de leur vie, difficile de mesurer ce qui s'était abattu sur eux.

« Quel est le point de controverse, Mr Rai ? Nous n'avons toujours pas saisi ce point. »

Rosemary lui jeta un coup d'œil, Ma aussi fronçait les sourcils devant son ton impatienté. Rai imperturbable poursuivit d'une voix calme.

« Les bateaux Talwar sont petits, à peine plus grands que des chalutiers. La péninsule de Jaffna a une ligne de côte très découpée, avec des anses isolées. Elles offrent la sécurité et l'accès de préférence aux petits bateaux. Pourquoi affréter un navire si vous pouvez en être propriétaire ? Les Talwar ne peuvent intenter aucune action en justice alors qu'ils sont impliqués dans un trafic aussi illégal. Les bateaux ont sans doute déjà été repeints, rebaptisés, et munis de faux papiers, nouveau port d'enregistrement, etc. »

« Mais quel crédit peut-on accorder à ces théories, car en fait ce ne sont que des théories ? », demanda Chhobi.

Refusant les biscuits au chocolat qu'Alban faisait circuler, Rai continua : « Le point intéressant c'est l'endroit où les bateaux ont pris leur cargaison – au Cambodge. Le Cambodge est ouvertement un marché d'armes, qui a commencé au départ avec les stocks résiduels de la Deuxième Guerre mondiale et de la guerre du Vietnam. Aujourd'hui, bien sûr, on trouve toutes sortes d'armes en vente libre. »

Chhobi concéda à mots lents : « Eh bien… oui… la lettre de Karan parlait de déchargement en pleine nuit, au milieu de l'océan… pas de formalités portuaires… D'accord, admettons que ce soit possible, mais pourquoi les Talwar ? Il y a d'autres armateurs qui ont des petits bateaux, sûrement. »

« Je n'ai pas de réponse à cette question, dit Rai. Je ne les connais pas, peut-être ont-ils d'autres affaires en Inde du Sud et qu'ils ont établi des contacts. En tout cas, nous savons que les Talwar sont motivés uniquement par le profit, ils agissent toujours aux limites de la loi. Peut-être une combinaison de plusieurs facteurs, avec la dépression il devait être plus difficile de trouver des cargaisons. Ça coûte cher de laisser un navire à quai. »

« Oh mon Dieu ! s'exclama Chhobi. La femme de Sonny ! Il fallait qu'il l'épouse à cause de ses relations commerciales. Sa famille gère un réseau de vente de bonneterie ou autre chose en Inde du Sud. »

« Eh bien, vous avez votre réponse. »

Ma parla enfin, la voix tremblant légèrement d'émotion. « Est-ce que nous ne pouvons pas nous adresser au gouvernement, ou à la police ? Ils ne peuvent pas s'en tirer comme ça après avoir mis autant de vies en péril. C'est du meurtre. »

Rosemary balaya cette suggestion. « Ma chère Mrs Dutt ! Où est la preuve ? Qui allez-vous solliciter ? Ils ont probablement plusieurs ministres dans leur poche. »

Rai reprit : « Oui, il ne se passe rien à Delhi sans une approbation politique, officielle ou non. En tout cas le gouvernement d'Indira Gandhi a toujours manifesté sa sympathie envers les séparatistes tamouls. C'est une politique très dangereuse. Et qui va provoquer des retours de flamme dans un proche avenir. Pensez, nous sommes allés jusqu'à entraîner les Tigres nous-mêmes. »

« Quoi ? » s'écrièrent ensemble Rosemary et Chhobi d'un ton scandalisé.

Rai perdit un peu de son aplomb. « Nous digressons », fit-il rapidement.

Ma parla à nouveau. « Mais qu'est-ce qu'il est *possible* de faire ? »

Il y eut un silence. Les sourcils minces de Rosemary se rapprochèrent au-dessus de son nez, ses doigts tambourinant de frustration sur son genou. Rai avait lui aussi la mine sévère. Il parla très lentement. « Eh bien… à la base il vous faut une pièce quelconque – des documents… une conversation enregistrée, n'importe quoi à leur opposer. Ils seront ébranlés par le fait que vous savez, mais vous avez besoin d'un élément de preuve. »

« Leur opposer quoi, après tout il est mort », dit Ma, une note de fatalité sans espoir dans la voix. Rai se montra tout à fait clair : « Dans n'importe quel service, quand une femme perd son mari, on prend soin d'elle, on la réinstalle. Il faut qu'ils aident votre fille. Ils lui doivent cette prise en charge. »

Chhobi n'écoutait plus. Conversations enregistrées, documents cachés, appareil photo sous la cravate, il venait bien des services secrets. Apparemment tout cela finirait par se ramener à une question d'argent. Ou de manque d'argent.

Rai regarda sa montre, puis Ma.

« Je veux vous présenter un de mes collègues, qui… c'est aussi un ami. Il peut vous rendre service, m'envoyer des courriers par la valise diplomatique, chaque fois que vous aurez besoin d'un conseil. Je vous appellerai dès que j'aurai votre message. Entre-temps peut-être que la belle-mère, je crois qu'elle aussi est apparentée aux Talwar, serait la mieux placée pour dénicher des faits, une preuve, n'importe quoi. »

Beeji ! Chhobi et Ma, à l'unisson, se souvinrent comment l'oncle de Sonny l'avait balayée comme il chasserait une poussière de sa manche.

Rai se levait. « Nous y allons ? » dit-il à Ma, puis, comme elle le regardait sans comprendre, il ajouta : « Mon ami… il habite près d'ici, dans le quartier de Lhodi, je veux juste vous le présenter parce que c'est à lui personnellement que vous aurez affaire. Ça ne prendra qu'une demi-heure, ensuite je vous ramènerai et après il faudra que je me rende à l'aéroport… »

« Oui, oui, Mrs Dutt, allez-y. Ce n'est qu'à dix minutes, Chandrayee va vous attendre ici », dit Rosemary d'un ton ragaillardi, plein d'entrain, soulagée qu'enfin on passe à l'action. Ma se leva en hésitant, avec un regard implorant à Chhobi, laquelle se sentit prise de rage contre Sonali qui les avait plongés dans un tel bouleversement.

À l'extérieur une petite bruine commençait à tomber. La fille de Rosemary entra en trombe juste au moment où Rai et Ma franchissaient la porte, emplissant l'air d'un brouhaha sonore comme un essaim de mouches lâché dans une confiserie, et attaqua les biscuits au chocolat.

Une voiture officielle attendait Rai. Ma frissonna un peu en s'installant dans la caverne à l'arrière de l'Ambassador blanche. Elle chassa les fines gouttes de pluie qui s'étaient accrochées aux peluches de son vieux cardigan de laine et le rendaient presque joli, un saupoudrage de poudre de perles. Elle eut un nouveau frisson. Rai qui donnait ses instructions au chauffeur la regarda, puis se pencha pour prendre son manteau qui était plié sur le siège avant. Il le déplia et l'enroula autour d'elle sans écouter ses protestations embarrassées.

La voiture ralentit et s'arrêta, prise dans un bouchon au pied du pont routier. Ma palpait la doublure en lainage écossais du manteau, rouge, brun et noir, savourant sa chaleur. Pendant un court instant, elle oublia Sonali et ses tourments. Le manteau fraîchement nettoyé gardait un léger arôme de tabac. Elle imagina les manches vides enroulées autour de bras solides, enroulées autour d'elle. Les imagina qui l'écrasaient contre un torse parsemé de poils sombres, cœur battant contre cœur. Synchronisés dans une étreinte intime. Cela faisait treize ans qu'un homme l'avait tenue dans ses bras. Treize longues années. Des jours entiers à tourner la roue de tâches insignifiantes et d'interminables nuits solitaires. Elle tourna la tête pour regarder Rai tout en se disant : je ne sais rien de lui. Il saisit son regard et y répondit d'un sourire. Rougissant légèrement, Ma murmura : « Nous sommes des gens très ordinaires. »

Pendant ce temps-là à Green Park, la discussion portait sur Rai. « Un type très bien », disait Alban à Chhobi tout en sauçant un reste de curry avec une tranche de pain. Observant le regard de Chhobi posé sur son assiette bien garnie, il ajouta : « Désolé, pas eu le temps de déjeuner aujourd'hui. »

« Peut-on se fier aux théories de Mr Rai ? – elles semblent tellement tirées par les cheveux, et plus du tout à propos, elles sont tellement désespérantes », dit Chhobi, se sentant de nouveau déprimée, une fois sortie de l'aura d'énergie puissante qu'il dégageait.

« Bien sûr, bien sûr, c'est un analyste très avisé, qui fait une brillante carrière. J'ai pris des renseignements sur son compte. »

« Comment peut-on se renseigner sur quelqu'un qui fait partie des services secrets ? » répliqua Chhobi d'un ton abattu, en regardant Rosemary qui diluait du cacao dans un gobelet en plastique aux couleurs vives rempli de lait. L'ayah avait fait rentrer la fillette pour lui retirer sa veste humide.

Alban continuait sur sa lancée : « Mon frère Francis le connaît depuis quinze ans. Je l'ai appelé pour croiser nos informations, après tout nous dépendons de son jugement sur la situation… quelqu'un de brillant, voilà ce qu'il m'a dit, tout simplement brillant. »

Chhobi se demanda ce qu'ils allaient faire. Ce qu'ils *pouvaient* faire. Elle se leva, incapable de tenir en place, et alla regarder le régiment de cartes de nouvel an encore disposées sur la cheminée, sur les guéridons luisants. Tous ces vœux… « Bonne Année », le refrain lui cornait aux oreilles, aussi désagréable qu'une crise d'acouphènes.

« Et sa famille ? Ils habitent Colombo ? » demanda-t-elle.

« Il n'a pas de famille. Je veux dire pas de famille proche, il ne s'est jamais marié. Il a vécu une tragédie dans le passé, je crois. Sa fiancée est morte juste avant leur mariage et il s'est jeté à corps perdu dans le travail. »

Les gens ne parlent jamais de comédie dans leur passé, seulement des tragédies, se dit Chhobi, la force invincible de Rai soudain colorée par une grande fleur rouge de souffrance.

Rosemary conclut ses soins maternels et vint les rejoindre. « De quoi parliez-vous ? »

« Rai », répondit brièvement Chhobi.

« Rai… Voilà ce qui s'appelle un homme plein d'autorité », Rosemary émit un petit gloussement, un bref souvenir de l'adolescente qu'elle avait dû être, « un peu vieux mais… », puis tout bas à l'oreille de Chhobi : « … sexy. »

Chhobi eut un léger recul. « Il n'a rien d'un James Bond. »

Alban, qui avait fini de manger, dit avec compassion : « Chandrayee, je voulais vous demander des nouvelles de votre sœur Sonali, est-ce qu'elle va bien ? Comment prend-elle la chose ?… Une histoire horrible, cette filière terroriste. »

Chhobi sentit un picotement dans les yeux. Elle se mordit la lèvre pour s'empêcher de trembler. Rosemary eut la bonne grâce de paraître un peu honteuse. Elle avait été si absorbée par les séparatistes et les services secrets qu'elle en avait complètement oublié la sœur de Chhobi.

« Sonali n'est pas au courant. Elle pense simplement que les bateaux ont disparu. Nous ne lui avons pas encore parlé du LTTE. Nous ne savons pas comment le lui dire. Elle prend déjà du Calmpose, des somnifères. C'est trop lourd à supporter, des gens ordinaires comme nous. »

Cette sortie les fit taire tous deux. Rosemary, l'air encore un peu gêné, murmura doucement : « Pas ordinaires, jamais ordinaires. Elle est tellement jeune, ta sœur, et vraiment d'une beauté exceptionnelle. Fais-lui arrêter les médicaments. Ça va passer. Pas de somnifères. »

Le problème que se posaient Chhobi et Ma sur le chemin du retour, c'était comment présenter la chose à Sonali et Dida. Chhobi ne cessait de formuler et reformuler les mots en esprit, mais malgré toute la délicatesse qu'elle y mettrait, elle ne pouvait pas atténuer le choc de leur impact. Après l'avoir entendue décrire l'insignifiance de Beeji dans les calculs Talwar, Rai avait conseillé à Ma de ne rien lui dire.

De retour à la maison elles firent halte sur la véranda, indécises, observant l'intérieur par une fente des rideaux. La pièce brillamment éclairée, si familière, mais qui leur donna à toutes deux l'impression de regarder un décor de théâtre inconnu. Dadu et Ratan Kaku consommaient un bol de jhal moori – du riz soufflé garni de petits pois minuscules, oignons et dés de pommes de terre, relevés par une huile de graine de moutarde piquante. Dida et Sonali bavardaient en regardant Runa Laila à la télévision. Dida massait d'huile le cuir chevelu de Sonali, mèches répandues sur les épaules en chape bleu-noir. L'espace d'un instant Chhobi eut l'impression d'être revenue à l'âge d'avant Karan, un régime paresseux où les jours s'enchaînaient sans histoire dans leur tranquille certitude, et ressentit une pointe aiguë de nostalgie. Si seulement ils pouvaient reglisser dans l'inertie du passé.

Ma et Chhobi échangèrent un regard désemparé, hésitant à envahir ce paisible tableau domestique. Qu'est-ce qui était le plus réel ? Le spectacle à l'intérieur aussi banal qu'une famille devant un téléviseur ou elles deux qui rôdaient transies dehors, chargées de nouvelles à la fois si mélodramatiques et si horribles qu'on les aurait crues sorties du cauchemar d'un dramaturge psychotique ? En voyant Ma les lèvres serrées de chagrin, Chhobi eut à nouveau un élan de colère. Sonali, cause et effet d'une telle détresse, se faisait dorloter bien au chaud par Dida. D'un geste brusque elle ouvrit la porte, donnant passage à un courant d'air glacé, et fit une entrée martiale sur fond sonore de *Damadam Mast Kalandar*.

# 11

Elles attendirent que Ratan Kaku s'en aille, que Dadu vérifie et revérifie tous les verrous, loquets et serrures avant d'aller se coucher, que Dida finisse de débarrasser les restes de leur dîner. Ma avait à peine touché le sien, repoussant son thaal presque plein pour aller fourrager dans les albums de Dida. Cela faisait des années qu'elle ne les avait pas regardés. Et voilà qu'elle époussetait soigneusement celui qu'elle cherchait, faisant voler les poissons d'argent comme d'infimes missiles téléguidés. Chhobi la trouva plus tard installée dans son fauteuil sous l'abat-jour de soie rouge, l'éclairage flatteur effaçant les années et les angoisses sous les ondes roses que diffusait la lampe. Elle regarda Chhobi, puis se remit à tourner les pages de l'album.

Elle s'arrêta sur un agrandissement qui les représentait toutes les trois. Une photo estivale. Chhobi, cinq ans, portait un jupon blanc brodé au point de pâquerette, la tête appuyée sur l'épaule de Ma. Ma fixait l'objectif d'un œil grave, avec une belle Sonali potelée de six mois complètement nue sur les genoux. Puis Chhobi vit une tache brune s'étaler sur la page, Ma pleurait, les larmes courant sans bruit le long de son nez.

« La photo est fichue, comme nous », dit-elle en chassant les gouttes humides. Chhobi s'approcha et vit que les poissons d'argent avaient fait des dégâts, dévoré la pupille de l'œil de Ma, ajouté une chaîne irrégulière de pâquerettes au jupon blanc. Le bébé Sonali était indemne.

« Donne-moi ça », dit-elle bourrue, tout près des larmes elle aussi. « Je vais la confier à notre direction artistique, voir s'ils peuvent la restaurer. » Ma sourit à travers ses larmes, la tristesse cousue d'ironie. Elle lui tendit l'album, s'essuya les yeux et dit : « Appelle les autres, je vais leur parler maintenant. Inutile de déranger Dadu. »

On allait procéder à une sorte de mobilisation, fragile comme un assemblage de côtes d'Adam. Trois générations constituées en bataillon féminin. Sonali se glissa aussitôt dans le lit de Ma, envoyant promener le couvre-lit et remontant la couverture fanée jusqu'à son menton. Dida prit la place de Ma dans le fauteuil planteur, drapée dans son châle katha en soie, vieux mais toujours aussi joli, un motif solaire couleur safran, cramoisi et rose finement matelassé rayonnant sur le dos. Elle avait un air presque royal, se dit Chhobi, et sur le qui-vive, assise la colonne bien droite. Elle avait bien senti et peu apprécié l'exclusion des deux derniers jours. Ma et Chhobi se rangèrent au pied du lit. Chhobi commença à plier le couvre-lit en rectangle bien net.

Pendant un instant qui parut une éternité, elles se regardèrent sans un mot, Chhobi lançant des regards anxieux à Ma, la pressant des yeux de parler. Enfin Sonali interrogea : « Oui, Ma ? » Elle semblait s'être arrachée à la langueur morne qui l'enveloppait depuis le nouvel an. Une lueur de l'ancienne Sonali la mordorée était reparue sur sa peau et ses yeux.

Ma s'appliquait à former les mots. Ils semblaient lui brûler le creux de l'estomac, elle craignait qu'ils ne lui écorchent la langue et embrasent ses lèvres en quittant sa bouche. Elle s'abstint de regarder Sonali, se concentra sur l'oreille sourde de Dida pour atténuer le choc. Avec des paroles douces et très brèves, sans faire allusion aux Tigres tamouls, elle leur annonça seulement la mort probable de Karan.

Le pire effet du coup pour Ma, ce fut la découverte effarée qu'il n'en produisait aucun sur sa mère et sa fille. Elles avaient entamé le processus d'adaptation à la perte avant qu'elle-même l'eût simplement admise.

Dida ne bougeait pas, avait-elle bien tout entendu ? Ma l'éprouva comme une douleur, cette calme acceptation de l'absence définitive de Karan. Elle se demanda si Sonali avait bien compris les implications, ou si c'était elle, Ma, qui avait compris de travers. Ma, qui même au bout de treize ans s'éveillait encore au milieu de nuits interminables, cherchant dans son lit l'homme qu'elle avait perdu à jamais. La réaction de sa fille la fit tituber, incapable de croire qu'elle avait pu engendrer cette chair étrange.

Ma n'essaya plus de mâcher ses mots ni dorer la pilule de syntaxe édulcorante – tout sortit pêle-mêle, les Tigres tamouls, le trafic d'armes probable. La vérité telle que la pressentait Rai, terrible et violente.

Sonali, l'air complètement ahuri, finit par chevroter : « Je croyais que c'étaient des magnétophones de contrebande. » On lui aurait donné treize ans plutôt que dix-neuf. Une gamine de treize ans pas très perspicace résolue à faire barrage au présent. Elle se mit à parler très vite, leur racontant sa visite au Chattarpur Mandir avec Beeji, les désirs qu'elles avaient accrochés à l'arbre aux souhaits. Chhobi et Ma étaient presque effrayées de voir la bouche ravissante babiller comme si aucune peine ne s'y était infiltrée.

« Qu'est-ce que tu as fait comme vœu ? Tu as prié pour qu'il revienne ? » demanda Chhobi d'un ton brusque.

Sonali se troubla, une seconde tout au plus.

« Non », répliqua-t-elle, une légère note de défi se faufilant dans sa voix. D'un mouvement réflexe, elle redressa le dos, bien éveillée cette fois, guettant leur réaction à ce qu'elle allait dire. « J'ai fait le vœu de ne pas être enceinte. »

Le vœu s'était transformé en mantra, qu'elle répétait cent huit fois par jour, sans le moindre signe de menstruation.

Depuis deux semaines, elle essayait tous les remèdes de bonne femme qui lui soient jamais venus aux oreilles. Elle s'était confiée à la vieille Savitri, qui lui avait apporté des papayes crues, surveillant d'un œil critique ses haut-le-cœur et ses spasmes tandis qu'elle lui faisait avaler la chair livide indigeste. Sonali avait sauté comme une possédée sur la terrasse jusqu'à ce que ses jambes flageolent d'épuisement, elle avait soulevé la lourde meule de Dida dans la cuisine, mais ses règles n'étaient pas revenues.

Elle ne pouvait pas imaginer la moindre place pour un bébé dans sa vie. Elle qui avait été si prudente pendant tous les mois passés avec Karan, sauf cette unique fois la nuit avant son départ, où elle avait autorisé son désir à faire fi de toute précaution. Toujours réaliste, elle voyait se profiler pour elle un avenir morne, la vie de Ma qui se répétait.

Aujourd'hui elle s'était glissée sans bruit dans le garage, pendant que Ma et Chhobi étaient sorties pour rencontrer Rai, et elle avait consulté les livres médicaux de Dadu. Les images de bébé grossissant jour après jour dans le sein avaient martelé en elle la réalité de ce qui lui arrivait. Neuf semaines de retard.

Un avortement, c'était le choix non formulé, et Sonali observait Ma et Chhobi, leurs visages gris et immobiles comme s'ils étaient taillés dans la pierre. Elle se retourna vers sa grand-mère, comptant comme toujours sur son appui. Dida trouverait le moyen de tout arranger. Espérant contre tout espoir.

L'espérance mourut sur-le-champ quand elle vit son expression. La joie inondait son visage, ses lèvres tremblantes esquissaient un sourire de bienvenue – un enfant. Neuf semaines qui deviendraient neuf mois.

Les raisons se bousculaient dans l'esprit de Sonali, prompte à élucider cette erreur d'appréciation. Dida qui avait rêvé d'une grande famille, Dida qui avait enduré la souffrance et la déception de trois fausses couches, Dida qui avait passé les mois fastidieux d'une grossesse difficile consignée au lit, une rangée de briques réquisitionnée pour surélever les pieds de son matelas. Dida... un enfant.

Sonali, tellement douée pour les nouveaux départs, serait contrainte d'aller au bout de cette aventure.

Pour la première fois de sa vie elle haït son sexe. Se faire prendre dans un piège aussi féminin... prisonnière du genre.

Dida fut la première à retrouver sa voix. Quand elle parla ce fut pour mitrailler ses directives en bengali rapide. « Une chose est sûre, c'est que Beeji ne doit rien savoir. On ne peut pas la laisser se mêler de la vie de Sonali. Qui va revenir ici. Nous dirons à la famille de Karan que nous n'avons pas les moyens de payer le loyer... C'est la stricte vérité. Sonali a besoin qu'on s'occupe d'elle, il faut organiser l'arrivée du bébé. Voyons, réfléchissons. Je vais nous préparer quelque chose à boire », dit-elle, déjà debout, en se redrapant dans son châle. La soie chatoyait sous la lueur rubis de la lampe, le soleil brodé cerné de rayons rouge et or et orange. Il ondulait sur son dos quand elle se retourna, aussi splendide que le plumage d'un oiseau fabuleux.

Le phénix, absolument, pensa Chhobi sidérée, relevé de ses cendres.

Elle vit que Ma tremblait. Alla à la salle de bains fouiller le placard rempli de pilules et potions derrière le miroir. Se rappelant tout à coup l'allusion de Rosemary aux médicaments, elle attrapa la vieille bouillotte Duckback suspendue à un clou derrière la porte. Excellent pour les frissons, excellent pour les pieds gelés.

En se rendant à la cuisine pour remplir la bouillotte, elle aperçut Sonali livrée à un jeu ancien. Enfant, quand elle était malade, elle transformait son lit en paysages magiques, modelant les draps en montagnes et vallées. Ses doigts fins avançaient au pas comme des armées en marche, ou s'élançaient en vrilles et pirouettes, une héroïne de Bollywood tournant en extérieur au Cachemire.

Dans la cuisine Chhobi vit avec un soupir de regret Dida verser des cuillerées de sucre dans quatre gobelets de Horlicks. Elle espérait du thé, dans son esprit cette boisson maltée grisâtre était liée aux périodes de convalescence. La saveur épaisse collait à sa langue comme une maladie. Engourdie jusqu'ici par les révélations de la journée, Chhobi commença lentement à parler, à penser tout haut, simplement. « Comment elle va se débrouiller ? On n'a aucun moyen d'exploiter notre avantage… »

« Quel avantage ? » Dida bondit sur le mot.

« Eh bien… nous savons que les Talwar sont mêlés jusqu'au cou à un trafic illégal. Ça c'est une faiblesse indiscutable, mais comment s'en servir ? »

Dida fit la moue, les yeux mi-clos. Chhobi la laissa aux remous de ses méditations. Elle alla enrouler Ma dans une couverture, qu'elle borda autour de la bouillotte sous ses pieds. Ma paraissait totalement vidée, la fatigue nichée dans chaque pli du corps. Ses yeux semblaient deux trous noirs percés dans un linge défraîchi.

Dida reprit sa place sur le fauteuil planteur, le visage auréolé par les vapeurs de Horlicks. Ses cogitations à la cuisine allaient porter leurs fruits, nota Chhobi. C'est toujours là qu'elle réfléchissait le mieux, dans la serre étriquée de tous ses plans. Chhobi et Ma étaient toutes deux presque trop lasses pour s'en soucier. Sonali soufflait sur son gobelet, prenant grand soin de ne pas croiser leur regard, quand Dida prit la parole.

« Il faut connaître la loi si on veut découvrir quelle est leur responsabilité. Je viens de me rappeler que l'oncle de Mishti est avocat à la Haute Cour de Delhi. Il réussit très bien. J'ai rencontré sa famille pendant Durga Puja l'an dernier, toutes les femmes portaient l'équivalent de leur poids en or. »

« Tu veux les traîner en *justice* ? Mais comment peux-tu dire une chose pareille ? Tu n'as donc plus le moindre espoir ? Il est encore supposé disparu. Ça fait à peine un mois », cria Ma.

« Non, disparu et supposé mort », fit Dida sans ambages.

Cependant Chhobi murmurait : « Mishti… Ah oui, la belle-fille de Mrs Chatterjee. » Elle eut une vision fugitive de Bhai Sahib au banc des accusés, lunettes d'or scintillantes, chaque cheveu bien en ordre, et elles tout de noir vêtues, une bande de corbeaux psalmodiant des accusations stridentes ponctuées de « Votre Honneur ! ».

« Il paraît que ses tarifs sont très élevés, ses honoraires, je veux dire. J'imagine qu'il nous fera un prix si nous passons par Mrs Chatterjee mais je ne lui demanderai pas de réduction », poursuivit Dida l'esprit pratique.

« Mais qu'est-ce qu'on y gagnera ? » interrogea vaillamment Chhobi, son imagination pourtant fertile peinant à se représenter leur visite chez un aigle du barreau, armées d'une théorie folle et rien de plus. « Les hommes de loi veulent des faits, et ils coûtent très cher. »

Ma s'arracha laborieusement à sa pile de couvertures et sa bouillotte chaude, maintenant à peine tiède. « Ça suffit, annonça-t-elle, je vais me coucher. » Puis elle jeta un regard indécis autour d'elle – après tout c'était sa chambre, et elles étaient toutes assises sur son lit. L'histoire se répétait parce qu'elles n'en avaient rien appris. Tout comme elle avait épousé Bhaskar encore adolescente pour surmonter la pauvreté qui les minait depuis que Dadu avait dû quitter la clinique du Dr Mitra, maintenant sa fille suivait en chute libre le même parcours parce que sa mère n'avait pas les moyens de lui assurer le nécessaire. Une fille sans qualification aucune pour subvenir à ses besoins ou ceux d'un enfant. Elle se sentait incapable de produire la plus mince parcelle d'enthousiasme pour son petit-fils à venir.

Chhobi parlait cette fois, craintive et nerveuse, mais cherchant à se donner un ton raisonnable. « Des hommes d'affaires pendjabis ! On ne pourra rien en tirer si on n'affiche pas une façade qui leur donne le sentiment d'être menacés. Ils nous considèrent comme moins que rien – des femmes bengalies respectueuses de la loi – pour eux nous n'existons pas. C'est pour ça qu'on a besoin de l'oncle de Mishti. C'est lui qui les affrontera pour nous… mais il nous faut un minimum de preuves montrant qu'ils sont impliqués dans une affaire illégale… pour l'instant la théorie de Rai n'est que pure hypothèse. »

Sonali reposa son gobelet vide sur la table de chevet avec un bruit sec. « Je trouverai les preuves », dit-elle avec une résolution prête à tout. « Demain je ferai passer un message à Sonny disant que je veux le rencontrer. Et là, s'il y a quoi que ce soit, je le trouverai. »

« C'est hors de question ! » s'écria Ma, horrifiée de voir Sonali chercher immédiatement des compensations dans la catastrophe. Ma la regarda, prise d'une colère impuissante. « Toi, Sonali, tu vas retourner à tes livres immédiatement. Tu m'entends ? Immédiatement. J'exige une mention Très Bien, même si ça veut dire bûcher nuit et jour. » On aurait dit que Ma attisait sa rage pour construire un semblant d'idée saine. Des flèches acérées se plantaient dans la partie droite de son cerveau, irradiant le long de son épaule et son dos.

Sonali n'écoutait pas. « C'est lui le début et ce sera lui la fin… Le chaînon le plus faible, le point de rupture », elle parlait avec un aplomb théâtral, les yeux perdus dans le rêve.

« Arrête de nous jouer les Javed Akhtar du Bengale. Nous ne sommes pas dans un film. C'est notre vie », hurla Ma, la tête fendue en deux comme par schizophrénie, mais les yeux de Dida brillaient d'une lueur vindicative. Elle n'écoutait pas non plus, échafaudait de tête le budget des dépenses. « Un prêt, il nous faut un prêt pour investir dans les temps qui viennent. »

Elles se figèrent toutes en plein élan, comme si quelqu'un avait crié « Garde à vous ! », mais cette fois l'ordre émanait de Dadu. Il avait poussé la porte de la chambre de Ma, stupéfait par le vacarme hystérique qui l'avait réveillé. Choqué de voir sa fille, toute sérénité enfuie, debout face aux autres, les yeux hagards, la chevelure en bataille.

« Qu'est-ce qui se passe ? Pourquoi on ne me dit jamais rien ? » Il voulut prendre un ton d'autorité, mais comme il n'avait pas mis son dentier, les mots sortirent en sons inintelligibles. La bouche, repliée comme les bords du porte-monnaie aumônière de Dida, suçotait les mots prononcés, qui retombaient sans force en arrière dans cet orifice fripé. Les fins cheveux blancs, bien lissés d'habitude, étaient ébouriffés, lui donnant l'air d'un vieillard. Dida, dans son châle doré, paraissait plus jeune d'au moins une génération.

Dida le mit au courant. Elle parla sans prendre la peine d'enrober les mots de silences ou de phrases tortueuses pour en adoucir l'impact. Avec rudesse, et droit au but.

Dadu, debout dans l'embrasure de la porte, semblait prêt à plier des genoux. Il s'agrippait au chambranle pour garder l'équilibre, son ample estomac effondré devant lui. L'éclairage au néon bleu derrière lui dans le couloir lui donnait l'air d'une doublure à la périphérie de la scène, exclu du cercle de chaude lumière rose. Ma se précipita à son aide, mais il la repoussa. Sa fille veuve. Suivie par sa fille veuve, blottie dans un couvre-pied. Et un enfant en route.

Ma, saisie par un spasme de douleur aveuglant, dut se retenir au chambranle pour ne pas tomber. Elle pressa son poing fermé contre sa tempe droite, cherchant à freiner les étincelles rouges qui explosaient au fond de l'œil. Dadu face à elle, appuyé lui aussi à la porte, éleva la main à sa propre tête comme une image en miroir. Puis il fit demi-tour et repartit à pas traînants dans le couloir, ses pantoufles Bata usées ballottant dans le sillage.

Plus tard, quand elles résolurent enfin d'aller se coucher, Sonali se tint en contemplation devant le miroir de la salle de bains.

« Sur le bateau, il me brossait les cheveux tous les soirs, il ne faisait jamais mal, dit-elle. Il adorait mes cheveux. Il m'adorait. »

Maintenant elle étalait de la pâte dentifrice sur son doigt, sa brosse à dents restée à l'appartement tenait compagnie à Beeji. Sonali eut un petit frisson en se mettant au lit : « Je n'aurais pas pu supporter ça une seconde – la présence de Beeji. Elle pense que c'est ma faute, tu sais – parce que je n'ai pas récité ces mantras. »

« Dors », marmotta Chhobi, au bord de plonger dans un puits de lassitude. Elle avait vécu une journée de découvertes apocalyptiques. La dernière révélation, le fait que Sonali appartiendrait bientôt au cercle anonyme de la maternité… poussait Chhobi vers un état de torpeur où tout s'effaçait.

Sonali restait plongée dans ses pensées. « Sonny a essayé de me joindre, et il insiste. »

« Quoi ! »

« Oui, hier il a téléphoné à Indu, et deux fois de suite il attendait dans sa voiture devant la fac au moment où j'arrivais. Je ne lui ai pas parlé. Mais ça sera facile. » Puis avec une véritable haine dans la voix, elle raconta à Chhobi ce qui s'était dit entre Indu et Sonny à la soirée de Noël. Aucune allusion à sa grossesse. Comme si en refusant d'y penser, Sonali niait l'existence de l'enfant qui grandissait en elle.

# 12

Dadu le jour suivant refusa de se lever ou d'ouvrir son cabinet. Cherchant refuge comme toujours dans le passé, il était allongé sur son lit, enroulé dans un immense châle brun légèrement mité. Dida, inquiète sans vouloir l'admettre, entrait à tout moment dans la chambre sous le plus futile des prétextes. Elle n'obtenait aucune réaction de ces yeux grands ouverts, fixés dans le vague.

C'est l'hiver que se remémorait Dadu, l'hiver de Mymensingh, pas ce froid gris désolé de janvier à Delhi. L'image d'une grande cour ensoleillée qu'il conservait comme une relique. Toute l'après-midi, les femmes de cette famille tentaculaire restaient assises là à bavarder, le temps de sécher leurs longues tresses, certaines brodant de minuscules motifs katha sur les courtepointes d'hiver. Des après-midi nonchalantes et conviviales, et douillettes de prévisibilité. Il se demanda si cette cour existait encore, si le chaud soleil vespéral se rappelait les conversations décousues des femmes, si les dalles de la cour gardaient encore les traces humides de leur chevelure fraîchement lavée.

Le bruit de Savitri qui faisait la lessive dans la salle de bains voisine vint le déranger. C'est aux draps de lit qu'elle s'attaquait, frappant énergiquement de sa batte en bois les ballots fleuris trempés. L'eau qui coulait dans le seau de rinçage et le battement rythmé, frappe, frappe, firent intrusion, causant une défaillance momentanée. Il creusa plus profond dans les couches stratifiées de ses souvenirs, chaque geste du bras de Savitri pour extraire l'eau grisâtre savonneuse des draps guidant ses pensées toujours plus loin dans l'âme de Mymensingh, perdu à jamais au Bangladesh.

Il revint aux femmes, occupées à la ferme cette fois, il regardait deux d'entre elles manier le dhenki, l'outil bengali traditionnel pour battre le riz. Elles décortiquaient la récolte d'hiver.

Il revoyait très nettement le dhenki, une longue planche de bois équipée d'un petit socle au milieu, comme une scie. Sous une extrémité de la planche était fixé un pilon, placé au-dessus d'une large cuvette peu profonde creusée dans le sol qui contenait le riz entier. L'une des femmes retournait le riz dans la cuvette, travaillant accroupie sur le sol à la douleur de son dos. La seconde, debout à l'autre extrémité, manœuvrait la planche à l'aide de son pied. Quand elle levait le pied, la planche descendait, le pilon en s'abattant sur le riz délivrait les grains de leur gangue. Encore et encore le pilon monte et descend, rythmé par les coups de battoir de Savitri, et frappe, et frappe. Corvées ménagères, infinies dévoreuses de temps.

Dadu déglutissait laborieusement, la veine de son cou battait. Les images s'imprimaient en toute clarté sur sa rétine. La femme agenouillée sur le sol, tournant sans cesse le riz pour présenter une nouvelle fournée au pilon, leva les yeux. Avec un choc de surprise il reconnut Meera, et à l'autre bout la souple silhouette de la plus jeune, qui accompagnait les mouvements de la planche avec une grâce sinueuse, la peau couleur de grain mûr piqueté de soleil, oui, c'était Sonali – Sonali la mordorée.

À la fin, Dida elle-même eut un pincement d'inquiétude quand il refusa toute nourriture. Jamais il n'avait fait cela, pas même quand il avait perdu son emploi à la clinique du Dr Mitra, ou pendant la crise de 1971 à la mort de Bhaskar. Dida essaya de le tenter avec un jhol de poisson émincé embaumant le panch phoron, garni de tranches d'aubergine pourpres et de têtes de chou-fleur blanches, mais il refusa en se plaignant de souffrir d'aumbol, cette version typiquement bengalie de l'acidité. Dans la soirée, Dida alla téléphoner à Ratan Kaku puis, craignant que Dadu ne l'entende, raccrocha à la première sonnerie. Elle dit à Savitri, qui finissait un repas tardif composé de restes, qu'elle allait revenir sans tarder. Après avoir rapidement changé de sari, Dida se mit en route pour la maison de Ratan Kaku.

Dida et Ratan Kaku entretenaient une relation un peu guindée, Kaku craignait le tour mordant que prenaient souvent les phrases sur la langue acerbe de Dida. Mais aujourd'hui elle était soucieuse et désorientée. Pas dans un de ces jours où elle pouvait se fier à son instinct vif pour lancer une action tout aussi rapide. Son mari et sa fille lui semblaient tous deux près de s'effondrer. Tout en s'approchant elle contemplait la maison de Kaku. Le panneau réclame avec son pneu géant éclipsait tout le reste de l'allée. De nuit, comme la dernière fois où elle l'avait vu, seul l'éclairage au néon était visible, donnant à la structure un effet aérien, quoique bizarre. En plein jour, elle apparaissait dans toute sa laideur. Le châssis de fer coudé qui maintenait le panneau commençait à rouiller et dormait tapi sur le toit de Kaku, ossements décolorés d'un animal préhistorique descendu de la branche reptilienne.

Tout au long de sa marche dans l'allée de Kaku, Dida cédait à la pitié en se disant que Kaku était bien malheureux de devoir vivre avec un ornement aussi peu esthétique sur son toit, mais arrivée devant la maison elle notait aussi le portail fraîchement repeint, la pelouse bien sarclée, la haie de mehndi contrainte de se plier aux savantes ondulations topiaires. Elle trouva Kaku chez lui, penché sur l'itinéraire du voyage qu'il projetait de faire dès que le temps se serait un peu réchauffé. Des brochures sur Kulu et Manali s'étalaient sur la table des repas, des pommes rouges lustrées décorant les vergers de la vallée de Kulu, le col de Rohtang tout de glace et ciel bleu. Goel avait repeint les murs tachés de Kaku, replâtré la fissure dans la chambre. Peut-être pas de son plein gré, sous la pression de l'équipe de cricket, mais Kaku n'avait plus peur de lui. Outre la restauration cosmétique de sa maison, c'est l'argent qui avait amorti ses craintes, réelles ou imaginaires.

Ma parole, il a l'air rajeuni, pensa Dida, qui ne le regardait jamais vraiment. L'œil rivé sur l'Himalaya pétillait visiblement, la pâleur dyspeptique de naguère avait complètement disparu. Il avait presque dix ans de moins que Dadu, mais aujourd'hui l'intervalle entre eux paraissait plutôt de vingt.

Kaku avait recruté la serveuse du dhaba Bihari qui jadis lui livrait ses repas sous emballage, et il lui cria de leur faire du thé. Un service à thé neuf, remarqua-t-elle, la théière au chaud sous un couvre-théière en batik, et une assiette de petits biscuits à l'arrow-root apparurent presque sur-le-champ. Dida fut prise d'une rage irrationnelle en regardant le plateau de thé bien disposé. Ratan semblait avoir franchi avec succès sa période de difficultés, il avait même l'air tout à fait heureux. « Je ne peux pas boire ça, j'ai oublié de prendre mes sucrettes », refusa-t-elle un peu mesquine, puis elle s'empressa de dissimuler sa hargne. D'une voix adoucie, elle évoqua les temps où Kaku et Dadu vivaient tous deux à Mymensingh. Les paroles mièvres et sentimentales lui venaient assez laborieusement aux lèvres, mais n'en affectèrent pas moins Kaku. Nous n'avons rien à cacher à Ratan Kaku, se répétait Dida, tout en lui racontant les événements de la veille. Mais elle avait la vie dure, cette vieille habitude de prêter des teintes plus brillantes, plus légères, à une vérité sombre et laide. Elle ne pouvait se résoudre à lui en dire plus qu'une version abrégée – que selon toute vraisemblance le mari de Sonali était mort, que Dadu avait besoin de Kaku, et besoin d'espoir.

« Faites-moi confiance, la rassura Kaku, je serai là-bas d'ici une demi-heure. »

Dida se leva pour prendre congé, mains jointes en namaskar cérémonieux. Sur le chemin du retour, elle fit un petit crochet pour s'arrêter chez Mrs Chatterjee, qu'elle pria d'organiser un rendez-vous avec l'oncle de Mishti, l'avocat de la Haute Cour. Elle présenta cette requête de manière laconique, laissant Mrs Chatterjee les yeux ronds de curiosité.

Arrivée à la maison, elle trouva Ratan Kaku qui hésitait sur la véranda.

« Entrez, entrez », lui dit-elle péremptoire, éprouvant soudain toute la charge des problèmes à résoudre. « Juste une minute », ajouta-t-elle en gagnant rapidement sa chambre. Elle secoua Dadu qui semblait somnoler, eut un regard dégoûté pour le duvet de barbe blanc qui lui couvrait le visage. « Ratan est là, va te laver la figure et remets tes dents », ôtant sa courtepointe, lui tendant un châle. Elle redressa la position du couvre-lit, honteuse tout à coup du contraste avec la demeure de Kaku, si nette et pimpante. Elle jeta un coup d'œil autour de la chambre pour voir s'il restait autre chose à ranger. Un tas pâlot de saris lavés s'empilait sur la commode comme un nid de vipères albinos. Dissimulant la pile sous un drap, elle s'efforça de débarrasser la table de nuit de couches de poussière si épaisses qu'on aurait pu écrire dessus.

Dadu, flageolant un peu sur ses jambes, se remit au lit, cheveux humides aplatis en arrière, dents en place, si habitué à obéir aux ordres de Dida que maintenant il s'exécutait mécaniquement. Kaku entra et se percha comme un oiseau anxieux sur le bord de son siège, ses petits yeux de fouine rivés sur son ami.

Quittant sans bruit la chambre, Dida se rendit à la cuisine pour s'occuper du dîner. Un délicieux kalia de poisson, le plat favori de Dadu. La nourriture, métaphore clé de son lexique, recette qui lui permettait de manifester sa colère, ou marquer son plaisir.

Elle versa dans le bol d'acier une mesure de lentilles qu'elle mit à tremper, et appela Savitri qui balayait encore la terrasse. Elle se demandait ce que Kaku pouvait bien raconter. Tout doucement, elle ouvrit la porte de la cuisine et se rendit sans bruit à la chambre où étaient installés les deux amis, mais Kaku avait fermé la porte. Seul un faible murmure était audible, même si elle tendait sa bonne oreille. Elle n'aimait pas en parler, mais son audition se détériorait régulièrement, même compensée par la lecture sur les lèvres qu'elle pratiquait de mieux en mieux. La porte s'ouvrit brusquement, trop tard pour lui permettre de s'éloigner. Voulant masquer le fait qu'elle était en train d'écouter, elle leur demanda s'ils voulaient du thé. Kaku fit signe que non, mais la pria d'apporter de l'eau et des flocons de riz avec un peu de lait pour Dadu. Cette fois il ne referma pas la porte.

Fini les froides journées brumeuses de début janvier, ces jours où parfois le soleil peinait à filtrer. C'est du printemps que parlait Kaku, Basanta, les mois de Falgun et Chaitra, de mi-février à mi-avril selon le calendrier bengali. Un temps de renouveau, de renaissance. Un temps fugace, aussi, où la chaleur de l'été se prépare à l'attaque. Où le soleil est tiède, la brise parfumée, un temps où les arbres se parent de fraîche iridescence. Et Kaku de poursuivre sur le mode presque poétique : « Les mauvais jours passent, comme l'hiver. »

« Voilà que tu parles comme un Angliche ! Les mauvais jours à Delhi ce sont les mois d'été, pas l'hiver », répliqua Dadu avec une hargne rare chez lui.

Dida qui croisait à proximité aurait aimé que Kaku prenne un chemin moins oblique pour atteindre son but. Kaku parlait maintenant de Basanta, avant-coureur officiel des fêtes puja de Sarasvati, la saison des prières offertes à la déesse de la connaissance.

Dadu ne se donna pas la peine de cacher son amertume. « Qu'est-ce que ça nous a valu de vénérer Sarasvati ? C'est vrai ce qu'on dit – ceux qui adorent Sarasvati ne reçoivent jamais les faveurs de Lakshmi… À mon époque on chassait les veuves à Kashi, où elles devaient mendier pour vivre, la tête rasée. »

« Mais elle est tellement jeune. Ça va passer… et de toute manière les temps ont changé. »

Dida, toujours près de la porte, eut du mal à ne pas bondir dans la pièce. Comment pouvaient-ils oublier que la maisonnée vivait entièrement du salaire de Meera la veuve ?

Kaku tenta une nouvelle approche. « Regarde-moi, l'année dernière j'étais pratiquement mort. Il y a des choses que la providence prend en charge, le destin. Aie foi en Dieu et sois un peu plus optimiste. »

« Nous n'avons pas une roue qui tourne sur le toit en crachant des roupies. »

« Si c'est nécessaire, tu sais que mon argent est votre argent. Je n'ai pas de famille. Si Sonali en a besoin, il est à sa disposition. Crois-moi, ce printemps, ce Basanta va apporter un changement de fortune. J'ai un pressentiment. »

Dida qui n'avait jamais eu une haute opinion de Kaku pensa alors que c'était réellement un bon ami. Elle commença à calculer mentalement les dépenses à venir. Après tout, Ratan était un homme riche désormais, et un homme seul. Dadu lui avait sauvé la vie en réglant son compte à ce Goel et en l'emmenant à l'hôpital sans perdre un instant. Il le disait lui-même, Sona était comme sa propre petite-fille. Il pourrait payer l'avocat – un prêt, bien sûr. Ils seraient bien en peine d'accueillir la naissance du bébé… un enfant, miracle d'amour et de création. Les pensées se bousculaient dans la tête de Dida.

Dadu l'interrompit d'un air pessimiste : « Basanta, Basanta, n'oublie pas que le mot est synonyme d'autre chose en bengali. »

« Quoi donc ? »

« Rappelle-toi, Basanta en bengali signifie aussi variole. C'est la période où les épidémies de maladies mortelles se déchaînent », fit Dadu sinistre, refusant de laisser le plus petit rai d'espoir percer le nuage sombre de chagrin dont il s'enveloppait.

Dida perdit patience et sang-froid. Fit demi-tour et entra en trombe dans la cuisine. Dans un claquement furieux de casseroles, elle mit de côté le poisson qui décongelait. Dit à Savitri qui venait de préparer des flocons de riz avec du lait et du sucre pour Dadu de vider le bol dans la poubelle. Puis compta quelques billets et l'envoya au marché acheter des coloquintes et du radis blanc, elle allait faire du sukhto, un plat que Dadu n'aimait pas. Un plat amer puisqu'il se nourrissait d'amertume.

# 13

Indranil Mukherjee était un avocat réputé du barreau de Delhi. Il était grand pour un Bengali. Chhobi lui trouvait un faux air de Satyajit Ray, mais le regard tout autre, un éclair madré traversant ses lunettes à l'oblique chaque fois qu'il soulignait un point utile. Mrs Chatterjee avait pris rendez-vous pour elles, l'importance de ses relations gonflant de fierté son corps bouffi. Ni Ma ni Sonali ne vinrent. Toutes deux se dépêchaient de clore un chapitre, finir de traiter les affaires inachevées. Aujourd'hui elles raccompagnaient Beeji au terminus des autocars. Bhai Sahib et son clan avaient réussi à l'éviter. Ma avait donné un préavis au propriétaire, et expédié Sonali à la bibliothèque. Elles videraient l'appartement à la fin du mois.

Dida et Chhobi errèrent longuement dans les couloirs de la Haute Cour à la recherche du cabinet de Mukherjee. Dida se rappelait sa dernière passe d'armes avec les hommes de loi il y a bientôt trente ans, quand elle avait dû payer une caution pour faire libérer Dadu lors de cette affaire criminelle, en vendant son collier d'or et de rubis. La chute avait commencé là – maintenant ils descendaient à vitesse croissante vers un nadir de désespoir. Depuis le mariage impulsif de Sonali, elle sentait la famille incapable de suivre le mouvement de leur vie transformée, si chargée de mésaventures.

Cependant Chhobi tout en gravissant les marches avait l'impression d'être tombée dans un montage en noir et blanc, un collage de pingouins. Partout des avocats qui conféraient entre eux ou se hâtaient vers leur salle d'audience, robes au vent battant derrière eux comme des ailes de corbeaux.

Mukherjee liquida l'affaire en quelques instants. C'était un simple point de droit. Chhobi commençait à peine son exposé qu'il l'interrompit, soulignant comme tout un chacun l'analogie avec le triangle des Bermudes.

« Où est enregistrée la compagnie ? »

« À Bombay. »

« Alors c'est là qu'il faut aller. Je ne peux rien faire. Cela ne relève pas de notre juridiction. Vous aurez probablement besoin d'un avocat compétent en droit maritime. »

« Mais nous espérions être en mesure de les attaquer sur leur implication dans un trafic illégal », se hâta de dire Chhobi, une note de désespoir dans la voix, « après tout ils sont responsables envers quelqu'un qui est sans doute mort à leur service. »

« Ce genre de responsabilité peut être débattu devant les tribunaux pendant des années. Vous avez des preuves, des documents ? N'importe quoi qui puisse confirmer leurs malversations ? »

« Non », répondit à contrecœur Chhobi.

« Dans ce cas le conseil que je vous donne c'est d'abord de trouver des preuves, ensuite d'aller à Bombay. » Devant leurs visages consternés il ajouta : « Allons, sortez-moi les preuves et je vous arrangerai un rendez-vous avec quelqu'un de compétent à Bombay », repoussant du geste leur offre de payer la consultation.

Ce fut un duo très abattu qui s'achemina vers India Gate pour prendre un minibus. Elles se tassèrent sur le dernier siège libre, où une forte femme qui sentait l'oignon leur fit aimablement de la place. Dida contemplait le sol d'un œil morne.

Elle n'entendait pas le receveur qui faisait tinter sa caisse métallique, braillait les arrêts d'une voix enrouée, ou tapait sur les flancs cabossés du bus pour attirer les clients. Pour finir elle se tourna vers Chhobi, les mains crispées sur la barre d'appui devant elle. « On ne peut pas les laisser s'en tirer comme ça », fit-elle.

Pour une fois Dida semblait incapable de trouver refuge dans sa surdité, ou auprès de Krishna. Les spirales en vrilles étroites où elle se repliait d'habitude diffusaient aujourd'hui un signal d'urgence. Un signal qui leur intimait l'ordre de *faire quelque chose.*

Sonali courut à leur rencontre dès qu'elles ouvrirent le portail. « Comment ça s'est passé ? » demanda-t-elle, alors même que leur mine accablée affichait la réponse.

« Il nous faut des preuves », marmonna Chhobi en la contournant pour gagner leur chambre. « Tu as intérêt à ne pas négliger tes études », dit-elle sévèrement à Sonali qui l'avait suivie dans la pièce.

« J'ai intérêt à ne pas négliger ma silhouette », riposta Sonali en s'emparant d'un peigne qu'elle fit glisser dans ses cheveux. « Il en a marre d'elle. Beeji me l'a dit. Il l'a renvoyée à Ludhiana. »

« Quoi ? Ludhiana ? Qui ça ? » Chhobi avait le ton acerbe, guère d'humeur à supporter les inepties futiles de Sonali.

« La femme de Sonny. Elle est très grosse. Indu était au mariage, elle m'a dit qu'elle se portait très bien. »

« Et alors ? »

« La famille lui en veut de les avoir associés à cette entreprise très louche. Ils ont fait une perte colossale. Apparemment il y a un problème, ils ne pourraient même pas faire jouer l'assurance. » Elle observait Chhobi à travers le lacis brillant de ses cheveux.

« Je te conseille de penser à ta licence plutôt qu'à la femme de Sonny. Même si elle est partie, c'est sûrement provisoire. »

Mais Sonali n'écoutait pas. Elle imprimait de tête l'ébauche détaillée d'un plan. Il était en incubation dans son cerveau depuis le soir où Ma leur avait annoncé la nouvelle. Le plan qu'elle couvait était on ne peut plus simple : séduire Sonny.

Elle allait reprendre contact avec Sonny, le faire parler, jouer du pouvoir qu'elle avait sur lui et le cajoler pour qu'il lui trouve un indice quelconque. L'important, ce serait de bien motiver cette quête par le souci qu'elle se faisait pour l'avenir… lasse d'attendre éternellement Karan. Les parents Talwar ne devaient rien soupçonner. Inutile aussi d'impliquer Ma, ou Dida, dit-elle, attirant Chhobi dans un nœud coulant de complicité. Chhobi regarda autour d'elle. Soudain la pièce semblait tout œil et tout ouïe en alerte silencieuse.

Chhobi eut une pensée pour Ma, Ma qui se déplaçait si lentement ces derniers temps, comme si un cercle de métal lui poignait le cœur… Dans l'intérêt de Ma et celui du bébé elle devrait se résoudre à aider sa sœur.

Chhobi fouilla fiévreusement son sac, vidant le contenu sur le lit. Cartes de bibliothèque, lettres en attente de réponses, bâtons de rouge à lèvres rarement utilisés, stylos et vieux billets de cinéma se répandirent sur le couvre-pied, mais elle ne trouvait pas l'objet. Elle était assaillie d'idées confuses tout en examinant les tiroirs poussiéreux pleins à ras bord de notes sur les monuments de Delhi. Elle jeta un regard irrité à Sonali qui écoutait le vieux poste, une expression séraphique sur le visage tandis que Radio All India jouait du Kishore Kumar.

Elle finit par le dénicher entre ses notes sur le Jamali Masjid. Son prochain article pour la revue, sur la mosquée adjacente au tombeau du poète du seizième siècle Jalal Khan, qui écrivait sous le pseudonyme de Jamali. Il y avait une page entière sur les mosaïques décoratives et, caché dessous, ce qu'elle cherchait. Le carton de Sonny, joint à son cadeau pour le mariage de Sonali. Avec sur le carton le numéro de sa ligne directe.

Les yeux de Sonali brillèrent à cette découverte. Puis elle entreprit de peaufiner son plan. Vues sous un angle réaliste, les chances de déterrer le moindre indice compromettant étaient minces, mais c'est tout ce qu'elles avaient.

Elle devait paraître différente, rien du style behenji de l'épouse... Plus occidentale et sophistiquée... plus excitante. Drapée dans une aura de mystère, de magie.

Sonali n'avait pas grand besoin de leçons quant à son sens vestimentaire. Elle se concentra sur le contenu de sa garde-robe. Il faisait encore froid. Pour finir elle sortit un lot de vêtements cueillis peu auparavant au Bazar Nixon de Simla. Pas vraiment un bazar, un surnom acquis de manière insolite. Au début des années 1970, quelqu'un avait trouvé un manteau portant une étiquette « Richard Nixon » cousue à l'intérieur du col. Depuis, le marché de rue avait été rebaptisé Bazar Nixon.

C'est là que les réfugiés tibétains se débarrassaient des surplus de lainages offerts par le « Premier Monde ». Chhobi détestait le terme « Tiers Monde ». Il rendait un son si déprimant, comme s'ils habitaient un univers inférieur ténébreux proche de l'Hadès dont il était impossible de s'évader.

Les vêtements étaient généralement de très bonne qualité, donnés par de riches Américains ou Européens généreux. Les Tibétains s'en servaient à peine, préférant les vendre par piles entières, remuant et mêlant les vêtements comme des salades multicolores répandues sur le trottoir. Sonali fouillait d'un œil avide – pas comme Chhobi qui répugnait à porter des fripes d'occasion. D'autres partageaient son ardeur, nombre d'entre elles des touristes nanties de Delhi et du Pendjab, toutes cherchant subrepticement dans les piles, emportant leurs trouvailles dans des voitures garées à proximité. Sonali fondait comme un oiseau de proie sur les marques italiennes, elle raffolait de leur style. Maintenant elle étalait les vêtements sur le lit pour faire son choix. Pantalon ajusté noir et col capuchon en laine d'agneau rouge bourgogne. Elle marqua un temps de pause. Tous ces vêtements s'adaptaient encore parfaitement à sa taille de guêpe. Elle eut un bref serrement de cœur à la pensée de ce que le bébé infligerait à sa silhouette. Pas question de s'en inquiéter pour l'instant. Demain elle appellerait Sonny sur sa ligne directe.

Un Sonny morne et de mauvais poil que son appel fit littéralement bondir, puis envoyer promener le fardeau d'une longue journée pesante d'ennui en perspective. Il vibra au son de sa voix, que d'instinct elle posa dans un registre grave et profond.

« Attire-le comme un poisson sur l'hameçon, promets, suggère… puis quand il est prêt à suffoquer… ferre-le sec », se dit férocement Sonali.

# 14

Sonny reposa l'écouteur. Il regarda par la vitre de verre fumé qui le séparait du bureau où se trouvait son père, en train de parler à quelqu'un au téléphone. Avant d'être convoqué tout à l'heure au bureau de Bhai Sahib dans le bâtiment d'à côté.

Sonali… Dieu ! comme elle lui avait manqué. Le souvenir d'elle sous le manguier excitait sa soif. Peau contre peau, l'emplissant, l'enivrant de musc délectable. Quelle corvée, ce mariage, Bubbly gisant inerte sous lui comme une bûche docile. Sa graisse étalée sur les draps comme un couvre-lit. Et ce pétrin où ils étaient embourbés, c'est sa famille à elle qui les avait mis dedans.

Il se leva fébrilement, lança un nouveau regard rancunier à son père. Le schéma des jours depuis la disparition ne variait pas. Son père ramassait les notes sur lesquelles il avait travaillé et quittait le bureau en fermant la porte à clé derrière lui. Qu'est-ce qui se passait ? Rien de bon, Bhaiya avait dû s'envoler pour Bombay, il se terrait quelque part à Bangalore. Bien sûr, personne ne lui disait jamais rien.

Sonali… il avait besoin de perdre du poids, se dit-il, observant d'un œil critique son reflet dans la paroi de verre. Ventripotent, il n'y avait pas d'autre mot… tous ces hors-d'œuvre frits dont Bubbly le gavait à la moindre occasion. De l'exercice, voilà, tous les matins un jogging dans le parc.

Sonali… cette chevelure splendide, une telle abondance… ces reflets noir de jais autour du visage… ces yeux couleur de cognac, enivrants. Un homme pouvait se rengorger en arrivant avec elle à une soirée. Les têtes se tournaient, wouaaah. Pour Bubbly, ce serait plutôt wouoooff, elle avait l'air d'un foutu bâillement.

Sonali… en pleine tourmente elle aussi… il savait qu'elle s'était mariée par réaction. Maintenant les voilà tous les deux dans le même pétrin, grâce au père de Bubbly.

Pourquoi on ne lui disait rien ? Un foutu larbin de luxe, voilà comment on le traitait… Pouvoir décisionnel zéro, c'est Bhai Sahib qui décidait toujours de tout. À quoi bon son bureau très classe, son école très classe, Bhai Sahib dirigeait tout alors qu'il sortait d'un vague pathshala de Sialkot.

Trafic et micmac douteux, les bateaux devaient être impliqués dans un truc de ce genre. Tout l'équipage était sans doute en prison dans un pays étranger, les bateaux sous séquestre avec leur cargaison.

Il regarda par la fenêtre de leur bureau au dixième étage. Connaught Place montait régulièrement vers le ciel. Le dixième étage n'était plus ce qu'il avait été, lui-même se sentait rapetissé par le bâtiment d'en face, qui le dominait de toute sa hauteur de verre et de béton. Il n'y a pas si longtemps, c'était un bungalow d'un seul étage, à l'ancienne, avec des palmiers et une belle pelouse. Tous les bungalows à la ronde avaient été démolis et passés au bulldozer, les nouvelles structures prenant rapidement leur place pour s'étirer en altitude. Jusqu'au Centre américain en bas de la rue qui commençait à paraître moins imposant comparé aux nouvelles constructions.

Lui-même avait le sentiment d'être laissé pour compte. L'heure était venue d'un changement de direction. Il fallait qu'il parle en tête à tête à Bhaiya. *Où était Bhaiya ?*

Après tout, Bhai Sahib était un senior, il était grand temps qu'il prenne sa retraite et s'occupe des jardins de sa ferme à Mehrauli. Sonny retourna devant la vitre pour examiner à nouveau sa silhouette, passa les doigts dans ses cheveux en crête de coq, retint son souffle et se mit de profil tout en rentrant l'estomac… hmmm… pas mal.

Sonali… Oui ! Il se mit à siffloter tout bas. Ça oui, il avait grand besoin de changement. Il devait passer la prendre près de chez elle demain à l'heure du déjeuner.

Il ne restait plus sur l'assiette de Sonali que des espoirs en miettes depuis sa dernière rencontre avec Sonny mais, si elle ne s'en doutait pas alors, dans l'intervalle il avait dégringolé la pente lui aussi. Chez lui il s'ennuyait à mourir avec sa femme, au bureau il se sentait frustré et plein de rancune.

Dida et Sonali étaient seules, les deux autres femmes parties au travail. Sonali avait un seul cours à la fac, qu'elle avait été autorisée à sécher. Elle s'était confiée à Dida, son alliée de toujours, mais pas à Ma. Elle avait rendez-vous pour déjeuner avec Sonny, il viendrait la prendre en voiture au marché voisin.

Dida, comme de coutume quand elle était tendue, cuisinait avec énergie un plat compliqué. Aujourd'hui, fort à propos, elle faisait du dhoka dalna, un plat très apprécié aux fêtes d'enterrement comme substitut végétarien. Elle supervisait Savitri qui s'affairait à la meule, bastonnant des pois cassés trempés et des épices pour les réduire en fine poudre.

Étrange que Dida eût choisi ce plat, le mot dhoka veut dire supercherie. Peut-être parce que les carrés de pois en purée étaient censés faire croire aux consommateurs qu'ils mangeaient du poisson, un plat de fausses limandes, par exemple.

Sonali passa la tête par la porte de la cuisine pendant que Dida préparait la sauce du dhoka, déposant avec soin le cumin et les feuilles de laurier dans l'huile bouillante.

« Comment tu me trouves ? »

« Ne viens pas te mettre ici, tes cheveux vont sentir le gingembre frit. Attends dehors, j'arrive », dit-elle, ajoutant à l'huile un mélange de gingembre moulu, coriandre, yoghourt et sucre. La cuisine retentit d'une explosion d'éclaboussures, un riche assortiment d'épices.

Dida examinait Sonali d'un œil critique tout en s'essuyant les mains sur un torchon.

Sonali avait perdu du poids depuis le nouvel an. Les traits fins de la mâchoire et la gorge émergeaient du lainage rouge bourgogne, saisissants de beauté. Elle avait relevé ses cheveux en petit chignon serré, ajoutant au dernier moment de longues boucles d'oreilles argent en forme de grappes.

« Enlève-les, fit Dida. Ne mets pas de bijoux, ces fanfreluches n'apportent rien. Et rappelle-toi, il ne faut pas que tu aies l'air facile ou frivole. Je te trouve plutôt bien », conclut-elle avec satisfaction. Les événements de l'année passée avaient mis leur empreinte sur le visage de Sonali, une réserve adulte remplaçait en partie sa coquetterie gauche.

Tendant à Dida les bijoux qui faisaient fausse note, Sonali passa à son épaule un petit sac noir brodé et se dirigea vers le marché. Jetant un regard en arrière, elle sentit que l'allée vide se peuplait de fantômes, la forte présence de sa famille la poussait à avancer, même Dadu et Ratan Kaku étaient là, force de soutien ombreuse mais encourageante.

Elle fut un moment sans apercevoir Sonny et regarda sa montre, pensant qu'elle était arrivée trop tôt. Mais il était bien là – elle avait été induite en erreur par le fait qu'il avait changé de voiture, non plus la Datsun rouge de naguère mais une Toyota gris argent. Une partie de la dot, sans doute, se dit-elle aigrement, avant de se rappeler le but de la rencontre et les recommandations de Dida – parle-lui doucement, très doucement, concentre tout ton regard sur lui. Dida comptait sur l'estimation vaniteuse que faisait Sonny de ses propres talents. Il avait beaucoup grossi depuis octobre, observa-t-elle.

« Bonjour », dit Sonali, un peu essoufflée par la tension. Sonny sortit rapidement de la voiture pour la saluer, ses yeux balayant les alentours d'un coup de radar pour voir si quelqu'un l'avait remarqué. Il vit que Sonali l'évaluait du regard et fit voler ses cheveux de ce geste de paon qu'elle connaissait si bien, tout en rentrant l'estomac. Il poussa Sonali vers la voiture, la fit monter en hâte, et enfonça la pédale, pressé de filer à vive allure loin du voisinage de sa maison où ils risquaient d'être repérés. Il était très conscient du regard qu'elle posait sur son profil.

Merde, il espérait qu'elle n'allait pas lui faire une scène, pensa-t-il, se rappelant la fois où elle lui avait labouré le visage de ses serres. Son moral remonta au zénith quand elle lui parla doucement, gentiment.

« Dis-moi comment tu vas, Sonny. »

Soudain le mécontentement accumulé depuis un an éclata en humeur de défi. Il l'observa de biais sans tourner la tête, juste la pupille de l'œil qui pivotait vers l'angle de la paupière. Elle avait l'air superbe. Peu importe si on les voyait ensemble. En fait ils iraient déjeuner dans le restaurant favori de Bhai Sahib. Oui, il allait l'emmener chez Gaylord's à Connaught Place. Leur faire la nique en l'invitant dans l'endroit le plus fréquenté par eux et leurs copains d'affaires.

Connaught Place tournoyait lentement, une roue à bordure blanche entraînant un flot constant de circulation. Non pas la frénésie des heures de pointe matinales, mais une révolution paisible de repas de midi et de courses postprandiales. Sonny gara la voiture et lui prit le coude, la guidant à travers les foules massées devant le cinéma Regal, festonné de panneaux représentant les vedettes de la prochaine matinée peintes à la main en couleurs criardes.

Zeenat Aman trônait au-dessus d'elles. L'artiste avait accentué son décolleté déjà profond, transformant son corps en chaîne de montagnes à peine voilée de rose.

Sonali s'écarta devant les marchands de trottoir qui déballaient le contenu de mouchoirs blancs comme neige, des cobras jouets qui se dressaient sur des tréteaux démontables, une lampe de poche qui l'aveugla un instant. Tout en injuriant le vendeur, Sonny la fit entrer chez Gaylord's.

L'intérieur n'était que calme, verre gravé, damas neigeux et chandeliers dorés. Les murs de teinte pêche abricot étaient ornés de guirlandes ivoire en plâtre de Paris, vrilles de vigne taillées en bosse. Il n'y avait pas de table libre, mais le maître d'hôtel reconnut en Sonny un habitué des lieux. Il les installa aussitôt à une table réservée pour quelqu'un d'autre. Sonny se pencha en arrière, jeta un coup d'œil à la ronde. Aucun visage connu. Il observa Sonali sous ses paupières mi-closes. Elle le regardait avec adoration. La nouvelle minceur élégante de ses traits recouverte par le souvenir du visage plus jeune qui s'abandonnait sous le manguier. L'ombre et la lumière mouchetée à travers les branches, illuminant sa chevelure et ses seins, tachetant son corps nu comme une peau de léopard. Du miel dans les yeux, une ruche entière. Les fleurs écrasées sous le poids de leurs deux corps. Il avait vécu là le moment le plus érotique de toute sa vie.

Il commanda une bière Kingfisher. Demain il serait temps de penser à réduire son ventre, épanoui pour l'instant dans l'ample décor crème et pêche, face aux bulles d'or qui lui faisaient des clins d'œil dans le verre posé devant lui. Le serveur le connaissait aussi et lui fit une courbette obséquieuse.

Sonali, intérieurement tendue comme un ressort, se sentait légèrement nauséeuse. Elle commanda assez frugalement un potage. Sonny prit un poulet tandoori, du curry d'agneau et des parathas à la menthe.

Sonali fit courir un doigt sur le dos de sa main. Une seule fois. Puis retira ses propres mains et les plia aussitôt sur ses genoux. Il la contemplait avidement.

Leur repas arriva. Sonali qui grignotait délicatement un gressin fixa avec surprise l'assiette de Sonny. Sa nausée augmenta à la vue du mouton nageant dans un bain d'huile et de piments rouges, des parathas luisant dans des anneaux de graisse concentriques, le poulet artificiellement peint couleur de homard. Il restait bel homme, mais épaissi à force d'excès.

L'espace d'une seconde Sonny eut une image déformée de Sonali à travers le fond du verre qu'il vidait, tordue par réfraction, qui lui inspira une pointe d'inquiétude, mais quand il reposa le verre elle souriait doucement. « Qu'est-ce qui est arrivé aux bateaux ? » demanda-t-elle en injectant dans sa voix une note plaintive. Ce qui ne lui donna pas grand mal. Elle se sentait très à plaindre.

« Je ne sais pas », répliqua-t-il brièvement. Une froide panique étreignit Sonali, comment avaient-elles toutes pu croire qu'elle serait capable de le faire parler ?

« Mais c'est ton frère qui dirige la compagnie », insista-t-elle.

Il donna libre cours à sa colère, son sentiment d'exclusion, les affronts réels ou imaginaires amoncelés sur lui par le reste de sa famille, et par-dessus tout, ce mariage désastreux auquel ils l'avaient contraint.

« Bhaiya a pris le maquis. Je n'ai pas eu l'occasion de lui parler. »

Sonali était stupéfaite. Ça elles ne l'avaient pas prévu, l'idée que Sonny lui aussi puisse être sans nouvelles. Elle contempla la moustache brune badigeonnée de curry et fit une nouvelle tentative.

« Tout ce que je veux c'est reprendre ma vie en main, et c'est impossible tant que je ne saurai pas s'il est mort ou vivant. Karan m'a écrit qu'il croyait que le bateau faisait passer des magnétoscopes en contrebande. »

Elle avait droit maintenant à toute son attention. Il repoussa son assiette, rassasié tout d'un coup. Plongeant sa main graisseuse dans le rince-doigts, il pressa la tranche de citron tout en méditant, faisant virer l'eau au gris nuageux.

« Je m'en doutais. Si ça se trouve les bateaux et l'équipage sont peut-être retenus prisonniers quelque part. »

« Prisonniers ? Mais comment pourrait-on garder une telle affaire secrète ? »

« Hé ! ce n'est pas pour rien que Bhai Sahib cultive tous ces ministres. Ils sont capables d'étouffer n'importe quoi. »

Sonali se prépara à l'estocade, sentant combien il était blessé dans son amour-propre. « Sonny… *toi* tu peux certainement découvrir la vérité, tu ne veux pas le faire ? Pour moi… s'il te plaît… j'ai vraiment besoin de savoir. Pourquoi est-ce qu'on ne te la dirait pas ? Après tout c'est toi qui seras un jour propriétaire d'au moins une des compagnies Talwar. Tu veux dire que tu n'as pas accès à tous les fichiers et aux dossiers ? »

Une ombre s'amassa sur le visage de Sonny, mais le germe était planté.

La note de bravade qu'il mit dans sa voix sonnait creux. « Bien sûr que j'y ai accès. Voyons, je vais essayer de trouver ça. » Puis, après un coup d'œil à sa montre : « Viens, je vais te ramener. »

Sonali se mordit la lèvre, craignant d'y être allée trop fort. Elle lui prit brièvement le bras tandis qu'ils sortaient. L'effleura à peine, en levant les yeux vers lui sous la frange des cils.

« Tu m'as vraiment manqué, Sonny », murmura-t-elle.

# 15

Il fallut un autre rendez-vous clandestin pour venir à bout du malaise de Sonny. Permettre au désir de rejeter toute prudence.

Sonali se trouvait chez Indu en train de recopier les notes des cours qu'elle avait manqués quand il appela. C'est Chhobi qui répondit. Elle reconnut sa voix circonspecte, mais fit semblant que non, disant simplement que Sonali devait rentrer déjeuner, sans demander qui était à l'appareil.

Chhobi, qui travaillait sur le visuel du livre commémoratif, sentit sa concentration se diluer. Rosemary était difficile à satisfaire et exigeait toujours une qualité sans faille. Elle relut les idées qu'elle avait jetées sur sa feuille de papier ministre. Printemps à Delhi – jardins Lodhi en pleine floraison, le tombeau de Sikander Lodhi émergeant d'une frise de fleurs de février. Les dates historiques importantes griffonnées pour imiter les graffitis sur le dôme noir, ça c'était une touche bien inspirée, à son avis. Les yeux fermés, elle repensa aux jardins. Elle secoua la tête, et les couples enlacés sur les bancs ou derrière les buissons se firent présage à sa vision des tombes. Avec une agilité de caméléon tous se métamorphosaient en Sonny et Sonali.

Elle raya d'un trait ses gribouillages, et au lieu de poursuivre se plongea dans ses soucis. Son départ pour l'Amérique était proche et il restait tant de choses à faire. Il faudrait qu'elle leur en parle bientôt, mais ça voulait dire quitter la maison au moment où Sonali et Ma avaient le plus besoin d'elle. Elle essaya de se remettre au travail sur un nouveau visuel. Ses idées virevoltantes commençaient à se cristalliser clairement quand arriva Sonali, annoncée par les heurts et le grincement des vitesses. La Fiat grise ressemblait de plus en plus à une guimbarde de clown dans un cirque, qui tombe en pièces à la fin du numéro.

Chhobi rangea soigneusement sa feuille, le croquis surréel d'une idée empruntée à Salvador Dalí. Elle avait vu un tableau de lui en photo, avec un nuage de papillons flottant autour et à l'intérieur de la tour Eiffel. Elle avait remplacé la tour par le minaret de Delhi, le Qutab Minar, pour lequel elle suggérait d'utiliser des teintes sépia, avec une masse en cumulus d'ailes polychromes battant au premier plan. Le printemps à Delhi, aussi brillant et éphémère qu'un papillon.

Sonali entra d'un air dégagé, colorée comme un papillon elle aussi dans une ample kurta chinée. Elle chantonnait un petit refrain, la mine insouciante. Chhobi se rappela un mot de Dickens – « les papillons sont libres ».

« Sonny a téléphoné », dit-elle, et elle vit le visage de sa sœur se figer immédiatement dans une attitude impassible. « Il va rappeler d'un moment à l'autre, tu ferais bien de réfléchir à ce que tu vas lui répondre. »

« Il n'est pas encore vraiment prêt à faire quoi que ce soit, prendre des risques, je veux dire. Il va falloir que je le revoie pour le convaincre d'aller aux nouvelles. C'est vraiment inattendu, cette ignorance. »

« N'oublie pas le dicton à propos des gens qui jouent avec le feu. »

Sonali se contenta de hausser les épaules. Quand Sonny appela, elle prit bien garde de ne pas demander à le rencontrer, ni de lui poser des questions sur Karan ou les bateaux disparus. Elle parla seulement de sa dépression, du fait qu'elle allait quitter son appartement. Elle dit en passant qu'elle y serait dimanche matin de bonne heure pendant le dernier week-end de février. Il fallait qu'elle finisse d'emballer et de déménager ses affaires pour libérer les lieux d'ici le 1er mars.

Dida envoya Savitri avec elle le dimanche en question. Ma avait déjà fait emporter les objets encombrants, le réfrigérateur, le lit, et la plupart des vêtements. Les quelques possessions de Karan qui restaient encore là-bas étaient emballées avec des boules de naphtaline dans une vaste caisse de bois peinte en noir qui avait appartenu à leur père. Ma avait expédié Sonali dans la pièce voisine pendant qu'elle vidait le placard de Karan. Ses mains tremblaient tout en pliant les chemises, son esprit ressuscitant des images de Simla en 1971 quand elle avait lavé et repassé les vêtements de Bhaskar avant de les emballer comme s'il devait revenir les porter. Des caisses de bois noir bien étiquetées, bourrées de vêtements d'hommes disparus.

Savitri s'attaqua énergiquement à la cuisine, son propre domaine de spécialité, enveloppant assiettes et verres dans de vieux numéros du *Times of India* avant de les passer à Sonali pour qu'elle les range dans des cartons bruns. Fatiguée de cette tâche au bout d'un moment, Sonali, que l'anticipation démangeait, l'oreille tendue pour saisir le tintement de la sonnette d'entrée, alla voir sur le balcon si la Toyota gris argent approchait. Rien en vue. Elles finirent de ranger les ustensiles de cuisine, puis se mirent aux rideaux et aux stores en rotin tissé dont la poussière accumulée entre les lamelles fit éternuer Sonali. Il ne restait plus grand-chose à faire, sinon attendre Khokon qui arriverait vers l'heure du déjeuner en minibus Tempo pour charger les affaires. Manifestement Sonny ne viendrait pas. Savitri déplia un *Sunday Times* du mois précédent sur le sol de la cuisine et s'étendit pour faire une petite sieste, joue contre joue avec le champion de cricket Sunil Gavaskar.

Sonali passa dans la salle de bains enlever les traînées de poussière sur son visage. Elle dénoua la dupatta qu'elle avait enroulée autour de ses cheveux pour les protéger. Son visage au-dessus du tee-shirt noir était pâle. C'était sûr, il ne viendrait pas. Bhai Sahib avait dû le prévenir de se tenir à bonne distance d'elle. Elle observa son reflet dans le miroir. Derrière elle par la porte ouverte elle apercevait le couple enlacé sur la reproduction de Klimt, elle avait oublié les deux affiches qui pendaient encore aux murs. Ce couple lui rappelait maintenant leur courte visite à Vienne. Ils s'étaient précipités là-bas un week-end, Karan et elle, pendant que leur bateau était en cale sèche en Pologne. Elle fut surprise de sentir ses yeux s'emplir de larmes. C'était si amusant. Voyager dans tous ces pays, naviguer sur des océans en ronde perpétuelle.

Elle déroula ses cheveux, les étala sur ses épaules. Ils descendaient plus bas que sa taille, éclairés par la lumière de midi, fondus dans la teinte de sa chemise au point qu'elle semblait en être revêtue. Rayures de jais et d'ébène et d'encre de Chine bleu-noir. Elle secoua la tête de droite à gauche, regardant sa chevelure tournoyer autour d'elle.

La sonnette retentit. Ça devait être Khokon, il fallait qu'elle lui demande de décoller ses affiches. Elle ouvrit la porte et se retrouva face au visage de Sonny. Ses yeux s'agrandirent en le voyant, les pupilles dilatées dans les profondeurs topaze sous la frange des cils. Sonny sentit une légère bouffée d'égarement, un minuscule sursaut d'inquiétude. Puis elle sourit et le désir le submergea, puissant comme un raz-de-marée.

« Sonny », dit-elle, la voix rauque de soulagement qu'il soit venu.

« Tout est emballé ? » demanda-t-il en entrant dans la pièce vide, avec comme seule occupante hormis eux Mona Lisa sur son plat d'argent. Parfait, se dit-il, ils étaient seuls.

« Presque, juste deux affiches à décrocher », répondit-elle en roulant rapidement ses cheveux en torsade qu'elle épingla sur le sommet de son crâne.

Il tendit le bras pour l'interrompre, mais elle lui échappa en riant, les ruisselets de cheveux fermement rassemblés en un lourd chignon.

« Quoi d'autre ? » interrogea-t-il.

« Rien… et toi, tu tiens la forme ? Il y a du nouveau ? »

Il fit signe que non, tout en ricanant sous cape, les filles vous demandent toujours naïvement si vous tenez la forme.

Sonali lui tournait le dos, dressée sur la pointe des pieds pour tenter de retirer les punaises qui tenaient l'affiche au mur. Sonny s'approcha et se plaça juste derrière elle, ajustant son corps à celui de Sonali, comme des cuillères. Elle resta immobile, en équilibre sur la pointe des pieds, bras tendus sur le mur, il leva les bras pour enlever les punaises, tout contre elle. Les punaises tintèrent sur le sol, le sourire énigmatique de la Joconde disparut à moitié sous la feuille de papier qui s'enroula en lui retombant sur la poitrine. Sonali entendait le bruit rauque de sa respiration qui s'accélérait.

« Non ! » cria-t-elle en se retournant, agitant les bras pour briser le cercle où il l'enfermait. Il fut plus rapide, lui entoura la taille de ses bras, la coinçant contre Mona Lisa. Elle entendit le papier se déchirer dans un miaulement d'effroi.

« Je ne peux pas, Sonny, pas avant de savoir ce qui lui est arrivé », chuchota-t-elle.

Sonny continua à presser son corps contre elle avec une force renouvelée comme s'il n'avait rien entendu.

« Mademoiselle Sonali ? »

Savitri se tenait à la porte. Sonny lâcha prise en sursautant et se retourna. La vieille femme était immobile, les yeux rétrécis en fentes vigilantes. Sonny resta muet, le visage frustré et sombre.

« Tout va bien, Savitri », dit Sonali, arrachant vivement l'affiche déchirée qui pendait au mur. Elle en fit un cylindre étroit et dit à Savitri de le mettre dans un des cartons de la cuisine. Elle essaya de regarder Sonny, prenant soin de ne pas donner l'impression qu'elle l'observait. Elle le sentait bouillir, fou de colère.

Tout en réprimant sa satisfaction de voir qu'il la désirait si violemment, Sonali s'approcha de lui d'un pas vif ondulant, ouvrit grand les yeux et contempla son visage, conjurant en esprit le bruissement et la nuée des fleurs de mangue et le kasturi ittar de daim musqué de l'engloutir.

« Ne crois pas que je n'en ai pas envie… mais je ne peux pas tant que j'ignore ce qui s'est passé. »

« D'accord, fit-il l'air résolu. Je m'en vais maintenant, et crois-moi, je vais trouver ce que tu veux. »

Sonny comptait sur le dimanche suivant. Bhai Sahib avait invité un politicien quelconque, officiellement pour lui montrer les premières fleurs du printemps dans sa ferme de Mehrauli, mais en fait sûrement pour conclure un accord, qui entraînerait comme d'habitude des retours d'ascenseur et des commandes. La présence de toute la famille était requise. Sonny inventerait une excuse et s'échapperait au dernier moment. Le terrain serait complètement libre, et Sonali pourrait le rejoindre au bureau. C'est elle qui l'avait suggéré. Au début il était réticent, mais elle lui avait jeté un tel regard d'adoration qu'il avait fini par acquiescer. Il n'y aurait personne le dimanche, juste deux agents de sécurité. Qui le connaissaient suffisamment pour le laisser entrer sans interrompre leur jeu de cartes accoutumé dans leur réduit minuscule.

L'autre fois après le déjeuner il l'avait embrassée très brièvement dans sa voiture, avait senti ses lèvres s'ouvrir comme une fleur parfumée à la cardamome, lui animant tout le corps aussitôt d'un désir insatisfait. Qui sait ? Il y avait un vaste sofa très confortable dans le bureau de Daddy… déjà il sentait qu'elle le couvrait de baisers comme autant d'applaudissements. Une fois qu'il aurait trouvé la preuve que Karan était bel et bien sorti du paysage, il l'aiderait à organiser son avenir, très étroitement lié au sien propre, bien sûr. Peut-être qu'elle pourrait conserver son appartement. Le loyer n'était pas très élevé. Elle en aurait une telle gratitude. Elle lui pardonnerait tout à fait de s'être allié à Bubbly, quand il lui aurait expliqué qu'on l'y avait contraint pour des raisons commerciales.

Mais d'abord il fallait qu'il trouve les informations, il devait saisir l'occasion. Et puis il avait envie de savoir, merde. Il y avait forcément quelque chose sous clé dans le coffre du bureau de son père. Sa mère avait dit une fois avec une ironie subtile que Bhai Sahib prenait grand soin de ne rien garder de compromettant dans son propre bureau – c'était Daddy qui servait de bouc émissaire, gardien des sombres secrets fraternels.

Sonny repensa au jour où il avait pris du service dans l'entreprise, il y a cinq ans. Son père avait cédé au sentiment ce jour-là en lui souhaitant la bienvenue à l'entrée du bâtiment. On l'avait présenté à tout le personnel, on lui avait fait faire le tour de la maison. En guise de grand final son père l'avait fait entrer dans le saint des saints, son propre bureau. D'humeur euphorique, Daddy lui avait dépeint l'avenir sous les couleurs les plus roses. En mettant l'accent sur deux vertus : la discrétion, et une aptitude à saisir toute opportunité. À Sonny maintenant de faire bon usage de ses conseils.

Pour finir son père avait décroché le tableau suspendu dans une niche éclairée sur le mur. C'était de l'art abstrait, un de ces types contemporains que sa mère parrainait. Utile pour camoufler les chroniques confidentielles de Daddy, Sonny l'avait bien compris. Et regardé avec attention, car le tableau dissimulait un coffre mural, que son père ouvrit avec une clé attachée à la chaîne de son trousseau. Il avait besoin de cette clé maintenant, et devait trouver un moyen de mettre la main dessus.

# 16

Sonny s'éveilla aux petites heures, peu après minuit. Une lune énorme pendait jaune et basse devant sa fenêtre.

Ses yeux s'ouvrirent et se refermèrent aussitôt. Les branches s'agitaient, la lumière balayait le visage féminin de couleurs lentes. Sonali flottant dans un rayon de soleil nomade, enfermée dans une bulle d'ambre.

Il la voyait avec une clarté presque hallucinatoire. Étonnant, le concours de circonstances qui avait produit ces manguiers fleuris. Un cadre si parfait pour les remémorations futures qu'aux moments où il était allongé près de sa femme dodue et placide, il s'attardait avec reconnaissance sous l'ombrage vert et or des souvenirs. Enlacé par ces membres de miel et de soie. Le visage de Sonali sous le sien avait la saveur de l'innocence, une franchise curieusement excitante. La possibilité de revivre ces moments le laissait tremblant et assoiffé.

Ses parents recevaient des amis pour un déjeuner de bridge tout à l'heure. Il allait s'emparer du trousseau de clés de Daddy et en extraire celle dont il avait besoin pour en faire faire une copie. Dans une de ces échoppes de serrurier à Bhogal ou au bazar Kotla. Ça ne prendrait pas plus d'une demi-heure et Daddy serait trop absorbé dans ses cartes pour remarquer quoi que ce soit d'anormal.

Plus tard dans l'après-midi Sonny roulait vers le bazar Kotla en longeant Defence Colony avec toute l'urgence d'un messager porteur de nouvelles vitales. La clé le brûlait à travers l'étoffe de sa poche. Ses émotions étaient aussi tumultueuses que les éléments par un jour d'orage.

Kotla veut dire citadelle fortifiée. La route étroite menant au bazar aurait pu, voitures mises à part, remonter plusieurs siècles en arrière, jusqu'aux années 1400 où fut édifiée Kotla Mubarakpur. Sauf que le dernier mur de la citadelle s'était effondré il y a une quinzaine d'années, seuls subsistaient le nom et un morceau de portail.

Sonny faufila en pestant sa voiture étincelante entre une charrette à bœufs arrêtée en pleine rue devant un vendeur de jus de canne à sucre frais et une rangée d'étals de boucherie improvisés. Les carcasses de cabri suspendues à d'énormes crochets de fer, les poulets condamnés beuglant dans leurs cages d'osier, les canalisations à ciel ouvert charriant du sang et des viscères, lui arrachèrent une moue de dégoût. Des flottilles de sacs en plastique abandonnés naviguaient lentement sur l'eau fétide. Mais qu'est-ce qu'il fichait ici ? C'était un endroit réservé aux domestiques et aux habitants des taudis. L'odeur… Un frisson d'attente exquise le parcourut quand le corps dénudé de Sonali surgit devant ses yeux et ranima sa résolution.

Derrière un homme endormi sur un charpoy au beau milieu de la chaussée étroite et deux gamins occupés à faire bouillir de la teinture pour les dupatta dans des cuves de cuivre, il aperçut une planche longue d'un mètre et demi posée à l'oblique sur le sol. Sur la planche, des serrures et des clés de toutes les tailles et tous les modèles possibles. Sonny gara la voiture en prenant soin de lui faire enjamber le caniveau infect. Il se demanda s'il réussirait à rentrer sans égratignure. Les deux teinturiers étendirent la dupatta teinte de frais devant la planche et lui impulsèrent des mouvements en vague pour qu'elle sèche, de sorte que la planche était visible un moment, puis voilée de mousseline rouge vif. Sonny sortit avec précaution de sa voiture. Pas de serrurier en vue.

En réponse à sa question, l'un des gamins secoua la forme endormie sur le charpoy. De toute évidence, les affaires marchaient au ralenti.

Le serrurier observa Sonny, ses vêtements coûteux, la voiture garée au milieu de la route et fit mentalement grimper l'addition. Il examina la clé de près, lança un regard vif à Sonny mais ne dit rien. Puis il alla fouiller dans une vieille malle en étain sous le charpoy et en sortit plusieurs anneaux de métal chargés de clés. Sur chaque anneau il devait y en avoir plusieurs centaines. Des clés brillantes et neuves, d'autres rouillées par le temps. Un trésor de pie amassé pour en extraire un gagne-pain capricieux.

Il choisit rapidement deux clés proches du modèle de Sonny, et déballa un étui en toile garni de limes d'acier. Le modèle comportait trois dents et il commença par celle du haut, limant et façonnant la vieille clé tachée de rouille jusqu'à ce que les bords reluisent comme neufs. Le raclement de la lime frottait sur les nerfs de Sonny et il se retourna pour s'assurer que sa voiture était en sécurité. L'homme était adroit, il tira bientôt de la forme irrégulière une copie parfaite. Sonny sortit quelques billets d'un portefeuille si épais que le serrurier regretta de n'avoir pas monté l'addition plus haut.

Sonny repartit vers sa voiture et s'arrêta à mi-course en voyant deux garnements battre en retraite à toute allure. Ses enjoliveurs chromés, ces quatre mobiles argent dont il était si fier, avaient été arrachés.

17

Pendant que Sonny menait l'assaut contre la forteresse de Kotla, Ma et Chhobi devaient relever un nouveau défi. Mrs Chatterjee, enhardie et intriguée par son succès dans l'affaire de l'avocat, sonna à leur porte avec insistance alors qu'elles prenaient le thé. Ma paraissait épuisée, elle avait repris le bureau après une longue absence et se battait avec la charge de travail accumulée, luttait aussi contre le poids de sa dépression. Elle échangea un regard avec Chhobi, toutes deux par trop affaiblies et lasses pour affronter encore une enquête de leur voisine.

Dida qui arrivait de la cuisine sentit leur désir d'échapper à l'épreuve. Elle fit entrer Mrs Chatterjee, tenta de l'entraîner vers le divan avachi mais Mrs Chatterjee ne se laissa pas détourner de sa trajectoire. Elle tira à elle une chaise de la salle à manger qui grinça en signe de protestation sous ses formes massives, et planta ses avant-bras sur la table. Chhobi s'aperçut que Ma avait beaucoup maigri, son poignet posé à côté de celui de Mrs Chatterjee semblait si fragile qu'on avait peine à croire les deux bras reliés au même chapitre de l'anatomie humaine.

Mrs Chatterjee, lancée dans une quête missionnaire de la vérité, attaqua par le plus évident.

« Dites-moi, Meera, vous aurez besoin de toutes vos ressources pour réparer les bêtises de Sona. Bien sûr je ne connais pas tous les détails » ; elle marqua une pause encourageante mais comme aucune explication ne venait, poursuivit avec une nuance de contrariété. Sonali qui travaillait dans sa chambre passa la tête pour voir qui parlait d'elle, fit une grimace à Chhobi, et battit prestement en retraite.

« Oui, Meera, n'oubliez pas vos devoirs, vous avez une autre fille, une aînée qui n'est pas casée – Chhobi ici présente. Qu'est-ce que vous projetez pour elle ? Il faut l'établir maintenant. »

Chhobi se raidit intérieurement, envahie par une rage familière qui lui soufflait de quitter cette conversation sur une repartie cinglante. Dida en ripostant prévint la phrase acerbe qu'elle avait au bord des lèvres.

« Nous sommes parfaitement conscientes de nos devoirs », dit gravement Dida, dans un bengali aussi cérémonieux que celui de Mrs Chatterjee. Mais celle-ci l'ignora, impossible à contenir désormais dans son office de bon Samaritain.

« Je lui ai trouvé un garçon ! » Là-dessus elle sortit de son sac ses lunettes et une photo en noir et blanc qu'elle scruta attentivement avant de la passer à Dida.

« Une bonne famille de Calcutta, et ils connaissent de réputation la famille de Meshomeshai, les Talukdar de Mymensingh », puis d'un air de triomphe, comme si elle conférait un titre de chevalerie à Chhobi, elle déclara : « Il est médecin. »

« Ah oui, médecin ? » fit Dida, pas très impressionnée.

Mrs Chatterjee la dévisagea – comme si elle se rappelait tout haut quelle était la profession de Dadu.

« Non, non, un spécialiste, un onc… onc… oncologue », articula-t-elle avec un grognement de truie.

La langue en trébuchant sur le mot inconnu le parait d'une intonation porcine.

« Qu'est-ce que c'est ? » interrogea Dida tout en observant la photo d'un œil critique. Ma et Chhobi gardaient le silence comme les spectateurs d'une scène comique.

« Un spécialiste du cancer. »

« Du cancer… » Dida émit un soupir et se désintéressa aussitôt de la question. « Le cancer, non, c'est un métier trop désespérant, vous imaginez le genre de compagnie que ça fait à la table du dîner tous les soirs ? Comme le Yamdoot qui n'a que la mort à la bouche. »

Mrs Chatterjee se cabra indignée. Non mais vraiment, pensa-t-elle, en voilà des façons, elle se prend toujours pour la riche Ira Dey qui vit dans un manoir d'Elgin Road à Calcutta. Un garçon si bien sous tous rapports, et qui ne pose pas de conditions.

Chhobi se leva, elle en avait plus qu'assez, et elle aussi avait quelque chose à leur annoncer.

« Pas de "garçons" en ce qui me concerne », clama-t-elle, encadrant le mot de crochets, chassant d'un regard dédaigneux l'innocente photographie. Le garçon en question paraissait au moins trente ans, à en juger par ses bajoues naissantes et sa calvitie en progrès.

« Je pars pour l'Amérique à la fin de l'été. J'ai fait une demande de passeport le mois dernier, on m'a offert un poste d'assistante de recherche à l'université de Los Angeles. Je vais commencer un programme doctoral là-bas. Le poste est très avantageux et c'est ça que je veux faire. »

Le visage de Mrs Chatterjee s'assombrit devant cette annulation péremptoire d'un rituel séculaire, celui de Ma s'éclaira d'un rayonnement inattendu.

« Vraiment, Chhobi, vrai de vrai ? » Ma en lui souriant avec une douceur infinie demanda à voir la lettre. Tandis que Chhobi allait la chercher, Dida, dont les yeux couraient d'une bouche à l'autre, essayant de déchiffrer ce que son oreille ne pouvait saisir, adressa un regard interrogateur à Ma. « Elle a dit qu'elle partait pour l'Amérique ? »

« Oui, c'est ce qu'elle a dit, pour faire un doctorat », dit Ma avec le même doux sourire.

« Rangez-moi ça », fit Dida à Mrs Chatterjee en lui relançant la photo. « C'est notre Chhobi qui sera docteur sans avoir besoin de personne. » Chhobi vit un peu de la joie de Ma réfléchie dans l'expression de Dida, mais mêlée à une touche d'appréhension. L'Amérique – si lointaine, si vaste.

Le téléphone sonna. Dida, Ma et Chhobi continuaient à échanger des sourires, tandis que l'importance de la nouvelle pénétrait leur esprit, déployant de petits fanions qui flottaient en signe de célébration optimiste.

Déplaçant sa masse plantureuse, Mrs Chatterjee ramassa la photo rejetée avec un reniflement audible. Sonali en se précipitant vers le téléphone s'écria : « Pourquoi est-ce que personne ne répond ? J'essaie de travailler, moi. »

« Écoute, Sona, écoute, il y a une grande nouvelle ! » Dida lui saisit le bras, surexcitée, alors qu'elle décrochait le téléphone.

« Un appel *d'où* ? Oui, oui, vous êtes bien au 641 24 88, d'où ça, vous dites ? Qui la demande ? » Tenant l'écouteur délicatement, Sonali leur présenta un visage ahuri.

« Un appel du Sri Lanka, Colombo, pour Ma. »

« Colombo ! » firent Mrs Chatterjee et Dida d'une seule voix comme si Colombo se trouvait au Congo.

Ma, les traits à nouveau crispés par la tension, émit un « allô » hésitant dans l'appareil. Les autres femmes avaient les yeux rivés sur elle, Mrs Chatterjee et Dida l'écoutant de toutes leurs oreilles bonnes ou mauvaises.

« Aucune nouvelle, rien pour l'instant, oui… Nous essayons simplement de nous faire à cette situation. » Elles la virent relâcher sa prise sur l'écouteur tandis que sa tension se dissipait légèrement.

« Pardon ? Oh, du thé, oui, je vois… Eh bien, merci beaucoup. »

« Oui, je vais bien. »

« Oui… »

« Vraiment ? Bientôt ? »

« Je vois. »

« Peut-être à Delhi ? Très volontiers. »

Chhobi et Sonali debout côte à côte regardaient le rose monter aux joues de leur mère. Mrs Chatterjee toujours assise lourdement pinçait les lèvres, le clignement de ses paupières incapable de masquer une lueur métallique de curiosité. Dida lui lança un regard irrité.

Ma murmura un au revoir agité et reposa l'écouteur. Le rayonnement avait pris une intensité multipliée. Elle ne dit rien, se contentant d'observer le cercle de visages interrogateurs le temps d'une pause qui parut interminable. Puis elle finit par retrouver sa voix.

« C'était Rai », dit-elle un peu inutilement – qui d'autre appellerait de Colombo ?

« Oh », fit Chhobi, repensant à la description de Rosemary – un peu vieux mais sexy.

« Il y a du nouveau ? » demandèrent Sonali et Dida à l'unisson.

« Non… c'est pour ça qu'il appelait, pour savoir… Il nous envoie du thé de Ceylan. »

« Du thé », fit Dida d'une voix neutre.

« Du thé ? » répéta Sonali en écho.

Du thé, se dit Chhobi, c'est ce qui s'appelle apporter du charbon à Newcastle, stupéfaite que Ma se soit trouvé un admirateur.

« Du thé ! » dit d'un ton ferme Mrs Chatterjee, en y ajoutant une note clairement patriotique : « J'en prendrais bien une tasse maintenant, pas une lavasse quelconque du Sri Lanka, mais notre Brooke Bond Carte rouge bien de chez nous – fort et sucré. Et maintenant dites-moi, ordonna-t-elle, qui est ce Rai ? Et qu'est-ce qu'il fabrique à Colombo ? »

Dida, avec une centaine de questions qui lui brûlaient la langue, se rendit à contrecœur dans la cuisine. Elle avait les idées confuses, un sentiment rare chez elle, et pressentait que Mrs Chatterjee serait difficile à déloger.

Bien plus tard, la table du dîner débarrassée, Chhobi répondit aux questions de Dadu, qui suivait du doigt le contour de la côte californienne sur le vieil atlas scolaire. Il consulta un carnet d'adresses jauni en quête de parents éloignés qui avaient émigré aux États-Unis il y a au moins dix ans. Le laissant à la rédaction des lettres qu'il comptait leur envoyer, Chhobi s'éclipsa et passa la tête dans la chambre de Ma.

Elle trouva Ma assise sous son halo de lumière rose en train de démêler ses cheveux. Toute sa lassitude semblait enfuie. Chhobi resta un moment à la contempler. Sa chevelure dénouée légèrement ondulée s'étalait en fils chatoyants autour de sa tête. Une auréole lumineuse. Elle aperçut Chhobi et la lumière se communiqua à ses yeux. Elle, si peu démonstrative d'habitude, se leva et serra Chhobi un bref instant dans ses bras.

« La pensée de la vie qui t'attend, pleine de projets, de lieux et de gens magnifiques, m'a littéralement inondée de bonheur et d'espoir. »

« Je ne partirai que si le problème de Sonali est résolu », répliqua Chhobi avec le sentiment d'être la seule qui aurait réussi à s'évader.

Ma lui empoigna les bras. « Pas question. Tu partiras, quoi qu'il arrive. On se débrouillera. Les choses s'arrangeront sûrement pour Sonali. Elles ne peuvent que s'arranger, regarde, c'est ce qu'elles ont commencé à faire aujourd'hui. Depuis des années j'attendais un changement dans nos destinées et aujourd'hui mes prières ont été entendues. À partir de maintenant j'ai la conviction que Dieu et la chance sont avec nous. »

Chhobi sentit son estomac assailli par un nouvel accès de culpabilité. Elle prit une voie oblique, essayant confusément de combler le gouffre de solitude qui s'ouvrait béant comme un ravin aux pieds de Ma.

« Ce Rai, il a l'air du genre serviable. Dommage que Colombo soit si loin. »

Le visage de Ma prit une teinte corail, visible même sous la lumière rose.

« En fait il attend sa réaffectation à Delhi prochainement, murmura-t-elle. C'est ce qu'il m'a dit tout à l'heure. »

« Oh », dit Chhobi, puis en se levant elle ajouta : « Je l'aime bien. »

## 18

Sonny téléphona à Sonali le vendredi suivant.

Il proposait de venir la chercher dimanche, mais elle lui dit qu'elle viendrait de son côté et qu'elle le retrouverait devant son bureau dans l'embrasure où se trouvaient les ascenseurs, au rez-de-chaussée.

Sonali raccrocha et attendit le retour de Chhobi qui était partie travailler en bouillant d'impatience. Elle entendait Dida, Dadu et Ratan Kaku qui bavardaient dans la pièce voisine, discutant de nourriture comme d'habitude. Comment expliquer ça, ce rapport des Bengalis à la nourriture ?

Ratan Kaku se montrait très attentionné depuis que Dida avait sollicité son aide. Il venait presque un soir sur deux portant un sac en plastique fermé par un élastique, ou un plat en faïence rempli de friandises salées ou sucrées pour remonter le moral de Dadu. C'est lui qui parlait en ce moment : « Nos bonbons sont uniques, partout dans le reste du pays on trouve toujours un genre ou un autre de halva, ou du khir cristallisé, mais nos douceurs à base de paneer sont vraiment quelque chose de spécial. »

Dida l'interrompit : « Vous saviez que dans tous les poèmes et les chants qui rapportent l'enfance du Seigneur Krishna on dit qu'il volait de la crème et du beurre, mais jamais de paneer. En ce temps-là on pensait que c'était néfaste de faire cailler le lait avec une substance acide, après tout on ne connaissait pas le fromage. »

« Oui, tout le monde sait que le sandesh et le rosogolla ont été découverts au dix-neuvième siècle, de toute évidence Krishna n'a pas pu y goûter. »

« C'est K. C. Das », dit tout haut Dadu, se joignant à leur conversation, « ou plutôt son père, qui a créé le rosogolla. » Dadu faisait allusion à la plus célèbre confiserie de Calcutta.

« Qui a créé le sandesh ? » demanda Kaku.

« Bhim Chandra Nag. » Dadu semblait avoir une connaissance encyclopédique des bonbons du Bengale car il poursuivit : « C'est lui aussi qui a inventé le ladikanee, une version si délectable du gulab jamun qu'elle vous met l'eau à la bouche. On l'avait mis au défi de créer une nouvelle douceur pour l'anniversaire de la vice-reine, Lady Canning, et c'est cela qu'il a produit. »

« Ah, ladikanee en fait c'est Lady Canning ? Je ne savais pas. »

Sonali qui arpentait le sol de la pièce voisine sentit monter une vague d'irritation, ces histoires de dragées et autres sucreries sans objet, toutes inoffensives qu'elles soient, commençaient à lui porter sur les nerfs. Elle avait bien conscience que dimanche ce serait maintenant ou jamais. Sonny ne se laisserait pas si facilement rembarrer une deuxième fois. Bizarre qu'elle n'éprouve plus aucune attirance pour lui, juste en permanence un picotement aigu de colère. Une seule pensée lui martelait la tête, rongeait ses nerfs, battant inlassablement comme son cœur – il faut à tout prix sortir de ce pétrin… sortir de ce pétrin… sortir. Même Chhobi s'en allait.

Chhobi entra dans la pièce et jeta son sac sur le lit. Elle alla droit à la salle de bains et se lava la figure avec vigueur. Elle sentait une éruption prête à sortir sous la surface de la peau, son visage bourgeonnait toujours au début de l'été. Bientôt Dida préparerait une infusion de feuilles de margousier pour lui faire des compresses chaudes. Sonali intacte en toute saison ignorait ce genre de problème. Chhobi la regardait maintenant, percevant sa tension contenue. Elle rôdait devant la salle de bains, chantonnant faux mais fort, comme un bourdon affolé. L'air d'un bourdon qui aurait perdu son aiguillon.

« Qu'est-ce qui ne va pas ? »

Sonali lui fit un récit que sa nervosité rendait un peu incohérent.

« Voyons, que je réfléchisse. Il nous reste samedi pour mettre au point une tactique. Au moins tu vas réussir à entrer dans ce bureau. »

« Il ne va pas se contenter d'un baiser ou deux, cette fois-ci, c'est maintenant ou jamais. » Puis elle implora contrairement à ses habitudes : « Aide-moi à me sortir de là, je ne pourrai pas lui échapper toute seule au dixième étage. »

« Calme-toi… Il va falloir improviser. Laisse-moi réfléchir. »

Sans être sollicitée, une vision de Sonny et Sonali ensemble à Connaught Place surgit devant ses yeux. Pourquoi avait-il accepté de la retrouver au bureau ? L'imagination de Chhobi, plaquée sur ce que pouvait être celle de Sonny, se mit à battre la campagne.

Sans aucun doute la vision récurrente d'une Sonali nue dans le bureau de son père devait le hanter. Elle semblait transfigurée en symbole de la liberté qu'il avait perdue, elle l'élevait d'un appétit élémentaire grossier jusqu'à un niveau presque lyrique. Avec la monomanie d'un personnage de bande dessinée, il entendait sûrement le bureau retentir du bruit de leurs étreintes illicites. Sonali tournoyant hardiment sur le fauteuil derrière l'imposante table en bois de teck, une exquise jambe dorée ostensiblement pliée au genou. Des yeux d'or fixés sur lui pleins de désir. Une peau brûlante contre la sienne, des seins s'épanouissant comme des fleurs sous ses caresses, un corps drapé dans une longue chevelure noire comme la plus lascive des dentelles. C'est cette scène-là, Chhobi en avait la certitude, qui le poussait tout droit à la trahison.

Chhobi se leva tôt le lendemain matin et regarda sa sœur qui dormait profondément dans le lit voisin. Sa propre insomnie lui faisait des paupières de plomb. Elle avait une vague ébauche de plan en tête. Il lui était venu à l'esprit comme une brève étincelle de lumière avant le départ de la nuit. Une grande partie de sa réussite dépendrait des circonstances – des réactions de Sonny aux actes de Sonali.

Elle prit la clé de Dadu et se rendit au garage-cabinet médical, sa tasse de thé matinale à la main. Dans l'autre main une feuille de papier et un stylo. Cherchant dans les manuels médicaux poussiéreux de Dadu, elle se mit en quête d'une maladie particulière, les souvenirs d'une camarade de classe en train de suffoquer, les religieuses rassemblées autour d'elle comme un troupeau de pingouins anxieux, défilèrent devant ses yeux. Elle nota une liste de symptômes sur sa feuille.

Dadu était seul, installé sur la véranda avec son journal. Après lui avoir raconté une histoire simple mais totalement fictive qui le satisfit entièrement, elle lui fit rédiger une ordonnance pour elle-même sans éveiller le moindre soupçon.

Se remémorant soigneusement les souffrances de la pauvre fille, additionnées des symptômes qu'elle avait relevés, Chhobi s'enferma dans la salle de bains pour tenter de reproduire la crise. Ses halètements et borborygmes finirent par réveiller Sonali qui avait révisé tard et s'était couchée aux petites heures du matin. Inquiète, elle frappa à la porte en criant :

« Ça ne va pas ? Qu'est-ce qui t'arrive ? »

Les deux filles restèrent cloîtrées dans leur chambre tout le samedi, pesant les pour et discutant les contre. Dans la soirée elles se rendirent à la pharmacie avec l'ordonnance prescrite par Dadu. Elles ne dirent rien à la famille.

La suite des événements ne cesserait de hanter Chhobi. Elle mettrait des années à accepter ce qu'elle avait fait, en imprimant au souvenir de cette journée un ton farcesque, tournant la scène cruciale en suspense comique, l'enchaînement des faits en gags de vaudeville. Poussée par le démon du désespoir elle s'était donné le rôle principal, tout simplement parce qu'elle n'avait personne d'autre à qui le faire jouer. Un rôle dicté par une intrigue si pressamment conjuguée au présent que la honte et les inquiétudes s'en trouvaient différées.

Elles étaient en retard dimanche quand elles se mirent en route, l'agitation ayant fait perdre à Sonali son panache habituel dans le choix de sa tenue. Elle se changea deux fois, adoptant pour finir un jean et un tee-shirt. Elle conduisait de manière encore plus anarchique qu'à l'accoutumée, plongeant en avant chaque fois qu'un feu passait au vert, les doigts cramponnés au volant. La voiture n'avait pas été lavée depuis des semaines, et Chhobi descendit pendant un feu rouge pour nettoyer la vitre arrière encrassée avec un morceau de journal. La couche de poussière agglutinée céda comme un voile qui se déchire et elle aperçut dans le rétroviseur le visage de Sonali en train de se mordre les lèvres.

Sonali tourna un regard plein d'espoir vers Chhobi quand elle remonta dans la voiture.

« Tu crois qu'on a des chances de trouver quelque chose ? »

« Quelque chose ? »

« Eh bien, des choses compromettantes. »

« Oh… pas beaucoup, je pense. Oui, très réduites. »

« Réduites à quoi ?… À zéro ? »

« Pour l'instant je suggère qu'on se concentre pour exploiter à fond la carte de la faiblesse désemparée. Une chose est sûre, il ne va pas être ravi de me voir. »

Elles replongèrent dans le silence. Chhobi, l'esprit vide, tenta de repérer les signes de l'été qui commençait à envahir Delhi, le printemps cette année avait été exceptionnellement court.

Le vendeur d'eau poussait sa charrette vers un arrêt de bus, une pellicule de sueur sur le front. La jarre de grès ronde contenant le liquide froid était enveloppée de mousseline rouge humide, l'orifice protégé des mouches par une guirlande de roses et de menthe, la grande louche en cuivre suspendue sur le côté qui chantait avec les cloches. Le long de la contre-allée près de Panchsheel, des marchands avaient dressé un auvent de plastique bleu vif qui donnait à la rue un air de carnaval. Empilées sous son ombre, des pyramides de pastèques précoces, certaines petites et sphériques couleur vert bouteille, d'autres rayées en forme d'ellipse. Des triangles roses découpés dans la chair du fruit faisaient une publicité efficace aux plaisirs attendant les clients volontaires. Sur un étal improvisé, deux hommes réparaient des climatiseurs, introduisant des amas rectangulaires de copeaux de bois jaune entre les lames des cadres métalliques.

Les routes s'élargissaient à l'approche du quartier de Delhi qui avait la préférence de Chhobi, les boulevards arborés devant l'hôtel Oberoi. Chaque avenue avait une identité botanique distincte, jamblons autour d'India Gate avec leurs feuilles neuves d'un vert satiné, margousiers sur Aurangzeb Road, arjuniers sur Janpath.

Connaught Place était vide, facile à négocier même pour Sonali. Pas d'encombrements, pas de foules compactes en mouvement perpétuel. Pas d'innombrables silhouettes inconnues croulant sous les parapluies, les cabas, les dates butoir. Pas de secrétaires ni de standardistes en saris synthétiques, la bouche dessinée au rouge à lèvres bordeaux bon marché. Pas de serveurs de gargotes en haillons transportant des verres crasseux remplis de thé sucré dans des casiers métalliques. Pas d'hommes d'affaires en costumes safari armés pour la chasse aux tigres en papier.

Sonali trouva sans difficulté l'immeuble de douze étages. Elle gara la voiture juste devant, sous un panneau affichant « Stationnement interdit ». Chhobi regarda sa montre – onze heures dix.

« Il sera sûrement en retard, il l'est toujours », dit Sonali d'une voix tendue.

Elles marchèrent jusqu'à l'entrée déserte, pas une âme en vue. Pas d'agents de la sécurité, pas de standardistes aux lèvres bordeaux, pas de serveurs ni de verres de thé… Juste un homme d'affaires solitaire, sa mallette à la main, qui attendait l'ascenseur dans le petit recoin au fond du hall d'accueil. Chhobi se demanda si Sonny était en route. L'homme d'affaires les regarda. Elle remarqua que seul un des ascenseurs fonctionnait puisque c'était dimanche, d'après les petits chiffres rouges qui s'affichaient au-dessus de la porte il était en train de descendre.

En s'approchant, les yeux mieux accoutumés à la pénombre, Chhobi découvrit avec un choc que l'homme à la mallette n'était autre que Sonny. Il était furieux de voir qu'elle accompagnait Sonali. Avec son épaisse kurta tissée main et son expression sévère elle avait tout d'une duègne. Sans l'avoir cherché, elle semblait vraiment le gardien de sa sœur.

Trois quarts d'heure plus tard elles étaient de retour dans le hall. Chhobi se sentait exténuée comme si elle luttait vraiment contre une maladie chronique, suffoquant, langue comme coincée entre les côtes pendant plusieurs longues minutes. C'est Sonali maintenant qui était animée d'un mouvement frénétique, poussait Chhobi devant elle, courait jusqu'à la voiture, ouvrait la portière à toute volée et lançait le moteur comme on démarre après avoir cambriolé une banque.

Sonali était toujours maladroite en marche arrière, cette fois elle y mit toute son énergie. Il y eut un grand bruit de ferraille et Chhobi en se retournant alarmée vit qu'elles étaient rentrées droit dans le poteau de stationnement. Le panneau de métal gris et rouge se penchait comme pris d'ivresse. Le poteau qui le maintenait semblait inexplicablement mais inextricablement fondu dans le pare-chocs de la Fiat.

« Laisse-moi descendre pour vérifier », dit Chhobi.

Sonali fit vigoureusement non de la tête, enfonça l'accélérateur d'un pied ferme et passa la première qui émit un râle douloureux. Un bruit de métal arraché lui répondit. Elles entendirent des clameurs, et Chhobi en se retournant vit les agents de la sécurité qui avaient abandonné leur jeu de cartes et couraient dans leur direction. La voiture avança en tanguant, un grincement de râteau publiant les dommages infligés à leur arrière. Le panneau « Stationnement interdit » s'écrasa sur l'asphalte avec un cri d'agonie terminale. Sonali eut un large sourire en voyant le compteur de vitesse grimper vaillamment. Elle baissa la vitre quand la voiture atteignit la sortie principale, passa la main par la fenêtre et fit au revoir aux gardiens médusés.

Son exultation retomba un peu quand elles s'arrêtèrent à mi-chemin dans une paisible allée feuillue, sous un jacaranda mauve bleuté en pleine floraison. La couleur de la peau de Krishna. Des pétales lilas qui entonnent le chant printanier du cygne.

Chhobi sortit les photocopies glissées dans la ceinture de son salwar et les lissa pour faire disparaître les plis irréguliers. Sonali les contempla perplexe et dit d'un ton désappointé :

« Il y a surtout des chiffres, même pas en anglais mais… »

« C'est de l'allemand. »

« De l'allemand ! Qu'est-ce que le LTTE a à voir avec l'allemand ? »

« Tu t'attendais à quoi – des lettres en tamoul signées V. Prabhakaran avec un en-tête à rayures tigrées ? »

« Épargne-moi tes sarcasmes. C'était mon unique chance. »

« Écoute, nous ne sommes pas qualifiées pour déchiffrer ça. Ces pages valent forcément quelque chose, sinon elles ne seraient pas rangées dans un coffre. Tiens, celle-ci est en anglais », dit Chhobi en l'examinant de près. Des listes de chiffres répartis sur quatre colonnes.

« Fais voir. » Sonali s'empara de la page, l'examina, pensant tout haut. « Ce sont des parts de quelque chose. Regarde, on donne le total – peut-être de l'argent… Oui, divisé entre les deux frères. Le père de Sonny et son oncle. Il y a leurs initiales en haut… Mais ça ne nous aide pas du tout. Inutile. Tous ces efforts, ces plans… Piéger Sonny », sa voix se réduit à un gémissement.

Chhobi fronçait le sourcil, la tête lui tournait, ses veines subissaient encore les spasmes de son pouls accéléré. « On va faire traduire tout ça. Regarde, il y a les numéros de téléphone de plusieurs banques sur cette page – et encore des numéros de compte. »

Chhobi lissa à nouveau les feuilles, les replia soigneusement. En fouillant son sac elle trouva une vieille enveloppe où elle rangea les papiers. Elle ouvrit la poche intérieure pour les y mettre et eut un sursaut en entendant qu'on frappait à sa vitre. Enfonçant les papiers dans la pochette, elle tira la fermeture Éclair d'un geste vif et tourna la tête. L'excès d'adrénaline qui courait dans son sang lui donnait un peu le vertige. Un visage grêlé apparut derrière un grand plat en acier chargé de tranches de noix de coco fraîche blanches dans leur écorce couleur cannelle. Un rafraîchissement charnu et luisant, humide de jus. Elle contempla en silence les croissants zébrés disposés en fleur de lotus. Obscurité et lumière. Rahu et Ketu. Ombre et pénombre.

Le vendeur passa du côté de Sonali. Approchant son plat encore plus près, il se mit à vanter les vertus de ces fruits qui avaient sans doute été rincés dans une eau riche en microbes. Le soleil reflété dans l'espace vide au centre du plat diffusa brusquement la lumière, aveuglant un instant Sonali, puis éclata dans chaque recoin de son esprit avec la saveur exaltante de l'illumination, l'emplissant de transparence radieuse. D'une voix claironnante elle dit à Chhobi : « Tu as vu la réaction de Sonny quand il a trouvé ça ? Les yeux lui sortaient de la tête. Ces papiers ne sont pas inutiles, certainement pas. » Sa sœur, complètement moulue après l'incident, leva mollement la tête, puis se redressa en voyant Sonali jubiler.

« Attends une minute », ajouta Sonali qui descendit, envoya promener le vendeur de noix de coco et courut à l'arrière de la voiture examiner les dégâts. Le pare-chocs à moitié décroché pendait en biais tout cabossé. Elle lui donna un petit coup de pied, puis un autre plus fort, pensant qu'il allait s'écraser sur le sol, mais il résista. Elle entreprit laborieusement d'arracher les lettres rouges de l'apprenti conducteur collées sur la vitre arrière, faisant la grimace quand le résidu de colle et de crasse s'accrocha à ses ongles. Peu à peu l'empreinte des lettres laissée par l'adhésif rouge se dessina nettement sur la vitre sale comme un vestige de son état novice. Elle jeta au loin les petits copeaux rouges et s'efforça de remettre le pare-chocs en place.

Chhobi qui se sentait entièrement démunie, trop lasse même pour tourner la tête, ajusta le rétroviseur pour voir ce que fabriquait Sonali. Une brise légère agitait les feuilles, un point focal sur le miroir. Comme le poème de Ghalib, sa verdeur était moisie et ternie, messagère du printemps peut-être, mais qui restait malgré tout une tache.

Chhobi s'effondra pendant la dernière longueur du trajet de retour. Elle commençait tout juste à mesurer les conséquences de leurs actes. Ses jambes tremblaient à la pensée que le père de Sonny aurait pu faire une visite surprise à son bureau au moment même où elle photocopiait ses documents les plus secrets. Ou pire, la violence potentielle d'une scène où Sonny et ses agents de la sécurité les surprenaient la main dans le sac.

En attendant, l'humeur joyeuse de Sonali donnait à leur parcours l'allure d'un tour de piste d'honneur. Elle sourit à Chhobi en chantonnant, s'adossa contre le siège, indifférente aux bruits de ferraille qui les suivaient. Avec un petit gloussement elle évoqua le rôle majeur de Chhobi dans cette comédie : « Tu mérites un Oscar. »

Au moment où elles prenaient le virage pour entrer dans leur colonie, Sonali sortit la main en réponse aux signaux vigoureux qu'on lui adressait. Hélène, la domestique adivasi chrétienne de Mrs Chatterjee, revenait de l'église avec une troupe d'amies qui leur adressaient des bonjours en souriant. Sonali sourit en retour aux rangées de dents blanches. Elles faisaient une étrange équipe de majorettes, avec les plis de leur sari bien alignés en accordéon, mais en les regardant s'éloigner, Sonali se dit que leurs teintes multicolores avaient tout l'air d'un drapeau victorieux.

## 19

Ils passèrent le mois d'avril dans une sorte de léthargie. Sonali oscillait entre l'espoir et le désespoir, l'abattement et l'enthousiasme. Ma examina les documents, les maniant délicatement, puis les enferma tout au fond de son placard, cachés sur l'étagère où elle rangeait ses plus beaux châles. Impossible de les évaluer. Elle se sentait gagnée par l'impuissance, incapable de suivre le rythme du nouvel élan qu'avait pris leur vie. D'un ton brusque elle dit à Sonali de cesser de bâtir des châteaux dans les nuées et de se remettre à ses études. Pendant une semaine Chhobi et Ma discutèrent de la conduite à suivre, il leur fallait quelqu'un qui ait une vue d'ensemble. Quelqu'un mieux à même d'apprécier l'étendue des responsabilités des Talwar. Quelqu'un qui puisse leur dire si elles pouvaient se servir de ces informations ou non, et comment s'y prendre.

Quelqu'un comme Rai.

À la fin Ma rendit visite à l'ami de Rai qui vivait à Lodhi Estate et lui tendit une lettre adressée à Rai pour qu'il l'envoie à Colombo par la valise diplomatique. Une lettre très brève, qui ne trahissait rien de la confusion et de l'expectative où elles se trouvaient. Rédigée en termes prudents, après tout il occupait un poste sensible, peut-être que sa correspondance était surveillée. Chhobi eut un hennissement de rire à la pensée qu'une équipe d'agents secrets s'escrimerait à la recherche de significations cachées dans la lettre de Ma. Elles y étaient, mais ils auraient du mal à les trouver. Tandis que la missive s'envolait vers le sud, tous éprouvèrent un relâchement de la tension ambiante, savourant le différemment provisoire de la prise de décision. La dépression de Ma s'atténua, et Chhobi s'autorisa à partir en esprit, rêvant d'Amérique. Elles n'avaient pas parlé des documents à Dadu ni à Dida.

Dida s'inquiétait beaucoup pour la santé de Sonali, alors que les examens étaient fixés à fin avril. Elle la réveillait à quatre heures du matin pour lui chasser le sommeil des yeux avec une tasse de thé noir. Un peu plus tard elle écrasait une pâte d'amandes trempées dans du lait pour améliorer sa mémoire. Dadu lui avait prescrit des vitamines et de l'acide folique et Dida s'assurait que Sonali prenait bien ses comprimés.

L'intermède paisible trouva bientôt une ponctuation, le répit gagné à peine plus long qu'une virgule alors qu'elles espéraient un point final. Rai téléphona de Colombo, insistant sur la nécessité du secret, et disant à Ma qu'à aucun prix, absolument aucun, elle ne devait envoyer les papiers au Sri Lanka. Il serait à Delhi d'ici fin avril et l'aiderait alors à résoudre le problème.

Les jours passèrent ensuite dans l'attente de Rai. Mi-avril et déjà le mercure atteignait les pics de l'été. Le soleil cognait sec et dur. Un chien paria brun aux yeux tristes cerclés de noir comme un trait de khôl creusait des tunnels de terre humide sous le buis de Chine près de leur portail, et s'y tapissait immobile, langue pendante, côtes maigres haletantes. Marcher jusqu'à l'arrêt de bus était devenu une épreuve pour Ma, chargée de son fardeau estival, bouteille d'eau et ombrelle. Même ainsi, elle sentait chaque pouce de peau exposée se chagriner. L'eau des canalisations n'était déjà plus qu'un mince filet. Malgré la fièvre des examens qui montait et les accès occasionnels de nausée matinaux, Sonali se mit en vacances de ses livres le temps d'échanger le maigre reliquat de l'argent de Karan contre une paire de lunettes de soleil de contrebande.

Rai prit contact avec Ma le jour même de son arrivée à Delhi. Elle l'invita à leur rendre visite, usant de termes aussi précis et cérémonieux que sa lettre. Il accepta de venir le lendemain soir. Ma vint dans la cuisine en informer Dida qui faisait bouillir de la poudre d'arrowroot pour amidonner leurs saris de coton. Savitri venait d'amidonner un premier lot qu'elle était allée étendre à plat sur la terrasse, en fixant les coins sous des vieilles briques. Leurs dessins rapprochés bord à bord se fondaient pour composer un tapis extravagant sous le ciel implacable.

« Mr Rai va venir demain soir pour examiner quelques documents », fit Ma sans préambule, ne sachant trop comme d'habitude ce que Dida avait pu entendre, deviner ou imaginer. Elle poursuivit : « Tu sais, Rai, ce diplomate serviable qui nous a été présenté par l'éditrice de Chhobi. »

« Oui, oui, du thé de Colombo, je sais. Des documents ? » dit-elle en tournant énergiquement dans une musique de bracelets, « ceux que les filles ont obtenus de Sonny ? »

Ma la dévisagea. Elle était si détachée, curieusement ne manifestait guère d'intérêt pour les preuves qu'elles avaient trouvées. « Alors Sonali te l'a dit. Nous ne pouvons pas les déchiffrer. Ce n'est pas de l'anglais. »

« Du pendjabi ? »

« Non, non, ce sont des papiers officiels, en allemand je crois, peut-être des comptes en banque en Suisse. »

Dida cessa de tourner. Sa louche glissa sur le bord de la cuve, laissant l'arrow-root bouillir et se cailler en bulles opaques gris pâle. Ses yeux se rétrécirent et fixèrent le lointain comme si elle découvrait de nouveaux horizons.

« C'est illégal », dit-elle sur le ton réjoui de quelqu'un qui vient enfin de sortir un atout.

« En fait, c'est trop tôt pour le dire. Nous n'y comprenons pas grand-chose. Il n'y a rien du tout sur les bateaux disparus. »

« Et Rai – ce Rai, tu es sûre qu'il est capable de comprendre, et qu'il saura ce qu'il faut faire ? »

« Je… oui, je crois. Oui. »

« Bien, il va falloir que j'en parle à ton père avant l'arrivée de Rai. Ne lui donne pas trop de détails. Laisse-moi faire. » La pâte d'arrow-root desséchée formait maintenant une boule gluante caoutchouteuse. Savitri qui rentrait avec son seau vide jeta un regard effaré sur la cuve et tendit le bras derrière Dida pour éteindre le gaz.

Plus tard, Dida rongée d'indécision cherchait ce qu'elle allait servir comme hors-d'œuvre.

« Des ordures ! » dit Ma en riant à Chhobi ; elle se rappelait sa vie militaire, les soirées offertes par le commandant, les serveurs du mess qui circulaient avec des plateaux de hors-d'œuvre, d'ordures, comme ils les appelaient – cacahuètes généreusement garnies d'oignons crus qui rendaient toute conversation polie impossible, et petits shammi kebabs secs, durs comme des boulets.

Dida réfléchissait tout haut. « Quelque chose de salé, d'occidentalisé, pas de douceurs dégoulinantes de sirop pour lui. »

« Dadu et Kaku seront là aussi. »

« Ah bon ? Oui, j'imagine qu'ils seront là, mais c'est lui que nous allons nourrir en priorité. »

« Ne t'emballe pas, l'arrêta Ma. Juste du thé et des biscuits, ce sera parfait. »

Sa suggestion tomba en terre aride. Si Rai était l'homme de la situation, alors Dida s'appuierait sur l'unique contribution à la cuisine bengalie produite par deux siècles de gouvernement britannique. Elle allait faire des côtelettes de mouton haché. Un nom impropre en réalité car ce n'étaient pas du tout des côtelettes mais des petits beignets de pomme de terre croustillants, farcis de mouton épicé puis roulés dans l'œuf et la chapelure. On les servait normalement avec du kasundi, cette sauce à la moutarde particulièrement virulente qui trônait verte dans sa bouteille rectangulaire juste à côté d'un autre condiment favori – semences de plantain de la marque Telephone Brand – l'isabgol souverain contre l'indigestion. Chhobi disait toujours qu'on en avait besoin après le kasundi.

## 20

Rai paraissait plus grand et plus imposant que dans la première impression de Chhobi. Il était vêtu avec une élégance discrète, d'une chemise légère couleur aile de pigeon assortie à ses tempes grisonnantes. Il a l'air, ma foi, distingué, pensa-t-elle.

À peine était-il entré que Savitri, impeccable comme rarement, circulait avec un plateau, s'inclinant avec déférence mais incertitude dans sa direction. Il parut un peu surpris de se voir tendre une assiette par Dida dès qu'il fut assis. Une paire de côtelettes le fixaient comme des yeux protubérants, baignées par une mare de kasundi qui s'étalait entre elles comme un troisième œil. Tout autour de la pièce d'autres yeux pesaient sur lui.

Ma et Dida en saris de coton du Bengale trop roidement amidonnés glissaient sans bruit, leurs mouvements rappelant ces poupées automates à l'ancienne aux pieds invisibles. Dadu et Ratan Kaku se tenaient très droits sur des chaises de la salle à manger introduites dans le cercle. Chhobi occupait le fauteuil planteur qu'on avait traîné depuis la chambre de Ma, Sonali perchée sur le bras.

Ma prit place à l'extrême bout du divan avachi où était installé Rai.

Son assiette en équilibre sur le genou, il passa un doigt sous son col, qui semblait soudain trop étroit. Ma lui adressa un sourire rassurant puis plaça une petite table à côté de lui. Elle lui tendit l'enveloppe de documents et le débarrassa de son assiette. Dida, qui s'affairait autour d'un service à thé flambant neuf en porcelaine emprunté à Mrs Chatterjee, interrompit son propre geste et comme tous les présents guetta la réaction de Rai avec une vigilance non déguisée.

Rai, sourcils froncés, examina rapidement tous les papiers puis revint au premier. Sortant un petit étui en cuir muni d'une calculatrice il enfonça les touches avec un stylo Schaeffer à capuchon d'or. Il régnait sur la pièce un silence complet, rompu seulement par le cliquetis du dentier de Dadu, mal ajusté depuis la chute de la dernière molaire qui lui servait d'ancrage. Le vieil homme semblait résolu à se dissocier entièrement de l'épisode en cours.

En regardant les chiffres monter sur le petit écran de sa calculatrice, Rai esquissa un sourire. Il observa le chiffre final sans mot dire pendant quelque temps. Il souriait franchement quand il releva les yeux, puis retourna à la page manuscrite et son sourire s'élargit encore.

« On les tient. C'est de la dynamite. »

Ma parla d'une voix hésitante. « Mais il n'y a aucun lien avec les bateaux disparus, nous ne pouvons pas leur imputer la perte de son mari sur la base de ces documents. »

« Écoutez, dit Rai en tapotant les documents à coups de stylo, mettons bien les choses au point. Nous savons qu'ils savaient, *eux*, quels risques ils couraient en faisant du commerce avec une organisation terroriste. Dans l'espoir d'en tirer des gains matériels ils ont sacrifié de nombreuses vies et ils sont donc très coupables. Nous tenons ici la preuve de virements illégaux, sans doute sur un compte suisse. Le nom de la banque n'y est pas mais quelqu'un a très aimablement noté le numéro de fax sur cette dernière page. Et un numéro de téléphone, apparemment, même s'il manque le code. On ne devrait guère avoir de problèmes à l'identifier. Nous commencerons par Zurich. J'ai relevé pas moins de douze comptes, et des virements automatiques de diverses provenances. Les numéros sont là et les sommes virées font un total considérable. Si vous ne pouvez pas les inculper pour le crime qui vous porte préjudice, attrapez-les pour un autre qui les mettra à l'ombre pendant des années. Je vais identifier la banque avant que vous ne preniez contact avec eux. » Il plia les feuilles froissées et les remit soigneusement dans l'enveloppe qu'il rendit à Ma.

Chhobi regarda tour à tour les membres de sa famille. Ma était pâle et tendue. Sonali écoutait attentivement mais à la différence de Ma n'avait pas eu un frémissement à la mention des disparus. Karan… un homme dont l'absence était devenue une présence permanente dans leur vie.

Ma reprit la parole. « Mais ce serait… je veux dire, c'est… »

« Du chantage ? » Rai souriait de nouveau. « Appelez ça comme vous voulez. Qu'ils lui donnent un dédommagement financier important, ou alors vous menacez de publier ces documents dans les journaux. D'alerter les autorités, le fisc, la Direction du contrôle des changes. »

« Menacer ! » répéta Chhobi qui tremblait à la seule idée de parler à Bhai Sahib, *a fortiori* le faire chanter.

« Non ! Non… nous ne pouvons pas faire ça… pas du chantage », murmura Ma, sa mine horrifiée réfléchie sur les traits désemparés de Dadu et Ratan Kaku, qui avaient tous deux cessé de manger, dans le regard dégoûté de Chhobi. Il y eut un silence contraint.

« Moi je vais le faire. » Le visage de Sonali prit un air décidé, sa voix claqua comme un coup de fouet, pénétrée d'une fermeté neuve maintenant que les documents avaient livré leur contenu. Rai la regarda comme s'il la remarquait, elle la protagoniste, pour la première fois. Il était curieux de voir la fille qui avait joué le rôle de catalyseur, arraché sa famille à sa routine tranquille et l'avait lancée dans le vide en avance rapide. Il la dévisagea puis demanda sur ce ton impérieux qui lui était propre : « Pardonnez-moi de vous poser cette question mais comment vous êtes-vous trouvée mêlée à une famille pareille ? Après tout votre mari leur est apparenté. »

Sonali ne dit rien, l'air boudeur, soudain moins charmant que de coutume. Elle devina en Rai un homme qu'elle n'éblouissait pas instantanément. Avec un regard filtré par ses cils elle murmura : « Le hasard d'une rencontre, et les choses se sont enchaînées. » Son expression était si incongrue que Ma et Chhobi jetèrent un coup d'œil vif à Rai, anxieuses de voir sa réaction.

Rai poursuivit sans expression : « Je doute qu'ils vous prennent au sérieux. En outre, c'est peut-être dangereux. Ce sont avant tout des intermédiaires, ils roulent et traitent pour d'autres. Vous ne savez pas quels niveaux de corruption ont pu s'infiltrer dans leur vie. »

Dida, tendant à Rai une tasse de thé et le pressant de goûter les côtelettes intactes, prit la parole à son tour. « Indranil Mukherjee qui est avocat à la Haute Cour de Delhi pourra faire cela. Lui ils le prendront au sérieux. Quant à faire du mal à Sona, nous allons prendre des mesures de protection. »

Rai attaqua les côtelettes délicieusement épicées, sentit le piquant du kasundi lui monter aux narines et sortit un mouchoir pour s'essuyer la bouche. « Elles sont excellentes », dit-il à Dida qui devint rose de plaisir. « Cet avocat, vous le connaissez personnellement ? »

Comme sur un signal, la sonnette retentit. Par la fente des rideaux de la fenêtre, elles virent Mrs Chatterjee qui se tenait là plus ample que jamais, grillant de curiosité. Elle avait remarqué la voiture garée devant leur portail. En allant lui ouvrir, Ma se sentit incapable de grimacer un sourire de bienvenue. Elle savait que Dida n'aurait jamais dû emprunter ce service à thé. Mrs Chatterjee n'avait pas pu se retenir, elle était venue sur le plus mince des prétextes, des photos récentes de ses petits-enfants à leur montrer. Pour une fois Ma fit preuve de fermeté, elle la prit par un bras corpulent et la guida vers la table des repas aussi loin que possible de Rai.

Mrs Chatterjee foudroya du regard Ratan Kaku qui buvait son thé tout en développant une théorie quelconque à l'intention de Dadu, un filet de salive donnant du relief à son emphase. On ne l'avait pas exclu, lui, pas comme elle. Dida détourna son attention en lui présentant une assiette remplie, et elle se mit à manger avec une ardeur non déguisée. Dida qui la regardait s'empiffrer se dit qu'elle avait un appétit de rakshash. À Calcutta, son statut de veuve l'obligerait à se contenter d'un régime végétarien insipide.

Quand Ma reprit sa place sur le canapé, Rai se rapprocha d'elle et baissant la voix lui parla doucement, presque à l'oreille. Les autres occupants de la pièce les observaient discrètement.

« À mon avis, la simple suggestion de les dénoncer publiquement appuyée par ces documents suffira, ils auront hâte d'étouffer toute l'affaire. N'oubliez pas que vous aurez en face de vous des êtres dépourvus de conscience. Certainement pas des gens qui se laissent fléchir par le remords ou les sentiments ».

Le jugement radical de Rai sur les Talwar sonna aux oreilles de Ma comme un écho désagréable. On dirait qu'il parle de Sonali, pensa-t-elle – « insensible aux remords ou aux sentiments ».

Ma eut la sensation qu'un collier de froid cristallisé en pics de glace lui étreignait le cœur. La description s'appliquait aussi bien à Sonali – ce noyau dur coriace –, cette veine d'égoïsme qui la caractérisait foncièrement courait dans sa moelle… jusque dans son âme. Jamais on n'avait vu un si beau bébé. De parfaits étrangers s'arrêtaient pour l'admirer quand on la promenait dans sa poussette. À peine dix-neuf ans. Ma avait failli à la tâche, manqué une étape de son éducation, sûrement. Elle sentit des larmes amères lui piquer les yeux. Rai qui l'observait cherchait à comprendre la cause soudaine de sa détresse aiguë.

« Vous craignez qu'ils ne s'en prennent à elle ? Je suggère un filet de sécurité. Par exemple l'avocat pourrait les prévenir qu'en cas d'accident insolite, les documents et une déclaration sous serment signée devant notaire seront automatiquement transmis à la presse et aux autorités. »

Chhobi ouvrit enfin la bouche… « Mais un chantage ? Vous croyez qu'on peut demander ça à un avocat ? »

Mrs Chatterjee dressa l'oreille, abandonna son assiette, réclama du thé d'un signe impérieux à Savitri, puis cria à travers la pièce : « Vous parlez de quel avocat ? Indranil Mukherjee ? Nous sommes apparentés, il vous aidera, j'y veillerai. » Rai qui ne lui avait pas été présenté haussa à nouveau les sourcils. « Une amie de ma mère », lui dit Ma *sotto voce*.

Chhobi s'adressait à Rai : « Mais eux, Bhai Sahib surtout, pourquoi accepteraient-ils de rencontrer un avocat ? » C'est Mrs Chatterjee qui répliqua : « Je ne suis pas au courant des détails, mais pour n'importe quelle affaire légale… »

« Ou illégale », glissa Chhobi avec un léger frisson, essayant de faire mentalement la part des choses en se rappelant qu'après tout c'était pour le bien de l'enfant de Karan. Karan dont le deuil avait été si facilement répudié.

Mrs Chatterjee continuait à parader : « Quoi que ce soit, j'en fais mon affaire. » Ayant achevé ses côtelettes, elle fixa sur Rai un regard aiguisé mais garda ses questions pour plus tard.

Une fois que Rai leur eut tracé un plan d'action, Ma insista pour qu'on le diffère jusqu'à ce que Sonali finisse ses examens. Le mois suivant elles ne firent rien sinon prolonger la pause. Rien en dehors des multiples tâches liées aux tribulations quotidiennes qu'il fallait affronter pour combattre la chaleur. Dans le schéma répétitif estival, Dadu était responsable des corvées d'eau et il attendait patiemment le gargouillis matinal des canalisations qui signalait le retour à la vie des robinets inertes. Il fallait remplir les humecteurs dans chaque pièce, les seaux vides béants de la salle de bains, la cuvette en plastique qui bâillait dans la cuisine, arroser l'herbe assoiffée, les plantes parcheminées qui toutes réclamaient à boire.

Dida déroulait les stores en bambou doublés de vert sombre qui abritaient la véranda comme des visières, fermait étroitement les lourds rideaux à chaque fenêtre pour interdire l'entrée au moindre rai de lumière. Chhobi en arrivant de la rue chauffée à blanc se cognait dans les meubles comme une phalène jusqu'à ce que ses pupilles se dilatent suffisamment pour l'orienter dans l'obscurité fraîche.

En repensant à ce mois-là, Chhobi revoyait la maison pendant cette phase d'attente comme une immense matrice, la disparition de Karan lorgnant dans des coins inattendus comme autant de fœtus fantômes en incubation dans cette chaleur enténébrée que l'air brassé par les ventilateurs fluidifiait. La certitude de sa disparition définitive prenait de la substance, grandissait de jour en jour, attendant de surgir à la lumière dans un cri rauque.

La pénombre à l'intérieur, et dehors les tempêtes de poussière qui faisaient virer le ciel au gris métallique, le soleil de l'or au gris argent, un rond parfait comme le thali en aluminium de Savitri. Par la suite Chhobi ne garda en mémoire que les pigments qui coloraient ces jours d'attente. Des souvenirs en technicolor. Dida méditative qui faisait fondre des glaçons dans des verres jaune pâle de jus de mangue et un nuage de lait froid. Sonali disposant des échantillons de soie, satin, papier crépon écarlates sur le lit – Indu s'était brusquement fiancée et voulait qu'elle dessine sa robe nuptiale. L'exubérance pentafoliée du flamboyant qui fleurissait devant la maison de l'avocat à Neeti Bagh, feuilles veloutées, double brasier de folioles et de pétales rouge orangé qui flambait comme si les branches étaient prises de combustion spontanée.

Sonali se donnait beaucoup de mal pour les noces toutes proches d'Indu. La famille avait arrangé le mariage avec un parent éloigné, un homme d'affaires qui dirigeait une usine chimique située dans une banlieue de Bombay. Il avait emmené Indu prendre le thé au Claridge, et le temps de revenir à la maison, ils avaient décidé de se marier, à la grande satisfaction des deux familles. Indu – gratteuse de guitare et mâcheuse de gomme. Indu – jeans effrangés et un appétit insatiable pour les buns à l'œuf. Indu – tout à coup si convenable dans ses saris de mousseline brodés.

Sonali faisait des courses avec Indu quand Ma appela l'avocat, Chhobi plantée auprès d'elle devant le téléphone comme un pilier de soutènement. Dida regardait la télévision, où Rajiv Gandhi s'adressait à un meeting dans un des États du Nord, saisissant de beauté malgré la coiffure tribale très élaborée et incongrue qu'il portait.

Indranil Mukherjee se souvint de leur cas dès qu'elle prononça le nom de Mrs Chatterjee. Ma lui demanda un rendez-vous, laissant entendre que les documents découverts indiquaient des transactions sans doute illégales.

« Les avez-vous montrés à une personne bien informée ? »

« Oui, quelqu'un du gouvernement les a examinés et jugés compromettants. »

« D'accord, ne venez pas à la Haute Cour mais à mon bureau chez moi demain, six heures du soir, à Neeti Bagh. Prenez la route du Fort Siri. » Ma reposa l'écouteur et se mit à griffonner sur le carnet où elle avait noté l'adresse – une guirlande de losanges enlacés se mua en banc de poissons qui s'entredévoraient. « Je crois que nous n'emmènerons pas Sonali. Voyons d'abord ce qu'il va nous dire. »

Dida l'interrompit, sa sourde oreille saisissant le discours de Ma par-dessus celui de Rajiv Gandhi. « C'est elle le client dans cette affaire. »

« Le client ? » répéta Chhobi.

« Oui, je me souviens que mon père avait porté plainte pour dommages à une entreprise qui lui avait fourni des pièces défectueuses. Les hommes de loi traitent des affaires pour leurs clients, qui doivent leur signer des papiers au départ – une procuration, je crois que ça s'appelle. La présence du client est donc indispensable. Il est très cher, alors je vous conseille de prendre des décisions fermes pendant ce rendez-vous. Ne vous inquiétez pas de l'argent, votre Dadu a pressenti Ratan Kaku pour qu'il lui fasse un prêt. »

Ma se raidit, et Chhobi aussi. Dida les observa toutes deux. Ma fronçait le sourcil, les épaules basses de faiblesse, pensant à l'équilibre délicat de leur budget. Dida poursuivit : « C'est un prêt, rien de plus », répéta-t-elle. « Attends. » Éteignant le poste, elle se rendit à sa chambre. Elles entendirent le grincement de son placard Godrej. Quand elle revint, elle avait une liasse de billets à la main.

« Dix mille, ça devrait aller. Fixez bien la totalité de ses honoraires – un forfait. »

Un domestique népalais les fit entrer toutes les trois dans une longue pièce étroite où une dactylo d'âge respectable tapait un dossier. Au bout d'une demi-heure d'attente elles furent convoquées dans le bureau de Mr Mukherjee, une pièce tapissée de livres, les reliures en cuir de magazines juridiques brillant de lettres dorées. Sa table de travail était placée face à une grande fenêtre, de telle sorte que la lumière inondait le visage des visiteurs ou des clients tout en laissant celui de l'avocat dans l'ombre. Il scrutait maintenant les trois visages émus. Sonali encore excédée du trajet, la Fiat devenait impossible. Aucune reprise, et un cliquetis récurrent qui indiquait un dysfonctionnement sérieux. Quelle que soit l'issue de ce rendez-vous, elle voulait une voiture neuve, pensa-t-elle. Elle avait *besoin* d'une voiture neuve.

Ma, s'efforçant de suivre la ligne de conduite établie par Rai, commença par exposer l'arrière-plan de l'affaire. Mukherjee l'interrompit, avec un signe de tête à Chhobi, en disant qu'il se rappelait très bien les faits.

« Au téléphone, vous avez fait état de documents ? »

Ma les lui tendit sans mot dire. Il les examina longuement. À la différence de Rai il ne sourit pas, mais ses yeux luisaient derrière leurs verres à double focale quand il les releva.

« Ce sont des numéros de compte… une banque outre-mer ? »

« Nous avons pu l'identifier grâce au numéro de fax sur la dernière page, il s'agit d'une banque suisse. »

« C'était bien négligent de leur part de prendre ces notes manuscrites. » Il leur posa une longue liste de questions sur l'âge de Karan et son salaire. Ma ne put se contenir plus longtemps.

« Comment les ferez-vous réagir à ces pièces ? Après tout, elles ne sont pas directement liées à notre affaire ? »

Mukherjee répliqua d'un ton assuré : « Ils réagiront, je vous le garantis. Si nous les utilisons, ils se retrouveront tous à l'ombre. »

« À l'ombre ? » répéta Chhobi, sans comprendre. Sonali saisit immédiatement.

« Combien d'années ils vont prendre ? » Ses yeux étaient froids, dorés et malveillants.

Mukherjee alluma la lampe d'architecte posée sur son bureau. Une tempête de poussière assombrissait le ciel et la pièce. Maintenant elles voyaient nettement son visage, éclairé par le faisceau. Puis il ajusta le bras de la lampe pour qu'elle illumine Sonali.

« Vous ne comprenez pas. Ce n'est pas une question d'années. Avec les relations dont ils disposent certainement, ils seront libérés sous caution, certes avec de grosses pertes pour leur réputation et leurs affaires. Je vais préparer une lettre à leur intention. Nous allons garder ces numéros confidentiels, je remplirai les blancs à la main une fois la lettre dactylographiée. » Puis en fixant directement Sonali, il interrogea : « Qu'est-ce que vous voulez ? »

Chhobi et Ma eurent un moment de confusion. Sonali répondit d'une voix chargée de fiel : « Je veux qu'ils paient. »

« Oui, bien sûr, mais nous devons fixer une somme. »

« Peut-être que j'ai envie qu'ils paient ça dans la prison de Tihar », dit Sonali implacable. En cet instant où elle prenait conscience de son pouvoir elle était soudain prête à ne leur faire aucun quartier. D'un zéro un héros, changer de peau.

« Tihar ! » Chhobi en eut le souffle coupé. Aussitôt surgit devant ses yeux une image de Sonny, son père et Bhai Sahib vêtus non plus de complets impeccables mais l'air grotesque en tenues rayées de prisonniers, hagards, le menton mal rasé.

« Sonali ! » protesta Ma, fléchissant sous l'impact de la haine qu'elle dévoilait. Sonali ne réagit pas, soutenant le regard de Mukherjee d'un œil ferme, inflexible. Les yeux de Mukherjee brillaient, il se dit qu'elle criait vengeance pour la disparition de son mari et sa mort presque certaine, mais Ma et Chhobi savaient que c'était en représailles de tout ce qui lui était arrivé depuis que Sonny l'avait rejetée.

C'est avec douceur qu'il lui parla. « Ils ne serviront qu'à négocier », dit-il en tapotant les documents. « Si vous dénoncez les Talwar vous n'aurez rien. Nous allons seulement les menacer à l'aide de ces documents. Maintenant dites-moi ce que vous voulez. »

Elle ne répondit pas immédiatement. On aurait dit que la montée de bile invisible avait rongé le cal de cicatrice qui s'était formé sur la disparition de Karan. Maintenant la plaie était à vif, béante. Elle s'adossa à son siège, dénoua les doigts crispés en poings sur ses genoux.

« D'accord », dit-elle en prenant une profonde respiration. « Je veux suivre une formation de dessinatrice de mode. Je veux ma propre marque, ma propre boutique dans un beau quartier. Je veux être propriétaire des lieux, pas locataire… Je veux une voiture neuve. »

Ma et Chhobi pivotèrent pour la dévisager stupéfaites. Une telle litanie d'exigences. Mukherjee retourna le regard de Sonali avec une expression teintée de respect. D'un zéro un héros.

« Oui, eh bien, nous pouvons mettre tout cela au point… Nous allons leur demander de l'argent. » Il dit un chiffre qui défiait l'imagination et les laissa pantoises.

# 21

Mukherjee accorda aux Talwar un délai de soixante-douze heures pour répondre à sa mise en demeure après réception.

Trois jours après l'envoi de la lettre, le téléphone sonna tandis que Chhobi et Dida étaient attablées pour déjeuner. Sonny voulait parler à Sonali, qui passait quelques jours chez Indu. Sa voix vibrante d'ondes de colère mêlées d'angoisse parlait à la limite du cri. Aussitôt Chhobi se sentit submergée de satisfaction, la menace allait marcher.

« Où est-elle ? Il faut que je lui parle d'urgence. »

« Désolée, je ne sais pas où elle est. »

« C'est bon, dites-lui juste de venir au téléphone. »

« Elle est sortie, elle est occupée. »

« Comment ça, occupée ? Elle doit bien être quelque part. »

« Qu'est-ce que vous lui voulez ? Je ne crois pas qu'elle ait envie de vous voir », dit Chhobi d'un ton narquois.

Sonny fit un effort pour baisser la voix, elle entendait quelqu'un auprès de lui qui lui disait de se calmer. « L'affaire est très urgente, s'il vous plaît dites-lui de m'appeler quand elle rentrera. »

« Je ne sais pas. Qu'est-ce que c'est que cette affaire urgente ? Une affaire de soixante-douze heures ? » Elle ne pouvait s'empêcher de savourer la situation, après le suspense éprouvant qui avait distillé les heures jusqu'au compte à rebours de soixante-douze.

Il y eut un silence lourd, prélude à l'explosion qui suivit sans tarder. « Espèce de… espèce de garce, avec vos soi-disant crises d'asthme… Je me suis toujours méfié de vous, c'est vous qui l'avez manipulée… » Une volée d'injures grossières se déversa dans son oreille. Elle allait raccrocher quand la voix changea. C'était le père de Sonny.

« Bonjour. Vous êtes la sœur aînée de Sonali ? Oui, très bien, s'il vous plaît donnez-lui un message de ma part. Vous savez qu'elle roule dans cette vieille voiture, je vous en prie, dites-lui de faire très attention, les vieilles voitures ont facilement des accidents. » La voix était suave comme une soierie de Kanjeevaram, mais la menace n'avait rien de voilé. Chhobi blêmit mais elle était prête, ayant répété sa leçon avec Rai et Mukherjee.

« Mr Talwar, merci de votre sollicitude, mais ma sœur et à vrai dire toute ma famille ont pris des précautions sur les conseils de notre avocat. Si jamais il arrivait *quoi que ce soit* à *qui que ce soit* parmi nous, une déclaration sous serment enregistrée devant notaire et un lot de documents que vous connaissez bien seront adressés aux autorités et à la presse. Si vous avez autre chose à dire à ma sœur, vous voudrez bien le faire par l'intermédiaire de son avocat. Au revoir. » Elle reposa doucement l'écouteur, à gestes prudents, la main légèrement tremblante.

Ma fut encore plus secouée au récit de ces menaces, et appela aussitôt Mukherjee pour lui parler avec agitation de la sécurité de Sonali.

« Calmez-vous, Mrs Dutt, ils ne risquent pas d'ajouter un meurtre sensationnel à la liste de leurs crimes. Après tout, l'affaire se traite de manière officielle, entre hommes de loi. Ils ont désigné un avocat qui m'a demandé un délai supplémentaire de trois jours. Dites à votre fille de les rappeler en leur donnant rendez-vous dans mon cabinet à la Haute Cour vendredi. Et mentionnez bien le filet de sécurité. »

Ce fut Chhobi qui prit contact avec Sonny pour l'informer du rendez-vous. Elles reçurent d'autres coups de fil muets pendant les deux jours suivants, Sonny voulant à tout prix parler à Sonali. Chhobi ou Ma décrochaient, disaient bonjour, sans obtenir d'autre réponse que le déclic de l'appareil qu'on raccrochait. Le troisième jour, Dida elle-même commençait à se raidir chaque fois que la sonnerie retentissait et parlait de demander une protection policière.

Sonali rentra le jeudi matin. Elle semblait tout à fait sereine quand Ma, Dida et Chhobi entamèrent en chœur une harangue contre les tendances latentes des Talwar au type d'actes mafieux réprimés par la loi de 1982.

« Vous vous attendiez à quoi ? Arrêtez de vous faire du mauvais sang », dit Sonali, contemplant ses mains, comme elles le firent à leur tour.

« Qui a fait ça ? » interrogea Chhobi. « C'est un motif très compliqué. »

« Hier c'était la cérémonie mehndi pour Indu. Ils ont fait venir le mehndiwali de Hanuman Mandir. Ça a été une corvée de subir ça, mais c'était amusant aussi. On est toutes restées des heures assises avec Indu, le mehndiwali n'arrêtait pas de rajouter des couches pour foncer la couleur, et la mère d'Indu nous gavait de sucreries et de pakoras qu'elle nous mettait directement dans la bouche. »

Ma la regarda accablée. « Comment elles ont pu te laisser mettre du henné ? Ça va mettre des semaines à partir… elles ne t'ont pas demandé où était ton mari ?

Est-ce qu'elles ne s'inquiètent pas pour Karan, et *toi*, est-ce que tu t'inquiètes de lui ? »

Les doigts longs de Sonali se nouèrent et se dénouèrent. Elle haussa les épaules. « Je ne leur ai rien dit… Qu'il a disparu ou… et d'ailleurs elles me parlent uniquement chiffons. Elles comptent sur mon goût. J'ai vécu pratiquement toute la semaine dans le magasin Ushnak Mal. » Elle souriait l'air pensif, un sourire absent mais aimable. Les entrelacs brun orangé donnaient l'impression qu'elle avait enfilé des gants crochetés en fine soie.

« J'ai un truc à vous montrer. » Elle revint chargée d'une grande boîte contenant un sari emballé dans des feuilles de papier de soie blanc. Soigneusement, doucement, les mains décorées soulevèrent le papier. Les autres la regardèrent déplier deux mètres d'un tissu chatoyant raide de paillettes. Son ventre serait convenablement déguisé.

« La mère d'Indu me l'a donné pour que je le porte au mariage. » Sonali le drapa autour d'elle et les observa, la tête rejetée en arrière, les yeux rétrécis. La dernière fois où elle paraîtrait sublime avant que son corps n'épaississe, ne devienne lourd et laid.

Pour une fois Dida elle-même resta sans voix.

Dadu qui entrait dans la pièce s'arrêta net en la voyant enveloppée dans le nuage de tissu translucide, les fils de soie vert sombre piquetés d'or. Les paillettes saisies par la lumière luisirent d'un bref éclat phosphorescent.

Sonali tournoya légère, le sari flottant dans son sillage, étincelant dans la pénombre du soir.

« Des lucioles », fit Dadu la voix chevrotante de nostalgie. Il recula involontairement, les yeux clos.

… Redevenu enfant, il courait dans les vergers du domaine. Les arbres au crépuscule éclairés de tisons verts, des lucioles qui flottaient par centaines entre les bosquets, leur feu arrière émettant des flammes froides d'un blanc verdâtre. Il rouvrit les yeux au moment où Sonali quittait la pièce. Une nuée brillante de lucioles clignotait dans sa mémoire. On n'en voyait jamais dans la poussière sèche de Delhi. Les lucioles, perdues au Bangladesh, ne vivant plus que dans l'imagination d'un homme à la jeunesse enfuie depuis longtemps.

Quand Ma parla à Mr Mukherjee au téléphone ce soir-là, il lui dit d'un air dégagé que les Talwar avaient contacté un de ses amis très proches, un juge en retraite, pour qu'il lui parle en leur nom. Ils voulaient le rencontrer en privé, « en l'absence de ces dames », mais Mukherjee avait refusé. Il ajouta qu'ils avaient désigné un avocat de grande expérience pour conduire les négociations.

« Ils sont inquiets. Le simple fait qu'ils aient contacté mon ami montrent qu'ils ne se sentent pas tranquilles. Venez une demi-heure en avance à mon cabinet de la Haute Cour. Nous irons ensuite dans celui d'Agarwal. »

Ma eut un air de doute. « Pourquoi est-ce nous qui devons aller chez leur homme de loi ? Ce sont eux qui devraient venir chez le nôtre. »

Mukherjee émit un petit rire. « Le lieu importe peu. Leur avocat a plus d'ancienneté que moi. Je projette de conduire la réunion dans l'impasse. Ça sera plus facile à faire dans son cabinet. J'aurai du mal à quitter les lieux si je suis dans mon propre bureau. »

## 22

Mukherjee les prévint de le laisser parler sans intervenir. Sonny et son père se trouvaient déjà dans le cabinet d'Agarwal quand elles entrèrent toutes trois à la file derrière Mukherjee. La pièce était petite et débordée par un tel nombre de visiteurs. Chhobi s'assit sur un tabouret près de la porte, Ma et Sonali encadrèrent les Talwar, un sous-fifre apporta un siège pour Mr Mukherjee.

Elles s'étaient habillées toutes trois avec soin pour la circonstance. Ma paraissait toute fraîche dans un sari lavande et blanc en crêpe de Chine imprimé et un rang de perles, au lieu de son tangail amidonné habituel. Elle avait cherché à rappeler la manière dont s'habillaient les femmes des officiers supérieurs pour leurs réceptions matinales. Chhobi en sari elle aussi paraissait plus grande et svelte que dans les kurtas informes tissées main qui lui tenaient lieu quasiment d'uniforme. Dida avait approuvé d'un signe de tête satisfait. Son choix s'était porté d'instinct sur un sari noir et blanc comme si elle voulait souligner leur humeur litigieuse. Quant à Sonali, toutes les têtes s'étaient tournées sur son passage quand elle traversa le long couloir au premier étage de la Haute Cour. Elle portait une jupe noire toute simple mais très bien coupée allant jusqu'au genou, avec une fente dans le dos. Et pour aller avec, un chemisier vert feuille qui faisait luire ses yeux comme ceux d'un chat, les pupilles sombres se détachant sur leurs profondeurs fauves. Ses cheveux étaient relevés très haut, dégageant la longueur altière du cou. Elle avait aux oreilles les étoiles d'or de Dida. Au moment où elles allaient demander autant d'argent, c'était important de donner l'impression qu'elles n'en avaient aucun besoin.

Mukherjee était résolu à l'offensive. À peine était-il assis qu'une rafale de propos agressifs traduits en formules juridiques contournées jaillit de ses lèvres. Les Talwar, horrifiés, s'aperçurent que leur propre avocat était incapable de forcer une brèche dans cette fusillade nourrie.

Sonny avait les yeux rivés sur Sonali. Elle ne le regardait pas, mais tenait ses doigts dressés en flèche, les coudes appuyés sur le bureau. Mr Agarwal, tout comme Sonny, semblait fasciné par ses mains. Les résilles de henné dissimulaient les lignes de sa paume, les dessins en toiles d'araignées – couronne torsadée, tissage en filigrane, filet ouvert comme un piège. Le regard de Sonali se posa avec une moue dédaigneuse sur les dossiers poussiéreux empilés à même le sol derrière le bureau d'Agarwal, puis elle se replongea dans la contemplation de ses mains. Le paradoxe de ses mains, si nuptiales, jointes l'une à l'autre comme pour cimenter une alliance.

Le père de Sonny ne put en supporter davantage. Sans attendre que son avocat réponde, il s'interposa, sur un ton qui se voulait avunculaire. « Nous sommes bien conscients que cette petite dame a subi une pression morale et financière, et nous sommes tout à fait prêts à lui consentir une compensation sous forme de rente mensuelle. Vous devez bien comprendre que l'enquête suit son cours. Après tout nous aussi nous avons subi de lourdes pertes. Nous l'aiderons à faire face à ses frais mensuels. »

Mukherjee le dévisagea, puis dit : « Pas mensuels, un règlement unique, une somme forfaitaire. »

« Forfait ? » dit Agarwal qui put enfin placer un mot, surpris par la force d'assurance que montrait Mukherjee. Il commençait à sentir que ses clients ne lui avaient livré qu'une fraction de la vérité.

« Oui, forfait », répéta Mukherjee. Il cita le montant, baissant la voix comme pour atténuer l'impact de la somme.

Ma et Chhobi se recroquevillaient de honte, mais Sonali releva la tête et observa Sonny d'un air glacial.

Il y eut dans le camp Talwar un silence stupéfait de plusieurs instants, puis le père de Sonny jeta la tête en arrière et partit d'un immense éclat de rire.

« Bonne blague ! » dit-il, riant à gorge déployée. Il sortit un mouchoir orné d'un monogramme et s'en tamponna les yeux, qui s'humectèrent légèrement comme ceux d'un crocodile. Toujours riant, il ajouta : « Je comptais lui offrir deux mille par mois mais vos espérances… »

Puis le rire se figea. Ses sourcils se nouèrent d'un coup sec au-dessus d'un regard dur et offensif. Fixant directement Ma tellement silencieuse, il dit d'une voix forte : « C'est tout simplement… vous savez que c'est du… »

« Chantage ? » lui souffla Chhobi en colère, furieuse qu'il se soit attaqué sans se tromper à Ma, épuisée par l'angoisse de ses repères détruits, cette adoption forcée d'une conduite qui lui était étrangère au point qu'elle se sentait méconnaissable. Les lèvres de Ma blêmirent, le sang se retira de ses joues, ses doigts s'enfoncèrent dans le cuir de son sac. Elle ne dit pas un mot.

Mukherjee se leva et leur fit à toutes un signe d'avertissement. Il regarda Sony, puis Agarwal, qui ne riaient ni l'un ni l'autre. Sortant une enveloppe de sa poche, il la leur tendit.

« Venez, Mrs Dutt. Cette réunion est inutile. Nous les reverrons au tribunal », dit-il d'un ton rude et arrogant en effectuant sa sortie.

Elles furent toutes trois prises de court par sa rapidité, repoussant leurs chaises et trébuchant un peu pour le rattraper. Sonali dont la bride de sandale s'était dénouée traînait le pied. Tandis qu'elle s'agenouillait juste à la sortie du bureau pour la renouer, Sonny bondit par la porte comme un missile.

Elle se releva et prit le couloir d'un pas vif. Mukherjee et Ma avaient commencé à descendre les marches, le torse seul encore visible dans leur descente rapide. Chhobi l'attendait près de l'escalier.

« Sonali, attends », dit Sonny, et tandis qu'elle accélérait le pas, il se mit devant elle pour lui barrer la route. Il la regarda. Des images dansaient devant ses yeux… une vision d'elle – une gerbe d'or, un bouquet de cytise sauvage et de fleurs de mangue, le parfum pénétrant de l'ittar musqué, ses bras et jambes enroulés autour de lui tandis qu'elle s'abandonnait à son étreinte.

Deux avocats chargés d'ans les observaient d'un œil curieux. Comme Mukherjee et Agarwal, ils portaient tous deux le costume théâtral des avocats de Sa Majesté. Chhobi, mécontente du tour qu'avait pris la réunion, rougit de colère en voyant Sonny. Elle revint sur ses pas, brossant au passage la robe flottante d'un des avocats. Seigneur, se dit-elle, un moment distraite par l'abondance de plis et le double dos de la robe, je croyais que ces toges avaient disparu en même temps que le Raj britannique.

Puis elle fut prise de fureur en entendant Sonny qui disait : « Sonali, tu ne vas pas me plaquer comme ça, nom de Dieu ! » Colère, égarement et désespoir se battaient pour occuper son visage jusqu'au point où il parut près de se désintégrer. Chhobi prit Sonali par le coude. Le visage de Sonali restait neutre, l'œil vitreux. Chhobi fit front à Sonny et lui dit : « Laissez-nous tranquilles. Viens, Sonali. »

Sonny se tourna vers elle la mine féroce.

« Vous, c'est vous qui avez tout manigancé, c'est vous le cerveau. De quel droit vous m'empêchez de lui parler ? C'est *vous* qui allez nous laisser tranquilles. Allez vous faire f… »

Puis une note plaintive se glissa dans sa voix, la vidant de toute arrogance. « Sonali, bon Dieu, on ne frappe pas un homme qui est à terre. »

Chhobi eut un sourire de dédain en voyant son manque de tenue et le regard méprisant qui traversa le visage de Sonali, lui allumant une flamme d'or dans les yeux.

« C'est ma sœur », dit Chhobi simplement, puis elle ajouta : « Karan était votre frère. »

Il la regarda ahuri. Karan… Il l'avait complètement oublié. Karan… un homme dont l'absence était devenue une présence fatale dans sa vie.

« Karan », fit-il. Les deux syllabes de son nom restèrent suspendues entre eux le temps d'un moment qui parut une éternité. Chhobi se sentait instable sur ses jambes, puis un tourbillon l'emporta dans une scène de bataille médiévale. Des lances fendaient l'air, des épées s'entrechoquaient, des éléphants richement caparaçonnés piétinaient des soldats. Le *Mahabharata*, et Karan tué par ses frères. Chassant l'image sinistre d'un mouvement de la tête, elle jeta : « Dites à votre père que nous sommes au courant des liens avec les Tigres. »

« Les Tigres… quels Tigres ? Mais de quoi diable vous parlez ? Ça suffit tous ces mystères. »

« Contentez-vous de le lui dire », répéta-t-elle avec un regard en lame de couteau, puis incapable de se retenir elle ajouta : « Espèce de *Zielverkooper* ! »

Sonny comprit à son ton qu'elle l'insultait gravement, mais il était plus dérouté que furieux. « Zelv… qu'est-ce que… sale garce… avec son jargon de Batave ! »

Chhobi ne répondit pas. Guidant Sonali le long du couloir, elle réprima l'envie de regarder par-dessus son épaule et ravala les reparties qui se précipitaient en masse au bout de sa langue.

Là-dessus au moins il n'a pas tort, pensa-t-elle. Après tout c'est bien du batave.

En fait d'autopsie, il n'y avait pas grand-chose à analyser. Leur humeur oscilla comme auparavant entre espoir et désespoir, abattement et euphorie. Ma trouvait que Mukherjee s'était montré trop ambitieux et mélodramatique. Elles étaient toutes ébranlées par la gaieté bruyante du père de Sonny. Le lendemain soir Ma parla d'un ton hésitant à Mukherjee qui lui conseilla d'être patiente. Ils allaient craquer, à son avis. Rai appela à nouveau de Colombo, réconfortant Ma, lui disant de faire confiance à son avocat, lui-même serait de retour à Delhi avant les moussons.

La suite lui donna raison. Mukherjee, de marbre comme toujours, les appela le lundi soir. « Il y a du nouveau. Mr Talwar aime bien marchander, pas moi. Vous savez, l'enveloppe que j'ai donnée à leur avocat ? »

« Oui », dit Ma.

« Dedans il y avait la photocopie d'une des pages sur laquelle j'avais imprimé *le nom de la banque*. Ça a marché. »

Ma, qui avait eu vent de l'allusion de Chhobi aux Tigres tamouls, pensait que c'était probablement cela qui avait marché mais elle n'en dit mot. Mukherjee poursuivait.

« Il m'a fait une offre, la moitié de ce que nous demandions. Ce sera difficile d'obtenir plus. Est-ce que nous acceptons ? »

« Oui, oui », dit Chhobi.

« Oui », répondit Ma.

« Quoi ? » demanda Dida.

« Pas question, dit Sonali, ce n'est pas assez. » Du caprice à l'avarice.

Les négociations entre hommes de loi prirent encore cinq semaines avant qu'ils ne s'accordent sur le chiffre final. Il avait un peu monté, mais pas de manière substantielle malgré les marchandages intenses. Sonali était infatigable, faisant monter le chiffre peu à peu avec un entêtement de mule. Processus qui déprimait atrocement Ma, détruisant le peu d'entrain qui lui restait et épuisant le reste de la famille.

Une date pour le rendez-vous final avec les Talwar fut fixée. Il leur fallait un peu de temps pour rassembler la somme, dirent-ils.

# 23

À part Dadu et Sonali, personne ne dormit beaucoup. Ce fut une nuit lourde et grosse de la journée à venir.

Dès les premières lueurs Chhobi se leva et alla dans le salon. Il faisait sombre, le ciel d'aurore ne parvenait pas à traverser les épais rideaux. Elle erra autour de la pièce en touchant les objets familiers. Ma en entrant la fit sursauter.

« Qu'est-ce que tu fais, Chhobi ? »

« Rien… j'essaie juste de retrouver le contact… avec notre vie d'avant. »

Ma qui déverrouillait l'entrée interrompit son geste à ces mots, puis ouvrit la porte en grand et la lumière entra à flots. C'était une belle matinée, couleur or pâle. Ma voulut offrir à Chhobi la douceur extraordinaire de son sourire mais il dérapa un peu sur son visage tremblant d'appréhension. Elle abandonna ses pantoufles au bord de la véranda et se mit à marcher pieds nus sur la pelouse argentée de rosée.

Le reste de la maisonnée s'éveillait. Dadu apparut dans son lungi à la recherche du journal, marmonnant à mi-voix quand il vit que le livreur l'avait jeté une fois de plus sous la voiture. Chhobi s'empara de son parapluie à manche recourbé et se mit à quatre pattes pour récupérer le journal, en prenant appui sur le pare-chocs du véhicule. Dida faisait tinter les tasses dans la cuisine, puis ils entendirent le thème d'ouverture d'Akashvani quand elle alluma la vieille radio. Sonali dormait encore.

Aujourd'hui comme toujours, Dadu présidait à moitié caché derrière *The Statesman*. Chhobi essayait de déchiffrer les titres depuis l'autre bout de la table, mais à cet instant le journal retomba à plat. Ma qui tournait lentement dans sa tasse pour faire fondre le sucre déposa sa cuillère quand elle vit Dadu se raidir, l'air très ému, et commencer un discours agité.

« Écoute ça, Meera, il y a eu un grand cambriolage, juste en bas de la route, à Greater Kailash. Avec le bruit des climatiseurs, la famille n'a pas entendu entrer les voleurs. Il faut qu'on pose des grilles métalliques aux fenêtres sans plus attendre. »

Dida répliqua aussitôt : « Nous n'avons pas de climatiseurs. »

Une douleur poignante, retour d'image sur une matinée semblable il y a plus d'un an, secoua Chhobi. Apparemment rien n'avait changé. Ce sentiment s'évapora à l'entrée de Sonali. Elle trébucha jusqu'au divan défoncé, écartant les mèches de cheveux et le sommeil de ses yeux. « Du thé, Dida », appela-t-elle. Sa silhouette sous le mince caftan fané était visiblement enceinte.

Chhobi la contempla. Elle sentait son cœur écrasé sous un poids accablant. Le visage de Ma reflétait le sien. Toutes deux s'inquiétaient du rendez-vous fixé à cinq heures du soir au cabinet de Mukherjee. Ma accompagnerait seule Sonali pour cette ultime rencontre avec les Talwar.

Chhobi et Dida attendirent à la maison, tellement soucieuses ce soir-là que la tension vibrait de manière visible sur chaque ligne de leur corps. Dida, en particulier, commença à trahir sa nervosité dès la tombée de la nuit. Depuis une heure elle surveillait le portail en murmurant des prières à Krishna. Chhobi assise au bord de la pelouse se sentit prise d'un agacement irrationnel à son endroit. Elle qui n'avait pas coutume d'entamer à la légère un débat théologique, commença pourtant maintenant à exprimer ses doutes.

« Mais Dida, comment peux-tu compter sur lui ? Les activités de Krishna sont tellement mystérieuses et insondables… si… si peu divines ! Il rompt son serment pendant la guerre de Kurukshetra en prenant les armes pour sauver Arjuna. Il persuade Yuddhishtra de mentir pour en tirer un avantage purement tactique. Il participe à l'enlèvement de sa propre sœur Subhadra. Il triche pour récupérer les cinq flèches destinées à tuer les Pandavas que Duryodhana avait données à Bhisma. Ce… ce voleur de beurre, ce farceur… »

Dida la regarda sans répondre, continua à murmurer dans sa barbe, cette fois des passages célébrant Krishna le vrai dieu, l'avatar parfait de Vishnu.

Savitri sortit à la recherche des sandales que d'ordinaire elle laissait parquées en sentinelle devant la porte d'entrée. D'un ton abrupt elle annonça à Dida :

« Je m'en vais. Le massalé est prêt. Vous allez bientôt dîner ? »

Dida les yeux au loin, préoccupés, concentra son regard sur elle avec effort.

« Oui, oui, tu peux partir. Je ferai juste du kichchudi ce soir. »

Elles entendirent le raclement laborieux des verrous tandis que Dadu fermait son cabinet médical. En soupirant, Dida se leva. Chhobi la suivit avec un dernier regard en direction du portail. Aucun signe d'elles.

Dida dit brusquement : « Ça fait partie de ces moments dont on se souviendra à l'avenir et on en rira. »

« Parfois c'est difficile d'attendre l'avenir », dit Chhobi, rongée par une tension insidieuse. Elle regardait Dida assembler avec adresse les éléments de leur dîner.

Dida maniait avec soin une paire de ciseaux de cuisine orange, coupant en deux des papads plats tout blancs faits de farine de riz. Elle était la seule personne à la connaissance de Chhobi qui fasse ça, les papads entiers prenaient trop de place à son goût sur les thaals. Chhobi la regarda déposer les demi-cercles dans la marmite bouillonnant d'huile chaude. Les papads prirent aussitôt une teinte crémeuse et les bords se gaufrèrent. On dirait des oreilles, pensa-t-elle. Les papads de Dida comme la sourde oreille de Dida dansaient sur l'huile chaude, tendues à l'écoute de leur retour.

Il était plus de neuf heures quand Ma et Sonali franchirent enfin le portail. La voiture était tombée en panne et il avait fallu la remorquer jusqu'à un garage pour la faire réparer. Même si les Talwar avaient payé la somme promise, elles semblaient sous le coup d'une violente décompensation.

Ma qui paraissait atrocement fatiguée n'avait jusqu'ici pas dit un mot de l'argent. Elle cessa de jouer avec sa nourriture quand Sonali, nettement revigorée, commença à faire des projets pour acheter une voiture neuve. Une Maruti au marché noir. Pas question pour elle de faire la queue pendant six mois. Dida protesta, lui recommanda de faire des économies pour le bébé. Sonali rit, et déclara que maintenant elle pouvait s'acheter deux douzaines de voitures si elle en avait envie.

Ses paroles firent sursauter Ma, dont la maîtrise céda, les larmes posant un glacis sur le thaal qu'elle observait les yeux baissés, couleurs mêlées comme sur une palette de peintre. Le monticule de kichchudi clouté de pois verts et, disposés tout autour, le poisson frit brun craquant, les tranches rondes d'aubergine frites, les papads couleur crème, tous se fondirent en brume dans leur vapeur et ses larmes.

« Mais est-ce que nous sommes différents d'eux ? » s'écria-t-elle, l'effort de tenir en équilibre sur une lame toute la journée vaincu enfin par le tranchant ébréché. Sonali entendit à peine, déjà partie dans un monde de rêve hors d'atteinte du règne de l'ironie.

Ma se leva, repoussa son thaal, tournant le dos à sa fille. Chhobi fit mine de la suivre mais Dida lui fit signe de continuer à manger tout en psalmodiant :

*Toi et moi, Arjuna,*
*avons vécu bien des vies.*
*Je me les rappelle toutes ;*
*Tu ne te souviens pas.*

Des paroles de conseil, émanant non pas d'elle mais de Krishna.

Une lueur passa sur le visage de Dadu, un éclair dans ses yeux envahis de cataracte, gris bleuté comme le Brahmapoutre par mauvais temps, mais qui s'éteignit presque aussitôt, et il ne parla que pour demander qu'on le resserve. Sonali haussa les épaules.

« Non ! » Ma poussa un cri presque strident quand Chhobi alluma la lampe, brillant d'un éclat si pénible qu'elle jeta immédiatement le bras devant ses yeux comme pour parer un coup. Chhobi s'aperçut qu'elle n'avait pas pris la peine de mettre ses vêtements de nuit mais gisait dans son sari de soie Murshidabad froissé, sac et chaussures jetés sur le sol à côté du lit.

Chhobi se sentit vaincue par l'impuissance, une faiblesse infirme qui la rendait incapable de traiter la situation. Elle chercha désespérément des mots susceptibles de réconforter Ma, mais ils restaient pendus en grappes bleues à ses lèvres, aussi frustrants que les raisins de Tantale.

« Ma… », chuchota-t-elle.

Ma parla plus doucement cette fois, mais avec une profonde perplexité. « Je ne comprends pas les choses qui passent sans laisser de trace… c'est comme si son Karan n'avait jamais existé. »

Il y eut un horrible trou béant de silence tandis qu'elles se remémoraient le regard pétillant de Karan. Il y avait toutes sortes de choses dont Chhobi voulait parler, l'arrivée attendue du bébé, cette accélération pressante du changement dans leur vie qui avait noyé tout sens d'orientation, mais elle se tut, découragée et sans voix devant la souffrance de Ma. Une honte, à vif et rose comme une plaie. Les mots jaillirent et moururent en elle, sans un mot elle quitta la chambre pour se ruer dans la sienne. Se mit à fouiller fiévreusement dans le désordre des tiroirs de son bureau, cherchant ce qui pourrait combler ce gouffre d'insuffisance. L'enveloppe kraft qu'elle cherchait apparut enfin et elle la saisit, repartit en courant vers la chambre de Ma, et la déposa doucement sur ses genoux.

« Qu'est-ce que c'est ? » demanda Ma apathique en soulevant le revers.

La photo glissa hors de l'enveloppe. Une photo estivale. Chhobi, cinq ans, portait un jupon blanc brodé de pâquerettes, la tête appuyée sur l'épaule de Ma. Ma fixait l'objectif d'un œil grave, avec une belle Sonali potelée de six mois complètement nue sur les genoux. Ma remarqua la restauration soigneuse, le travail d'artiste qui avait rendu l'image à sa perfection, mais elle la rejeta aussitôt d'un geste machinal. L'expression figée de son visage laissa Chhobi complètement démunie, la fin de sa douce sérénité si absolue que sa fille en éprouva un sentiment très troublant de démembrement.

« Raccommodée, c'est ça ? » commenta Ma tout en reglissant la photo dans son enveloppe. Pendant quelques minutes elles gardèrent le silence, puis Ma dit : « Tu ne l'as jamais vu, tu ne peux pas t'en souvenir. »

« Qui ? Qui est-ce que je n'ai jamais vu ? »

« Le père de Dadu, mon grand-père. Mon souvenir de lui est tellement net. Après s'être enfuis de Mymensingh, ils habitaient une petite maison qu'ils louaient dans une partie très peuplée de Calcutta-Nord – Goabagan, c'était le nom du quartier. Les murs de la maison étaient d'une horrible teinte bleue… entre cobalt et turquoise… » Sa voix déclina comme si elle cherchait à se voiler la face dans les détails insignifiants.

« Tu disais – à propos de ton grand-père ? »

« Oui, je le revois assis très droit dans une de ces pièces d'un bleu céleste, habillé impeccablement d'une kurta en mousseline amidonnée. Les manches écrasées par le dhobi pour leur donner la touche finale, l'aspect chiffonné, des boutons dorés brillant près du cou. Il avait tout perdu dans la Partition, tout sauf le sentiment de qui il était. Cela, il ne l'a jamais oublié… Il est mort peu après cette dernière visite que nous lui faisions. Nous ne l'avons jamais revu. » Il y eut une longue pause, puis Ma conclut, d'un ton ferme sans réplique :

« Éteins la lumière en partant, Chhobi. » Il y avait une tristesse irréparable dans sa voix, et en même temps une fermeté interdisant toute nouvelle intrusion dans ses pensées.

Une par une, les lumières de la maison s'éteignirent et chacun, très énervé par les tensions de la journée, s'allongea en quête de repos. Les deux sœurs étaient éveillées, mais le silence divisait l'espace qu'elles partageaient. Chhobi, encore honteuse de sa propre maladresse et du désarroi de Ma, ne parvenait pas à s'expliquer le paradoxe de Karan qui, en partant, avait libéré des forces chaotiques alors que parallèlement les souvenirs de lui s'éloignaient si rapidement. Il était devenu très vite une silhouette floue et pâle, tout en induisant chez elles des comportements extrêmes.

Pour la première fois elle s'autorisa à repenser aux événements de cette journée à fendre l'âme où elles étaient parties pleines d'entrain pour le bureau de Sonny. Quel plan invraisemblable, ficelé avec une telle hâte. Les minutes, rétrospectivement si vitales, fondues dans une agitation échevelée. Sa stupeur en voyant Sonny décrocher ce tableau à l'huile. Ce coffre-fort dissimulé derrière une œuvre d'art abstrait, c'était du James Bond millésimé. Aujourd'hui elle avait du mal à se rappeler les raisons qui avaient guidé leurs actes, sinon sa peur des conflits et un léger dégoût de son propre rôle dans la chaîne des faits qui s'étaient déroulés avec un à-propos comique impeccable.

Elle revécut le moment où elle gisait sur le sol simulant une violente crise d'asthme, suffoquant et sifflant tandis que la peur lui martelait les tempes. L'inhalateur sur lequel reposait tout le scénario semblait si mince et improbable avec le recul. Comme cela paraissait incroyable maintenant que Sonny galvanisé par la panique dégringole les dix étages pour aller chercher l'inhalateur dans la voiture. Et Sonali pendant ce temps-là dans un rôle d'infirmière à faire pâlir Florence Nightingale.

Un moment se détachait encore avec une netteté cinématographique. Chhobi se souvenait d'avoir arraché le dossier des mains de Sonali et couru allumer la photocopieuse. Tandis que l'appareil ronflait avant de se mettre en route, elle étalait les feuilles, deux pages côte à côte face en bas contre la vitre noire. Elle avait ressenti le choc des cylindres lumineux qui glissaient sur le papier comme s'ils lui traversaient le corps. Puis quand la machine commença à cracher les copies elle remarqua les traces noires qui maculaient les bords comme des empreintes digitales rapporteuses. Arrivée à la dernière page elle entendit Sonali qui élevait la voix dans le couloir pour la prévenir du retour de Sonny et elle avait gardé la dernière feuille manuscrite de l'original.

Chhobi soupira en retournant son oreiller, posa la tête sur le côté frais, tout en observant sa sœur dans la pénombre. Sonali dormait, le souffle calme et régulier. À cet instant Chhobi eut le sentiment de mieux la comprendre, comme les raisons profondes qui l'avaient elle-même poussée à prendre son parti. Sonali, avec sa préférence si vitale pour le présent. Elle refusait toute part dans un patrimoine qui n'accordait aucune place au caprice ou à l'aventure. Toute croyance dans les vertus d'une lutte constante contre ses propres désirs. L'honneur n'était pas une qualité noble dans son vocabulaire, mais un simple mot frisant l'obsolescence. Pour elle, c'était le rejet du passé qui ouvrait la voie au processus de réparation.

## *Épilogue*

Chhobi en emballant ses livres de poche dans des cartons constata que ces ouvrages, en dehors des mots qu'ils contenaient, ne semblaient guère dignes d'être conservés. Pages cornées et dos si fatigués qu'ils en avaient perdu leur titre. Anonymes. Un picotement familier lui monta aux yeux. Elle entendit Dadu répondre au téléphone dans la pièce voisine. La communication qu'il avait demandée avec New York arrivait enfin. Un ami du Dr Mitra devait accueillir Chhobi à New York et la mettre dans l'autocar pour le Connecticut où elle irait passer quelque temps chez son oncle, dans la famille du frère de Bapi, avant de prendre son poste à l'université. Dadu avait New York en ligne maintenant, élevant d'instinct la voix jusqu'à hurler comme s'il essayait de franchir l'immensité des océans qui les séparaient.

« Non, non, le nom, je répète, est Chandrayee… quoi ? Ah, épeler… C comme Calcutta, H comme Hooghly… Non, H comme Hooghly, A comme Agra… »

Dida l'interrompit d'un claquement de langue agacé : « Tu ne peux pas dire tout simplement C comme cheval, H comme horloge, A comme abricot ? »

Les larmes dévalèrent les joues de Chhobi. Les noms de ces villes si enracinées dans les réalités de la géographie proche seraient bientôt, comme elle-même, des inconnus dans un environnement américain. Elle commença à vérifier ses passeport, billet et chèques de voyage pour la énième fois.

Ce serait son baptême de l'air, ou plutôt son vol nuptial. Un décollage à l'état de *Virgo intacta*. Faisant encore toute une affaire de ce petit bout de chair intact. Elle n'avait même pas quitté la maison et souffrait déjà du mal du pays. Ma entra, portant une cocotte-minute Hawkin's qu'elle venait d'acheter avec une ristourne au magasin de la cantine militaire. Son visage tellement ravagé par les soucis ces derniers mois semblait serein aujourd'hui. Les rides d'inquiétude s'estompaient, elle était heureuse du bonheur en perspective de Chhobi. Dida arriva sur ses talons et tendit à Chhobi deux pots de chutney, piquant et sucré.

« Les pickles, il paraît que ça porte malchance quand on voyage, mais le chutney ça devrait très bien aller. Emballe-les dans la cocotte-minute. Comment tu vas faire là-bas pour avaler cette nourriture insipide ? »

Sonali sortit de la salle de bains, cheveux humides enroulés dans une serviette. Elle se déplaçait lourdement maintenant, le dos ensellé, l'accouchement pour bientôt. En voyant les piles de kurtas tissées main abandonnées, les valises à coque rigide très VIP presque remplies de vêtements neufs, elle entonna l'air de John Denver : « Tous mes sacs sont bouclés, je vais m'en aller… »

Dida demanda à Chhobi : « Qu'est-ce que tu veux manger ce soir ? » Un chevrotement trahissait l'émotion provoquée par le caractère définitif de la décision. « Le Dernier Souper, hein ! » plaisanta Sonali en grimaçant un sourire, mais elle aussi avait une mine visiblement affligée. C'est alors que Chhobi perdit sa maîtrise. Les quatre femmes s'entreregardèrent, les larmes leur venant aux yeux à l'unisson.

Quitter l'Inde, ce serait pour Chhobi une dissolution, un adieu à la compagnie des femmes. Solitaire, à la dérive. Elle sentit une déchirure, comme si elle perdait ses amarres et se retrouvait brusquement coupée de gestes intimes quotidiens comme s'asseoir à la table d'un repas cuisiné par Dida ou se faire masser la tête à l'huile de coco par Savitri.

Ma se rappelait l'année 1971. Une autre séparation. Quand Bhaskar mourut, elle aurait voulu mourir aussi, et se sentit prête à casser sous la responsabilité de rester en vie pour ses filles… Elles étaient grandes maintenant, et elle toujours en vie, elle les avait élevées sans mourir, au bout du compte. Elle vint s'asseoir sur le lit à côté de Chhobi.

Chhobi parla d'une voix étranglée : « Ma, j'ai peur, tout va être si différent, un monde tellement étrange, et moi je leur paraîtrai encore plus étrange. »

Sonali s'arrêta sur ces mots : « Ça va être tellement intéressant. »

Ma émue au point d'exprimer sa tendresse, rompant avec son habituelle réserve, caressait la tête de Chhobi, lui parlait doucement.

« L'année que nous venons de passer était étrange aussi, et très difficile, on ne s'en serait jamais sortis sans toi. Tu vas te faire des amis. Et puis il y a toujours la bibliothèque, tu n'auras qu'à y prendre des livres que tu as déjà lus, feuilleter quelques pages et tu verras que tu n'es pas en pays si inconnu. Allez, va te rincer la figure. » Ma sourit, l'expression de nouveau paisible et presque allègre.

Mrs Chatterjee et Ratan Kaku s'assemblèrent après le dîner pour souhaiter à Chhobi bon voyage. Kaku lui glissa timidement une enveloppe. « Offre-toi quelque chose au duty-free. J'ai fait un arrangement avec le gérant de l'agence qui m'organise mes vacances dans les collines », puis dans un murmure : « Il négocie des dollars au marché noir. »

Chhobi en jetant un coup d'œil dans l'enveloppe ressentit une nouvelle attaque d'émotion – elle contenait un billet de cent dollars.

Mrs Chatterjee lui tendit une longue liste de noms, adresses et numéros de téléphone. Elle y avait inclus les noms d'amis d'amis en Amérique.

« J'ai coché trois noms, tous des fils célibataires », clama-t-elle. Ils étaient installés ensemble sur la véranda, les filles assises sur le rebord cimenté longeant la pelouse. Dida distribuait des bols en verre remplis de khir. Elle avait mis de côté une grosse portion pour Khokon qui viendrait à minuit pour les emmener à l'aéroport. Décollage prévu pour trois heures quarante-cinq.

Arrivée et départ, Chhobi naviguant comme toujours entre les titres de livres familiers. Rai avait téléphoné pour lui souhaiter bonne route lui aussi, il atterrirait dans ce même aéroport la semaine prochaine, de retour à Delhi pour un long séjour, espérait-il.

« Il va te falloir combien de temps pour terminer ce doctorat ? » interrogea Mrs Chatterjee.

Chhobi sentit sa dépression reculer devant l'agacement qu'elle connaissait bien. « Un minimum de quatre ans », répliqua-t-elle sèchement, se préparant à entendre un sermon sur son statut de vieille fille. Mais Mrs Chatterjee changea de piste, distraite par la Maruti rouge flambant neuve garée dans l'allée.

Sonali n'avait pas traîné pour se débarrasser de la vieille Fiat. Comme elle l'avait décidé, pas question de faire la queue six mois, elle versa la prime du marché noir en argent comptant, contre livraison immédiate d'une voiture neuve. Ils s'y entasseraient tous, en se serrant un peu, pour déposer Chhobi à l'aéroport, Sonali et Khokon, Ma et Dida.

Dadu, seul à la maison, décida de rester encore un moment sur la véranda. Les couloirs d'avions en route pour l'ouest passaient juste au-dessus et tout en répartissant son poids sur le siège de rotin qui crissait, il se dit qu'il allait guetter l'envol de Chhobi.

Mais bientôt ses paupières s'alourdirent et il dériva dans un paysage familier.

Il avait le sentiment de flotter malgré son volume dans un jardin éclairé par la lune, merveilleux et magique. Comme il marquait une pause sur un sentier étroit, les arbustes sombres qui le bordaient grimpèrent d'un seul coup vers le ciel, comme Jack et son haricot géant. Des bourgeons invisibles déployaient de riches efflorescences en quelques secondes, comme dans un film d'animation. Ses deux favorites, chandini à la blancheur laiteuse et kamini ivoire, si tendres sous cette lumière nacrée.

Les saisons se fondaient en une fleuraison unique sur son chemin. Tous les arbres et tous les buissons, décorés d'une sorte de givre argenté, s'épanouissaient en chœur, au mépris des consignes dictées par les orbites de la lune ou du soleil.

Des nuées d'abeilles se pressaient sur les pétales sphériques du kadamba, agglutinées les unes aux autres dans leur avidité. Le jasmin grimpant se dépliait en écharpe mouchetée d'étoiles brillantes. Autour de lui montaient les arômes sucrés du frangipanier à cœur doré. Une abondance inouïe. Il cueillit une fleur dans un massif crémeux de tubéreuses à ses pieds et, en se penchant, jeta un regard derrière lui le long du sentier pavé par la lune. Un regard vers sa maison.

La maison avait un grain flou, comme le souvenir imparfait d'une image, l'air variant au gré des parfums floraux. Il attendit avec confiance de voir les cours à colonnades de Mymensingh se dessiner nettement sur sa rétine.

Un gardénia qui lui arrivait à la taille doubla de hauteur sous ses yeux, lui obstruant complètement la vue, des corolles d'albâtre aux reflets pâles. Il écarta une branche et se hâta, courut presque, sur le sentier, impatient soudain et pressé d'apercevoir la maison. L'écho de ses pas lui sonnait aux oreilles, comme son stéthoscope à l'écoute des palpitations d'un cœur bouleversé.

Puis sa vision s'éclaircit comme par une fente à travers les nuages. Il aperçut la maison. Et resta bouche bée de surprise.

C'était une demeure modeste, sertie non comme un solitaire au cœur de vergers précieux gorgés de fruits mûrs, mais dans l'angle d'une allée étroite bordée de maisons similaires, à un seul étage. Badigeonnées de jaune ou rose vif, sauf celle de Mrs Chatterjee, d'un vert pistache douteux. La sienne était blanche et striée de gris, sa véranda à moitié étouffée par l'étreinte d'un jasmin indiscipliné.

Il se remit en marche, d'un pas lent, cette fois, mais assuré, jusqu'à la véranda. Le fauteuil de rotin crissa en signe de protestation tandis qu'il installait confortablement ses formes massives comme dans les bras de Morphée. Ses yeux se fermèrent et il s'abandonna au sommeil, profond et paisible.

# GLOSSAIRE

*Adda* : conversations éclectiques et souvent très érudites entre amis, style de controverses intellectuelles très en faveur au Bengale, auquel le poète et critique Buddhadeva Bose a consacré un essai dans *Prabandha samkalana* (1966).

*Adivasi* : aborigènes de l'Inde qui font partie des « peuples des collines ». Officiellement reconnus par la Constitution comme « tribus répertoriées », ils sont souvent regroupés avec les « castes répertoriées », autrement dit les Intouchables.

*Alpana* : peinture rituelle à base de pâte blanche faite de riz écrasé ; art populaire associé à l'observance par les femmes hindoues des vœux religieux.

*Amrit, amrita* : « sans mort », nectar qui permit aux dieux vaincus par une malédiction de reconquérir leur immortalité et vaincre les démons ; fluide bienfaisant qui se répand dans la gorge lors de méditations yogi ; nom de l'eau bénite utilisée dans les baptêmes sikhs.

*Balucharis* : saris bengalis en soie, fabriqués à Baluchar.

*Barfi ou burfi* : variété de desserts à base de semoule ou de poudre d'amande et de lait condensé servis pendant les fêtes, en particulier celle de Holi, la fête des couleurs.

*Batasa* : biscuits au beurre, cumin et cardamome, à base de ghee pur.

*Beel* : étang dans les plaines inondables du Brahmapoutre.

*Behenji* : littéralement « sœur » (behen) avec le suffixe -ji qui marque le respect ; utilisé ironiquement à l'adresse des filles conservatrices et démodées.

*Bhai* : frère. Terme qui s'emploie aussi à l'adresse d'un ami.

*Bhangra* : style de danse du Pendjab, accompagnée de chants, de battements de tambour dol et exécutée à l'occasion des mariages ou de la moisson.

*Bhatey* : mélange de légumes bouillis.

*Bhetki* : *Lates calcarifer*, genre de perche, le loup tropical.

*Bichhu booti* : *Urtica dioica*, grande ortie ou ortie dioïque.

*Bidi* : cigarette en forme de cône, faite de brins de tabac hachés, maintenue fermée par un fil de coton, souvent de couleur rose.

*Bindi* : dérivé du mot sanskrit bindu (goutte, point), marque rouge sur le front indiquant le statut de femme mariée.

*Biryani* : spécialité indienne très épicée, cuisson à la vapeur de la viande et du riz dans la même sauce, sous une croûte de pâte.

*Bulbul* : *Pycnonotus*, oiseau chanteur de l'Asie tropicale, de la famille des passereaux.

*Chandini* : *Tabernaemontana corymbosa*, arbuste à feuilles sempervirentes et fleurs blanches odorantes.

*Charpoy* : lit de cordes tressées tendues sur un cadre.

*Chikan* : travail de broderie, spécialité de Lucknow, dans l'Uttar Pradesh, qui passe pour avoir été introduit par Nur Jahan, l'épouse de l'empereur moghol Jahangir.

*Chow mein* : plat chinois à base de nouilles sautées ou frites agrémentées de légumes.

*Dalna* : sauce épaisse à base d'oignons frits, ail, gingembre, épices, et toute combinaison d'aliments qu'on fait cuire ensemble dans cette sauce.

*Dhaba* : restaurant où l'on sert de la cuisine locale, généralement pendjabie, ouvert 24 heures sur 24, et qui sert souvent d'arrêt routier.

*Dhak* : tambour traditionnel du Bengale, porté en bandoulière, qui accompagne les fêtes religieuses, en particulier Durga Puja.

*Dhakai* : type de sari fabriqué à Calcutta.

*Dhenki* : instrument en bois de l'Inde rurale utilisé pour décortiquer le riz, qu'on peut voir en action dans un film de Satyajit Ray, *Tonnerres lointains* (1973).

*Dhobi* : laveur-repasseur qui propose ses services de porte à porte, en particulier à Mumbai (Bombay) où la zone qui sert de lavoir est surnommée le Dhobi Ghat. « To dhobi » s'emploie encore dans l'armée britannique pour « faire sa lessive ».

*Dhoka dalna* : purée de lentilles épaisse comme une polenta, découpée en carrés et servie avec du chutney ou en sauce.

*Dholak* : tambour du nord de l'Inde en forme de baril recouvert de peaux tendues par des cordes qui permettent d'en régler la tension, très utilisé dans les musiques de film.

*Dhoti* : le plus ancien des vêtements drapés, qui à l'origine était porté indifféremment par les hommes et les femmes, maintenant exclusivement masculin.

*Dhurrie* : tapis de coton tissé à la main.

*Dupatta* : longue écharpe portée autour des épaules ou sur la tête selon les régions, généralement considérée comme un signe de modestie.

*Gandharaj* : *Gardenia jasminoides*, nom bengali du gardénia.

*Garam massala* : « mélange chaud », condiment constitué de plusieurs épices, relevé par des piments séchés.

*Ghat* : volée de grandes marches, en particulier au bord du Gange, descendant jusqu'au fleuve, qui accueille les baigneurs.

*Ghazal* : chant d'amour en langue ourdoue composé de distiques rimés et d'un refrain, obéissant à des contraintes métriques rigoureuses, que le poète signe souvent de son nom dans le dernier vers.

*Ghee* : beurre clarifié provenant du lait de vache.

*Gil* : parfum à base d'huile, moins connu que l'ittar, spécialité d'Hyderabad qui évoque l'odeur de la terre l'été après la première pluie.

*Gulab jamun* : boulettes au sirop à base de lait en poudre, sucre, cardamome.

*Gur* : sève du palmier dattier, sucre de palme, extrait au début de l'hiver, qui sert sous différentes formes et stades de cuisson à toute une variété de confiseries et desserts.

*Gurjari* : artisanat du Gujarat. Nom d'un magasin d'Hyderabad, vitrine instituée par le gouvernement de l'État de tous les artisanats de la région.

*Haar singaar* : *Nyctanthes arbortristis*, jasmin de nuit, dit arbre du chagrin dans un conte où ses fleurs tombent chaque matin depuis le suicide d'une princesse qui s'était éprise du soleil.

*Haveli* : belles et riches demeures de marchands au nord de l'Inde. La haveli de Ghalib est devenue un musée en 1999.

*Ilish* : *Tenualosa ilisha*, poisson abondant dans le golfe du Bengale, un des plus fameux de la gastronomie du Bangladesh.

*Isabgol* : germes du *Plantago psyllium*, remède puissant contre les troubles intestinaux.

*Ittar ou attar* : essence et parfum naturel composés avec le suc des fleurs, dont l'usage remonte au temps des Moghols.

*Jaali* : paravent, cloison ou panneau sculpté dans le style des moucharabieh.

*Jalkhabar* : ample sélection de mets salés pour accompagner le thé du soir.

*Jaltarang* : instrument de musique ancien composé de coupes en bronze ou porcelaine de tailles différentes remplies d'eau pour émettre chacune un son différent.

*Janam patri* : horoscope établi d'après le système astrologique indien par le panditji de la famille, qui détermine la position des planètes dans les douze maisons fixes du ciel au moment de la naissance.

*Jhola gur* : sucre de palme dans sa forme liquide.

*Jholawali* : terme méprisant désignant des gauchistes mal habillées, affublées d'un sac informe appelé jhola, qui passent pour agressives et ergoteuses.

*Jhumka* : style de boucles d'oreilles à pendentifs très allongés.

*Jutti* : terme ourdou désignant une chaussure formée d'une tige fermée, fixée à une semelle.

*Kaan balas* : bijoux bengalis en forme de demi-lunes qui recouvrent l'oreille.

*Kabadiwala* : revendeur de ferraille et de composants électroniques.

*Kadamba ou kalam* : *Antocephalus cadamba*, arbre du sous-continent asiatique, de la famille des rubiacées à fleurs jaunes ou orange vif. Il tient une place importante dans les légendes, où il abrite les amours de Radha et Krishna. C'est du haut d'un kadamba que Krishna plonge dans la Yamuna pour châtier le serpent Kaliya qui empoisonne ses eaux.

*Kadhi chawal* : pakoras frits servis avec du riz dans une sauce épicée à base de yoghourt et farine de pois chiches.

*Kalia* : curry de poisson en tranches dans une sauce au cumin, coriandre et gingembre.

*Kameez* : chemise cintrée ou ample en tissu léger portée avec un salwar.

*Kamini* : *Murraya paniculata*, le buis de Chine ou bois-jasmin, oranger jasmin, bois de satin, arbuste sempervirent de sous-bois, commun dans les régions tropicales.

*Kanji* : boisson fermentée du Pendjab à base de carottes noires et de moutarde.

*Kanthas* : broderies à dessins géométriques incorporant des scènes de la vie quotidienne sur un vêtement destiné à l'être aimé, dont la mode a été lancée à Santiniketan par les femmes de la famille Tagore.

*Kash ou kans* : *Saccharum spontaneum*, canne à sucre fourragère, canne sauvage, plante pérenne sud-asiatique à tiges hautes.

*Kasturi* : sécrétion du daim musqué ou chevrotain porte-musc, base de parfums très recherchés et coûteux.

*Kasundi* : condiment bengali à la moutarde très pimenté.

*Katha* : point de broderie des châles en soie du Bangladesh.

*Katla* : variété de carpe.

*Khejur ras* : sève fraîche du palmier dattier, extraite en hiver ; gourmandise qu'on boit nature ou cuite en sirop et jagré.

*Khir ou kheer* : riz au lait safrané, à la cardamome et aux amandes.

*Khusgrass* : huile essentielle de vétiver utilisée en parfumerie.

*Kichchudi* : mélange de légumes, d'épices, mijotés avec du riz et des lentilles.

*Kirpan* : sorte de poignard porté par les sikhs orthodoxes en signe de leur lutte contre l'oppression et l'injustice.

*Koftas* : boulettes de poisson haché cuites dans une sauce aux épices.

*Kurtas* : tunique à manches longues fendue sur les côtés, encolure boutonnée devant, souvent portée avec une dupatta et un salwar.

*Laddoos* : boulettes à la noix de coco.

*Ladikanee ou ledikeni* : nom donné en l'honneur de Lady Canning aux pantuas, des boulettes frites de semoule, khoya, ghee et sirop de sucre.

*Lassi* : boisson aromatisée aux fruits à base de yoghourt.

*Lathi* : désigne à la fois un ancien art martial indien, et l'arme qu'il utilise, un bâton de bambou garni d'une extrémité en métal.

*Luchi* : galette de blé frite dans l'huile ou le ghee, variété bengalie des naans ou des chapatis.

*Lucknowi* : variété de broderie pratiquée à Lucknow, capitale de l'Uttar Pradesh dont l'artisanat, la cuisine et la culture en général sont réputés.

*Lungi* : vêtement de coton d'une seule pièce, noué autour de la taille.

*Maha* : préfixe sanskrit signifiant « grand », « de haute taille ».

*Mahseer* : *Chordata actynopterygii*, nom commun d'une variété de poissons d'eau douce de la famille des cyprinidés, que les pêcheurs britanniques appellent le saumon indien.

*Malayali* : littéralement, habitant des collines ; nom donné aux habitants de l'État de Kérala.

*Malpuas* : beignets parfumés à l'anis.

*Mandala* : terme sanskrit désignant le cercle ou la sphère, l'espace sacré autour d'une divinité, et par extension tout motif géométrique symbolisant le cosmos destiné à concentrer l'attention des adeptes.

*Mandap* : structure en forme de dais soutenue par quatre piliers sous laquelle sont assis les mariés dans les cérémonies nuptiales.

*Mantriji* : ministre.

*Massalé ou masala* : mélange d'épices réduites en poudre dans lequel on fait cuire viandes et légumes variés.

*Mehndi* : le henné, et l'art de l'appliquer sur la peau en motifs élaborés.

*Mehndiwali* : l'artiste qui procède aux applications de henné dans les mariages.

*Mendiants du samedi* : le samedi, « Shaniwar » en hindi, est le jour du dieu Shani, patron des mendiants, si redoutable que ce jour-là les plus avares se montrent généreux.

*Mishti doi* : dessert à base de lait, yoghourt et sucre caramélisé.

*Mouton do piaza* : curry de mouton cuisiné avec de l'oignon et des épices.

*Naan* : pain plat fait de farine de blé.

*Namaskar* : geste de salutation qui consiste à joindre les mains en les portant au front, tout en prononçant le salut « namaskar », qui signifie « je m'incline devant vous ».

*Nautch* : terme dérivé du sanskrit, un style de danse populaire exécutée par des jeunes filles, les « nautch girls ».

*Navgraha* : prière pour neutraliser les neuf planètes dont l'influence peut être maléfique, avant d'honorer la divinité dont on célèbre la fête.

*Nawab* : prince souverain indien de religion musulmane.

*Nolen gur* : sève nouvelle, jagré, qui sert de novembre à février à la confection de confiseries, rosogollas, sandesh, patali, fabriquées avec ce liquide qui ne se conserve pas.

*Paans* : mélange d'épices enveloppé dans une feuille de bétel comestible.

*Pahadi* : les Népalais qui vivaient dans les régions des collines ou leurs descendants.

*Pajama kurta* : pantalon ample, origine du pyjama, porté avec une large tunique.

*Pakora* : beignet garni de deux ou trois ingrédients, légumes ou viande, qui sert souvent d'en-cas.

*Pallu* : extrémité libre du sari, drapé en diagonale de la hanche droite à l'épaule gauche, qu'on peut ajuster pour dissimuler le nombril selon les circonstances et le cadre.

*Panch phoron ou « cinq épices du Bengale »* (cumin, fenouil, moutarde, fenugrec, nigelle) : utilisé pour parfumer les légumineuses ou le poisson.

*Pandal* : marquise, ou abri provisoire.

*Paneer* : cubes de lait caillé, qu'on appelle aussi fromage indien.

*Papad, papadom* : crêpes fines et croustillantes servies avec les plats.

*Paratha* : galette de blé feuilletée, frite ou cuite sur une grande plaque de métal.

*Patali gur* : disques de gur réduit et solidifié.

*Pathshala* : école en sanskrit, système d'éducation à l'ancienne où les classes se tenaient sous un grand arbre le dimanche.

*Payesh* : recette bengalie de riz au lait.

*Pipal* : *Ficus religiosa*, figuier des pagodes, ou arbre de la Bodhi ou peepul, arbre de la famille des moracées.

*Puja* : rituel de vénération qui peut prendre plusieurs formes, rites quotidiens, offrandes aux dieux, prières, pèlerinages, cérémonies, pratiqué dans un temple ou sur un autel domestique.

*Pulao* : plat à base d'épices, de légumes et de riz basmati.

*Purdah* : écran ou rideau qui isole les femmes des hommes, et par extension, la ségrégation sexuelle, ou le système de claustration des femmes en Inde du Nord.

*Raga* : terme sanskrit signifiant attirance, couleur ou passion, cadre mélodique utilisé dans la musique classique indienne.

*Rakshasha* : démons aux ongles venimeux, grands amateurs de chair humaine, une des dix catégories d'esprits ou demi-dieux mentionnées dans l'*Amar Khosh*, qui ont la réputation de troubler les cérémonies et violer les tombes.

*Reetha* : noix de lavage de l'arbre à savon, *Sapindus mukurossi*, riches en saponine, qu'on utilise en Inde depuis des siècles, très recherchées aujourd'hui pour leurs vertus écologiques.

*Renaissance du Raj* : période au début des années 1980 marquée en Grande-Bretagne par une abondance de films et feuilletons télévisés inspirés de la période coloniale, traitée avec ironie de « Raj revival » par Salman Rushdie.

*Rewri* : sucrerie réputée à base de gur et de graines de sésame.

*Rohu* : *Labeo rohita*, poisson d'eau douce de la famille des cyprinidés, genre de carpe.

*Rosogollas ou rasgullas* : boulettes à base de farine, lait caillé et gur cuites dans le sirop.

*Sadhu* : du terme sanskrit signifiant saint homme, le sadhu mène une vie nomade de dépouillement en vue d'abréger le cycle des renaissances pour se fondre dans la conscience cosmique.

*Salwar* : pantalon bouffant retenu à la taille par un élastique ou une cordelette, fendu sur les côtés, porté avec une kameez ou une kurta.

*Salwar kameez* : ensemble tunique et pantalon que les Britanniques appelaient costume pendjabi, porté indifféremment par les hommes et les femmes.

*Sandesh* : pâte cuite aromatisée à base de lait caillé, ghee et nolen gur, découpée en petits losanges d'une couleur brun rosé, un des desserts les plus appréciés de la cuisine bengalie.

*Sangeet* : coutume d'origine sanskrite, célébrée deux ou trois jours avant une fête de mariage, réservée en priorité aux femmes, qui chantent en chœur des chants traditionnels émaillés de plaisanteries sur les beaux-parents en s'accompagnant au dholki, un tambour à deux faces proche du dholak.

*Sarkanda* : *Saccharum bengalese*, canne du Bengale, dont on utilise communément la fibre pour couvrir les toits ou en faire des ruches.

*Seekh kebabs* : brochettes de viande hachée de cabri ou d'agneau enduites de yoghourt parfumé à la cannelle et au gingembre.

*Shamiana* : tente ethnique utilisée pour abriter les réceptions, fêtes et mariages en plein air.

*Shammi kebabs* : pâtés de viande d'agneau hachée très fin, de purée de lentilles et de piments.

*Shahtoosh, shatush* : terme persan qui signifie « plaisir des rois » ; nom donné aux châles tissés avec le duvet de l'antilope du Tibet, le chirou, par les tisserands du Cachemire.

*Shawa* : le fait de transporter par le rythme et les vibrations. « Shawa Shawa », titre en 2001 d'une chanson du film hindi *La Famille indienne* (*Kabhi Khushi Kabhi Gham* : « Parfois le bonheur, parfois la tristesse »), interprétée par Amitabh Bachchan.

*Shikar* : gros gibier.

*Shola* : *Aeschynomene indica*, fabacée des régions marécageuses, dont la moelle d'un blanc laiteux est utilisée en sculpture, notamment dans les grands décors représentant les dieux et les déesses qui servent d'arrière-plan aux cérémonies de Durga Puja.

*Sloka* : verset de la poésie épique sanskrite, quatre hémistiches de huit syllabes ou distique de seize.

*Soni kudi* : gentille adolescente, incarnation de la jeune fille idéale au Pendjab, et titre d'une chanson très populaire d'Amrinder Gill.

*Sukhto* : mélange de légumes, lentilles, margoses, coloquintes, relevé de panch phoron, moutarde, gingembre.

*Swadeshi* : stratégie indépendantiste, clé de la pensée de Gandhi, visant à affaiblir l'Empire britannique par le boycott de ses produits et la remise en usage de modes de production et produits locaux.

*Tangail* : type de sari du Bangladesh.

*Thaal* : grande assiette en acier.

*Thali* : assortiment complet de plats dont la composition varie d'une région à l'autre, disposés dans des récipients sur un plateau rond en métal, le thali.

*Zardozi ou zari* : fil métallique d'or ou d'argent, et le type de broderie complexe qui l'utilise, aux points extrêmement fins, développée dans le nord de l'Inde sous le règne des empereurs moghols.

Zielverkoopers : « marchands d'âmes », par jeu de mots avec *Zeilverkooper* (marchand de voiles), recruteurs pour la Compagnie néerlandaise des Indes orientales ; ils embarquaient de gré ou de force des vagabonds, orphelins ou chômeurs, et se payaient sur leur prime d'engagement.

## INDEX DES TITRES ET DES NOMS PROPRES
(présentés sous leur forme dans le roman)

*Amitabh Bachchan* : né en 1942 à Allahabad, acteur, producteur, vedette très populaire de nombreux films de Bollywood, dont son plus grand succès, *Sholay*. Il a entamé une carrière politique sous le régime de son ami Rajiv Gandhi, suivie de plusieurs retours au cinéma et à la télévision, qui l'ont fait élire superstar du millénaire par un sondage de la BBC en 1999, et saluer par l'ambassadeur de France comme une « icône de l'Inde ».

*Amrita Shergil (1913-1941)* : fille d'un aristocrate sikh et d'une Hongroise, elle a passé son enfance entre Budapest et Simla, étudié aux Beaux-Arts à Paris, avant de s'installer en Inde dont elle aimait et appréciait les traditions artistiques. Elle est considérée comme le premier peintre du Pendjab moderne, où elle a formé de nombreux disciples.

*Annaprasanna* : le jour où l'on donne pour la première fois du riz à un bébé, généralement à cinq mois et six jours, date considérée de bon augure.

*Asha Parekh* : née en 1942 à Bangalore dans une famille gujarat, grande vedette du cinéma hindi des années 60 et 70 où elle a interprété des rôles de tragédienne, puis cinéaste et productrice de télévision, et présidente du Central Board of Film Certification, l'organisme de censure indien.

*Ashok Kumar (1911-2001)* : acteur de cinéma, interprète de drames sociaux annonçant l'esprit de l'indépendance indienne, très populaire sans toutefois atteindre la célébrité de son frère cadet Kishore Kumar. Il apparaissait à la fin de chaque épisode du feuilleton *Hum Log* pour résumer et commenter l'évolution de l'intrigue.

*Aurangzeb (1618-1707)* : troisième fils de Shah Jehan et Mumtaz Mahal, s'empara du trône après des combats sanglants, fit exécuter son frère aîné et enfermer son père au Fort rouge d'Agra. Il conquit un vaste territoire sur les royaumes voisins et imposa un islam beaucoup plus rigoureux que ses prédécesseurs, provoquant de violentes révoltes religieuses.

*Baal Krishna* : le Seigneur Krishna honoré sous sa forme enfantine.

*Bahadur Shah Zafar II (1775-1862)* : dernier empereur moghol, dont le pouvoir ne s'exerçait plus que sur le Fort Rouge, le reste du pays étant dominé par l'East India Company. En 1857, il prit la tête d'une mutinerie qui échoua contre l'Empire britannique, et termina sa vie en exil à Rangoon. Auteur et grand amateur de poésie, calligraphe, c'est sous son règne que la poésie ourdoue a connu son apogée, avec notamment l'œuvre de Mirza Ghalib.

*Basanta* : le calendrier bengali est divisé en six saisons, *Grisma* (été), *Barsa* (saison des pluies), *Sarat* (automne), *Hemanta* (automne tardif), *Shhit* (hiver) et *Basanta* (printemps).

*Begum Samru (~ 1753-1835)* : Farzana, danseuse de nautch, épousa à quatorze ans Walter Reinhardt, un mercenaire luxembourgeois ou allemand surnommé Sombre, qui donna le nom Samru. À la mort de Sombre, Farzana prit la tête de son armée et de sa principauté de Sardana dont elle parvint à préserver l'indépendance quand le nord de l'Inde passa sous la tutelle britannique en 1803. Musulmane de naissance, convertie au catholicisme après son veuvage, elle fit construire plusieurs palais, dont un au cœur du vieux Delhi.

Bhagavad Gita ou « Chant du Bienheureux » : texte sanskrit qui occupe la partie centrale du *Mahabharata*. Au seuil de la guerre Arjuna se désole des morts à venir, et Krishna l'instruit des chemins de la foi hindoue, du renoncement et de la connaissance de soi, avant de lui révéler qu'il est un avatar de Vishnu.

*Bhindranwale (1947-1984)* : Jamail Singh Bhindranwale, leader d'une organisation sikh militant pour la création d'un État théocratique au Khalistan, commandait le groupe d'indépendantistes qui occupaient le Temple d'Or d'Amritsar au Pendjab, et fut tué au cours de leur évacuation par l'armée indienne lors de l'opération Blue Star en juin 1984.

*Blue Star* : opération militaire des 3-6 juin 1984 commandée par Indira Gandhi pour mettre fin à l'occupation du Temple d'Or, au cours de laquelle il y eut de nombreux morts et blessés des deux côtés, ainsi que parmi les pèlerins présents dans le temple au moment de l'attaque. La violation de ce sanctuaire du sikhisme entraîna l'assassinat d'Indira Gandhi en octobre suivant par ses gardes du corps sikhs.

*Bong* : surnom donné aux Bengalis, en particulier ceux qui sont très attachés à leur culture.

Chitrahaar : « Guirlande d'images », nom de la plus ancienne émission télévisée de la chaîne nationale DD, qui diffuse les clips des chansons des nouveaux films hindis, agrémentée depuis une dizaine d'années de sous-titres destinés à favoriser l'apprentissage de la lecture et de la langue.

Damadam Mast Kalandar : chant légendaire soufi dont la chanteuse Runa Laila et le chanteur pakistanais Nusrat Fateh Ali Khan ont fait un succès populaire, mariant la musique pakistanaise avec la musique occidentale.

*DDA* : Delhi Development Authority, l'organisme créé en 1955 pour assurer le développement rapide du logement et accueillir les vagues d'immigrés.

*Devi ou Mahadevi* : la déesse mère dont les multiples noms symbolisent une foule d'aspects auxquels s'identifient plusieurs déesses, Lakshmi et Parvati sous sa forme bienveillante, Uma la lumineuse, Shakti, sa force créatrice, Durga qui combat les démons, Kali, sa face sanglante. Le *Devi mahatmya*, « Célébration de la grande déesse », fragment du *Markandeya Purana*, raconte comment Kali naquit de son noir courroux.

*Divali ou Diwali* : forme abrégée de Deepawali, « rangées de lampes » allumées pour le retour d'exil du roi Rama, un avatar de Vishnu ; fête des lumières célébrée en automne, associée à diverses légendes selon les régions, au Bengale à la déesse Kali, en Inde du Sud à la victoire de Krishna sur le démon Narakasura, dans l'hindouisme à la déesse de la prospérité, Lakshmi.

*Durga* : émanation de Parvati en colère, épouse du dernier avatar de Vishnu et mère de Ganesh. Déesse guerrière qui triomphe du démon Maheshasura avec l'aide de Kali, elle aide Rama à remporter la victoire contre son ennemi le démon Ravana.

*Durga Puja* : la plus grande fête du calendrier bengali, pratiquée maintenant dans tout le nord de l'Inde, où l'on honore la déesse Durga pendant les neuf jours que dura la bataille de Rama contre son adversaire.

*Fort Rouge ou palais de Shahjahanabad* : ancien nom de Delhi, immense forteresse en grès rouge au bord de la Yamuna, synthèse et sommet de l'art moghol, construite au dix-septième siècle par l'empereur Shah Jahan. L'armée britannique qui en fit son QG après la mutinerie de 1857 a détruit une bonne partie des pavillons et des jardins. C'est du Fort Rouge que le Premier ministre adresse son discours à la nation chaque 15 août, date anniversaire de l'Indépendance.

*FRCS* : Fellowship of the Royal College of Surgeons, qualification permettant d'exercer la profession de chirurgien au Royaume-Uni.

*Ganesh* : dieu à tête d'éléphant vénéré par les marchands, fils de Shiva et Parvati, époux de Riddhi, la richesse, et Siddhi, le succès.

*Ghalib* : pseudonyme du poète Mirza Asadullah Beg.

Gita Govinda : « Chant du bouvier », grand poème sanskrit du douzième siècle, relatant les amours de Krishna et Radha, une jeune gardienne de troupeaux, attribué au poète Jayadeva, dont le manuscrit est reproduit fidèlement dans l'édition originale visible au musée Guimet.

*Grand Trunk Road* : route de Calcutta à Peshawar, construite par les Anglais sur le tracé d'une route du seizième siècle.

*Guijars* : ancienne tribu peut-être à l'origine du nom Gujarat, qui s'est établie dans l'ouest de l'Inde.

*Guru Dutt (1925-1964)* : acteur, réalisateur et producteur de cinéma, devenu célèbre dans les années 50 avec des rôles dans plusieurs grands classiques du cinéma indien, dont *Pyaasa* (*L'Assoiffé*, 1957).

*Hanuman* : héros à forme de singe du *Ramayana*, fils du Vent, exemplaire par sa fidélité à Rama, qu'il assiste à la tête du peuple des singes dans sa quête pour retrouver son épouse enlevée par le roi des démons Ravana.

*Horlicks* : marque de lait malté britannique manufacturé par GlaxoSmithKline, qui est censé favoriser le sommeil et dont l'Inde est le plus gros consommateur mondial.

Hum Log : « Nous le peuple », premier feuilleton de la chaîne télévisée nationale Doordarshan en 1984, montrant les problèmes quotidiens d'une famille de la classe moyenne.

*Iltutmish* : sultan de Delhi de 1210 à 1236, troisième de la dynastie des esclaves après le règne très bref du gendre de Qutub-ud-Din, Aram Shah, il fut menacé par les Mongols de Gengis Khan puis par une série de rébellions tout au long de son règne. Déclarée héritière, sa fille Razia lui succéda après quelques mois de conflit avec son frère qui s'était emparé du trône.

*Jalal Khan* : appelé Islam Shah Suri, second dirigeant de la dynastie Sur, fils de Sher Shah, il a régné de 1545 à 1553 avant d'être assassiné par son cousin, Muhammad Mubariz, qui tua également son fils Firuz Shah pour prendre le pouvoir.

*Jama Masjid* : mosquée du Vendredi, jour où se réunissent les fidèles, la plus grande de l'Inde, proche du Fort Rouge, construite au dix-septième siècle sous le règne de Shah Jehan. L'explosion de deux bombes artisanales un vendredi d'avril 2006 y a fait treize blessés, sans ébranler sa majestueuse architecture de grès rouge, surmontée de dômes à rayures de marbre noir et blanc.

*Jamai Babu* : titre de courtoisie donné au gendre (« jamai ») de la famille, ou à l'époux d'une sœur aînée.

*Jamai Shashti* : la fête du gendre, célébrée en juin pendant le mois bengali de Jaishtha, coutume destinée à resserrer les liens avec sa belle-famille.

*Jamini Roy (1887-1972)* : peintre portraitiste bengali. Après une période d'imitation des œuvres occidentales, Roy a fortement influencé l'art moderne indien par son retour aux matériaux indigènes et aux sources de sa culture, notamment les artistes Khaligat du dix-neuvième siècle, dont les scènes légendaires ou populaires étaient proposées en souvenir aux pèlerins du temple Khaligat.

*Janmashtami* : fête célébrant la naissance du Seigneur Krishna, le huitième jour du mois de Shraavana dans le calendrier hindi, généralement en août.

*Javed Akhtar* : poète ourdou né en 1945, issu de plusieurs générations d'écrivains, auteur de chansons, musiques et scénarios de films, dont plusieurs en association avec son fils le cinéaste Fahran Akhtar. Plusieurs de ses succès, dont le plus grand, *Sholay*, furent écrits en collaboration avec l'acteur Salim Khan sous leur nom d'équipe, Salim-Javed.

*Jayadeva* : Sri Jayadeva Goswami, poète du douzième siècle à qui l'on attribue l'épopée sanskrite *Gita Govinda*. Revendiqué âprement par le Bengale et l'Orissa, il aurait été attaché comme pandit (« érudit ») à la cour d'un roi du Bengale, Lakshman Sena, avant de s'installer à Puri où fut composé le poème, ou bien il serait né à Kenduli, village de l'Orissa proche de Puri, aujourd'hui Kendubilvagram, qui lui consacre un festival annuel, le Jayadeva Mela. C'est cette seconde hypothèse, plus appropriée à la culture de l'Orissa, que retiennent les études récentes.

*Jehanara (1614-1681)* : Jahanara Begum Sahib, fille aînée de Shah Jehan et de Mumtaz Mahal, réputée pour ses goûts éclairés en matière d'architecture et de jardins et son talent de poète, exerça d'importants pouvoirs sous le règne de son père, qu'elle soutint et accompagna en prison lors de l'usurpation du trône par son frère Aurangzeb.

*Jhumritalaya* : petite ville du Bihar, aujourd'hui le Jharkhand, popularisée à la fin des années 50 par Radio Ceylan qui diffusait des demandes de « chansons favorites » émanant de Jhumritalaya si nombreuses que l'existence même de la ville a souvent été mise en doute.

*Jinnah (1876-1948)* : Mohammed Ali Jinnah, avocat formé en Angleterre, honoré au Pakistan comme le « Père de la nation ». Président de la Ligue musulmane à partir de 1916, il entreprit de redonner un but à ses militants en développant la théorie des deux nations, selon laquelle les régions nord-est et nord-ouest de l'Inde où la religion musulmane est dominante devaient être constituées en États souverains autonomes, théorie qui aboutit à une demande officielle en 1940. Il devint en 1947 le premier gouverneur du Pakistan.

*Kaliya* : hydre qui empoisonne les eaux de la Yamuna sur quatre lieues à la ronde. Son histoire est racontée au chapitre 16 de la *Baghavata Purana*, épopée consacrée aux avatars de Vishnu. Vaincu par Krishna, le monstre reconnaît sa défaite et obtient de lui son pardon.

*Kendal* : Geoffrey Kendall (1910-1998) et Laura Liddell (1909-1992), couple d'acteurs shakespeariens qui ont inspiré le *Shakespeare Wallah* de James Ivory. Leur fille Felicity

Kendal a tenu le rôle principal dans plusieurs œuvres de Tom Stoppard, dont la pièce *Indian Ink* est dédiée au souvenir de Laura.

*Khalistan* : « Pays des purs », nom donné à l'État théocratique que les séparatistes sikhs veulent établir au Pendjab, dont la naissance fut proclamée en 1971 dans le *New York Times* par Jagjit Singh Chauhan, qui s'institua président de la République du Khalistan et géra son organisation depuis Londres jusqu'à son retour en Inde en 2001. Les plaisanteries khalistanaises jouent sur le caractère virtuel de cet État.

*Kishore Kumar (1929-1987)* : acteur comique bengali, auteur et interprète de chansons en diverses langues indiennes, également compositeur, auteur de scénarios, qui a remporté de nombreux succès dans ses différents rôles ; il devint autour des années 70 le principal chanteur en play-back du cinéma indien.

Kora Kagaz : film bollywoodien de 1974 dirigé par Anil Ganguly, dont les chansons et leurs interprètes ont été récompensés par de nombreux prix.

Krishi Darshan : série télévisée quotidienne à but éducatif établie en partenariat avec le ministère de l'Agriculture.

Krishna Karnamrita : œuvre d'un poète médiéval, Bilvamangala Thakura, honoré sous le titre de Lilashuka, où il rapporte ses expériences transcendantales à la recherche de Krishna, et rend hommage à ses différents maîtres spirituels.

La Mousson (The Rain Came) : roman de Louis Bromfield, publié en 1937, dont l'action se déroule au sein de la communauté américano-britannique dans une petite principauté indienne, Ranchipur, où la rupture d'un barrage et une épidémie de choléra à la saison des pluies provoquent la renaissance morale des principaux personnages.

*Lakshmi* : déesse de la fortune et de la prospérité, épouse de Vishnu.

*Lohri* : fête célébrée en janvier par les fermiers entre la coupe et la collecte des moissons, période où selon la *Bhagavad Gita*, Krishna se manifeste dans toute sa puissance.

*LTTE* : Liberation Tigers of Tamil Eelam, mouvement indépendantiste du Sri Lanka qui réclame la création d'un État, l'Eelam tamoul, dans le nord-est de l'île.

*Luyten's Delhi* : quartier construit dans les années 20 par l'architecte britannique Edwin Luyten, qui constitue une partie de New Delhi et abrite divers bâtiments administratifs autour d'India Gate.

*Mahadevi* : « la grande déesse », Devi.

*Maheshasura* : démon qui s'empare du ciel et tient le monde dans ses griffes jusqu'à ce que la déesse Durga armée par les dieux l'abatte en lui perçant la poitrine de son trident.

*Markandeya Purana* : dialogue sanskrit entre deux sages, Jaimini et Markandeya, septième des dix-huit puranas, composé d'une succession de légendes où s'insère le *Devi mahatmya*.

Meghe Dhaka Tara : film de 1960 tourné dans le nord du Bengale, sorti en anglais sous le titre *The Cloud-Capped Star*, l'étoile sous les nuages. Nita, l'étoile cachée, se sacrifie pour sa famille réfugiée en Inde après la partition du Bengale.

*Mirza Asadullah Beg (1797-1869)* : poète ourdou passé à la postérité sous son nom de plume, Ghalib, né à Agra, d'une famille de l'aristocratie turque, attaché à l'entourage du dernier souverain moghol Bahadur Shah Zafar, auteur de divers ghazals, de poèmes en langue persane, et de lettres pleines d'humour qui sont devenues un modèle du genre.

*Mumtaz Mahal (1593-1631)* : Arjumand Banu Begam, princesse hindoue célébrée par les poètes pour sa beauté, épouse favorite de Shah Jahan auquel elle donna quatorze enfants dont sept survécurent, et qui à sa mort fit élever à sa mémoire le somptueux mausolée du Taj Mahal au bord de la Yamuna.

*Nadir Shah (1688-1747)* : grand admirateur des conquérants de l'Asie centrale, Tamerlan, Gengis Khan, après avoir chassé les Afghans du royaume, devint shah d'Iran en déposant la dynastie des Safavides, entreprit la conquête de l'Inde et pilla ses immenses richesses, dont le trône du paon qui devint un symbole de la puissance impériale, les diamants Koh-i-Noor et Darya-ye-Noor, mais son empire se désintégra après son assassinat par le capitaine de ses gardes.

*Nargis Dutt (1929-1981)* : née Fatima Rashid, star de cinéma qui rencontra son époux l'acteur Sunil Dutt lors du tournage de *Mother India*, grand classique de Bollywood peignant l'Inde paysanne des années 50. Devenue membre du Parlement, le cinéaste qu'elle accusa d'exporter la pauvreté de l'Inde au lieu d'en montrer la face moderne n'était autre que Satyajit Ray.

*Nizamuddin (1238-1325)* : Hazrat Nizamuddin Auliya, grand saint du soufisme sunnite, réputé pour ses miracles et son ouverture d'esprit, dont le tombeau à Delhi, Nizamuddin Dargah, attire des foules de croyants à la fois musulmans et hindous.

*Noor Jehan (1926-2000)* : célèbre chanteuse et actrice pendjabie, a interprété des milliers de chansons dans des films en hindi, ourdou, pendjabi. Star de première grandeur en Inde, elle choisit lors de la Partition de quitter Bombay pour s'installer au Pakistan, le pays où elle était née, et y fit une seconde carrière tout aussi brillante. Dans l'un de ses derniers films, *Mirza Ghalib*, elle chante les ghazals de Ghalib.

*Odissi* : danse classique de l'État de l'Orissa, associée au culte de Jagannath, l'un des noms de Krishna. L'odissi a fait l'objet d'une renaissance dans les années 50, appuyée par des bas-reliefs et des manuscrits indiquant qu'on pratiquait la danse dans cette région il y a deux millénaires, et permettant aux chorégraphes modernes de se rattacher à cette tradition.

*Panchsheel* : cinq principes de coexistence pacifique conclus entre la Chine et l'Inde en 1954 pour éviter les conflits après l'annexion du Tibet par la Chine.

*Partition* : les affrontements sanglants entre musulmans d'une part, hindous et sikhs dans les années précédant le départ des Britanniques ont conduit ces derniers à organiser la division du pays en deux États indépendants. Lors de l'entrée en vigueur le 15 août 1947 de l'Indian Independence Act voté par le Parlement britannique, le transfert de souveraineté s'est effectué séparément avec l'Inde et le nouvel État du Pakistan, entraînant des déplacements de populations évalués à dix-sept millions, et d'immenses massacres.

*Puranas* : « Antiquités », nom d'un groupe d'œuvres en sanskrit à caractère épique vouées chacune à la geste d'un dieu particulier, peut-être les traces de cultes rivaux, qui racontent l'histoire de l'univers, les généalogies royales, la cosmologie hindoue en mêlant contes et légendes aux réflexions philosophiques et théologiques. Les dix-huit grandes puranas, Mahapuranas, ont été composées entre les troisième et douzième siècles, pour l'essentiel sans doute entre 320 et 500.

*Qutab Minar* : « tour de la victoire », minaret de cinq étages en grès rouge et marbre à la surface sculptée de versets coraniques, situé à quinze kilomètres au sud de Delhi. Aux premiers temps de la domination musulmane en Inde, Qutub-ud-Din fit élever le premier étage, auquel son successeur et gendre ajouta trois niveaux supplémentaires, complétés un siècle plus tard par Firuz Shah Tuglak.

*Qutub ou Qutab-ud-Din Aybak (1150-1210)* : d'origine turque, vendu enfant comme esclave, il s'éleva au rang de général et contribua aux conquêtes de Mohammed Ghori, le rival de Gengis Khan. Vainqueur de la dynastie hindoue, il devint premier sultan de Delhi, fit détruire un temple hindou pour édifier la première mosquée, et entama la construction du Qutab Minar avant de mourir en 1210 d'un accident de polo.

Rabindra Sangeet : chants composés par Rabindranath Tagore, considérés comme l'un des trésors culturels du Bengale, qui ont profondément marqué la musique instrumentale classique. On les entend dans nombre de films, à commencer par ceux de Satyajit Ray. Deux de ces chants ont fourni les hymnes nationaux de l'Inde et du Bangladesh.

*Rahu et Ketu* : deux planètes fantômes, correspondant aux nœuds nord et sud de la lune, ennemies éternelles du Soleil et de la Lune qu'elles tentent toujours d'avaler, causant ainsi leurs éclipses.

*Raj Kapoor (1924-1988)* : acteur, scénariste et réalisateur de cinéma, interprète de personnages naïfs émouvants qui lui ont valu le surnom de « Charlie Chaplin indien ».

*Rajdhani* : « la capitale du Raj », autrement dit Delhi.

*Ramkrishna Paramhamsa (1836-1886)* : saint mystique, dévot de la déesse Kali, né dans une famille pauvre de Brahmines près de Calcutta. Son comportement étrange et ses visions le faisaient passer pour un illuminé jusqu'à ce qu'un groupe de sages religieux décrète que ses symptômes étaient les signes d'une folie divine, qui attira autour de lui des disciples en grand nombre.

*RAW* : Research and Analysis Wing, les services de contre-espionnage indiens constitués en 1968, dont le projet fut lancé par Nehru après la débâcle indienne dans la guerre contre la Chine, repris et réalisé à l'issue de la guerre indo-pakistanaise.

*Razia (1205-1240)* : Jalalat ud-Din Raziya, appelée Sultan Razia, première et seule sultane dirigeante de Delhi ; désignée par son père Iltutmish, elle reprit avec le soutien du peuple le pouvoir dont son frère s'était emparé, mais provoqua le mécontentement des nobles turcs qui la déposèrent au profit d'un autre frère, Muizz ud-Din Bahram, et mourut assassinée en tentant de reconquérir son trône.

Rig Veda : le plus ancien des Vedas, ensemble de textes littéraires et philosophiques sanskrits composés entre 1800 et 500 av. J.-C. qui sont à l'origine du védisme. Le *Rig Veda* se compose de plus d'un millier d'hymnes, sources de récitations poétiques ou liturgiques pour diverses occasions cérémonielles.

*Ritwik Ghatak (1925-1976)* : acteur, auteur et cinéaste, traducteur de Brecht et Gogol, originaire du Bengale oriental, contraint à l'exil vers Calcutta avec sa famille après la Partition, blessure dont ses films garderont l'empreinte sans lui apporter le succès populaire, malgré son désir de toucher le plus grand nombre de ses concitoyens.

*Rohini* : quatrième des vingt-sept demeures du zodiaque, gouvernée par la planète Lune, et réputée particulièrement bénéfique pour les natifs de cette période du cycle lunaire.

*Runa Laila* : née en 1952, chanteuse populaire originaire du Bangladesh, également interprète de ghazals, particulièrement connue pour sa chanson « Damadam Mast Kalandar ».

*Santiniketan* : « Séjour de la paix », petite ville du Bengale occidental, célèbre pour son université fondée par le poète Rabindranath Tagore.

*Sarasvati* : épouse de Brahma, déesse de la connaissance, des arts et de la sagesse, qui fit don aux hommes de l'écriture. On lui prête l'invention du sanskrit.

*Sardar* : titre de chef militaire donné aux nobles indigènes de la période coloniale britannique, qui désigne souvent aujourd'hui des adeptes de la religion sikh.

*Satyajit Ray (1921-1992)* : illustre cinéaste bengali, auteur de nombreux films salués partout comme des chefs-d'œuvre, *Pather Panchali, Le Salon de musique, Le Monde d'Apu, Charulata*… dont nombre de réalisateurs indiens ou non se considèrent les héritiers, qui lui ont attiré aussi des critiques comme celles de Nargis Dutt, ou le reproche de rester enlisé dans ses origines bourgeoises.

Saudagar : *Le Marchand*, film de 1973 où le jeune Amitabh Bachchan interprète un cynique calculateur, négociant en gur, très éloigné des rôles qui feront de lui une vedette.

*Shah Jehan ou Jahan (1592-1666)* : régna sur l'empire moghol de 1628 à 1658, période considérée comme l'âge d'or de l'architecture moghole, marquée par la fondation de Shahjahanabad appelé maintenant « Old Delhi » et sa salle d'audience, le Diwan-i-Am, pour laquelle fut créé le très précieux trône du paon, la mosquée de perle à Agra, et le Taj Mahal, tombeau de son épouse Mumtaz Mahal.

*Shamshad Begum (née en 1919)* : chanteuse pendjabie, l'une des premières à chanter en play-back pour le cinéma, après des débuts à la radio.

*Sharat Chandra (1876-1938)* : Sharat Chandra Chatterjee ou Chattopadhayay, romancier bengali élevé dans une grande pauvreté, dont les œuvres décrivent la société rurale de son temps, ses tensions et superstitions.

*Sharmila Tagore, Begum Ayesha Sultana* : née en 1946, actrice, parente éloignée de Rabindranath Tagore, elle a commencé sa carrière dans un film de Satyajit Ray, *Le Monde d'Apu* en 1959, a tourné plusieurs films avec lui et d'autres cinéastes, et dirige aujourd'hui le Central Board of Film Certification qui exerce la censure sur le cinéma et la télévision. Elle a changé son nom en Begum Ayesha Sultana lors de sa conversion à l'islam.

*Sher Shah (1486-1545)* : Farid Kahn, surnommé Sher Khan après avoir tué un tigre à mains nues, petit chef de clan pachtoun, prit la tête des armées afghanes contre le nabab du Bengale et se constitua un empire par une succession de conquêtes. C'est lui qui implanta l'islam en Inde, créa des routes, notamment la Grand Trunk Road, et administra son empire en 47 provinces, organisation dont bénéficieront les empereurs moghols lorsqu'ils reprendront le pouvoir en 1555.

Sholay : film de Ramesh Sippy tourné en 1975, le premier et le plus gros succès international de Bollywood, dont les chansons interprétées par Kishore Kumar sont devenues des tubes, distribué en Grande-Bretagne sous le titre *Embers*, couronné « film du millénaire » par la BBC. Un policier en retraite fait appel à deux repris de justice pour l'aider à capturer un dangereux bandit et venger sa famille assassinée.

*Sikander Lodhi* : second dirigeant de la dynastie pachtoune, Lodhi, sultan de 1489 à 1517, parvint à garder la maîtrise de sa noblesse afghane, fit construire la ville qui est aujourd'hui Agra, et fut enterré dans un tombeau somptueux qui est un des monuments de Delhi.

*Sukumar Ray (1887-1923)* : écrivain bengali aux talents multiples, éditeur du magazine *Sandesh*, auteur d'histoires pour enfants, poèmes et œuvres de « nonsense » qui l'ont souvent fait comparer à Lewis Carroll, père du cinéaste Satyajit Ray.

*Sunil Gavaskar* : champion de cricket des années 70 et 80 qui a battu des records mondiaux par ses scores à la batte.

*Swami Vivekananda (1863-1902)* : fondateur de l'ordre de Ramakrishna, adepte du bhakti yoga, une forme de syncrétisme religieux et philosophique, il a fait connaître l'hindouisme en Occident par un discours à Chicago lors de l'Exposition universelle de 1893, suivi de conférences dans le monde entier où il a suscité partout de nombreux disciples.

*Thakur Sahib* : titre honorifique du dirigeant dans quelques principautés du Gujarat, donnant droit au salut par un canon de neuf pouces, le plus petit calibre utilisé dans les cérémonies.

*Tihar* : ensemble de prisons, le plus important de l'Asie du Sud, situé à quelques kilomètres de Delhi.

*Trinité* : les trois processus de création, conservation et dissolution incarnés principalement par Brahma, Vishnu et Mahesh (Shiva), qui engendrent chacun une multitude d'avatars aux attributs variés, autant de facettes de la divinité une et éternelle.

*Tughlak Shah (1309-1388)* : Firuz Shah Tughluq, au règne marqué par les persécutions d'Hindous qui refusaient de se convertir à l'islam, fondateur de nombreuses madrasas, d'hospices et d'édifices publics à Delhi, contraint par une série de rébellions d'accorder une quasi-indépendance au Bengale. Dix ans après sa mort, son empire rétréci était envahi par Tamerlan.

*Velupillai Prabhakaran* : né en 1954, leader du mouvement séparatiste des Tigres tamouls, le LTTE, réputé pour sa férocité, classé par Reporters sans frontières parmi les grands prédateurs de la liberté de la presse.

*Walter Sombre (~1725-1778)* : Walter Reinhardt, dont le nom de guerre, Sombre, a été déformé en Samru, mercenaire qui par des changements de camp nombreux sut toujours se retrouver du côté vainqueur, accumula des richesses considérables, épousa Farzana, la future Begum Samru, et reçut de l'empereur moghol Shah Alam II peu avant sa mort la principauté de Sardana dans l'Uttar Pradesh, principauté dont hérita sa femme.

*Yamdoot* : le messager hindou de la mort.

*Yamuna* : affluent de la rive droite du Gange, considérée comme la sœur de Yama, le dieu de la mort.

*Zeenat Aman* : vedette bollywoodienne très populaire et provocante des années 70, qui incarnait la femme moderne libérée, sans concession à la tradition, élevée au rang de star par son rôle de hippie désaxée dans *Hare Rama, Hare Krishna*.

REMERCIEMENTS

Ce livre n'aurait pu venir à terme sans les soins assidus de Sunetra Sen Narayan, Ananda Swaroop et Badri Narayan. Je leur en suis profondément obligée.

Pour l'aide et les commentaires prodigués au manuscrit, je suis redevable à Mukul Kesavan et Sam Miller, tous deux aussi bienveillants que généreux.

À Sanjiv Saith pour ses intuitions, sa patience et ses nombreux conseils, merci de tout cœur. Ce fut un grand plaisir de travailler avec Renuka Chatterjee, mon éditrice chez Roli Books ; je recommencerai avec joie.

Mille remerciements à Sunita Dwivedi, Nayantara et Vikram pour leur soutien enthousiaste. Toute ma gratitude pour les témoignages d'intérêt et les éloges offerts par ma famille, en particulier mon père le major général G. K. Sen et mon fils Varu, qui ont encouragé mes brouillons successifs en me contant la marche de J. K. Rowling de la misère à la fortune.

À Shanta Ramaswamy pour les prières à Krishna et pour le partage de son érudition en matière d'astrologie, merci.

Selina Sen, New Delhi, décembre 2006

# Table

Achevé d'imprimer en janvier 2012 en France par
**CPI BRODARD ET TAUPIN**
La Flèche (Sarthe)
N° d'impression : 67554
Dépôt légal 1re publication : novembre 2011
Édition 02 - Janvier 2012
LIBRAIRIE GÉNÉRALE FRANÇAISE
31, rue de Fleurus – 75278 Paris Cedex 06

31/2968/1